张传华◎著

金山人家

中国文史出版社

图书在版编目（CIP）数据

金山人家 / 张传华著. —北京：中国文史出版社，
2025.1. —ISBN 978-7-5205-5011-6

Ⅰ. I247.5

中国国家版本馆 CIP 数据核字第 20242M9Y87 号

责任编辑：方云虎
封面设计：江　风

出版发行：**中国文史出版社**

社　　址：北京市海淀区西八里庄路 69 号

邮　　编：100142

电　　话：010-81136630

印　　装：廊坊市海涛印刷有限公司

经　　销：全国新华书店

开　　本：710 毫米×1000 毫米　　1/16

印　　张：21.5

字　　数：318 千字

版　　次：2025 年 5 月北京第 1 版

印　　次：2025 年 5 月第 1 次印刷

定　　价：79.00 元

目　录

第一章　为传后陈秦氏借子
为除恶陈光明探案

在那黑黑的浅浅的还没有巴掌大的灯盏窝里，一根细细的灯草像曲蟮横卧在浑黄的木梓油中，吐出飘忽不定的如豆一般的小火苗。这小火苗发出微弱的光亮照在躺在床上的病入膏肓的陈光兆的脸上，更增加了他脸上怕人的死色。照在其妻秦氏的脸上，秦氏那美丽的色彩，早已被三年床边的劳累和焦急扫尽，代之以满脸求助的愁云。这微弱的光亮还把满屋子人的黑影拉得又宽又长，然后又无情地投掷在斑驳陆离的墙上，不仅使小屋子更加幽暗，而且使空气格外压抑和紧张。一位医生松开他把脉的手，从床沿上站了起来，神色紧张而又恭敬地对一位老医生说："您老请……"老医生上去，坐到床沿上，抓起陈光兆的手腕。手指刚在枯黄的手腕上调定，就立马松开，人也从床沿上站了起来，无可奈何地摇着头向后退。

这位是在场抢救的四五位医生中最具权威的老医生，别的医生都诊断过了，都默默不语地站在旁边，单等这位老医生发话。命悬一线的陈光兆，病魔像熬油一般将他身体熬成皮包骨，却没将他神情意识耗尽。此时他头脑清醒得很，他见老医生上来，他觉得他有救了，他把生的希望全寄托在这位老医生身上，希望老医生尽快地拉他一把，把他从死亡的悬崖边拉回来。谁知老医生刚抓住他的手，不一会儿又松开他的手，并仓皇地离他而去。他像风筝断线，溺水者断援，一下绝望了；他挣扎着咳了两声，一把抓住准备随老医生从他背后离开的妻子秦氏的手，嘶哑的嗓子喊出了振聋发聩的人生最后的一句话："我不想死，我舍不得你；我不甘心，我还没有后啊！"

这一串话，犹如系着陈光兆生命的一串珠链，随着链断珠落，陈光兆即气绝身亡！秦氏一看，一下昏厥于地。医生将她抢救过来，即如孟姜女哭长城一般哭天喊地地痛哭起来。

她一直哭了三天三夜，到第四天，她站起来，凄凄惶惶地扶着门框，向外望，不由又边望边低声泣哭：

> 丈夫断气医生去，
> 丧事办完亲友离，
> 空床空屋秦氏成孤女！
> 今后……今后……
> 今后只有投亲戚！

说投亲戚，就是回娘家。其实她不想回娘家。娘家父母早死，弟弟新亡。兄长家常常断顿，嫂嫂与她不睦，早把她当成泼出门的水，不认她这门亲。但她没有第二个去处，如今走投无路，不得不厚着脸去向嫂嫂求情。不过她在回娘家前，先要去见见朱姐、刘妹，再哭一场，就离开这个伤心的地方，再去那一个伤心的地方。

她拣了几件换洗的旧衣裳，装进包袱里背上，关门、锁门，就往外面走。

这个镇，叫鄢王镇。它位于香水之滨，金山北麓腹心，一个小小盆地之内。盆地中央兀自突起一个土包，土包上长了一棵大皂角树，郁郁葱葱，旗帜般地招摇四方。不知何年何月何人，以这土包为中心，建起了东西南北四条街，并在土包上栽上了这棵树。

这盆地周围有六条山川，好像六龙戏珠一般，摇头摆尾似的向着鄂王镇游来。山川翠绿多姿，盆地阡陌如棋。山川、盆地相映相衬，使这山中小镇分外妖娆。尽管它离县城较远，但它是金山的明珠。

这个镇上当时只住着 57 户人家，除了 5 户单姓外，还有 9 户陈姓和 43 户曾姓。

陈姓户少，更显得突出。尤其陈光兆、陈光明两家，好似鄂王镇这棵大树上的两朵奇葩。

陈光兆娶妻秦氏。秦氏漂亮能干，夫妻恩爱和美，家庭富足，并拥有 30 亩田，给陈氏家族带来无限希望。谁知陈光兆命运不济，不仅无儿无女，而且二十四五就身染沉疴。

其妻秦氏，是一个十分要强的女人。瓜子脸，水蛇腰，丰胸翘臀，是鄂王镇数一数二的漂亮媳妇。她不仅美丽，而且干事韧劲十足，百折不挠。其夫病虽重，她却百般医治千般挽救，殚精竭虑，不舍不弃，总想保住丈夫的性命。

哪晓得天不作美，硬把她三年的心血和三年的不眠之夜付诸东流！她咬牙切齿，恨世上没有能飞的石头，如有她一定搬起来砸天。她砸不了天，不能把她的夫君从奈何桥上拉回来，她因此绝望至极，痛不欲生。她没办法，只有回娘家。在回娘家之前她要见见亲她疼她如同亲姐妹的朱姐、刘妹。

陈光明，与陈光兆是才出五服的堂兄弟，家很穷，住在耙头街两间窝棚里。木匠出身，靠租人家的田种。

陈光明的后代也不发旺。他的妻子刘氏，一个高挑个，鹅蛋形脸蛋，乌黑清澈的大眼，以及挺秀的鼻梁和端正的嘴唇，虽然有些瘦，但无处不显得比秦氏还要漂亮的女人。一连为他生了三个女儿，最后才又生了一个男孩。

陈光明，膀粗腰圆，高大魁梧，性情豪爽，乐于助人。哪怕家里断炊，拿着铜盆去找人借米，他也乐哈哈地边敲铜盆边唱歌：

家里无米有铜锣，
身上少衣笼有火；
手拿铜锣去借米，
边敲边打边唱歌。

那次，他借了两升米。刚端回家，东边肖家墩的顾家友就苦着脸带着笑来找他借米；他二话没说，将刚借回的米给顾家友袋中倒了一半。顾家友看看袋中米，那苦脸上强加的笑容，顿时随风消散，像挨了闷棍样地僵在那里。一问，家里来了几位客，一升米不够，陈光明于是将两升米一下全倒给了他。顾家友问："那你怎么办？"陈光明说："你放心地回去待客，我自有办法。"

中午已经过了，孩子们饿得三把眼泪四把流。早该烧火做饭了，但因为无米，刘氏抱着儿子坐着不动，陈光明只好充硬汉亲自出马。他卷了袖子又卷裤腿，孩子们以为他要下水摸鱼；实际上他进了卧房，只不过想用那夸张的动作给孩子们解饥。他没逗笑孩子们，却逗笑了刘氏。刘氏看陈光明进了卧房，急了，连忙抱着儿子跟着进去。陈光明无意识地走进卧房，见床当头两口半缸，装谷、装米的两口，像两个待乳的雏燕张着大口，空空如也地朝他张望着。唯有那口残缺的破缸装着晒干了的荆条叶，还有半缸。他无奈地用手在那荆条叶中抄抄，顺手带起一个小布袋，提起一摸，里面装着一碗来米，不由一喜。谁知一下被跟进来的刘氏从手中一把夺过去，并向外努努嘴，意思是说：莫声张，莫让外面的几个丫头知道了。接着轻轻说："这是给儿子留的！儿子还小，没有奶。"陈光明一把又夺过来，轻轻地说："先拿来救救急，我下午再去借。"刘氏又一把夺过去："借不到呢？"陈光明想也是，米在人家缸里，能随你心愿吗！于是央求说："拿一半，兼顾一下。"

一锅荆条叶掺半碗米煮出的"饭"，大丫头用筷子在碗里拨去拨来，大叫："怎么不多放一点米，这怎么吃？"刘氏把手猛一扬，做出要打她的样子，说："两个妹妹小些就没闹，你大些，你还闹！"这句话如锤"咚"地一下敲醒了大丫头：我是姐姐，我不应该闹，于是大口大口地吃起来。爽朗的陈光明如磐石一样的坚强，如果从外部来，任凭狂风暴雨，刀枪剑戟袭击，他都不会皱一下眉头的。可这大丫头的稚嫩之举，像一股无坚不摧的力量从他心底里涌起，使他顿时骨酥筋软，泪流满面。他侧过身去，学着女儿，也大口大口地将那苦涩的荆条叶强往肚里咽。

这一幕，让秦氏透过那遮雨不遮光的窝棚偷看了一个正着。这催人泪下的情节忽然使她又重想起她夫君临终的遗言："我不想死，我舍不得你；我也不甘心，我还没有后啊！"立即改变主意，决定不走了，她要抱这个娃来承接陈光兆的香火！这个决定使她勇气倍增，等刘氏抱那男孩出来时，即对刘氏说："把这孩子给我吧！"刘氏还沉浸在家庭苦痛中，一听有人，不由一惊，一看是秦氏，立即笑着说："秦姐！你把我吓了一跳！你怎么在这——你说什么？把我这儿给你？你说得好轻巧！我好不容易才生了这个儿，怎么能给你？"秦氏说："给了我，你们家就少一口，日子会好过一些。"这话更是触到了刘氏的痛处，即生气地说："我再少吃的，也不会少我儿子吃的！我们母子就是饿死，也比割心割肝，骨肉分离好受些。我知道你会谋寻儿子的，但我这儿子有爹有娘，你趁早死了这条心，收起你的非分之想，更别在我的门边乱晃荡！"

秦氏虽然碰了一鼻子灰，但心里有了主张而敞亮，她返回家中，更加觉得自己有愧于陈光兆，身为陈光兆之妇，却没有给陈光兆生下一男半女。痛定思痛，她跪到丈夫的灵前发誓道："我对不起你，但我向你保证：我一车骨头半车肉，一马不配二鞍，双轮不碾四辙，既不下堂改嫁，也不坐堂招夫，生是你陈家的人，死是你陈家的鬼；我要凭我管家的本领，雇短工，请长工，艰苦经营你留下的30亩田，抱一个娃做养子，来承接你的香火。"

她祷告到这里，她本应该起来却未起来，她失掉了她向来干脆利索的常态。从她内心里讲，把刘妹的那个男娃抱来为最好，同姓同血脉比谁家的都强。但是，将心比心，把身上掉下来的肉给人家，这似乎很难很难，她也有些于心不忍。这该如何是好？想去想来，她立即起来去找朱姐。

朱氏，方脸大眼，身材粗壮敦实。是三年前丈夫去世后才从下河搬来的外来户。一人寡居，租来的两三亩田，靠侄儿帮她耕种。年纪比秦氏、刘氏大五六岁，三人处得如亲姊妹一般。为人仁义，乐于助人。她不平凡的经历将她的性格磨炼得既豁达又开朗，是一个很有主见的人。她听了秦氏的诉说后，道："什么承接香火呀，你是为了免遭孤独寂寞！""不管咋说，我是实实在在地想要这个娃！""我看你是白鹤子望大水——想愚（鱼）了！""他们家那么困难，这么好的娃，他们怎么养得好！""一根草一颗露水。你就吃你的咸饭，别去操人家的淡心。"她指望朱氏为她长长志气，没想到泼了一瓢冷水！她痴心不死，她就想去找陈光明。

这时鄢王镇来了一个人，此人姓侯名武成，陈光明远房的老表。西川垴上人，中等身材，尖削的下巴与不大的眼睛透出一股灵气。他家有木活要做，特上门来请陈光明。陈光明把木匠挑子一挑，二话没说就跟着去了。时为一九二六年孟秋七月。

金山到孟秋，暑气虽有减，秋意却不浓。梓树叶未变紫，枫树叶仍未红。花栎树仍以青绿的素雅和松柏一起将金山装点成碧玉般翠绿。

西川垴上的路程长，他们踏着山川清馨的秀气，沐浴着秋菊在金色阳光下的飘香，边走边聊。聊到家里生活时，陈光明说："我们农民一年四季起早睡晚，披星戴月，脸朝黄土背朝天地干，可是住的是窝棚，吃的是野菜。"侯武成说："不是有人说我们'吃的是猪狗食，做的是牛马活'吗，我看这话一点也不假。""还有穿：冬无棉，夏无单。""还有病……""是呀，还有病。贫病交加，真是屋檐上吊苦胆——苦水滴滴呀！"侯武成说："是呀是呀，老表呀，不瞒你说，我家简直就过不下去了呀！不过，我没想到，如你这样的人，日子咋也过得有天无日头呢？"陈光明说："老表，我是啥人你还不知道？""我当然知道。

你，身体魁梧，脑子灵活，又识几个字，而且还有手艺，农活也内行，十里八乡的没有比你强的。""多谢老表奉承。农活我是行，但我没有田地，租点田种，租课一完，心就凉了。你说手艺，这年月盖房做柜三年难碰一回。就是有些细微活做，给我们穷人做，仅仅是换个工；给好家的做，顶多给你吃顿饱饭，哪个给你工钱。前天给团总陈池恒做活，他连饭也不管一顿。你看，我和他还是一家子。"

侯武成说："莫提狗日的陈池恒，明是人，暗是鬼，黑白两道，无所不为。上月一对玩把戏的年轻夫妻，在他巷子里借歇，他看那女子有几分姿色，顿起淫心，派人送去一百块钱，要那女子到他家去过夜。那女子欣然应允前往，先给他点火抽烟，后陪他喝酒，一来二去硬是将他灌醉。等他半夜醒来，一百块钱没了，女子也不见人影。立即派十多名街民去追赶，一直追到列勒垭，那对夫妻停下来；男的把扁担抽出来往地上一立，轻轻一跃，一只脚站在扁担尖上，来了一个金鸡独立。说：'朋友们！你们是要来文的，还是要来武的？来武的是要死人的，无论死谁，那都亏了良心。'追赶的众街民见那对夫妻会武艺，立即一哄而散。"

陈光明："你也听说过这事？我告诉你，陈池恒想霸占那女子是实，叫街民去追也是实，追到半路回来也不假。只是为什么回来，决不是因为那对夫妻武艺高。说那对夫妻武艺高，而是大家同情那对夫妻，痛恨陈池恒而编的。开始也没编那么圆番，是慢慢传圆番的。"

侯武成："你怎么知道？"

"我们镇上的事，那次我也参加了，并且是我主张不追的；大家怕挨陈池恒整，就编了这个故事。"

"你还有这个担待！"

"这是啥担待，无非根据大家伙儿苗头才提出的。到外面玩把戏不就是讨米吗？不过他们年轻，讨米的招高一点，都是穷人，大家都同情罢了。"

"老表！你说我们为什么这么穷？"

"这个问题我想过。照我想的，我觉得我们家里没田，手里没势；但凡有田有势的都不穷都不受欺。你没有田，你就要租人家的田种。你租了人家的田，人家就把你当成一头牛，先在你肩上驾上格头，然后在你脖子勒上绳索；你流血流汗种出的粮食，人家想要多少，就要多少。你想罜，罜也罜不脱；因为你肩上驾着格头，脖子上勒着绳索！你手里没有势，什么人丁税、门牌税、灶头税，任意说一种税，你都得出，你不出，大板子拍死你。加上社会不公，人心不古，黄鼠狼咬的都是病鸭子，你越穷事越多。你遇到事，你不办不行；办，没有钱不行：只有借。你只要借，就又一条绳索勒上你的脖子。什么月月红，利加利，利滚利，花样百出的利息，你得拿。你不拿，人家照样拍死你！"

"老表！既然这样，你跟我去参加一个会。"

"什么会？"

"我实话告诉你，我哪有什么木活？就是扯个由头约你出来去参加一个会。"

看侯武成神秘的样子，陈光明已猜出八九分，问："是不是共产党组织召开的农民协会？"

"如果是，你参加吧？"侯武成盯着陈光明的眼睛问。

"如果是，我可不参加！"陈光明双目闪烁，煞有介事地说。

"我跟你说空的，哪有什么会？"侯武成大失所望，立即改口说："我虽然没木活，却需要你帮我老娘选一副寿材。"

"你老娘早就死了，还选什么寿材？"陈光明狡黠地一笑，说："我说我不去，也是试探你的真假，其实我早想参加，就是不知怎么参加，有你引导正好。"

侯武成长出一口气，他没想到陈光明还有这一招，像不认得他这位老表似的，以惊奇的目光重新打量他。

陈光明又接着说："共产党组织农民协会，就是把我们穷人组织起来，拧成一股绳，为我们解决田和势的问题。"

"你这说得有点像，你不简单啦！"

"什么不简单，明摆着呢嘛！"

"你听说过'国共合作'和'北伐'吗？"

"知道一点。"

"国民革命军大举北伐。七月攻占株洲、长沙，现在在我们湖北农民的支援下，已攻下通往武汉的要冲汀泗桥、贺胜桥，直逼大武汉。"

"由于北伐的胜利发展，革命烽火由南往北发展，将很快蔓延到全国；现在我们湖北'农民协会''农民代表大会'如雨后春笋，转眼遍布全省。老表！照这个样子，我们农民翻身有盼头啊！"

"是呀是呀！今天我们鄂王镇乡成立农民协会，我们去参加，行不行？"

"行。"

正在这时，有人追来，在后面喊。陈光明定睛一看，那人是顾家友。

顾家友从陈光明那里借了两升米，心满意足地往回赶，他终于有米待客了。那客，是儿女亲家。亲家来时还带来了他的弟弟，都是稀客，都是贵客。他有米待贵客能不高兴吗！他高兴，他家的小儿子更高兴；一听说背的是米，又蹦又跳地说："终于有米饭吃啰！"他的婆娘对他儿子说："你给我懂点事，这是待客的。"那小子调皮地，把话音拖得长长地说："这我知道——是待客的——难道就不让我搭个筷吗？"

顾家友把米放下，对亲家说："让亲家见笑了。"

"说哪里话，你到我那里去，恐怕我借也借不到。"

顾家友喊他婆娘："快做饭，亲家们早就饿了！"

婆娘在厨房里答："哎！我正在烧火。"

两升米给顾家带来的喜悦，就如同那干涸池塘里的鱼遇到清泉一般欢蹦乱跳。但哪承想，天下事往往是福是祸所倚，祸是福所寄。两升米给顾家带来喜悦，同时也带来祸害。

顾家正喜不胜喜时，保长带着一个保丁来了。一进门，保长就说："你家的税还没交齐。"说着头一摆，保丁就上去一把抓住那两升米。

顾家友顿时气得鼻歪嘴斜，一把反抓住那两升米，说："税，税，我不是完了好多次了吗？怎么又要完税？"保长说："那完的是人口税、田亩税、灶门税！缠足税和穿耳税你完了吗？"亲家的弟弟是读过书的年轻人，一听什么缠足税、穿耳税，觉得好笑，不由在旁边咕哝了一句："这不是横征暴敛，敲诈勒索吗？"保长一听，问："你是什么人？""我是走亲戚的！""我看你是土匪！强盗！给我带走！"一听保长说带走，保丁把枪一顺地过来，哗啦一声把子弹推上膛，吼道："走！"顾家友的亲家连忙上去求情："老总老总！息怒息怒，我弟弟年轻不懂事，请多多包涵！"保长横眉而问："你又是什么人？"顾家友的亲家指指顾家友，说："这是我的亲家，我们是来走亲戚的。"保长恶狠狠地说："我看你也不是好人，一起带走！"

说带走，保长提着两升米，保丁端着枪，押着两个亲家就走了。顾家友急得反复作揖求情，都被保丁的枪托挡了回来。顾家友为人老实，但也知道这是保长在向他讹钱。他急不可待地手在身上摸，举目四下看；他不仅身上空空的，家也徒有四壁，哪有钱赎人？他忙进厨房抓了几个菜团子揣在怀里，远远地在后面跟着。他觉得两个亲家都是清白之人，无非小亲家一句话的问题。保长将他们关关黑屋子，出出气，自然会放他们出来的。顾家友就在保公所门前，凄凄惶惶地守着。

他在保公所门前一连守了两天，菜团子虽然传进去了，但仍不见放人出来，心就急了；他没有别的门路，他只好去找急公好义的陈光明想办法。

顾家友赶到陈光明家，陈光明的妻子刘氏说陈光明被人请去做木活去了，于是顺着刘氏指的方向就撵来了。

陈光明听到喊声，立即站住。顾家友撵上来，气喘吁吁地吞恨吐怨地把他两升米的遭遇诉说了一遍。陈光明说："两升米的事小，你的两个亲家的事大。你们那个保长姓范，我认识。"他把木匠挑子往林中一放，说："走，我们去找他去。"接着转身对侯武成说："老表！你先去吧，这事完了后我再来。"侯武成也是一位仗义之人，说："我跟你一起去。"

他们翻山走小路，刚下山钻出林子，在即将上大路之际，恰巧碰着那个保长带着保丁将顾家友两个亲家往乡公所押送。他们立即迎上去，陈光明首先喊道："范保长——"未等陈光明说出话，那个姓范的保长做贼心虚，一下见几个人突然从林子里走出来，顿时吓得脸色发白，声音发抖："你，你，你们要干什么？"那个保丁一见保长如此慌张，就刷地把枪一横地过来，朝陈光明指去。顾家友的那个年轻的亲家也许以为保丁要开枪，为了救陈光明；也许这几天受的气太多，想趁现在人多给予报复。反正他一见保丁横过枪来，就一步窜上去把保丁连人带枪一下抱住了。保长以为他要夺枪，就掏出藏在腰间的手枪，不管三七二十一，朝着那个年轻人后背就是一枪。可怜啊，那个年轻人万万没想到保长身上藏着手枪，更没想到会向他开枪。随着枪响，年轻人惊眸回视，一股殷红的血从他后背迸出。陈光明一见愤怒至极，一步跨上去一把抓住保长的枪。保长挣扎，但保长的双手怎敌得过陈光明长年挥舞斧头的双手！陈光明向右一拧，不仅夺过了枪，还把保长摔倒在地。同时，侯武成也抢上去协助那个年轻人把保丁那支长枪缴了过来。长枪到了侯武成的手中，那个年轻人一松手，就一下摔到地上。顾家友和他的亲家顿时慌了神，大家连忙上去抢救。保长、保丁趁机逃走。

这个结果非常意外，一时使陈光明不知所措。倒是侯武成还有些主张，说："快将这小伙子抬去找医生！快，那个庄子有医生！"顾家友说："人家会瞧吗？我们没钱！"侯武成说："快抬去，多说好话。"顾家友还在犹豫，侯武成把脚一跺，使劲道："快去，再不去就没命了！"顾家友与他的亲家把那个小亲家抬走了，陈光明说："我看这事非同小可！"侯武成说："走，我们快到会上去！"陈光明看着小伙子的枪伤，不忍心离开；侯武成推着陈光明说："快走，快！或许会上有办法。"

临近会场，侯武成又说："贸然扛着枪进会场，会影响会，还怕引起误会。不如先把枪藏起来，进了会场再说。"

　　陈光明点头同意。侯武成将那支长枪藏于林中，陈光明将那支短枪藏于衣内。

　　那次会由中共金山区委委员郝大洪主持，地点在垴上横冲。他们赶到时，会议已经结束。与会者经过会议的动员，正对恶霸地主和一切反动派满肚子气愤。一听范家湾保保长、保丁抢米杀人，就一哄而起，嗷嗷叫，要去范家湾找保长、保丁算账。当时郝大洪年轻历浅，血气方刚，正愁群众发动不起来；现在一石激起千层浪，群情正激昂，生怕错过这宝贵时机；也不仔细问问他俩，对路线、策略更不商量商量，就随波逐流，振臂一呼："走！"就急急忙忙带领大家向范家湾跑去。沿路边跑边喊"血债要用血债还！""打倒地主恶霸！"的口号，浩浩荡荡，争先恐后，那气势就像迸出圈的群马，决堤而出的洪水。

　　这时夕阳如血，层林尽染。鸟儿、蚊蝇正在为归巢做最后的捕食。陈光明和侯武成挥舞着双手，驱赶着眼前的蚊子，在后面紧紧跟随。陈光明觉得人群有些盲动，但就是这些恢宏的盲动，把他心中的火苗扇得直往上蹿，也感到浑身都是力量。

　　走到藏枪的地方，侯武成把枪取出来。陈光明忽然问："你说他们这枪是他们自己的吗？"侯武成说："反正这枪已经到了我们的手中，是不是他们自己的关系都不大。""不，这大有关系。枪是他们自己的和不是他们自己的，对他们的行动会决然不一样。""怎么不一样？""枪是他们自己的，他们可能会回范家湾，或者会去报案，甚至会去报功。""如果不是呢？""不是他们自己的，他们就会躲起来。""为什么？""他们杀了人又把枪弄丢了，他们不怕找事？""有道理。那你说枪是不是他们自己的？""枪是他们借的。""你说他们躲起来了？""嗯。他们如果逃回范家湾，郝大洪带大家去正好。怕的是他们没有回去，所以我有个建议。""你说。""我去摸摸情况，看他们究竟往哪个方向去了；你是否去瞧瞧顾家友的小亲家？""行。月亮起后，我们在这里会合，一起到范家湾向郝大洪汇报。""好。"

　　不出陈光明所料，保长、保丁没回范家湾。而且枪也是他们向陈池恒租的，每月租金长枪 20 钢洋、短枪 30 钢洋。租与被租都属于不合法。所以租时陈池恒首先告诫：枪这东西是火，既能纵火烧人，也能引火烧身；千万要小心，不能丢了，丢了是要掉脑袋的。所以他们不敢报案。他们逃走以后就一直互相埋怨。

保长说："把人家的枪弄丢了，这可是要命的事！"保丁说："我说顾家友家是老鼠的尾巴，再捶再打也流不出多少血，叫不要去，你偏要去；去就去吧，去了把那两升米提到手就撅，你却黄牛黑卵子，格外一条筋，偏要把人带走！"保长说："你不是说，只有带人走，才能多榨点钱吗？哪晓得他们枯成那样，不仅没血没油，连水也没有。这真是没想到的事。但这也无关紧要啊。紧要的是你的枪为什么让人家抱住！"保丁说："抱住有什么大关系？要命的是你真开枪了，你真把人打死了。"保长说："他夺枪我不开枪？"保丁说："好！你开枪，你枪开得好！"保长说："事情已经这个样了，埋怨有什么用！还是考虑今后怎么办吧！"保丁反唇相讥："今后怎么办？"用鼻子使劲一吭，吭出的冷气可以冻死一头牛，"关键是当前怎么办，现在怎么办！"保长忍气吞声，反而先服软，道："现在怎么办？现在先找个可靠的地方躲起来再从长计议，怎么样？"保丁说："只能这样，还能怎么样！"于是他们就到处去寻可靠的藏身之地。

他们翻山越岭，东找西找，总觉得不合适，不安全。最后从一个山冲走进去，看到一片周围有院墙的高房子，像庄园一般。他们悄悄地靠近，见大门开着，里面静静的不见一人，就走了进去。进去是一个院子，穿过院子上五步台阶才可进入房屋。房屋六间，两头似有巷子通向后面，这时已是黄昏时分，人哪里去了？保长咳了一声。这一咳不打紧，顿时从房屋两头涌出一群狗来，将他俩围着嗷嗷大叫。它们龇牙咧齿，面目狰狞，吠声炸耳，凶恶吓人，个个跃跃欲试，似要扑上身来。

两人心惊胆战，正不知该如何是好时，忽然清脆欲滴的女儿声音穿过狗的吠声传来："你们是什么人，为何闯进我家？"

有人声，抬头看，却不见人影。保长只好以姑娘来呼叫："姑娘！

求求你，求求你，快赶开这些狗，我们可都是好人啦。"

保丁："姑娘！你不认识他吗？他是范家湾……"保丁想说他是范家湾保保长，企图以势压人。但猛然想起他们作恶多端，人们大多表面奉迎，心里痛恨，巴不得一口将他们咬碎吞掉。如此自报门庭岂不等于把自己往狗肚里送！于是就立即改口道，"我们是范家湾人。"

保长："是呀是呀，我们是范家湾人，我们迷路了，看你家门开着就进来了。"

姑娘先从牙缝里学说道："门开着就进来了！"接着猛然提高声音，发狠道，"进来想干什么？老实交代！否则，只要我一声令下，我的卫士就会立即把你们撕成碎片，当成晚餐！"

保丁很狡猾，这时他又想到若不露点真情出来，难得取信这姑娘，于是道："我们是迷路了，姑娘！你看这么晚了，我们确实想在你这里借借宿，讨口饭吃，如果你觉得不方便，就请你指指路，赶开狗，我们就立即离开这里。"

姑娘态度缓和下来："你们想到哪里去？"

保长道："回范家湾。"

姑娘道："范家湾我不知道，出去后你们再去打听。"于是唤她的狗，"哦！哦！让他们走！"

保丁心里道："你想支走我们，没门！"姑娘不敢露面，和她对话已对了这半天了，没见第二个人出来，他断定这院子里再不会有别人。而围着他们的狗见主人发出撤退指令，就放松了围攻。他立即趁机登上台阶，推门入室；为防止姑娘驱狗重来，想找一根赶狗棒什么的，没想到微暗中发现梁上挂着腊肉，立即跳上桌子取下两块扔到狗群中。群狗刚才在后面进食，那可是粗糠加馊饭，它们带吃不吃才发现前面进来了生人；现在有了美食如何不去抢！群狗去抢腊肉，保长也趁机跑进屋内。为了彻底脱离群狗的围攻，保长进屋后，保丁就将门插着。接着俩人就到屋内去寻找那姑娘。但因光线不足，越往里走越黑，房子又大，正不知该往何处走时，随着咔嚓一声响，火光一闪，就见眼前亮起一片昏黄的光，他俩立即躲入墙角观看。原来那小姑娘见正对着话，忽然两人都不知去向，就用火镰点燃木梓油灯，端着下楼来瞧。这时那两个家伙才明白，这房子不仅多、深，还有阁楼。于是就藏到楼梯空里，等小姑娘端着灯下来，他们就好言好语地迎了上去，从小姑娘手中接过灯，半哄半劝依然把小姑娘带上阁楼。这小姑娘十五六岁，水灵灵的，长得十分纤巧漂亮。他俩都顿起淫心，都想先占，都说着不沾咸的话，在各想各的办法。

与侯武成分开后，陈光明边思考边向群众打听。当他从一户人家的门缝里获得"是有两人来过，我没让他们进来"的话后，即根据这一蛛丝马迹往前找。找了半个时辰，忽然传来群狗激吠之声。不由使他想到马裆沟子扁山下那户偏僻人家。

这户人家住在马裆沟子最深处，两口搭一个女娃，家庭极富足。自女人染病再也不能生育后，这个家庭就变了味。男的想娶二房生子延续香火；女的依仗娘家势大不允许。男的执意要娶，女的就甩狠话："你要敢娶，我敢叫你死无葬身之地！"女的越甩狠话，男的越下狠心。自此家庭常常吵架打架战火连天，身体本来羸弱的女人因气极吐血而死。女人一死，男人就失去泰山之阴，问题接踵而至。家庭无人打理，生活过得颠三倒四，七零八落；女儿无人照顾，只好给人家当童养媳；夜晚寂寞难熬，异想天开，就去嫖女人。一次翻墙入院，被人抓住，用劈柴块子砸死在山沟沟里。母死父亡，女儿嫩枝充柱，回家独撑门面。无人保家护院，就养了一群狗。

陈光明想到这里，更引起他的警觉：那里偏僻，难道他们跑到那里去了？他急忙赶去瞧。等他赶到时，天已黑，狗声早已停息，高高的院墙里静悄悄的。院门大开着，他想进去看个究竟，又怕惊动群狗。他爬上一棵树朝里看，只见房屋漆黑一片，院门内一双双绿光闪闪的眼睛，显然那就是看家护院的群狗了。他绕到房侧、房后，房侧、房后都是长着蒿子的荒田；荒田后面是密不透风的恶林。他围着院墙转悠，没有进院的后门，更没有翻越院墙之处。夜越来越深。倾耳听，蛙声咯咯，夜鸟啁啾；举目看，黑暗蒙蒙，阴气森森。这真是：

　　　　漆黑深夜天，

　　　　荒野独家人。

　　　　浅水蛙声闹，

　　　　深山寂无声。

　　　　无声疑藏鬼，

　　　　有声更惊心。

　　　　宅内蕴玄机，

　　　　宅外游孤魂。

　　为给自己壮胆，他拔出腰间手枪，并推子弹上膛。一边转悠一边寻找翻越高墙和对付群狗的办法。转着转着，不仅那蛙声越来越凶猛，而且那寂寞无声的野林上的树叶又奇怪地泛出了幽光。他心惊魄动，毛骨悚然，那恶林里难道要出什么花样？他立即蹲下来，握紧手中枪，密切注视着。那树叶的光越来越幽，越来越明，他的心也越跳越快！他头稍稍一扬，眼前不由一亮，一轮弯月跳上山岭；原来是月亮出了，月光照在树叶上，树叶反出的光。他深深地舒了一口气。

　　月亮出来，他该去碰头去了，没有办法，时间到了，他站起来，快快地往回走。

　　在月夜下快快往回走的还有秦氏。虽然不是在一个地域内，但是在一个月亮下。

　　秦氏找朱氏，是想朱氏为她鼓劲并帮她想个办法，谁知却泼来一瓢冷水。她认为朱姐泼得对，但她没有死心，还想去找陈光明碰碰运气。于是就去路口等陈光明，可怎么也等不着，她以为陈光明在家，不由又去敲敲大门。

刘氏自那次秦氏突发奇想说出要她的儿子后，她就常常做噩梦，扰得她睡不好觉。这天晚上她觉得心里发躁，又想起秦氏要她的儿子的事，翻来覆去睡不着。她感到秦氏好笑，竟然要她的儿子！她的儿子是个人也不是个物件，难道是可以随便要的吗？她想把这事告诉朱氏，叫朱氏告诉秦氏早早死了这个心，别再来丢人现眼。想到这里她安稳了，翻了一个身，把她的儿子紧紧地抱到怀中，理了理枕上的头发，准备好好地睡去。忽然有人敲门。她开门一看又是秦氏，心里一股厌气不由腾地升起：要天要地都可以，哪有要别人的儿子的！很想给她几句难听的话；但猛然一想，妯娌伙的，何必伤和气呢，于是就说了一句敷衍的话："他爹不在家，我做不了主！"但还是忍不住，说完，"哐"地一声，就把门关上了。秦氏又碰了一鼻子灰。

宋朝苏轼有名句："但愿人长久，千里共婵娟。"

在这一明媚的月光下，陈光明怏怏地转去碰头，秦氏怏怏地回家。保丁、保长在干什么？

保丁、保长挟持着姑娘在那阁楼上咸扯萝卜淡扯瓜，西嚼葫芦东嚼瓢，装没事地在那耗着，仍然都没想出好办法来对付对方。后来月光照进阁楼，使他们有了新话题。他们谈着月亮谈着天气，不时也向窗外眺望眺望，希望出现有利自己的机遇。

忽然他们发现，后院里群狗来来去去。这一现象引起了他们的注意。进而他们发现一庞然大物。群狗来来去去是为这一庞然大物。

那庞然大物，从后面院墙边，在群狗的簇拥中，慢慢地向他们所在的房子移动而来。

"怪物！"他们同时在心里喊道。他们顿时吓得两腿打战，却又要在小姑娘面前装硬汉，提心吊胆地睁大眼睛盯着那"怪物"！渐渐地他们看清了，那"怪物"是两捆高粱秆子。两捆高粱秆子并连着，悠悠地向他们游来，群狗像迎接，像护送，在两边摇头摆尾地簇拥着。这就更加奇怪了，两捆高粱秆子在地上会游动！难道是鬼？世上哪有鬼！就是有鬼，鬼也怕狗啊！未必真是什么"怪物"？真是"怪物"，那狗能在它旁边安然无恙？既然狗在它旁边没事，那一定不是"怪物"。既不是"鬼"也不是"怪物"，很可能是一个大乌龟驮着高粱秆子在慢慢爬。既然是这样，下去看个究竟又何妨？保长借机指使保丁："你下去看看。"保丁极顺从地答应道："好。"但接着又对那小姑娘道，"小姑娘跟我走。"保长急忙道："你去就是了，叫她做什么？"保丁冷冷地回道："叫她帮忙赶狗啊！"接着毫不客气地回敬道，"要不然，你一个去试试？"保长只好道："好，我们一路去。"

于是他们仗着狗势，挟持着姑娘走下阁楼，走近那两捆高粱秆子。

"两捆高粱秆子"见他们走来就不动了。贼胆包天的保丁慢慢上去，双手将两捆高粱秆子向两边猛一扒拉，月光下只见两眼炯炯地仰面躺着一个人！保长、保丁同时吓了一大跳。那保丁最贼，反应最快，一声"不好！"拔腿就往回跑。那躺着的人一个鲤鱼打挺跳起来，"啪"地一枪打去，接着"唰"地一转身，枪又直指保长面门，保长眼一闭，腿一软，一下跪到地上等待乘坐枪声去西天。

结果枪未响却是一声巨喝："不准动！一动打死你！"

狗们轰动了，吠声沸腾，那姑娘也吓得直抖。那人道："姑娘你受惊了！不要怕，你去给我拿一根结实的绳子来。"

这人，即是陈光明！

这人怎么是陈光明呢？且听下章分解。

第二章　农协会惩恶掀风暴
陈秦氏借子搬救兵

原来，月亮出来后，陈光明即按约定转去与侯武成会合。可是，回去怎么向侯武成讲呢？到范家湾怎么向郝大洪汇报呢？说他没发现什么，他深信自己有所发现；说发现了什么，他又说不清。怎么办？想到这些，他又返转来围着那宅院游荡。又游荡了两转，月光下他看到一堆高粱秆子，心里一动，翻院墙的办法有了：他将那堆高粱秆子移到后面院墙下，他顺着高粱秆子堆，就爬上了院墙向院内察看。院内空旷平坦，有一两亩大，没有发现狗；但是他知道只要有响动，狗就会蜂拥而至。为了防狗，他又想出了一个办法：他轻轻地转进两捆高粱秆子到院墙内，接着他跳进院内。响声很轻微，但仍引来了几只狗；他急忙仰面睡到地上，将两捆高粱秆子盖到身上。狗们跑来，用鼻子嗅，用爪子扒拉。浓烈的高粱秆气味，使它们很兴奋；它们不反感，却想尝尝。它们张大嘴巴这里嗅嗅，那里闻闻，却不知从哪下口，急得在上面翻过去翻过来折腾。折腾半天，嗷叫几声，几只狗不耐烦地去了；又来几只，同样折腾一阵又去了。反复多次后，那群狗就见怪不怪了。后来那两捆高粱秆子向房子慢慢移动，它们也不觉稀奇，只觉得好玩，时不时地你来我往地跑来跟着高粱秆子走。时不时用鼻子嗅嗅，用爪子扒扒。狗也和人一样，喜欢好奇，喜欢玩耍。这种好奇玩耍来来去去的举动终于引起保长、保丁的注意，进而发现两捆高粱秆子，从而引出了前面一幕。

月光下，侯武成等待陈光明；正焦急时，陈光明押着范保长来了。这无疑又是一次意想不到的胜利，使侯武成高兴地大叫："老表老表！这多危险，怎么不回来叫我！"陈光明说："我本想把情况查明了，回来报告后再去抓他们的，谁知短兵相接，刻不容缓，不容我不下手。""那保丁呢？""我本想一枪把他毙了，但一想他罪不当诛，就在他屁股后头放了一枪，让他快点跑了。"接着陈光明问："顾家友的小亲家怎么样？""那小青年流血虽多，但未伤及要害，顾家友和他的亲家抬着他又及时地找到了义医，得到了及时救治，生命没有危险。""那好，我们去范家湾，把这家伙交给郝大洪去。"

郝大洪带着农协会会员在范家湾找保长、保丁，虽然没找着，可越找参加的人越多。郝大洪就组织大家搭台，准备召开缺席控诉大会。当台快搭好时，见陈光明、侯武成把保长捉来了，郝大洪乐不可支，大夸陈光明、侯武成是"好样的！""正对么！"于是将缺席控诉大会改成斗争大会。斗争大会结束后，大家就趁着月色，郝大洪在队伍前，陈光明在队伍后，侯武成在队伍中间押着保长，连夜边游乡、边往县城送。

以往，各人在各人家干活，受劳累和疾苦折磨，认为自己非常藐小；今天大家聚在一起，互相依仗，互相感染，拳头握得紧紧的，胸脯挺得高高的，感到浑身是劲；虽然是夜晚，大家仍兴奋异常，在郝大洪的带领下，边喊口号边唱歌："打倒恶霸地主！""穷人要翻身要解放！""耕者有其田！""起来！饥寒交迫的奴隶——"兴起时，大家都往前头涌，押着保长的侯武成与郝大洪、陈光明反而落到后面了。

这时，温暖的夜，起风了，变凉了，月儿也钻到乌云里去了。忽然，黑影一闪，郝大洪、陈光明与侯武成都被扑倒了，嘴里都塞上套子。反而和那保长一起被劫至范家湾范家大坑。

消息传到县城，那时国共合作。县农民协会负责人高天星率县农民协会总部及县中队80余人枪一同赶到范家湾，将范家大坑围了一个水泻不通；将郝大洪、陈光明与侯武成救出，并逮捕了劫案首犯——那个保丁马龙奎、劣绅范西夫和那个保长范家新。游乡后被带回县城批斗，然后交给县党部，押到监狱中等候处理。

由两升米引发的香城县农民协会运动，正闹得轰轰烈烈时，蒋介石发动"四一二"反革命政变。湖北的夏斗寅与其遥相呼应，从宜昌率叛军进逼武汉。在香阳的牛连升跟风上，亦发动叛变，指使在香城的两个连冲进县党部搜捕共产党员、县党部工作人员及农民协会骨干人员；接着冲进监狱释放在押的案犯。

幸亏县党部在牛连升叛变前即获得消息。紧急通知共产党员、县党部工作人员及县农民协会骨干人员，包括陈光明立即转移。

在押的案犯出狱后，即向警备队借枪，纠集流氓地痞进行疯狂报复。香城县城及所属农村立即陷入腥风血雨之中。

陈光明慌忙回来对刘氏说："现在局势对我们家很不利，我必须走。我这一走，我们的儿子恐怕也危险，你要想法保护好儿子。"

陈光明转移时，挑着木匠挑子，故意在十字街大皂角树下打了个旋。其目的是告诉那些反动派及寻仇者，我从这走了，你们追就从这里追，别去扰乱我的家。

陈光明一去，音信全无。刘氏成了单根独苗的一根草，顿时感到无依无靠。加之"抓农协""抓共产党""斩草除根"的风言风语频频刮来，像锤子成天在她心上敲。使她既担心丈夫的安危，又担心儿子被国民党反动派为了斩"草"，除了她这棵独"根"。这时为了儿子免遭劫难，她不得不想到秦氏。可是秦氏就像个坐月子的女人，成天见不到她的人影。她当然可以将儿子给秦氏送去，但那样，她刘氏岂不更贱，她千疼万疼的宝宝岂不更是粪土不值！正心焦意急之时，忽然那天不知是哪阵风把秦氏刮来了，并且还是与朱氏一同来的。

刘氏一见这阵仗，想到自己的儿子马上就要被别人抱走，顿时心上就感到骨肉撕裂的疼痛，将儿子抱得更紧。朱氏上来一手摸着孩子的头，一手抓着刘氏抱孩子的手说："妹子，秦氏多次请我向你说，可我笨嘴拙腮的，哪能担得起这千斤重担哟，你看光明也不在家，光你一个妇道人家，拉一窝坨娃子，日子咋过得好哟！没吃没穿，娃子咋挡得住哟！万一伤风咳嗽一上身，七病八灾就会接踵来，到那时，你有啥法哟！那东边的、南边的不有好几个娃，打连枷似的，接二连三地没了嘛！"听到此话，刘氏眼泪顿时扑簌簌地往下滚。道："就是死，我与我儿死在一起，我心里也好受些！"朱氏急忙接着喷道："黄！你舍得你的心肝宝贝就那样？把给她秦氏是隔山隔水呀，不是还如同对门似户，早不看见晚看见。再说你还有'三千金'呢，好歹也是你身上的肉，你也不能只疼金不疼银哟！"朱氏一面说着一面察看刘氏脸色，顿顿，又说："既然我做了中间人，我也要一碗水端平。我看这样：借。既然是借，就要有借有还。咋还？她把你儿子借去做她儿子，她负责抚养成人，收亲完聚，当生下第一个孙子，就立即把第一个孙子给你。这老祖宗传下来的，是有说头的，叫'借子还孙'。如果你同意，我们就订上契约，俗话说，当断不断，日后必乱，我们订上契约，免得以后悔改。秦氏！你看咋样？"秦氏连忙点头，说："好，好好！"朱氏看刘氏没开口，估计在犹豫，于是故作决断地说道："我看就这么地！"刘氏哽咽地说："你们这不是生割我的肉吗！"朱氏见刘氏松口，立即又向前推一把："我知道我妹子是个痛快人，我把香早就准备停当了。"

于是在朱氏的摆布下，三个妇女就在刘氏窝棚里净手焚香，磕头作揖。而且朱氏口里念念有词：

"天灵灵，地灵灵。金山有意，香水有情。刘氏借子，秦氏还孙。一言既出，板上钉钉。如有悔改，鬼神必惩。红唇白牙，朱氏做证。"

拜完香，下一步，就是进行过子仪式。

过子仪式在秦氏家里进行。过子仪式其实就是秦氏把刘氏一家人接来吃顿饭。吃饭时，秦氏就把刘氏的儿子接到手里，喂汤喂肉。刘氏拿着筷子，其实是做做样子，望着三个丫头海吃海喝，强把泪水往肚里吞。等她们吃饱喝足后，拉着她们就走。走到门外大丫问："妈，弟弟怎么不抱？"刘氏已经忍不住了，哑着嗓子说："莫问，快走！"大丫身子一摆，把手从刘氏手中猛一抽脱，转身跑回去把弟弟从秦氏手中一把夺过跑回来，一直跑回家中。这一猝不及防的举动，把秦氏吓呆了，当她明白是怎么一回事后，拔腿就要向外追。朱氏一把将她拉住，道："小孩稚嫩之举，不会碍事的。"

穷人家的孩子睡得早，天刚洒黑，刘氏三个丫头全都到梦乡河里去戽鱼去了，那小儿子也在刘氏怀中睡着了。朱氏、秦氏走进草屋，寒暄几句后，朱氏将那孩子从刘氏手中接过来交给秦氏，两人有说有笑地又将孩子抱了回来。走到秦氏门口，朱氏像干完一件农活清理手上灰土一样，将手翻上翻下拍打拍打，说："此事到此算是锣罢鼓罢，大功告成。今后就看你如何抚养了，我回去了。"

秦氏一手抱着孩子，一手将朱氏拉住往屋里推，说："哪能就走，快到屋里歇歇。"秦氏将朱氏推进屋，摸黑点亮桌上煤油灯。煤油灯，是有罩子那一种，罩子擦得锃亮，满屋亮堂堂。朱氏没话找话地说："没想到你没生孩子，抱孩子还怪内行。"秦氏说："自起心要那孩子起，我就在家作准备，你看这衣裳，这小被子小褥子，还有这摇篮……我自己还做了一个大娃娃，成天学着抱。"说着从摇篮里拿起那个布娃娃给朱氏看。"我一个，要哄娃子，要做生活，不学着这样抱，怎么成哟！"朱氏惊讶，"你怎么知道，就一定要得来？"秦氏："我看到就他合适。所以下定决心，就是跑断腿，磨破牙，我也要把他弄到手！"这时，那孩子醒了，秦氏连忙拍、摇，呵呵地哄。还好，那孩子拍拍摇摇就又睡着了。朱氏接着又问："要是弄不来呢？"秦氏笑笑："不是有这几句话吗？'猴子不跳圈，多敲几遍锣。''只要功夫深，铁棒磨成绣花针。'还有'山不转路转'。这不，我说不好，不把你搬出来了嘛！"朱氏："难怪有人说你是一个不简单的女人，果然是一个不到黄河心不死的妹子。"说着秦氏端来一大海碗汤圆，汤圆上堆着一层白糖！朱氏："你过这个细做啥？一条街上的姐妹，还讲这客气！"秦氏："大恩不言谢，一切尽在妹妹肚内装着。"接着将话头一转，看着熟睡的孩子含情脉脉地说，"这孩子听话，他不哭。"朱氏："孩子只要没病没灾，吃饱穿暖，他就不会哭。"秦氏："再过五天，就一岁半了。"朱氏："这样的孩子只要有吃的，好哄。"朱氏慢慢地吃着，秦氏就在灯下瞧那孩子：那头上细细的毛发黑黑的，用手一摸，像绸缎一般柔软滑手。圆润的额头，天成地就，像瓜儿一样的丰满。翘翘的小鼻子，像一座山峰滑向另一座山峰那样自然美丽。不薄不厚的小嘴唇，抿着时像成熟的樱桃，笑时像盛开的花朵。特别是那小脸蛋鼓鼓的嫩嫩的泡泡的，叫人看上一眼就想用手去捧，捧住了就会情不自禁地要亲上一口！只是因为奶水不足，那双小腿小脚细而薄，但那深藏在胯下的鸡鸡，却给秦氏无限的信心和满足。

朱氏看秦氏看孩子看得忘了神，就说："给他取个名字吧！"秦氏："我早就想好了，叫义。小时叫义，长大了叫屹义。"朱氏："没想到，你想得怪周全的。"秦氏见朱氏没有称赞这名字好，就问："你说这名字好吗？"朱氏："名字什么好不好，关键将来要有出息，有出息了，什么名字都好。不过，看来你这名字似乎很有说头。"秦氏："这孩子，非我生养而跟着我，这叫一种义；我要叫这义，像金山一样绵远恒长，坚定不移！"朱氏："所以叫他屹义，是叫他忘掉他父母，永远跟着你。"秦氏："他跟着我，我也不亏他，我要叫他有享不尽的荣华富贵。"朱氏听后想说什么，话到嘴边又没说。这时她吃完汤圆，说一声"多谢"，放下碗，秦氏将五块洋钱叮叮当当地放到她面前。朱氏说："你这是干什么？"秦氏说："姐姐耶，你帮了我这么大的忙，我就不表示表示嘛！"朱氏："表示也不要这么多呀！"秦氏："快莫说多，我本来有几个钱，这个娃子一来，我不得不时时算计，点点计较！"朱氏："那好，我就厚着脸收下。"朱氏将面上衣服掀起，将洋钱装进里面荷包，放下外面衣襟，拍拍，说："我走啦。"这时孩子醒了，秦氏一手抱着义，一手将门开开，将朱氏送出，说："还有一点麻粉子月亮。"朱氏："看得到，看得到，你转去忙。"

秦氏送走朱氏转回来，意识到孩子该饿了，轻轻地将孩子放到摇篮里，拖到灶边，用一只脚踩着摇篮轻轻摇，手里下米熬粥。粥里加鸡蛋，加青菜叶，熬到不干不稀时，盛到碗里放上白糖，端到堂屋里桌子上，坐下来，又用勺子将粥搅黏。发现门没插，插门时，门一响，惊醒了孩子，孩子"哇"的一声哭起来。秦氏急忙将孩子从摇篮里抱起来："粥儿熬好了，我的娇娇也醒了!"她说着，将哇哇啼哭的义放在左腿上，左手挽着，右手操勺挖一点点粥，用嘴尝尝，往义嘴里喂。"我儿饿了，莫哭了，快吃饱饱!"可是刚饿醒的义，不知解饿的食物已到嘴边，闭着眼睛，两腿乱蹬乱弹地哭。秦氏几次喂都没喂成，急得秦氏一身汗。只好放下勺，抱起来边走边哄。走了两圈，孩子哭声有增无减，她感到很为难。孩子哭得上气不接下气，喂，怕孩子呛着了;不喂，又无法解决孩子的饿。她没有别的办法，心想孩子哭，主要是饿了;没有奶喂，只有喂粥。回转来她狠了狠心，冒着呛着孩子的危险，硬往义的嘴里喂粥。哭声中真把孩子呛着了，呛得孩子直咳嗽。就在这咳嗽声中，孩子尝到了可口的甜味香味，于是一边哭一边大口大口地吃起来。肚子里有食了，孩子渐渐地止住了哭声，一直将大半碗粥吃完。喂完粥，秦氏就将义放到摇篮里摇。一边摇，一边唱着她妈哄她弟弟小时候的歌:

"风起了，雨下了;风小了，雨大了;扑通扑通，院子起水了;一个雨点，一个泡!"

她没生过孩子，更没带过孩子。这是她人生的新起点，她闯过了这一关，是她的大胜利，她非常高兴。接着又唱:"风停了，云来了;风起了，云散了。呜地一声，一群麻雀飞来了:蹦的蹦，跳的跳;呜地一声，又一下飞走了!"

她一边唱，一边逗孩子，可孩子仍然哼哼叽叽地闹。她想到可能是孩子吃多了，肚子胀，不舒服。于是又将孩子抱起来，一边拍一边走。一边走又一边唱:

"走啊走，走啊走，走到小河沟。酉属鸡，犬属狗，猫儿想鱼河边守;子属鼠，牛属丑，天上下雨地上流。儿子兜满老子有，老子兜满儿子牛。红色高粱酿白酒，芝麻粒儿榨香油。老虎有腿山上跑，鱼儿无腿水中游；同是米粒来做饭，你煮米茶我煮粥；没有男人哪有后，有了儿子孙不愁！"

扑通一声，孩子屎拉出来了，她忘了给孩子垫片子，稀里咣当整了她一身，她哈哈大笑："我的金宝宝、银宝宝，你把妈妈的衣服弄脏了！"她把自己身上的粑粑简单地擦擦后，就去给宝宝洗澡换衣服，然后就将义放到摇篮里摇：

"摇呀摇，摇到外婆桥。外婆桥，真奇妙，两头低，中间高。外婆想孙心发焦，拄着拐棍上桥瞧。北风吹，雪花飘，路儿滑，脚儿小。哎呀哎呀，小娇娇，外婆过桥摔倒了！

"摇呀摇，摇呀摇，我的宝宝要睡觉。雀儿鸟儿不要叫，大狗小狗不要跑，猫咪猫咪不要闹，老鼠老鼠你别吵。安静了，睡觉觉，静悄悄，静悄悄，我的宝宝睡着了。"

孩子睡着后，她才去洗自己的衣服，准备孩子明天的吃食和尿布。

秦氏把孩子弄到手后，就想方设法不让他的亲生母亲刘氏接近孩子。刘氏来看，她总是软拖硬磨找理由遮掩，让刘氏一趟趟白跑看不到她的亲生儿子。

刘氏的幺，是刘氏的心头肉，自把孩子给秦氏后，心里就像撕裂般地痛。当初朱氏动员她时说"隔壁邻右的，也不是隔山隔水，早不看见晚看见"，她把儿子给秦氏后，每天早晚就来到大街上望着秦氏的门，希望能看到她的儿子，可是秦氏的门总关着。她心疼难忍，就去敲秦氏的门，可秦氏总是推三推四不让她进门。丈夫出走生死难卜，本令她忧心忡忡；现在又看不到她心疼的儿子，雪上加霜，几火重重，她气不过就去找朱氏评理。朱氏一听，也为刘氏大鸣不平："你等着，我去找这个没良心的婆娘！"

要知朱氏如何找秦氏，且听下回分解。

第三章 陈光明加入赤卫队
陈刘氏避难躲深山

朱氏气冲冲地去问秦氏。秦氏反问："我待孩子好不好?"朱氏："可想而知,肯定好。"秦氏又问："日后我会不会亏待这孩子?"朱氏："孩子到你这,就是你的孩子,你怎么会亏待他?"秦氏再问："我们的协议算不算数?"朱氏："怎么不算数?"秦氏："既然算数,我所做的就没有错。"朱氏："人家是生母,人家只是看一看,你就不让看,你还没错,这不是太绝情了吗?"秦氏："看一看,看两看,看三看,看出感情了,不就跟我疏远了? 跟我疏远,今后叫我怎么待孩子?"朱氏："不管怎么说,我的妹妹,人家是借,人家是把儿子借给你。"秦氏："我们的协议既然算数,这协议上的'借',就不是一般的借,是'借子还孙',这意思就是说:这儿子就是我的了,再也不还了,只是等我儿子结婚后,生下孙子,还她一个孙子。既然是我的儿子,我就有理由不给她看。"秦氏理直气壮,大眼睛直视朱氏的眼睛,朱氏低下眉想想,觉得秦氏说的也有道理,于是就把话忍到那里了。秦氏立即趁机亲热地用反手握住朱氏的一只手,紧接着正手跟上去,手里的两块洋钱即到朱氏手心里了,说:"姐姐,我的好姐姐,你为我美成了这桩好事,总是想我这一门儿孙满堂,兴旺发达哟,你就为我把这人情做到头,船儿撑到边，在刘氏面前再多多打打圆场，让她再别为这孩子操心了！"

秦氏几句话把朱氏挡了回来，气得刘氏一病不起。朱氏也难受了好几天。这天朱氏去看刘氏，朱氏抓住刘氏的手说："妹妹呀！我没想到秦氏这么绝情。但她从她那方面说的也有道理。再说妹妹呀，这也是我们逢到乱世，我们不出此下策，把孩子给她，孩子就保不住。她把孩子藏起来，你看不到反动派也看不到，这不更保险吗？等这乱世过去了，孩子也长大了，她要再藏，藏得住吗？妹子！你说是不是这个理？"朱氏看刘氏，刘氏的眉舒展了许多。敏感的朱氏听到外面有骚动声，预感到会有情况发生。就拍拍刘氏的手说："孩子放到她那，比放到我们自己家保险！"说完就走了。

此时，中共金山区委在蒋介石发动"四一二"反革命政变，和汪精卫发动"七一五"分共之后，为反击蒋介石和汪精卫及其走狗对共产党员和革命群众实行的大屠杀，贯彻我党"八一"南昌起义和"八七"会议精神，在横冲召开会议，成立了金山赤卫队，下设两个大队，任命邹青介为总队长。侯武达为第一大队长，侯武成为第一大队经济股长，陈光明因为是木匠，交际广，负责对外联络。

郝大洪说："我们现在有6支枪，大家说怎么办？"

"就这些枪，再去夺枪！"

"那就去打鄢王镇！鄢王镇枪多！"

郝大洪问："鄢王镇是什么情况？"

陈光明说："鄢王镇有个团防局，团总是陈池恒，团防队长是铁木石，有长短枪20余支。"

郝大洪："好！我们就打鄢王镇团防局，全体都参加。另外我们每个人再发动可靠的一至两位以上的群众参加，鸡叫二遍集合，鸡叫三遍向鄢王镇团防局发起进攻。来他一个突然袭击！"

这天晚上陈光明回到家里，叫刘氏连夜远走高飞，带着孩子回到娘家去。

第二天清晨，晨雾蒙蒙。陈光明挑着木匠挑子从团防局门前过，和两个站岗的哨兵打招呼："两位辛苦啦！"两位都认识陈光明，说："你不也辛苦吗！"说话间侯武达和侯武成上去一把缴了两个哨兵的枪！躲在树后的郝大洪向天开了一枪，鄢王镇一下沸腾了，赤卫队和数百名群众一面呐喊，一面像水漫金山一样，一下拥进团防局。团防局的团丁们从来未见过这样的阵仗，吓得纷纷从后院翻院墙往金山里跑。团总陈池恒、团防局队长铁木石没有跑脱，被赤卫队捉拿带到横冲垴上。团防队长铁木石，真是铁石心肠，死不悔改，拒不认罪，一心要与赤卫队作对，赤卫队就把他枪毙了。团总陈池恒愿意"悔过"，不仅缴枪，还叫家里送来一大批洋钱，金山区委就把他放了。

接着赤卫队员又分别缴获了5支散枪，省委又发来8支枪，加上新缴获的和原有的共计58支枪，金山赤卫队声威大振，山内山外方圆几十里的恶霸地主纷纷逃窜。

鄢王镇团防局的团丁们，大多逃到香水边丰家湾，他们见金山革命声势越来越大，其中10多人便把枪拖到横冲，投入赤卫队。这时金山赤卫队一大队发展到近200人，近百支枪。同时党组织也得到了很大的发展，其中陈光明加入中国共产党。

在金山赤卫队的影响下，香水两岸的赤卫队如雨后春笋蓬勃地发展起来，苏区政权也多有建立。后来省政府也搬到横冲。

省政府到来后，将金山赤卫队的经验推向金山内外，香水南北，鄂豫边的革命气氛空前高涨。

全国红军的发展，使国民党统治集团感到极大地震惊。恰此时蒋介石在中原大战中获胜，于是就掉转枪头对中央苏区、鄂豫皖边区和湘鄂西革命根据地进行"围剿"。同时，也调来三个团，分三路围攻金山苏区。

一时金山苏区到处都是敌人，金山赤卫队无立足之地。一天傍晚，总队长邹青介一点名，不见侯武达带的第一大队主力，一问，才知道侯武达受投降来的团丁的蛊惑，带着第一大队投降了钱干清团防局。在这种情况下总队长邹青介无可奈何地说："侯武达把枪拖跑了，第一大队主力找不到了，我们只有插枪分散，各自隐蔽。"

接着，邹青介将大家带到野猪林，将70多支枪埋藏起来。陈光明埋了两支，一支枪埋三处：第一处埋零件，把零件装在油罐里埋入地下；第二处埋枪筒，枪筒内灌进香油，两头塞紧，埋入土中；第三处埋枪托，将枪托包上栎叶，埋在干燥的地方，免得受潮霉烂。他埋得非常仔细，也埋得非常伤心，他边埋边流泪。开始发现自己流泪还感到惊奇，当他想到那次在家吃午饭看到大女儿为"饭"里看不到米而闹的情形，他的泪水更加情不自禁地淌流起来。他早就想参加革命，打倒恶霸地主分田地。有了田地就不用交租，不交租，收的粮食全归自己，这样儿女们就可以吃饱饭。哪个不为自己的儿女呀，参加革命是提着脑壳干的事，但是一想到能够让儿女们吃饱饭，吃白米饭，就是肝脑涂地也心甘情愿啦！可是，这才开始干，怎么就要埋枪，就要各自逃命呢？他心不甘，他心发凉，不由泪流满面。野猪冲黑林子密布，黑林子高头尽是老鹳窝。老鹳窝里的雏鸟张着大嘴，老鹳正含着肥嘟嘟的虫子向大嘴里喂。那虫子是小鸟爱吃的美味佳肴。看到这情景，他把头垂下来，他自惭形秽，他觉得他连小鸟都不如，他没有本事给他的儿女们吃一顿可口的饭，连一顿白米干饭也没能力给，更不用说加餐吃荤了。他忌妒老鹳们，捡起一个石头使劲砸了去，老鹳们扑扑棱棱四散而去。赤卫队埋罢枪，每人领三块大洋，也像树上的老鹳一样各飞东西。陈光明看到赤卫队四散时的戚戚然的样子，后悔不该向老鹳们砸那一石头，把人家从家园里赶跑。

"插枪"后，邹青介另带两支手枪投降了霍大昶，当了土匪。苏黄山拖走几支枪，也投降了钱干青，当上了团丁。侯武成背了支双套筒到陈池恒团防局暂住，后被国民党兵抓去要枪毙他，他拿出50块钢洋，买活了敌人。敌人把弹头拔下来，换上高粱棒子，在土门冲着武侯成后脑勺就是一枪，他那小命虽然保住了，后脑勺却起了一个大包。

陈光明"插枪"后，就来到香水东，为隐蔽和糊口计，他以3块钢洋为资本，把木匠挑子改成货郎担，摇着拨浪鼓，串起乡来。这货郎担很特别，一头是针头线脑，一头是做木活的工具。

到4月，红三军第九师打回来，敌人逃走了，金山赤卫队才又慢慢集中。7月省委回到横冲，金山苏区开展整党，主要是清查革命阵营内部的反革命分子和叛变动摇分子。同时还惩治抽大烟、贪污、赌博、搞皮绊的腐化分子。

在这次整党中，邹青介、侯武达、苏黄山首先被枪毙。

侯武成见势不妙，就偷偷地溜回家，叫家人埋了一个假坟，说他上吊自杀了。省委知道他在搞鬼，就派人在他家旁守候，终于将侯武成抓获，关押到横冲。一天轮到侯武成远房侄儿侯明则看守，侯武成对侯明则说："我难受死了，你给我解开绑，让我到院子里晒晒太阳。"侯明则便给他解开绑，搬了把椅子，让他坐在院子里晒太阳。

陈光明"插枪"后立场坚定，被提为金山赤卫队经济部长。那次他到省委横冲支完钱出来，坐在院子里晒太阳的侯武成见到陈光明，便喊道："老表！你上哪去？"陈光明答："我回队里去。"侯武成说："我到桥上去，我们一路走。"陈光明以为侯武成还在工作，于是同他一起便往外走；而站岗的又以为陈光明把侯武成保出来了，也没过问。就这样侯武成跟着陈光明出了省委。途中与陈光明分手，陈光明一人回到赤卫队。

第二天省委召开大会，四乡八村的代表到齐了，省委当众宣布斩动摇分子侯武成；警卫队去提侯武成，却不见侯武成。大会悬在那里开不下去，弄得省委上下十分尴尬！当时紧急一查，说是陈光明将侯武成带走了。省委便派赵学平火速赶往金山赤卫队送通知，恰巧新任的赤卫队正、副队长都不在家。陈光明是赤卫队的经济部长，当时在家的人数他官最大。他就从赵学平手中接过信一看，见信封上画了三个圈，还打了三个十字，是封紧急又紧急的信。不能耽误，陈光明给赵学平出了收条，便将信拆开。见信中写道："速令金山赤卫队紧急出动，把好各乡各村要道，捉拿陈光明、侯武成二人！"

陈光明一看，糊涂了，不明白自己犯了什么法，竟然要捉拿他！陈光明不服，便和赵学平一起到省委去问。

到了省委，陈光明大步直入裁判科，省委主席和裁判科科长见到陈光明大步直入而来，慌忙抄起扁担就要打。陈光明把手一扬，说："莫慌，说清楚了再打。"一个下级，竟有这样的气概，还真把他们慑住了，扁担停在半空中。陈光明说："请问为什么要捉拿我？"主席、科长同时说："你把侯武成引跑了！"陈光明又问："再请问侯武成犯了什么法？"主席、科长又同时说："他拖枪叛变，拿公款为自己买命。""犯这样的法，应治什么罪？""当然是死罪！""既然是死罪，为什么还让他坐在院子里晒太阳，连绳子也没上？"主席、科长惊异地相互对望，回答不出。陈光明接着又说："我再冒昧地问一句，要是主席犯了法，连绳子也没上，坐在院子里晒太阳；科长从外地回来，也没人告诉科长，科长会知道主席犯了法吗？主席要跟科长一路走，科长会拒绝吗？"主席见陈光明这样一连串地反问不仅从容不迫，铿锵有力，而且很有道理，便说："果真是这样，我们开会商量。"

就这样，把陈光明关了一个星期才放。出来时，陈光明身上长满了疥疮，侯武成远逃他乡，侯明则因此被杀。省委将陈光明调到省政府当正服务，掌管服务处工作。

服务处的工作一是接收、掌管、分发枪炮厂、被服厂交来的产品。二是管理各地打土豪上交的钱财粮物。三是负责省委省政府各项费用的开支，包括机关工作人员的薪水，掌管着省政府经济大权。

3月上旬的一天，服务处工作人员正在清点洋钱。洋钱准备分放到五张方桌上，每桌堆放1000块，已经放了两桌子，忽然外面枪响，敌人的"围剿"又开始了。陈光明立即命令战士把洋钱装好带好，指挥服务处全体人员出后门随省政府机关干部上山转移。翻了几座山后，省主席见陈光明身上的疥疮在跑动时被衣服擦破了皮，不断流血，便给了10块洋钱和一把手枪，叫他离队隐蔽休息。

陈光明回到家中，原以为他妻子没回来，他要一个人住，谁知妻子带着女儿都回来了。如在以往，他回来时妻子会含情脉脉地首先给他舀一碗水来的。谁知妻子现在却是熬得皮包骨，披头散发满脸憔悴地睡在床上。他没带什么东西回来，家里也没什么东西，也只好舀一碗水端到床前问道："丫丫妈！你怎么啦？"刘氏扭头一看，脸上立现惊喜之色，急忙挣扎起来，接过水来，道："你终于回来啦，莫担心，我没什么，回娘家那些日子，我实在熬不过想儿子才回来。遭雷打的秦氏，让你再怎么求她，她就是不让我看儿子，我心里堵得慌！"陈光明抓着刘氏的手说："丫丫妈！你莫急，等胜利了，我们把儿子要回来。"

不久，陈光明疥疮好转，上川金刚然背来一支长枪对他说："老陈你还搞不搞革命？"陈光明说："我是党里人，为啥不搞革命？"金刚然说："你还搞，我们就去找红军。"陈光明说："你等等。"陈光明跑回家，对刘氏说："我要走，金刚然来约我。一切就照昨晚商量的办。"

于是，金刚然背了一支长枪，陈光明腰里别一支手枪，在小腿裤腿内插一把匕首。一同去寻找红军。他木匠挑子内原有一把精致的小斧头，在转移隐蔽时，为携带方便用那小斧头换了这把匕首。

这时国民党反动派不仅对革命者加大"围剿"，对革命者家属也叫嚣着要大加杀伐。陈光明走后，刘氏无可奈何，只好放弃看儿子，带着三个女儿躲进深山。

她认为她女儿多，不好意思再回娘家，起初几年，她带三个女儿半是打工半是乞讨，在山里漂流。实在漂流不下去才又回到娘家住了几年。直到父亲去世，孩子们也长大了许多才来到连山垭落脚。

这里山高谷狭，林木参天。孤独的被十步台阶耸入山腰的一座三间陈旧的黑瓦屋靠山而立。7 亩水田，其中 4 亩熟田，被荆棘野草包围；3 亩荒田，一丈多高的荆棘和王子草密布田中。白天鸟语花香，夜晚兽吼山林；三里外的一户邻居，只闻狗吠见不着人影。刘氏将两个小女儿锁入家内，引着大女儿下田劳作。种熟田种了几年，大女儿提出开荒，于是又去开垦那 3 亩荒田，同时也在屋侧野兽出没之地下暗索，以锁入侵之野兽。

　　那天在清理完 4 亩熟田周围的荆棘野草后，母亲放假，让大丫睡一早上懒觉。就在那天早晨，天刚刚亮，母亲已下田多时，大丫睡梦正酣，忽然嘣咚一响，把她惊醒。她跑出去一看，屋侧的"暗索"锁住一头花色怪兽的一条后腿，杠杆发力把那条腿拖入暗道中。那兽，力大无穷，又吼又跳，把杠杆拉弯，把那条腿从暗道中挣出。大丫怕猛兽从索道中挣脱出来伤害妹妹，急忙跑回来关紧门窗。她从窗缝中观察那猛兽。她发现只有杠杆把那猛兽的那条腿拖入暗道，那猛兽才不能蹦跳，才不会逃跑。于是她叫二丫引着三丫在屋里把门插紧不要出来，她则勇敢地跑出去扳那杠杆，把那猛兽的后腿拖入暗道中。但隔一会儿，那猛兽歇息过来后，一挣扎，又把后腿从暗道中挣出，大丫又使劲将它拖入，隔一会儿又被它挣出。如此三番五次，大丫觉得这不是办法，立即跑到田里叫妈妈。

　　妈妈提着镢头"咚咚"地慌忙往回赶，老远一看，不由大喊："金钱豹，一头大金钱豹！"

　　金钱豹见来了人，又吼又跳，大丫见锁着的后腿又从暗道里挣出，急忙跑上去扳住杠杆。刘氏赶到后，立即丢下镢头，也上去扳杠杆，同时大喊："使劲！使劲！"大丫和妈妈一同努力，才又把金钱豹后腿拖入暗道。

　　金钱豹卡在暗道口喘息。

　　刘氏想："金钱豹是被锁住了，但怎么把它打死呢？没有别的办法，只有用镢头夯！"刘氏叫大丫扳紧杠杆，她拿起镢头去夯豹子的头。豹子见她来，拼命挣扎，大丫一人扳不住，金钱豹的后腿从暗道中挣出，没有暗道限制，金钱豹又吼又跳，刘氏根本打不着，还怕它万一挣脱，那问题就大了。急忙转来又同大丫一起扳杠杆，将豹腿拖入洞中。这样就形成刘氏帮大丫扳杠杆，就没人击打金钱豹，去击打金钱豹，又没人帮大丫扳杠杆的局面。没办法，刘氏只好叫大丫去向三里外的邻居求援。

　　大丫说："我没去过，不知道路，还怕他们的狗子。"

妈妈问："我去了你一个人扳得住吗?"

大丫说："没人去打它，它不蹦跳，我扳得住!"

妈妈说："那好，我去，你可要扳住了，死死地扳住，不能丢! 如果让金钱豹挣脱了，不仅到手的值钱的金钱豹得不到，它还会伤人，你可要扳住了!"

妈妈去了，她死死地扳住，扳住! 蓝天上的白云，像游侠似的，悠闲地从她头上缓缓飘过；树林中的鸟儿，似欢叫，似加油，似警告，不停息地叽叽喳喳鸣叫!

要知后事如何，且听下章分解。

第四章　为救母大丫闯大祸
寻靠山寻来大祸患

　　大丫望着天上的彩云，双手紧紧地扳着杠杆。也许是那豹经过歇息后，体力有所恢复；也许是它意识到再不逃走，将是死路一条。总而言之，在大丫不经意时，它一声长啸，猛然一跳，杠杆从大丫手中滑脱，顿时弯成一条弓，豹腿从洞中拖出；获得一点点自由的豹，于是趁机又吼又跳，声震山林，眼看就要挣脱逃跑！大丫一时吓得魂飞体外，"呀"的一声尖叫，一个箭步飞上去，重新抓住杠杆，拿出吃奶的力气，与垂死挣扎的豹抗争。

　　二丫听到姐姐尖厉的叫声，立即从屋内奔出来支援大丫，姊妹俩一同使劲，才把挣出的豹腿重新拖入洞中。

　　三丫见二丫出来，也跟着出来了。

　　二丫出来不仅是一股力量，而且是一种"鼓舞"，使大丫增加了胆量和信心。而三丫出来却是添乱：她仗着两个姐姐，一点也不怕，还觉得好玩，直往金钱豹附近跑；吓得大丫连连大叫"不要去！""站住！"但她仍不停步！不过还好，她在离金钱豹一丈多远处停下了，蹲下身子看热闹。忽然她大叫："血！血！"大丫顺着三丫手指的方向瞟了一眼，只见被锁的豹爪上的皮已被勒破，白生生的精骨已露出好长一节；眼看那豹爪就要从皮中脱出，向前再发展一分一毫，大祸即会临头！大丫与其说是嘱咐二丫，不如说是警告她自己："扳住，扳住，死死地扳住不要松！"这时二丫叫道："三丫快来帮忙！"三丫在二丫的召唤下，也赶来加入其中。大丫知道，二丫叫三丫帮忙是假，主要是防止三丫乱跑，把她置于可靠的监控之中。

姊妹仨竭尽全力扳住杠杆，在等她们的妈妈搬救兵来。可她们的妈妈踮着一双小脚，"咚咚"地跑了三里路，来到邻居茅屋前，左喊右喊无人应，接着又跑到田间喊，田间也无人。火上房，却找不到救火的人，这是多么急煞人！

刘氏又跑回茅屋喊，这时只见一个愣头青从茅屋里伸着懒腰出来，瓮声瓮气地责怪道："我睡得正香。你大呼小叫的就不怕搅乱人家瞌睡吗？"刘氏如见救星，急忙迎上去："小哥哥！快！快！我们锁了一只豹，快去帮帮我们！"

这个愣头青一个机灵，好像才从梦中醒来，惊问："什么，锁了一只豹？"这时他觉得从天上降下他久久向往的两个惊喜：一个是终于见到了除了他爸爸以外的一个人，而且是个女人；另一个是他只在丛林中隐隐见过豹的踪影，现在居然被锁住了，顿时兴奋异常："在哪？"

"快跟我走！"

那愣头青顺手掂着一把大斧，匆匆跟着而去！

刘氏引着愣头青赶到时，只见三个丫头死死地扳住杠杆，在与那金钱豹"拔河"。她立即叫大家稳住，不要动。她先上去换下二丫，叫二丫从正面慢慢向金钱豹靠近，以吸引金钱豹的注意力；接着叫愣头青从后面悄悄上去击打金钱豹的头。愣头青根据刘氏的安排，从后面悄悄上去，瞅准豹的头，一斧头砸去，只听"啪"的一声脆响，豹的头盖骨碎裂，豹随之如放气一般长叹一声，头无力地垂到地面上。一头价值不菲的金钱豹就这样被猎获到了手！

刘氏一家，在愣头青帮助下，把豹的肉、骨、皮悉数卖掉后，刘氏接着与大丫继续向 3 亩荒田内的荆棘蒿草进攻。

披星戴月、起早睡晚地干了一个月后，3亩荒田里的一丈多高的榨树、王子草也被她们用汗水"洗刷"得一干二净！这样一口大堰下的7亩水田生气勃勃地即在林莽中脱颖而出！

刘氏挂着镢头，以草帽当扇扇风，站在高处欣赏从自己手中开垦出来的荒田，同时也欣赏自己的女儿大丫！大丫比她更高兴，她挥舞着镰刀高喊："好亮堂呵！我们胜利了！"接着跑到她面前，"妈！我们也行！"女儿从这开垦出的荒田上看到了自己的力量！

中午了，还有断裂的、垮塌的田埂要填补，她叫大丫回家取饭，她一人又转向填补田埂的战斗中。

当她撩起衣襟擦去脸上汗时，她看到她们下的秧苗已一拃多高了，算算季节，小满已过，芒种立马就到，可她一亩田也没有沃。要沃田必须先灌水，要灌水必须下水拔剅。下水拔剅，是男人的事，陈光明不在家，她家没有男人，就决定自己去拔。尽管是深山野林，她仍觉得趁中午人们都在家吃饭之机，她下水拔剅比较安全。她走上堰埂，四下里看了又看：上天，晴空万里；四野，苍山碧绿。除了鸟儿在林中嬉闹，蝉在身边杏树上鸣叫外，看不到一个活物。她不想让身上的衣服打湿，她再次四下张望了一遍，决心像男人一样脱光衣服下水。

一个女人在光天化日之下脱光衣服的难度，不亚于把血淋淋的一颗心从胸腔内取出。她迫于生计，不得不这样做。她虽然是个农妇，但她的肌肤仍然从未见过天日。当她的衣服从身上脱去，胴体立现雪白如玉，仍可与炽白的阳光争辉；瘦是很瘦，恰显身材如柳，翘臀如丘。两乳尖尖两团火，腹部鼓鼓如绣球。

谁知世事险恶，就在刘氏一再审视过的丛林深处恰恰隐藏着一个野男人。当刘氏潜入水中拔剅时，那野男人箭似的从丛林中窜出，一把将刘氏的衣裤抱在怀中。当刘氏浮出水面，抹去脸上水时，见一个男人笑嘻嘻地坐在水边盯着她看，不由"啊"的一声大叫；天旋了，地转了，她几乎晕厥过去，本能地立即将身子沉入水中：

"你是谁？"

"嘻嘻，你不认识我，我可认识你。"

刘氏镇了镇神，对那男子斥责道："给我快滚！"

"好，好！我滚我滚！"他嬉皮笑脸地，一面后退，一面将她的衣服在手中扬扬，然后又紧紧地抱入怀中。

刘氏："快把我的衣服放下！"

"好，我放下，我放下了，你来拿呀！"

"给我滚远些！"

"好，好，我滚远些！"男人向后退，向后退，转身走上堰埂。

刘氏憋足劲，从水中猛力窜出，想去抓那衣服，只要抓住了衣服，在水里把衣服穿上也行。谁知有水阻挡行动慢，男人在坡上行动快捷，转身一跳，从堰埂上跳下来，又一把将刘氏衣服抓住，抱在怀内。

刘氏再次将身子沉入水中，哭骂道："你欺侮孤儿寡母！你不得好死！"

"我不是欺侮你，我是想你，要你！你的身子我都看到了——"

"流氓！混蛋！"

那流氓不管刘氏怎么骂，只顾自己说："好白呵！好让我想呵，这旷野之中，比在房内蚊帐中还保险，没有任何人可以看到，就让我们在堰坡上，好吧！"

"滚！滚！滚！！"

"丫儿妈！我求求你，让我搞一下，我就只搞一下！"那粗野的男人急了，声音颤抖，一面说，一面脱去自己的衣服，"你不上来，我只好脱衣服下来，我们在水里面搞！"

男子脱下上衣，男子解裤带……刘氏更急了，语无伦次："你，你，你是畜生！"

就在这千钧一发之际，大丫手持镢头，如同一只灵猴，从堰埂上飞跃而下，一镢头砸在那男人头上，如同愣头青小子一斧头砸在金钱豹头上一样，只听一声哎哟，那男人倒在地上不动了。

刘氏迅速从水中起来，将衣服穿上，系好衣裤，去瞧那男人，那男人鼻子只流出一点点血，但就是没气了。

妈妈有些惊慌。女儿喊了一声："妈!"同时用询问的目光看着妈。

刘氏说："他死了。儿呀，我们闯下大祸了!"

女儿顿觉天昏地暗，丢下镢头，一下抱住刘氏，又喊了一声"妈!"

刘氏反将大丫抱紧："儿啊，不怕，他狗日的该死!"

"该死？说得轻巧!"

一个沉闷的声音从堰埂上传下来，将刘氏母女吓了一个半死。举目一看，堰埂上站着帮助他们打死豹子的那个愣头青。他姓陆，名叫陆山，今年26岁。在帮助处理豹子的过程中，刘氏发现此人力蛮胆大，说话也干脆，但不出三句，就要走板。是那种人称"二杆子"的人。此人自帮助她们打死豹子后，就对大丫不怀好意。今日他看到大丫提着篮子往田里来了，就悄悄地跟在后面，不意看到了这惊心的一幕。

刘氏："陆山! 你都看到了？"

"我看到了。"

"你看到什么了？"

"大丫从堰埂这边爬上来，抄起镢头一蹦地下去将他打死了。"

"她为什么打死他，你知道吗？"

"他偷看女人，他没办好事，这我知道。"

"是呀，他为非作歹，怎么不该死？"

"该死不该死，你我说了都不算，报官以后，让官来断。"

"报官？他是你什么人？"

"他是我爹，前几天才回来。"

"啊!"母女俩同时大吃一惊，刘氏道："他就是你爹，怪不得呢。你要报官，你就去报吧，看报官对你有什么好处。"

"这事不报官，你说咋办？"

"只要不报官，我倾我家所有，你要啥我给啥。"

"当然啦，不是你家有的，我怎么要得到!"

"那你说。"

"我说是说，但我要问你，你说话是否算数？"

"当然算数。"

"你算数，我就说。"

"我算数，你说。"

"我要大丫。"

母子俩大惊，不由相互对视，母亲说："大丫也不是东西，你怎么能要？"

"你说话不算数，那我还是报官！"说着就要走。

刘氏急忙叫道："等等！"刘氏拉住大丫的手说："你要大丫，这我没想到。你看看我的大丫，你有什么能耐要她？"

"我没能耐，我报官好啦！"

大丫又羞又怨，又气又急："你要挟！你落井下石，你不安好心，你这样的人，一辈子要不到'人'！"

大丫的话像重棒一样击打在他的心头上，使他知道，不仅"报官"使他要不到大丫，就是这样"要挟"，也使大丫反感。于是蔫蔫地对大丫说："我不报官也可，我不要挟也可，但我想要你，我怎么才能要得到你？"

大丫"黄鼠狼想吃天鹅肉！"的话未说出口，刘氏抢先道："我有几个条件你答应了，这事我们可以商量。"

"只要把大丫给我，什么条件我都答应！"

刘氏肯定地说："我保证给你。但是，娶过去后第一要让她吃白米饭，第二要让她住瓦屋房，第三要明媒正娶。你做得到吗？"

"我保证做到。"

刘氏说："那好，我们现在是一家人了。"接着指指那野男人的尸首，说："你说这事怎么处理？"

"镢头现成的，挖一个坑，埋了算了。"

"一个大活人，突然不见了，别人不问吗？问起来怎么说？"

"妈！你说怎么说？"

"你现在哪能就叫我妈呢？"

"你不是说，我们现在是一家人了吗？"

"是一家人，但还未成哟。"

"什么时候成？"

"不是说了吗，你把我说的三条办到后。"

大丫看他拖不抻的样子，不由鄙视地一瞥。

"那——"陆山一见大丫锋芒锐利的眼神，吓得立即把话打住。

刘氏："你和你父亲好吗？"

"不好，我恨死他了，我们经常打架。对，就说是我用镢头打死的，行吗？"

"不行。"

"要不说他酒喝多了，掂起镢头要打我，我跑他撵，过门槛时一绊，他摔倒了，一下撞到墙上把他撞死了。"

"你有爷爷奶奶吗？"

"没有。"

"有叔叔伯伯吗？"

"有。在河南老家。"

"亲吗？"

"不亲。"

"舅舅姑爹呢？"

"没有。"

"好，就照你说的，说他晚上喝酒喝醉了。你收起酒壶，不让他再喝了，他就掂起镢头要打你。你跑他撵，过门槛时绊倒了，一下撞到墙上撞死了！"

"好。我就这样说。我们现在就去挖坑吧？"

"等等。"

这个"等"，是天下从没有过的那种"等"，是任何人都难于承受的那种"等"！在这等待中，愣头青得意，大丫要哭，刘氏的心，似在油锅里煎熬！

在这样的时刻，似乎有人在唱：

"举目望，西边岗上立红阳；归鸦盘旋巢穴上，野鸡知晚唤儿郎。星儿起，月儿东边上：十五好时光。母女慌，面前死尸犹未僵；恶夫淫贼等下葬，憨男得势也猖狂。出高价，要挟没商量，不然上公堂。"

等到天黑后，他们三人才将那野男人埋掉。

人埋在山里，事却埋在刘氏心里。刘氏知道，这事远远没完。

果然，三天后，刘氏正在田里整田。陆山跑来说要娶大丫过去。刘氏以为暂时稳住了陆山呢，没想到这么快就跑来要娶大丫，非常惊奇，也非常生气。但她仍然强忍住怒火，平心静气地问他："说的三项条件你达到了吗？

陆山得意扬扬地说："不就是保证大丫吃白米饭，住瓦屋房吗？我借了三斗米，租了一间瓦屋房。"

刘氏感到可笑，想挖苦他几句，但想到这榆木疙瘩需要找人开导，就说："这哪算达到了呢？再说，明媒正娶，媒人呢？"

陆山把大腿一拍，道："哎呀，我把这条就忘了！好，我去请媒人来。"说着就要走。

刘氏忙问："你准备请谁来？"

"我去找。"

"你怎么找啊，你还不知道谁会做媒吗？"

"嘿嘿！嘿嘿！我哪知道！"

"鄢王镇，有个朱氏，你知道吗？"

"是'鄢王镇无鄢王，只有朱氏爱帮忙'的那个朱氏吗？"

"对对，就是她。她可是最好的媒婆。"

"好。我这就去请她。"

按照刘氏的预谋，朱氏终于寻来了。一见面，刘氏就在老姐姐面前，淋漓尽致地大哭了一场，把她如何被迫脱衣下水拔剑，野男人如何跑来调戏纠缠，女儿如何失手打死了那个野男人，野男人的儿子如何趁机要挟要娶大丫，通统倾倒了一遍，最后道："姐姐！我一怕报官麻烦，我一没钱二没势，那地方哪是我去的地方；二怕我的身子被野男人看见一旦说出去难听，还怕生出其他一些是是非非，所以我就出此下策，提了三个条件，想先稳住这个愣头青再说。我把你说成媒婆，就是故意让他请你来，你是我们姐妹中的义女、智多星，有你来我就可以消灾解难了！"

朱氏一手握着刘氏的手，一手用手帕不断地去拭擦刘氏的眼泪，说："我的苦妹子耶，你一搬哪晓得搬得这么远哟，在这鬼不生蛋的地方又遇到这么大的事！幸亏你的三个条件提得好，我这就去开导那个榆木疙瘩！"

一见面，陆山就急着要问，朱氏说："莫急，到屋里再说。"

走进屋后，陆山又要问，朱氏先问道："你这屋怎么这么黑？"接着命令道："把屋弄亮点！"

陆山把用木板钉的门，扳了扳，木板门上翘下扭，扳也扳不动，朱氏喊道："哟！你这是什么门呀！"

陆山使劲扳了又扳，勉强扳开一些了，屋里仍然漆黑一片。

紧接着朱氏又指责道："你不晓得把窗子开开吗？"

"嘿嘿，嘿嘿，没有窗子。"

朱氏嗔怪地说："连窗子也没一个，这叫啥屋啊！"接着又问，"这，我往哪坐呀？"

陆山急忙搬来缺一条腿的板凳，靠着柱子让朱氏坐，朱氏说："这山里缺木料吗？怎么连条好板凳也没有？"

陆山方知自家的寒酸，不得不又憨憨地一笑。

朱氏见她的杀威棒起作用了，就开口道：

"说好了，人家同意把大丫给你，只要你把三个条件达到了就行！"

"我又借米又租房又请您来，我不都达到了吗？"

"你借米租房？那哪成啦！你借的米吃完了呢，吃完了怎么办？"

"吃完了再借。"

"再吃完了呢？人家不找你还吗？人家找你还，你拿什么还？你不还给人家，人家还会借吗？小子！你怎么不开窍啊？要保证人家吃白米饭，你必须置下一份能收稻谷的田；要想让人家住瓦屋房，你必须攒钱、备料，去盖瓦屋房！你租人家的房屋，那算你的吗？人家说要不就要走了！"

"我的天的妈！要置田，要盖房，那要等到何年何月啊！"

"小子耶！心急吃不了热豆腐，好事不在忙中起。忙中起的事，必不是好事！人家大丫是什么人，你知道吗？人家是金枝玉叶，金枝玉叶你懂吗？金枝玉叶必须吃白米饭住大瓦屋房！你年轻力壮，又怪能干，你就不晓得想办法去挣钱吗？你想娶人家金枝玉叶，你没有一份田，你没有一栋瓦屋房那怎么成啦！哪个媒人会给你做媒呀！把你的力气使出来，快去挣钱，快去置田盖房！只要你把田和房的事办好了，我朱大娘管保给你做好这个媒！"

朱氏先批后捧，既让他开了窍，又让他不绝望。当下他保证去尽快地挣钱、置田、盖房。

刘氏知道，这仍然是一种权宜之计。平心而论，她一万个不愿将她的大丫嫁给他；她知道他置不起一份田，盖不起一栋房，因此她才定下这个拖刀计，以延长时日。她也知道，这事这样糊弄，仍然是雪里埋尸，纸里包火，终究有一天还是要爆发，因此她的心始终像被麻绳捆着一样不自在！

秦氏把一切营生交给雇工去做，一门心思育养这借来的儿子。5岁前，她背着儿子到处转，不到6岁，即送入镇里上小学。不到13岁就将他送入城里读中学。进城五十里，她隔三岔五地就要去一趟。提着孩子喜欢吃的东西，半夜里去，半夜里回，一双小脚，从不辞辛苦。16岁中学一毕业，就给他操办婚事。祖辈人都想早点抱孙子，而她秦氏不仅想早抱孙子，而且想多抱孙子。除还一个孙子给刘氏外，多有几个孙子来承接陈光兆的香火，光耀她秦氏的脸面。

给儿子办婚事，应该怎么办，办多大规模，秦氏反复思考。本来她想办热闹一些，以彰显她秦氏的能力和对儿子的真诚。但她又一想，蒋介石打内战，局势混乱，盗贼匪祸蜂起，怕太张扬会招风惹祸，还是收敛一些好。当她一想到这方面，心里就更觉得凄惶。她，一个没有男人的妇道人家，表面看她争强好胜，事事办在人前，其实处处心里发虚。依靠夫家，夫家无人；依靠娘家，娘家兄弟还指望她贴补帮衬。她想去想来，还是想到鄢王镇他们陈家。她进陈家门时，就听说陈科正和陈池恒。

陈科正办"硬社"讲仁义，有绅士风度，爱帮左邻右舍。后来又学习共产党办农协会，号召贫苦农民加入"硬社"，以便共同防匪，共同抵御豪强的欺凌，从而深得大家的敬重。

而陈池恒走的是为自己升官发财而求学的道路。他的策略是在鄢王镇争第一，独霸鄢王镇，然后以鄢王镇为跳板再逐渐坐大。当他求学到省城，他的妻兄江京梧为他"求官发财"指明了一条道路——拉枪，发展武装。只要有了枪，掌握了武装，想发多大的财就可发多大的财，想当多大的官就可当多大的官。拉枪，发展武装的捷径，是当团总，与土匪相勾结，收编土匪。他听后如饮醍醐，立即卷起铺盖回到了鄢王镇。由于他想走的道路不同，说话行事与陈科正大相径庭，深受大家的鄙视。陈科正、陈池恒都是陈光兆远房的长辈，但陈科正的妻子还是秦氏刚出五服的一个姑，秦氏小的时候，还见她父亲与陈科正走动过，和她是亲上加亲。想到这里，她就想把这门亲戚捡起来走，趁现在办这喜事之机，把他接来喝喜酒，以便日后对她有个照应。

于是那天，她请了一顶轿子，敲锣打鼓地把陈科正接了来。秦氏为了让人知道她有这一门贵客，特意让轿子绕鄢王镇一周。轿夫们一为把喜事办得热闹一点，二为故意做给陈池恒看，又在绕行中，和着锣鼓点子，迈着莲花步，把轿子颠得一颤一颤地，并高唱着歌。

其中一首是：

咿呀呵呀北风飘，

寒冬腊月喜事到。

秦氏景仰仁义德，

特请贵人坐大轿。

……

秦氏没想到，她想得定定的好主意，却给她带来一场大祸。

通过重金贿赂当上鄂王镇团防局团总的陈池恒，为了消除他高升的拦路虎，一直和"硬社"社主陈科正较着劲。他在与陈科正较劲中，利用手中的权力放枪赚钱、联匪拉人，扩大队伍，干得正得意的时候，报应不期而至。金山赤卫队给他吃了一个大果子，虽未丧命，却让他钱光枪丢队伍散，赤条条只剩下他一个净人。他捶胸顿足，摔碗砸碟，正自暴自弃不可开交时，金山赤卫队又像一朵云彩，一下又风吹云散了；他刚丢掉的那张虎皮——团总，又黄袍加身。有了虎皮就有了威风。他拿虎皮做大旗，重与金山匪帮相勾结。联系上了土匪，借来了10多支枪，募集了一批人，重又支起团防局的架子。有枪有队伍，他就想报复；他像猎人端着枪，正寻找猎物时，秦氏接客的轿子经过他的门前。实际上他最想报复的是赤卫队，但赤卫队力量太强，而且现在也找不着；他最恨的是陈光明，他陈光明不但打范保长，夺去了他心爱的手枪，而且完全不顾叔伯兄弟的情分，赤卫队来打他时，他不但不报信，还带头来攻打他，对他下那样的狠手；他恨不得把陈光明捉住一口吃了他，但是陈光明也不见了。他把目光转向他的儿子，可是他的儿子"借"给秦氏了；他正考虑该不该对秦氏下手时，一看轿子内坐着扬扬得意的陈科正，并高唱陈科正有仁义之德，是大贵人；顿时一股嫉恨之火，一腾而起！她秦氏用轿子接陈科正而不接他，这不是藐视他，使他在鄂王镇大失面子吗！他一拍大腿，道："哼，竟敢藐视我！"于是就决定先整治秦氏，先拿秦氏开刀，要让鄂王镇的人都知道藐视他的人，是个什么下场！怎么整治秦氏呢？忽然想起杜七借枪之事。杜七借枪给他，是希望他给他踩点、报信。既然这样，何不就让杜七绑架秦氏的儿子陈屹义呢？这样既可报杜七之恩，又可整治陈光明和秦氏。这一招可是"一石三鸟"的上上之策！于是就派人告诉杜七，说秦氏如何如何地有钱，而且下手后，不会招惹任何麻烦；叫他们趁秦氏的儿子陈屹义送妻子回门时，在某某处动手。

这见不得人的勾当，秦氏当然不知道。

办完喜事第三天底下，秦氏打发她儿子陈屹义送他媳妇回门。她自知她的养子年龄小，又一直在学校读书，乡间人情世故一概不知，于是从进丈人门到出丈人门，烦琐细事，从脚一直嘱咐到头发尖。特别嘱咐吃完中午饭要早早回来。

儿子一出门，她的心，就像吊到屋梁上了，生怕儿子第一次到丈人家会丢人，忐忑不安地坐在门口等。太阳偏西她走到街口瞧，太阳下山她走出街口望，太阳落山她顺着大路去迎接。她迎了两三里路，忽然想起，还有一条小路，可能儿子从那条小路早回家了。她忙忙转身往回赶。她老远就见关着的门开了，心想儿子果然走近道先回来了。她一面叫："儿子，你终于回来了，可把你老娘等坏了！"一面加快脚步跨进门。

当她刚刚迈入门里，就一下吓呆了。一把系着红缨的匕首带着一片白纸插在堂屋的神柜上。

匕首闪着寒光，红缨泛着杀气，将她吓得倒吸一口冷气，心就要蹦出来了。她四周看了看，鼓起勇气，拔下匕首一看，白纸上写着黑字：

"儿子香儿子甜，你借儿子我借钱。送酒少一杯，送吃多一元。日出不归路，月起一线天。"

不看犹可，一看更是胆战心惊，雪上加霜！

要知秦氏遭遇何事，且听下章分解。

第五章　陈屹义省亲陷匪窟
牛连升剿匪走大运

秦氏鼓起勇气，拔下匕首一看，白纸黑字写着：

"儿子香儿子甜，你借儿子我借钱。送酒少一杯，送吃多一元。日出不归路，月起一线天。"

她虽然不明白这四言八句的意思，但也还算有见识，知道儿子在回来的路上，遭土匪绑架了！不由脑子里一轰，叫苦不迭。于是她连忙把那把匕首藏好，把那张字纸叠巴叠巴，揣到怀里，锁上门，踮起一双小脚就往"硬社"跑，去找她的姑爹陈科正。谁知陈科正已知此事，早早回避了。才竖起来的靠山没靠就倒了，她没辙了，她只好转身去找她的姐妹朱氏商量。朱氏说，先别慌，先把纸上的字弄明白，于是她把秦氏带到大皂角树下，去找算命的老先生。

老者坐在大皂角树露出的树根上，正在大讲中国农工兵大起义："1927年中国农工兵大起义，说起来话长。简单地说，娃们！中国共产党和国民党本来是合作的，到1927年4月蒋介石忽然发动反革命政变，7月汪精卫又公开背叛，对共产党员和革命群众实行大屠杀，使1925年至1927年的大革命遭到惨重失败。从而激起中国共产党和中国人民的大愤怒，于是连连举行大起义：8月南昌起义，9月秋收起义，10月广东琼崖起义，11 月湖北黄麻起义，12 月广州起义……"

这时朱氏走上前，从怀里掏出那张字纸，说："老先生！请教一下，麻烦你帮我们看看这。"

老者接过字纸，对他的听众——孩子们说："算啦算啦，娃们！你们去玩吧，以后再讲。"接着转眼扫了一眼字纸，即惊道："咦呀！"他用惊异的眼神扫了扫朱氏和秦氏说，"我早就算定，这些天鄢王镇这一方要出大事，果不其然也！"

秦氏："老先生！请问这话是啥意思？"

老者："'儿子香儿子甜，你借儿子我借钱。'这句话的意思就很明显了，就是找你要钱。你的儿子被土匪绑架了！"

秦氏："他不是说借吗？"

老者："借？傻姐姐耶！借人、借人头，他什么都是借，你还指望他还啦。他还，那他还叫土匪吗？"

秦氏："他要多少？"

老者："他要多少，你看这句：'送酒少一杯，送吃多一元。'"

秦氏："这句不是要酒要吃的吗？"

老者："不是的，傻姐姐！酒，即九，九少一是几？"

秦氏："是八。"

老者："再看，'送吃多一元。''吃'，有的将它读成七八九的'七'。七多一是几？

秦氏："是八。"

老者："对。也是八。"

秦氏："他要 8 块？"

老者："好你的，大姐！你想想，他为 8 块动这个手？80 块钢洋就不要提得，起码是 800 块钢洋！"

秦氏一听，"哎呀，我的妈！"一声长叫，仰面往后一窜，差一点晕倒，幸好朱氏在后面将她扶住坐下。见老者要走，朱氏立即叫道："先生请留步，这 800 块洋钱，什么时候送，送到哪？"

"后面不还有两句吗？"老先生转来，指着说道，"'日出不归路'，'日出'指的是白天，'不归路'是说回不来。连起来说是：你白天送叫你回不来，意思是叫你不要白天送。'月起一线天'，'月起'，是指夜晚那个时间，'一线天'，是地方。意思是说，夜晚送到一线天。"

朱氏："那，哪个夜晚呢？"

老者："他没说，看来这土匪还算'仁义'，没限死撕票的时间，你们就赶紧去筹钱吧！"接着拿起家伙转身径自去了，嘴里说："你们遭殃，我也跟着倒霉，弄得我半天没有生意。"

"筹钱，筹钱，叫我到哪去筹那么多钱！"秦氏缓过气来，哭成泪人儿似的。朱氏扶着她往回走，她一面走一面不停地哭，一进门，就一下跪倒在神柜前，抱着亡夫的灵牌子，更是呼天抢地地哭诉："我的夫啊！我的人，你叫我怎么往前奔！我好容易借来一个儿，给他娶了亲，好为你承接香火，好让你有后来人！没承想，才三天，小两口都被土匪绑了架，赎金八十不行，八百怕也不行。没了他们，你的香火咋传承！你死了我就塌了一层天，现在塌天塌到了十八层，你叫我怎么往下混！"

朱氏劝了很多，可是越劝她越哭得伤心，这时心里不免有些烦躁了，就说："你不是一个很要强的人吗，这会儿怎么啦？真的就塌了几层天了，一点办法也没有了？你没办法，他还有生母呢，他生母知道吗？让他生母来，也帮助想想办法！"

秦氏止住哭声，说："他生母行吗？"

朱氏想想，又说："不过现在就告诉她还早了些，我们就只见到一张纸，屹义的情况究竟咋样，还要探听探听再说。"

原来，结婚三天后，陈屹义送妻子回门"住对月"。

老丈人家在香城西。其家三进两院，前院办塾学，后院作住宿，中间为客厅。客厅正墙供奉"至圣先师"牌位，左边条屏"朱子家训"，右边画屏"梅兰竹菊"。老丈人家比他家有学问，也比他家富足。老丈人在中学教书时，看中屹义的才华人品，就把女儿许配给了他。

吃完中午饭，老丈人说兵荒马乱的，住什么对月，一块儿赶快回去！于是陈屹义就领着妻子往回走。

一路上，陈屹义在前面走，陈王氏踮着一双小脚，拐呀拐地在后面紧紧地跟。陈王氏本来有学名，但秦氏偏要叫她陈王氏。陈王氏与陈屹义同年，正逢二八青春，风姿袅袅婷婷，身材纤纤细腰，加上丰满白嫩的圆脸，美丽得如天仙一般。陈屹义，活像陈光明的翻版，现在年轻，虽显得单细，但虎背熊腰，精明强干的形态已经显现无遗。他掀起两片如锨板样的大脚，说是慢些走，等着她，可是不知不觉，将她落下一大截儿。

陈王氏："你，你，等等我嘛！"陈王氏的声音，如银铃般清脆，如泉水一般甜润。

陈屹义一听这声音，只觉心暖骨酥，立马停下来。等陈王氏走近，扶着她的肩膀道："你走快些嘛！"

陈王氏："傻不愣登的，我这脚走得快吗！"

陈屹义："你为什么把脚包得这么小？"

陈王氏："我不包这么小，你妈能选中我吗？"

陈屹义："来，我背你。"

陈王氏："你背我啊，怪重的。其实，我只要你牵着我的手就行！"

于是陈屹义就牵着陈王氏的手，摆呀摆扭呀扭，情意绵绵往前走。

陈屹义："这会儿你咋走这么快？"

陈王氏："这会儿快，是因为你牵着我的手嘛！你不知道啊，夫妻之间是相通的，只要你牵着我的手，就把你的力量传给我了，所以我就能和你走得一样快！"

一个正值舞象之年，英俊潇洒；一个正逢二八青春，如花似玉。旷野里简直看不到行人，小两口沉浸在爱河之中。天上起乌云，地上刮北风，温度变寒了许多，可是那爱河之水让他们只感到甜蜜温暖，并不知道寒冷。

在路过香城时，陈屹义本想进城给妈妈买点点心，但想到妈妈嘱咐要早点回家，就打消了进城的念头，取小路往家赶。走到东城角，脚下不由一绊，一下跌倒了，随着口被塞进一托套子，眼被蒙上黑布，两臂也被死死绑住。刹那间，他喊不出，瞧不见，像落入阴曹地府。他担心他的妻子，但他看不见喊不出，于是就又蹦又跳，鼻子里发出嗯嗯的声音，以此来寻找他的妻子。还好，他听到了她的回声，她也是用鼻子拼命发出的嗯嗯的那种声音，她就在他的身边，他稍稍地放了一些心。劫匪推他快走，他尽量压住脚步，好让她跟得上他。

劫匪将他带到香城城东，拔出塞在口中的套子，取掉蒙在眼上的黑布，他看到他的妻子和他一样被绑着，吓得脸变青，五官也错位了，美丽的妻子一下变丑了，他的心一下碎了，他这时才知道他是多么无能，无能到连自己的妻子也保护不了！他看看周围的人，个个打扮得像妖魔鬼怪：头上戴绣花女人帽、红缨狗尾巴帽、三扇羊皮帽、大檐黑色礼帽；身上穿的衣服有红有绿，有皮有绸，有单有棉，各式各样；满脸涂着红蓝黑白各色油彩，但大多数少不了红眼睛，黑鼻子，绿嘴巴龇着獠牙，叫人一看就魂飞魄散！这时他才知道他们落入土匪手中。

这股土匪就是杜七匪帮。

杜七匪帮有个规矩，行窃前，要采取一个小行动。这个小行动，小到打一只鸟，如果打着了，就是好兆头，行窃计划就按章进行。如果打不着，就立即取消，撤回老巢。这个小行动就叫"彩靶子"。杜七得到陈池恒的信时，已经作出了洗劫香城的决定。为了不驳团总的面子，把劫持陈屹义当作洗劫香城的"彩靶子"来行动。

那天下午杜七匪帮早已把香城围定，等"彩靶子"等得心急火燎，差一点就撤回老巢了。所以当把陈屹义一带到，杜七见"彩靶子"不错，还带来个小妞，就信心百倍，立即发出了攻城的命令。城内市民以滚木、砖块、刀矛、土枪、火炮对打。而土匪不仅剽悍，还是一色快枪。因此就轻而易举破城而入。打死守城市民 24 人，掳走"肉票"314 人，财物不计其数，骡马牛驴 100 多头。

土匪心虚。出，怕进"笼子"；入，怕落"夹子"。所以一经得手，立即组织撤退。货物，包括儿童由抢来的骡马牛驴驮着，与掳来的314名"肉票"混合编组，分由土匪押着；像狼一样抛开大路不走，专挑丘陵野地跑，而且必须在天亮前回落老巢隐蔽。老巢在金山深处一线天，离香城百把里。而且314名"彩票"，除少数成年男女外，大多数是年逾花甲的老人、缠足的妇女、青少年以及儿童。一夜驱赶如此314名"肉票"和驮着货物的100多头骡马牛驴在丘陵野地跑百把里，是怎么跑到的呢？陈屹义夫妇跑完全程后，才知道什么叫阎王路，什么叫生死劫，什么叫土匪！

这群土匪驱赶着这支人货混成的特别"队伍"，一出城，就阵阵狼嚎鬼叫："不要拉当子！""不要拉当子！"看到哪个走得慢，拉开了当子，就一脚把他踹出行列，"啪"地一枪就把他打死在路旁！毫不犹豫，毫不手软，绝不让你活着掉队回家！吓得人们拼命地跑，跟上当子，怕落下被打死。那老人平时走路就要人扶，那小脚女人在马路上走就一走三拐；为了活命，他们在山林野地上行走如飞，那形状是何等地惨烈！一夜前后枪声不断，都是打死拼了老命仍然跟不上趟的小脚妇女，上了岁数的老人和摔倒受伤的人。他们杀人比碾死一只蚂蚁还轻而易举！

陈屹义拉着他的妻子，拼命地奔跑。上，他在后面推；下，他在侧面挽着她臂膀拉。要溜一路溜，要滚一起滚，一次次地闯过了鬼门关。当他们跨过那座双头峰，走上一个山垭，刚往另一座更高的山峰爬时，土匪忽然命令队伍改道，既不让顺着山脊往上爬，也不让走左面的牛路，却硬强迫这支"队伍"向右边的山坡斜杀过去。这是一个人迹罕至的碎石滚滚的十里长坡。一走进去，许多骡马驴牛翻装，许多小脚女人滑倒，许多老人摔死，因而枪声不断，哀号此起彼伏！一个小脚女人在陈王氏眼前一下摔倒了，半天爬不起来，因而落开了当子；土匪一枪将她毙掉，还怕不死，又用脚一踹，那女人就像树墩子，顺着陡坡往下滚，一直滚到不见踪影。陈王氏被这场面吓得惊慌失措，也一下摔倒了，并翻了几个跟头，土匪顺过枪来，哗啦一声将子弹推上膛，照着陈王氏就是一枪！说时迟那时快，就在土匪举枪那一霎，陈屹义大吼一声"天啦！"一下子扑过去，抱着妻子就势一滚，躲开了土匪的子弹！等土匪再把另一颗子弹推上膛时，陈屹义已经拼死把王氏抱上了山坡，跟上了当子，因而幸免一死！

　　土匪抢劫香城，震惊了香水两岸，金山内外。刘氏拔到事件经朱氏开导，那愣头青最近虽未纠缠，但这事毕竟未了，仍像一块石头沉重地压在她的心头，成天惶惶不安。现在杜七抢劫香城的传闻不胫而走，雪上加霜，使她不由又担忧起她的幺——屹义来。担忧幺的心事，一经勾起就放不下来，心中总像揣着一面鼓，咚咚不停地敲。白天敲，夜晚敲，敲得她茶饭不思，神魂颠倒。她越是安慰自己说"香城离鄢王镇远，儿子不会有事"，她心里越是想儿子想得慌。她本想喂鸡，却走进了厨房；她本想拿镢头下地，却又拿起了鞋底！正当她心神不定时，门外台阶下站着一个年龄和她差不多的妇女，她感到惊讶，这是谁呀，怎么摸到我这来了？

　　"妹子！你认不得我了？"秦氏在台阶下面叫。

　　她万万没想到秦氏会来这深山找她。秦氏一声喊，使她一惊，不仅认出了秦氏，而且为看屹义与秦氏结成的冰结一下化解了："哎呀！嫂子，是你！"她惊叫着，飞跑下去，扶着秦氏，"我这台阶又高又陡，嫂子慢慢上！"

　　"好难找呀！好几次我就迷路了！"

　　"朱氏没跟你说呀？"

　　"说了，不是她说，我咋摸得来！"接着打量刘氏的房子，夸道："好亮堂，好清爽哟！"

　　"还夸呢，鬼不生蛋的地方！"接着问："你这还好哟？"

　　"好。"

　　"你的儿子好哟？"

　　"妹妹呀，我就是为他来的呀！"

"怎么，他？"

"他，他遭杜七绑架了！"

刘氏一听大哭："我的天的妈！我怎么怕鬼就有鬼呀！我的命咋就这么苦哟！"

"这都怪我，我不该叫他跟着儿媳去他丈人家！"秦氏连忙拉着刘氏的手说。

"送媳妇回门是正理，哪有怪你的道理呀！是我走霉运连累了你的儿子！"

大丫搬来两把椅子，道："妈！莫哭了，快和秦妈想办法！"

秦氏接过椅子，说："有什么办法，他绑你就是要你拿钱去赎！"

刘氏一听有希望，立即擦干眼泪，问："赎得出来吗？"

大丫："那他要多少钱？"

"土匪心黑，看来他们要的不会少！"她没敢把算命先生说的 800 块钱说出来。"我把老公爹留下的，把老娘给我的陪嫁，都清点出来了，银圆铜钱，大角子小角子，七拼八凑，才凑上 100 块！现在正托你朱大妈卖田！"

"大丫！快把我们打豹子的 100 块钱拿出来！"

"妹妹呀，我就是来找你借钱的！"

"你是为谁呀，还说借！"

秦氏从大丫手里接过钱后，立即说："我就不耽误了，我要回去看田卖得咋样！"

刘氏立即说："姐姐，我陪你一同去！"

"我是想叫你和我一同去呀，你丢得开吗？"

"丢得开！"

"妈——"

"怕啥子！把门插紧些！"

秦氏、刘氏一同赶回鄢王镇，与朱氏会合时，朱氏说："啥世道！简直是落井下石！他每亩田只出 20 块！"

秦氏："好！卖！我 30 亩田可卖 600 块，妹妹给我又凑了 100 块，我家里可凑 100 块，800 块够了！"

朱氏沉吟不已……

刘氏问："土匪究竟要多少？会到实话没有？抛出去的田，就像泼出去的水，好泼不好收！"

秦氏无可奈何地说："妹妹！事已至此，不这样，你说我咋办？"

刘氏："我也替你想了的，你也就那点田，那点田一抛出去，就没指望了！"顿了顿，忽然说："我说我们去会会土匪，看他们究竟要多少钱再说！"

这话一出，吓得秦氏瞠目结舌，说不出话来。会会土匪！土匪是什么人？土匪是杀人越货，无恶不作，比豺狼虎豹还凶恶的那种人，我们两个妇女去会土匪？而且土匪又住在深山野林之中，我们小脚……但是，秦氏从来都是和刘氏比着干，总觉得她比刘氏强，在刘氏面前从来不示弱；尤其是她把屹义弄到手后，她更想处处表现得她比刘氏对屹义更好、更亲！现在刘氏提出为屹义要去会土匪，她岂能示弱？岂能说不去？这种与刘氏较劲的心理，使她反过来又想起她妈上香城县最高的山——小寨子山，去找国民党兵要他们借去的簸箕；她自己也上高山挖过面枣子，也翻山越岭跑过土匪！中国妇女从来没有因脚小这不能干那不能干的道理！想到这里她牙一咬，痛下决心说："好，去！"

恰这时朱氏也说："好，我陪你们去！"

秦氏没想到朱氏也如此痛快地说陪她们去。有朱氏相陪，她胆子更大了。立即说："姐姐呀！这叫我怎么感谢你哟！"

"我们姊妹一场，说什么感谢。"转身对刘氏说："刘妹子，这不是赶集走亲戚，我们都回去安排安排再走。"

"好。"

"走。"

314 名"肉票"等走到交给坐守匪穴的土匪审问登记时，只剩下

235 名。

　　审问登记时，土匪荷枪实弹全体出洞。地点选在乱石坡下一片草塌子之上。奇形怪状的土匪端着枪，像恶魔、像小鬼，或站或坐或靠在乱石上。

　　天上乌云乱滚，地上寒风劲吹。235 名"肉票"经过 100 多里的穿林奔跑，手脸划出血，衣服刮得稀烂。疲惫、伤痛、寒冷、饥渴伴着恐惧一起向他们袭来。他们心惊胆战全身发抖，相互蜷缩在一起。他们没别的了，只有可怜；于是就用自己可怜的眼神来传递对别人的可怜。他们就是靠相互可怜来支撑着活着。

　　被审问的第一名，是王老汉。

　　土匪："你家有多少田地？"

　　王老汉上气不接下气地如实地答："连坟地共四分。"

　　"啪！"一枪便将他打死在地上！

　　杜七这股土匪，打到哪里就杀到哪里抢到哪里，不论穷富一锅端。富的是他们抢劫的真正目标，他们要吸干榨尽他们的血，逼得他们倾家荡产拿钱来赎人；穷的就用来砍头、枪毙、剁手、割耳来吓唬富人多拿钱、快拿钱！

　　接着问第二个"肉票"："你，你有多少田地？"

　　第二个市民吓得直筛糠，结巴着说："一，一爿商店……"

　　土匪将"爿"听成"半"，"半"字犯了他们的忌讳，未等话说完也被一枪打死在王老汉身旁。

　　拖过第三个"肉票"来问，也因报的田亩少而被一枪打死。

　　挨过枪的人，趴在地上，作最后的挣扎。手在地上刨，腿在地上蹬，翻着白眼，血汩汩地往外流，残忍、血腥。审问登记，变成了杀人的屠宰场！"肉票"们个个蒙着头，捂着脸，缩着身，双腿筛糠，全身打战。像一群待宰的猴，蜷缩在一起。

　　接着拖来第四个。这第四个，就是秦氏的义子——陈屹义。王氏一看将她丈夫拖出来，头一下缩进身里，心一下提到嗓子眼儿！

"啥名字？"

"陈屹义。"

"陈一一？"

"是！"陈屹义见土匪杀人如杀小鸡一样，开始也吓得心惊胆战；当他上了战场，觉得反正是死，怕也没用，反而不怕了，因而回答得一句比一句硬朗。

"多大岁数？"

"十六！"

"小白脸，蓄分头，是个洋学生吗？"

"是，在城里读书！"

"你家有多少田地？"

"我家田地多着呢！"陈屹义见报得少的都被打死了，就想到也许报得多能闯过这一关，于是就说他家的田多。

"你说你家的田多，那好啊！"土匪一听到"多"字，贼眼大开，"到底有多少？"

"我家的田到底有多少，我真的说不清，我在城里上学，只知城南、城北、城东、城西都有我家的田。"

"城里还有店铺吗？"

"有！"屹义见土匪吃哄，也是少年胆大，索性大吹一气，"不仅县城有，金当、武汉也有！"

"是阔客！"土匪像发现了新大陆，惊叫一声站起来说："先生请那边坐！"

陈王氏见丈夫闯过地亩关，不由长出了一口气。但她知道她家就只有二三十亩田地。至于店铺，不要说金当、武汉，就连鄢王镇也没一家！丈夫这样说，她不知是福是祸，又为陈屹义捏一把汗！

登记完200多人的地亩账，太阳已枕西山。土匪抬出几筐红薯、窝窝头，喝令每人只准拿一个窝窝头或两块红薯。陈屹义也跟着去拿，一个戴黑皮帽的土匪，用马鞭一指，不准他拿，他只好空手回到原地，坐到冰冷的地上看着别人吃。肚子饿得咕咕叫，心里气得鼓鼓的，不知为什么不让他吃！在他忍无可忍时，过来一个穿长棉袄的十二三岁的小男孩把陈屹义带到一个大院落。陈屹义一跨进这个院落，一股浓烈的香味扑鼻而来。陈屹义定睛一看，在院落最里面的那一头有几块大石头支一口大锅，锅下有几块椴木板子正烘烘地燃烧着，锅里沸沸腾腾地煮着牛肉。再看这院墙，它不仅高，而且用条石所砌，还配有高中低各式枪眼。往里走一截，左手有三间屋。小男孩将陈屹义带到三间屋内，烟榻上躺着两个穿黑呢大衣的横眉竖眼的人正在抽大烟。见陈屹义进来，就叫陈屹义坐到门后小凳子上，并大声喊道："兜酸子，拿牛肉！"

陈屹义惊异不止！但马上明白，原来"兜酸子"就是拿馒头，土匪要用馒头、牛肉来款待他。说时不及，一个土匪端来一个板凳，板凳上放两个盆，一个盆里装三坨牛肉，一个盆里装四个馒头。他知道能捞到馒头牛肉吃，是因为他大吹他是如何的田亩多，店铺多，成了"阔客"的结果。他一天一夜水米没打牙，现在不管三七二十一，先填饱肚子再来对付他们。

天黑下来，土匪把陈屹义押进一个"客棚子"。这个客棚子，只有石条砌的墙，没有房顶。里面有50来个掳来的男人正在搓绳子，院子里的木柴火照得客棚子半明半暗。一个叫李亭翥的把搓好的绳子交给土匪，土匪接过来一看，举起棍子一连打了他三棍子，嫌他搓得松，叫他重搓。土匪接连打了三个人，都是因为搓得松。土匪见陈屹义进来，又对陈屹义吼道："小先生！搓绳子！"陈屹义接过麻，卷起裤腿，就使劲地在腿上搓起来。搓好后交给土匪，土匪接过绳子，将绳子举起一摇晃，像铁丝一样硬梆，不打弯。就举给大家看："喂！都得搓成和小先生搓的这根绳子一样硬梆才行。"大家面面相觑，连连叫苦。

陈屹义搓完绳子，就往人堆里挤，坐在大家中间，60多岁的蔡朝阳小声埋怨他说："年轻人经事浅！那绳子做什么用，你知道吗？是用来绑我们自己的啊！"大家都埋怨陈屹义搓的绳子太硬，绑起来会勒进肉里去的，害了自己，也害了大家。陈屹义听后，后悔不迭。

这时，进来五个土匪动手绑起人来。他们绑人，十分缺德。人坐在地上，他们让人两腿并着，双手由大腿外绕到腿弯下，用绳子将两手大拇指死死绑在一起。被绑的人，坐在那里，像个元宝；背朝下躺下，就得四肢朝天，像四腿朝天的甲壳虫；侧身躺下，就得脸触地，像个蜗牛壳。天寒地冻，人怎么受得了！怎么才能躲过这一劫？陈屹义苦苦地思索着对策。

轮到绑陈屹义了，陈屹义问："绑我做什么？"

土匪说："怕你跑了！"

陈屹义说："你们不就是要银圆吗，给你们银圆就是了，我不会跑的，还用得着绑吗？"

土匪狠狠地说："你的银圆再多，都送到当家那里了，我们几个人能分几文！得另给我们几个看栏门子钱才行！"

陈屹义一听有门道了，就装得毫不在乎的样子问："你们要我给多少栏门子钱？"

几个土匪相互交换了一下眼色，年纪大一点的说："给我们每个人20块大头。"

陈屹义像痛下决心一般："嗨！我家拼着再卖一座油房，干脆送给你们100块银圆，你们拿去自己分！"

土匪齐声说："不绑你了！甯拿银圆来，都换成5元一张的中央票给我们。"

陈屹义不解地说："银圆是银子的，中央票是纸的，还是银子的好！"

他们当真以为陈屹义有那么多银圆给他们，一个土匪便说："纸的我能带1000元，银圆虽好，我能带几块呀？"

陈屹义把土匪哄得晕头转向，又骗过了"夜绑拇指"关！

陈屹义见蔡老汉脸处在冰冷的地上，蜷缩着身子，60多岁的人了，怎么受得了，一股怜悯之情不由涌上心头。这时又见蔡老汉痛苦地对他说："绑得手都麻木了，浑身痛，尿又憋得难受，怎么办？"顿顿，又向陈屹义哀求道："你给他们说说吧,我也拿银子给他们。"满屋里的"肉票",都像元宝蜷成一团,都小声说,愿送银圆给土匪,哀求陈屹义向土匪说一说。陈屹义挪至土匪身边,向土匪恳求道:"叫他们也送栏门子钱给你们,给他们也解开绳子行吗?"土匪贪婪地道:"好!叫他们每人拿10块大头来!"陈屹义说:"他们都没我家富,拿钱赎人后,就拿不出10个大头了。一头大黄牛也才只卖十来元钱,一家又有几头大黄牛呢?"讲价钱讲到后来,土匪松口,每人5个大头,要陈屹义担保。陈屹义赶忙说:"谢谢你们。我把酒店油坊都卖出去,担保250元就是了。"土匪就给大家都解了绑。

大家都偷偷地向陈屹义投来感激的目光。陈屹义心里说:我家只不过30亩田地,哪来酒店油坊啊,咱们慢慢往前挪吧,能减轻点痛苦,先就减轻一点再说吧!

土匪不准"肉票"在夜间动一动,更不准夜间出屋小便;顿顿不仅吃得糟,还吃不饱,靠喝凉水充饥;蔡老汉人老刚火不济,夜里尿得棉裤湿漉漉的;天寒地冻,又遇到老北风;加上天天点名挨打,没几天就给折腾死了!

牛连升的军队进山剿匪,老百姓望眼欲穿,期盼中央军解救被土匪掳去的家人。牛军向金山开进,还没看到土匪的影子,就开起迫击炮来。这迫击炮对土匪无异就是一个传话筒:"国军来了,你们快跑!"打炮也是打给老百姓听的:"国军进山剿匪去了,你们快快准备东西慰问国军吧!"

杜七听到炮声,并不在乎,把黑大氅一披,一踮一踮地跳上马背,喝令众匪押着几百号"肉票"往金山黑林子里钻,边走边大声喊着:"搬顶子!搬顶子!"于是土匪三人一伙,五人一群,抢占了几个山头,监视着望不见影的中央军。

杜七与牛军有默契。牛军来攻,杜七并不抵抗阻击,也不远逃,节节"搬顶子"瞭望。

牛军进到一线天，就驻屯下来，向世人宣告剿匪告捷，饬令老百姓送馒头猪肉犒军，暗地里却同土匪做起交易来。土匪背着钢洋、钞票偷偷到牛部，牛部将枪弹卖给土匪。卖给土匪的枪弹作为剿匪的消耗向上级报销，并以此彰显他们剿匪的功劳；卖枪弹的钱，则装入他们私人的腰包。剿匪二十多天，没剿着一个土匪，倒把土匪装备起来了；而他们既得到荣誉，又肥了自己。这真是：牛军得名得利一箭双雕，土匪也因此添枪添弹增强了火力！但就是坑害了人民群众，加深了"肉票"的苦难。

在牛军进剿二十多天里，老天助匪为虐，纷纷扬扬，还下了一场大雪。在这雪天里，土匪杀牛宰马屠驴吃，"肉票"只能从草丛里扒开雪，挖草根捡橡子野果之类的东西填肚子，或者如野狗一般捡土匪弃掷的骨头和牛马驴皮来充饥。"肉票"们个个瘦骨嶙峋，蓬头垢面，不化装也和土匪们一样像鬼。手往衣服里随便一摸就是一把虱子。陈屹义身上痒得难忍，将贴身汗衫脱下，挂到树上冻了一夜，第二天天亮看时，汗衫上的虱子像一层红芝麻，拿到火堆上一抖，像爆豆一样啪啪乱响。

一到夜晚，更是雪上加霜。他们露宿山林，猎猎的北风席卷着雪，如尖刀一般透过单薄的衣裤，直刺"肉票"们的肌骨。饿上加冻，山林里更是一片惨不忍闻的呻吟哀号。可怜被塞在骡马垛子里劫持而来的六岁的小念和小琴哭够了哭不动了，成天呆呆不语；陈屹义、陈王氏衣裤单薄，冻得瑟瑟发抖，上下牙齿咯咯打架，没有办法，两人只好相互紧紧抱着取暖。

牛军剿匪，"功满"告退，土匪返回一线天。

土匪在返回的路上见到不少的"肉票"冻死于路旁，生怕冻死了值钱的"肉票"，于是就立马采取行动：把值钱的"肉票"挑出来，归到一个棚子内，称为"阔客棚子"。"阔客棚子"上苫茅草，内铺栎叶，虽和牛栏差不多，但保暖多了。

"阔客棚子"里共有24名"阔客"，其中有陈屹义夫妇和小念、小琴两个小孩。小念是男孩，家在香城，他爸倾家荡产，把他赎出背回去不几天，双腿从膝关节以下就烂掉了，成了特等残废。他妈拼死拼活地哭了几天，哭成大病。小琴是女孩，家在香水滩，因躲匪乱由她爷爷带着逃到香城而遭劫。赎回去没几天，双手从肘关节以下烂掉了，她爷爷难辞其咎，一绳悬梁西去。

寒潮过去，大地转暖。"肉票"冻死的问题缓解。但土匪人数多，再加上"肉票"，吃食也越来越成问题。于是土匪利用"肉票"饥饿难忍，由土匪押着男性"肉票"与他们一同去抢劫粮食。这样既壮大了他们的声威，又解决了粮食问题。陈屹义在这次抢劫中装了两裤管柿子皮、红薯干、红薯秧。另外，他还得到了一把小斧头，偷偷地掖到腰里。

有了粮食，土匪急忙展开新一轮的"赎票"行动。

"赎票"的告示发出去许多日子了，却不见赎客来赎"肉票"。土匪们急了，就疯狂地残害起穷"肉票"来。

他们把"阔客""穷客"全都集合到乱石坡下那一片草塌子上，奇形怪状的土匪端着枪，或站或坐或靠在乱石上。

二当家的挥舞着棍子，走到"肉票"们前面，咬牙切齿地吼叫道："妈妈的七叶子的！'赎票'的告示你们瞅见了吗？你们捎信回去了吗？时间这么长了，为什么还不来人赎票？你们活腻了吗？我看你们不知道马王爷长几只眼！"接着棍子往"穷客"中一指："来人！"

一个提着大刀的土匪应声上来，将指定的那个中年人拉出来，揪着他的耳朵就用大刀割；刚下刀，那中年人本能地一摆头，摆脱了那土匪的手。那土匪不由火起，挥起大刀咔嚓一声，那中年人的一条胳膊就被砍掉在地上；接着人也一头栽倒在地，昏厥过去了；顿时鲜血染地，白生生的骨头露出大半寸来；吓得"阔客""穷客"魂飞天外。

陈王氏正要惊叫，被陈屹义一把捂住了嘴。接着有的"穷客"被割去耳朵，有的"穷客"被剁去手指。

二当家的抓起那个中年人血淋淋的胳膊，专门对"阔客"们说：

"快捎信回去，一个星期不如数把钱拿来，小心你们的手指、耳朵和胳膊！"

土匪走了，"阔客"们哭成一团！尤其是陈王氏哭得更是天昏地暗，她认为她的屹义这次是死定了。

陈屹义命运如何，且等以后交代。

第六章　三母亲闯匪窟救子
两姊妹撕破脸争弟

　　清明节过后，在一个风和日丽、清新爽朗的日子里，朱氏、秦氏、刘氏三个小脚妇女为拯救陈屹义勇闯匪窟出门上路。

　　朱氏顺手拿了一根杉木棒。秦氏一见，说："崇山峻岭的，是要拄拐棍。"说着从房屋里寻出一根龙头拐杖，"给，朱姐，我来拄这根杉木棒。"朱氏说："这杉木棒又粗又轻省，怪牢实的，我就拄这根。"秦氏说："这龙头拐杖原本是你的，就这机会物归原主。"说着将龙头拐杖递给朱氏，拿过杉木棒自己拄。见刘氏手中没有，问："刘妹子，你拄什么呢?"刘氏见门旮旯里有一根三尺长的细竹棍，拿过来说："我就拄它。"秦氏："这么细，那怎么行!"刘氏："行，稍微搭搭手就行了，还指望它怎么地呀!"说着在地上拄了几拄，"莫看它细，可有韧劲了!"

　　于是朱氏在前，秦氏、刘氏在后，三个小脚扭达扭达地上了路。

　　她们越过不宽的平畈，就登上了去金山一线天的牛路。

　　牛路，从闵家冲高头湾旁一面百来米斜坡开始。她们登上这面斜坡，是一条七里长岗。顺着七里长岗往上看，满山遍野长满花栎树。

　　花栎树的枝叶葳蕤茂盛，叶绿如墨，可是一阵风吹来，又全变成白色。因为叶的背面是白色的，风一吹，叶儿翻起，就呈现了一片白色。这给诗人带来许多遐想。其中有一首诗是：

> 岭上岭下绿如墨，
> 一阵风来满泛白，
> 不是有意张扬我，
> 天生栎质谁认得？

花栎树全身是宝。它质地坚韧，纹路细密，既可做各种家具，也可打造船舶架设桥梁；树皮是不可代替的重要的工业原料；果实不仅可作食品，也是工业染料；尤其是它生出的香菇和木耳更是地道的山珍。这山珍，不仅是香醇可口的滋补食品，而且有滋补、防癌的药用价值。它高贵，却不苛刻，什么地方都能生长。就是在贫瘠的麻裸石上，它同样长得郁郁葱葱。更神奇的是，它的再生能力特别强。一片花栎林砍伐后，三年后又是一片花栎林。谁拥有了它，就拥有了千年不绝，百年不衰的聚宝盆。可是这样的宝树，在当地却被斥为无用之才，只把它当柴烧。因此诗人用它写诗，批判当地人无知，隐喻自己多才多艺而不被当局重用。

岗两边山坡上长着穿越不透的栎林，可岗上却寸木、寸草未生，是一条又宽又长的牛路通向巍峨的佛爷山。

她们顺七里长岗正向前走时，秦氏忽见迎面有一条长七八尺的乌梢大蛇，正在向她们探头观望，吓得她不由大叫："蛇！蛇!"慌忙躲到朱氏身后。

刘氏看时，蛇已转过身正向岗下溜去。"见蛇不打三分罪"，于是刘氏拿着三尺小竹棍拔腿追去。蛇见有人追来，加速跑起来。蛇快，刘氏更快。蛇见人快追上它，即激烈地扭动着身子，速度更加快，头也越昂越高，后来竟升至四五尺高，嘴喷飞沫，发出吓人的咕咕的叫声。刘氏毫不畏惧，一个箭步上去，一棍拦腰打去，将蛇脊梁骨打折，立即瘫痪在地。刘氏提着尾巴将它拖上岗。朱氏、秦氏一面向后退，一面啧啧不已称赞刘氏。刘氏说："开始我跟秦嫂子一样非常怕蛇，可李嫂子不怕，她不仅会打蛇，还会捉蛇，蛇在前面跑她在后面撵，一把撩起尾巴，只一掸，蛇的下巴壳就掉了。有时提起抖几抖，蛇也死了。大蛇长，抖不成，就干脆提起来在头上绕圈地转。转几转，蛇也会死。我现在住在山里，蛇多，生活所迫，不得不打，却还是不敢去捉。"

秦氏顿生怜悯之情，她上去抓住刘氏的手，说："可怜我的妹子，你当初在台上演戏，是一个多么苗条美丽的女子，如今，生活把你折磨得又打豹子又打蛇，看你胆量，比好多男子汉还强十倍八倍！"

刘氏莞尔一笑，说："光明不在，没法呀！"

朱氏说："你说的李嫂子，是李二爷的姑娘吧？我认识。李二爷成天打野猪，也不为她婚嫁操心，三十几了还没有出门，成天上山放牛。她胖胖的，一对奶子在胸前像扣着的两个小碗，一跑抖上抖下。好像就嫁不出去了，个个都责备李二爷。后来还好，嫁到缸土窑上了。"

刘氏："缸土窑上两广人多，爱吃蛇肉，她抓蛇就是卖给两广人吃的。"

她们说着话，顺着长岗往上走。七里长岗像一条飘带，波浪一般地起伏向高山峻岭飘去。每在马鞍处就有一口堰坑，坑里有水供牛喝，同时那坑也是牛拉屎撒尿的地方，如果年成好，雨水多，里面还可放鱼，鱼在那里长得特别快，不过吃起来却尿臊味十足。

在长岗的尽头是佛爷山。佛爷山直上150米，笔陡笔陡的，远看像一座巨大的佛爷，手扶双膝，端坐在那里。

佛爷山顶上，过去有一座大庙，现在只剩下残垣断壁。虽是残垣断壁，但仍有向它敬香的。不过敬香在老远的山下，望着它烧纸烧香磕头叩拜，并不费力爬上山来。今天从这里路过，秦氏觉得是个机会，提出进去拜一拜。刘氏根本不信佛，只是嫂子说了，又见朱氏也没反对，就跟着去了。朱氏实际更不信迷信，但她为了办好事，团结人，加上她是一个热心肠的人，凡事从不驳人面子，有求必应。所以当秦氏一说去拜佛，她就毫不犹豫地答应去。

她们拨开树枝，踏着蒿草，走了进去。虽然是残垣断壁，但断壁上还残存着佛家弟子的墨迹。写在正殿一面半头墙上的"静心养德"四个大字，笔画像刀矛剑戟一般，棱利角尖，苍劲有力，锋芒毕露。下配有四句话："定而后能静，静而后能安，安而后能虑，虑而后能得。"

越过这半头墙，走进右边偏殿，在朝西一面墙上又有大大的"舍得"二字。下面仍配有几行小字："舍得之间，有舍有得。不舍不得，小舍小得，大舍大得，全舍全得。"

对于这面墙上的字，秦氏似乎有些懂，但一深想又糊涂，比如说舍得下力气，就有好收成。这是有舍就有得。但想到她的屹义，舍去他，她能得什么？舍去他，她怎么传宗接代？照这样一想，有舍有得就不一定了。

在"舍得"右后方残垣上的"宁静致远，可得永年"八个字前，秦氏凝视片刻，她不懂什么"宁静致远，可得永年"，摇摇头走了过去。在"舍得"的左后方，有一溜宽约五尺但高却有三丈的墙，上有斗大的四个字："佛在心中"。看来这四个字秦氏不仅理解，而且心悦诚服。她一见这四个字，就如见了真佛，就在这面残墙下焚香烧纸叩头，求佛爷保佑她屹义度过这次劫难，保佑她们三个小脚妇女，平安归来。朱氏、刘氏抱着迎合秦氏的心态，也跟着她叩了三个头。

叩罢头，她们继续前进。翻过佛爷山，来到向另一座高山过渡的山垭。朱氏看到刘氏、秦氏由于刚才叩头祈祷又勾起了她们对陈屹义的担心，不由愁云又堆满了她们的额头。为了消除她们的忧愁，于是故意生出一个话题，问："这座山垭究竟叫什么垭？"秦氏随口答道："抽齿垭，抽齿垭没！"刘氏说："叫收尸垭。"朱氏问："你们有什么根据吗？"秦氏、刘氏答："没有。是听音。"朱氏说："我看应该叫臭屎垭。你们看啦，看这痕迹，这佛爷庙不算小，当时的和尚也一定不会少，再加上香客，这些人到哪拉屎撒尿？"说得秦氏扑哧一笑，朱氏故作镇静，继续说："我看唯有到这里最方便。到这里方便的人多了，就必然臭，所以就叫臭屎垭。"秦氏说："有道理。我们只是跟着叫，从没细想过。"这个有趣的问题吸引了刘氏，刘氏转着身子看这垭的形势吃惊地道："这么大的一个山垭，就变成了一个臭屎垭，那和尚和香客该有多少啊！那庙该有多大呀！这么大的庙怎么就毁了呢！"

朱氏看秦氏刘氏情绪好转，非常高兴，就唱起了她好长时间没唱的民歌：

> 狗儿秧，嫁姑娘，
> 一嫁嫁到蒿草岗。
> 蒿草岗，真荒凉，
> 堰无水，田无墒。
> 起不成旱，插不上秧，
> 没钱用，好商量；
> 没吃的，咋能挡。
> 回娘家，找爹娘，
> 爹娘陪着女儿昂（哭）！

到朱氏唱歌，本想让大家更高兴一些，还没唱完她就见刘氏刚刚挂到脸上的一点笑容顿时一风吹，觉得这歌好是好，就是犯了忌讳。因为刘氏正有嫁姑娘的伤心事。

秦氏道："快莫说'狗儿秧'了，现在农村到处缺水，到处荒凉，又有几家嫁姑娘嫁好了的。"

朱氏道："刘妹子！我是一时兴起，哪晓得一没唱对，二没唱好。对不起我的妹妹！"

刘氏神情凄凄地说："朱姐一唱得对，二唱得好。"

朱氏一听刘氏这样说，反而不知往下说什么好了。刘氏一看朱氏尴尬地站在那里，立即上去抓住朱氏的手说："朱姐！我知道你是处处为我们好，这唱歌也是为了我们高兴。只是我这个苦命人苦处太多，脚不碰着，头撞着。想绕也难绕开。"说着不由就流起泪来了。一见刘氏流泪，秦氏、朱氏都想起自己的苦，忍不住也流起泪来。后来三人一起干脆痛痛快快地大哭了一场。

此时群峰默默，山林幽幽，轻风习习，一首苦涩而悠扬的民歌，和着三位母亲的哭声随风而至：

农民苦，

农民强。

农民一年四季忙，

农民一天到晚晒太阳。

早晨送星星，

晚上迎月亮。

脸朝黄土背朝天，

汗水湿透破衣裳。

春天踏凌播下种，

金秋顶霜收棉粮。

种出的粮食千千万，

吃的却是菜和糠。

走过臭屎垭是一座又高又险的百丈高峰，名曰狼憨峰。狼憨峰之后，是大尾巴垭，大尾巴垭上耸立的山峰叫作"擂鼓台"。金山这座山系就像这样一层层摞起来似的，而且每三层为一个单元。登上"擂鼓台"，就登完了第一单元，似乎是登上了一层天，那上面风光无限，十分开阔。可以看香水一直流到天际。

"擂鼓台"左对面是"一碗水"山峰。"擂鼓台"与"一碗水"这两座山峰之巅都是圆圆的。尤其是"一碗水"山峰更像一个碗倒扣在那里，而且上面有一眼小泉水，一滴一滴地流出，装在碗盆大的小坑内，慢慢地向外溢。"擂鼓台"与"一碗水"之间有一条长三里许的

"跑马岗"。虽然"擂鼓台"东、"一碗水"西都是数百丈深壑峡谷，但在"跑马岗"上看这两座山峰只是四五十米高的小山包。"跑马岗""擂鼓台""一碗水"，上面只长一种马眼草，又密又厚，牛特别爱吃。"跑马岗"南沿窝下一片10亩大的洼地，洼地里有一股泉水，泉水漫过半亩大的堰，向南面山下流去。这里有水有草，是主要的放牛场，也是牛路的终点。到这里牛有吃有喝，一天也不会往别处跑，是放牛娃的天堂。只要把牛赶到这里，放牛娃们就可放心地玩耍、睡觉了。

秦氏一登上"跑马岗"，就一屁股坐在软和的马眼草上，一面喘着粗气，一面迫不及待地脱鞋脱袜扒裹脚布。朱氏、刘氏也感到脚疼，脚发烧，也急忙坐下来整治她们的脚。女人的身子金贵，其脚也属女人的秘密文件，一般不暴露人前。今天在这高山峻岭之上，她们也要自在一回，把脚大大方方地放在光天化日之下，让它亲吻这个世界，亮亮它的真容。三双小脚，脚尖朝上，一字儿摆开，各人揉搓各人的脚。秦氏的脚，如同她的人，小巧玲珑，像粽子，大拇指尖尖，其余四指如蚕豆瓣卷曲在脚掌之下，完全失去趾的踪影；朱氏的脚，也如同其人，匀称壮实，大拇指特别发达，像雄鸡头，而其余四指退化变小，像跟在雄鸡后面的四只小鸡。脚背高高拱起，使整个脚像发面馒头；刘氏的脚修长，脚蔸特别发达，五指伸展，但粗壮的大拇指仍与其他四指不够协调，显然是包过而后又放开的，是一双能文能武的脚。

自三人一起大哭了一场之后，大家都很少说话。此局面刘氏知道是因她而起。为打破这一局面，刘氏一面揉搓自己的脚，一面无话找话地说："我的三个丫头，我叫她们包脚，她们一个也不包，我对陈光明说，陈光明也不管。"见秦氏又白又嫩的脚，就说："秦嫂子！没想到你的脚这么小，差一点就是三寸金莲了。"秦氏："三寸金莲你见过？"刘氏："只听陈光明说我脚大时说过，并没见过。"朱氏说："我见过，我那死人的奶奶就是十足的三寸金莲。"刘氏问："好，朱姐，你奶奶是三寸金莲，你说包脚有什么好？"朱氏说："脚小，秀气，好看，晚上睡觉脚伸到丈夫那一头，不会支得很高，免得丈夫窝不紧被窝漏风，还可供丈夫玩赏。"刘氏不解："一个臭脚丫子，怎么供人玩赏？"朱氏说："我那死人对我说：他爷爷对他奶奶的感情特别好，就是因为他奶奶有一双三寸金莲。每当他爷爷写文章写不下去时，他爷爷就叫他奶奶坐到身旁，让他奶奶把瘦如羊蹄的玉足放到他爷爷事先准备好的凳子上，右手写文章，左手玩弄他奶奶的三寸金莲，时捏时掐，像玩佛手一样，自得其乐。每当这时，文思如潮，妙笔生辉，写不下去的文章一下如滔滔江水，一泻千里，顿时就写满一大篇。他爷爷说：'女人的小脚特别神秘美妙，讲究'小、瘦、尖、弯、委、软、正'七字诀。当代缠足，实非虐待，我妻的小脚，乃我的兴奋剂也。'"

　　秦氏："你丈夫的爷爷长得什么样？"

　　朱氏："我只见过他奶奶，没见过他爷爷。"

　　秦氏："他的爷爷一定长得又矮又小。"

　　朱氏："为什么？"

　　秦氏："大凡想凌驾女人之上，随心所欲玩弄女人的男人，都希望女人包脚，把脚包得越小越好。"

　　朱氏："为什么？"

　　秦氏："因为他怕女人反抗。女人脚小，无力反抗，他就可任意玩弄。你男人的爷爷个子小，又想玩弄女人，所以才找了一个脚特别特别小的女人来供他玩弄。不然，他哪能玩得住！"

　　刘氏："那你为什么把脚包得这么小？"

　　秦氏："我包脚时才3岁，那时我能做主吗？"

　　朱氏："那你选儿媳妇，为什么偏选小脚？"

　　秦氏："我不是为我的屹义着想吗？怕他驾驭不住大脚媳妇。"

　　朱氏："不仅如此吧，也是为了让屹义玩弄吧！"

　　秦氏："多少年男人玩女人都玩过去了，为什么不叫我的屹义也玩玩？"

　　刘氏："你为屹义想得真周到。屹义真有福气！"

　　朱氏："女人包脚，男人有福，我看不见得。恰恰相反，也给男人增加负担。"

刘氏："说实在的，我的三个丫头她们不同意包，我也不给她们包。包脚实际是一种摧残，我不但不给她们包，我也把我的脚放了。要不然我那7亩田咋整！"

秦氏："冷起来了。"

刘氏："汗一干就冷。"

朱氏："走。"

她们缠上裹脚布，套上袜子，穿上鞋，下到泉水坑里洗洗手，喝了一点水继续前进。

实际她们已经精疲力竭，而后面的路还更长更艰险，但为了救屹义，她们没有丝毫犹豫，拄着拐棍向连牛路也没有了的更高更陡的高山爬去。中华民族勤劳善良、不屈不挠的韧劲特别强，其中又数妇女更强。她们为了儿女，为了丈夫，为了他人，总是不屈不挠、殚精竭虑地奉献自己的一切。

匪窟里来了许多赎客。其中有陈屹义的生母、义母和朱妈。

"赎客"赎人，在大院里进行。三间屋门口摆着三张桌子，桌子的前面摆着几溜马架式的板凳，桌子的后面摆着条椅。"赎客"坐在板凳上，几个土匪拥着二当家的凶神恶煞般地或坐或用脚踏在条椅上。有的土匪把枪插在院墙上的枪眼里向外警戒，另有许多土匪端着枪在"赎客"周围游荡。

一连进行了几家，都因过"地亩"关时，"阔客"报的田地太多，土匪要价太高而没有赎成。钱没有到手，二当家的已经烦躁不安，坐不住了，在那里乱翻着地亩登记册。翻去翻来，忽然手一拍，像猎人发现一头大象一样，大喊："大户！"接着指着名字喊道："陈——！陈——家来人了吗？"

朱氏、秦氏、刘氏三人坐在"赎客"的最中间，她们已换上破旧的衣服，脸上也巧妙地涂上了锅底黑烟子，打扮成丑陋的老太婆。听到叫陈一一，朱氏捅捅秦氏。

秦氏应道："来了。"

二当家的："你家田多呵！"

秦氏："我家田不多。"

二当家的："怎么不多？城周围的田都是你家的田，还有作坊！"

秦氏："我家哪有那么多田，哪有什么作坊？"秦氏不知自己身处何处，仍得理不饶人似的。

二当家的："没有？那你到底有多少？"

秦氏："就只 30 亩！"

二当家的恶狠狠地把牙一咬，从牙缝里渗出凄厉刺耳的声音喊叫："来呀！把蒙山大桠子陈一一拉出来砍了！"

土匪们一听号令，一拥而起，要去拉陈屹义！

"莫慌！"刘氏一冲而起，"她家没有，我家有！"

"你是什么人？"

"我是陈屹义的生母？"

"那她呢？"

"她是陈屹义的义母。"

"城南、城北、城东、城西都有你的田？县城里，金当、武汉都有店铺？"

"你不信，你问她。"刘氏指指朱氏，并向朱氏眨眨眼。

"她又是什么人？"

"她是陈屹义的伯母。"

"生母、义母、伯母都来了！好，你说！"二当家的指指朱氏。

朱氏站起来，说："是的。先生！她没说错。城南、城北、城东、城西都有她的田，县城里，金当、武汉都有她的店铺。"朱氏为了说得更圆满一些，又补了一句，"她的丈夫是个大官！"

画蛇添足！这一句补坏了，土匪因此紧问不舍。

"是大官？"

朱氏点点头。

"是什么大官？"

朱氏答不出。

土匪又恶狠狠地紧追一句："在哪当大官？"

朱氏慌了神，吓得脸发白，汗也流出来了。

刘氏平静地接过来道："先生！我丈夫当官，他怎么清楚，有不明白的请问我。"

"你的丈夫叫什么名字？"

"陈光明！"

"陈光明？"土匪咀嚼着，摇摇头，接着又问："当什么官？"

"带兵的官。"

"在哪当？"

"共产党！"

"共产党？"

"是！"刘氏答得更硬朗。

这个二当家的并不了解共产党。想想，想不明白，又问：

"你带来多少钱？"

"80！"

"80？那，那你那么有钱，为什么只带80块来赎人！"

秦氏这时在刘氏勇敢机智的举止影响下，胆子也壮了，于是从怀里拿出那张字纸，说："你们就只要这些嘛！"

土匪接过一看："儿子香，儿子甜，你借儿子我借钱。送酒少一杯，送吃多一元。日出不归路，月起一线天。"将字纸往地上一掷，道："不，8000！"

秦氏此时胆子更大了，质问："到底是80，还是8000？"

"8000！"

秦氏还想辩驳，刘氏急忙接过去道："8000，就8000，只要你们说明白，我们回去筹！"

　　一个星期后的上午，一个凶悍的声音，在大家万万没有想到的时刻，从低矮的棚洞外，猝然传进来："陈屹义！出来！"这一声叫，不仅王氏吓白了脸，全棚子的人都认为陈屹义这下完了，陈屹义自己也认为大祸临头了，再也逃不脱了。他钻出棚洞，一个用黑色三挎帽子蒙着头和脸的土匪在外等他。他随那个土匪来到大院。

　　这次大院却是空空如也的。蒙着头和脸的土匪把陈屹义带到三间屋的门前，猛一推，将他推进三间屋里。这次三间屋也是空荡荡的。陈屹义心惊肉跳，不知带他来这里干什么？接着见那土匪把脚在地上猛一跌，随之哗啦一声响，三间屋的门自动关闭，三间屋靠左边的一堵山墙徐徐让开。墙外是一片场地，场地被参天大树包围着。场边有一棵十人合抱的大栎树，大栎树当面镶嵌了许多鸟巢式的烛台，烛台上插了许多香，这些香都冉冉地冒着青烟。荷枪实弹的土匪都用三挎帽子蒙着头和脸。有的向四周警卫，有的站在躺在烟榻上的二当家的两边。另有 4 名土匪押着李亭焘和陆山两名穷"肉票"站在大栎树外边。

　　陈屹义一见这阵势，心中的小兔更是怦怦地跳个不停。

　　双眼如疯狗一样发红的二当家的，一见到陈屹义来到，即从烟榻上一挺而起，吼叫道："他奶奶个七叶子！你妈回去这么多日子，至今不见音信，想耍老子们不是？写信！叫她们快带 8000 块钱来赎你！赎你的钱不来，就'送客'！（杀人）"

　　陈屹义写完信，土匪将他的信揉成一团，塞进纸炮里，一扣扳机飞出红白两个纸团，"红纸团"落在陆山的身后，"白纸团"落在李亭焘的身后。一个土匪上去，把红纸团塞进陆山腰里，把白纸团塞进李亭焘荷包里。高声叫道："两位穷客听好，你们没有钱，就要付出辛劳，鸣炮一响，你们就快跑，把腰中的信一定捎到陈屹义这位'阔客'的家里去！"

　　二当家的把手一扬："鸣炮稍等！"接着对他的马弁一摆头，"把他的'山风'（耳朵）割下来，和信一起给他妈捎回去！"

　　马弁掂过一把早已准备在那里的菜刀，将陈屹义拉到场子中央，左手揪住陈屹义的耳朵，右手举刀就去割。陈屹义接受那个中年人的教训，把牙一咬，心也提到嗓子眼，硬着脖子让他割。但马弇见菜刀刀刃净是豁口，气得他嗤的一声把刀扔出了场外，又从兜里摸出一把锋利的剃头刀来，重新揪住陈屹义的耳朵，刚要下手，忽听得"奶奶的七叶子，不许糟蹋'阔客'！"

大家看时，只见杜七骑着他的大花马，出现在近十丈之外。

旁边一个土匪说："大当家的来啦！"

二当家的说："他妈七叶子的！算他运气好，不割'山风'了！"

马弇放开陈屹义，将剃头刀折起，重新装到裤兜内。

杜七走后，二当家的立即说："'山风'不割，但鞭子难饶！"

马弇一听，即扒下陈屹义的棉袄，手执马鞭使劲地照陈屹义的脊背左一鞭右一鞭地连连抽去，一鞭一条血印，顿时陈屹义的脊背成了红色的鞭网！旁边一个土匪看不过，悄声说："打他的屁股。"马弇改抽陈屹义的屁股，又抽得棉裤上的棉花满天飞。

抽完陈屹义，"鸣炮"仪式开始。二当家的手一招，4个土匪即将陆山和李亭蠹2个"穷客"推到大栎树外，同时向陆山、李亭蠹开枪。射向陆山的子弹，从后背穿进心脏，陆山当即死亡；射向李亭蠹的子弹，子弹打在李亭蠹的腿空里，意思是叫李亭蠹快跑。而李亭蠹吓得连连跳脚，却不知跑。土匪只得大喊："快跑！不准回头！将陈屹义的信送到他家里去！"

原来那红纸团是凶"阄"，落到谁的身后，谁就是这次送信的祭品。陆山恰好就摊到了那个倒霉的凶"阄"，步了他父亲的后尘，也进了土没冲。

刘氏、秦氏和朱氏三人勇闯匪窟归来，一直惊魂未定。秦氏说："我当时鬼迷心窍，硬要与土匪争个死理，好险给儿子带来了凶灾，得亏妹妹灵机一动，化险为夷。"朱氏也说："我也是搞岔了板，想说得更圆满些，没想到土匪逮住就打破砂锅纹（问）到底，也是刘妹子救驾，要不也会露马脚。"刘氏说："我当时也是忒胆大，为了应付当时的局面，临时编了那些谎话，虽然让我们当时过了关，但以后对屹义……"朱氏："你说是带兵的官，是共产党，我想这两句话说不定会把土匪镇住，不敢再对陈屹义怎么样！"刘氏："不，朱姐！我越想越觉得不好。我编的那些话，给屹义更增加了危险！他们一旦发现他们受了骗，屹义就……"刘氏抓住朱氏、秦氏的手求救似的说："朱姐、嫂子！尽快凑够 8000 块钱给土匪送去！不然屹义就没命了啊！"

　　这才是问题的实质！但一提到这事，秦氏就傻了眼，哭着说："800块，倾家荡产还凑合，这 8000 块，就是倾家荡产也不沾边呀！"刘氏也跟着哭："我的幺这次算是过不了这个关口了！黑心烂肝的土匪必然要对我幺下毒手了，没了我的幺日后我怎么活，怎么向我的陈光明交代啊！"朱氏："你们莫哭，还是静下心来想想办法。"刘氏撩起衣襟拭去眼泪，问朱氏："一亩田，平时正儿八经要卖多少钱?"朱氏："好田百把两百块！"刘氏："我看这样，朱姐！我们分头行动，一是去借钱，二是打听买田的主。走远一点打听，一亩田争取卖 150 到 200，最低不能低过100，因为卖少了不起作用，不如不卖。秦嫂子，你说呢?"秦氏："我的心这会儿已五画六画的了，就照你说的，我们分头行事吧！"

　　刘氏奔波了好几天，既没借到钱，也没打听到买田的主，决定还是回到山里找出息。在快到家时，她首先上山查看了锁野兽的暗索，她准备和大丫再多下些暗索，争取锁些山羊、野猪，要是再锁着豹子那就更好了。心里这样盘算着，人已走到家门口，抬头一看，门锁着。

　　爬上台阶喊大丫，无人应。喊二丫，喊三丫，都无人应。从窗子往里瞧，屋里也无人。到田里寻，田里也无影。上后面山上喊，也只有山的回声。刘氏有些慌了，跑到三里外陆山家里瞧，陆山家也是铁将军把门，就是两只狗，躲得远远地汪汪叫。狗仗人势；无势可仗，所以也就没有以前那么凶。

　　刘氏更慌了。她想：孩子们无处可去，就只知道到鄱王镇老家的路；或许因为她出门时间长，孩子们就到鄢王镇老家找她去了。于是就往鄢王镇跑。

刘氏到鄢王镇，首先到老屋找，老屋没有；她又上秦氏家里去瞧，秦氏家亦没有。秦氏焦急地说："在这要命的节骨眼上，怎么三个孩子又不见了呢？"秦氏又与她一同上朱氏家去问。

秦氏、刘氏走到朱氏屋后，忽听朱氏屋内有人哭。二人不由一惊，立即驻足倾听。

刘氏："像是朱氏。"

秦氏："是朱氏。"

"有好几次我从前面路上过，都听到过这个方向有哭声。朱氏向来急难好义，心胸宽广，落落大方。我万万没想到会是她哭。"

"她为什么哭呢？"

"她常常关心我们，我们也该关心关心她。"

"这真是事赶事。走。"

于是二人同时敲门。好一会后，朱氏才在屋内笑哈哈地答应，立即又像冬天的一团火，春天的一阵风，滚滚而来："来啦来啦，哪位稀客呀？"开开门，一见是秦、刘二氏，"哎哟哟！是我两位妹子呀，快请快请！"秦、刘二氏立着不动，死死盯着朱氏的脸看。朱氏的脸上除眼睛泡微微有一点红外，其他脸色和神情与平时完全没有两样。秦氏问："你哭啦？"朱氏哈哈一笑，答："哪的话，好端端的，我怎么会哭呢！"秦氏："没哭，你眼睛泡为什么发红？"刘氏："大姐姐！你总为我们排忧解难，而把你自己的痛苦深深地隐藏着，若是把我们当你的姊妹，你就把你的苦处，向我们倒倒，要知道我们像你一样，也有一颗同情的心啦！"朱氏孤苦伶仃的心扉，不是浸泡在寒水冰雪中，就是煎熬在酷暑骄阳下，一直无人疼无人问；今日忽得春风细雨抚慰，顿时鼻子一酸："两位妹妹耶！"一声叫，未开言，人有多高，泪就流多长……

金山杨家冲朱家。

朱家的男主人抱病睡在床上，朱家的小儿子朱兴怀在厨房里扇火烧茶，也抱病在身的朱家女主人硬撑着身子靠在堂屋门旁眼巴巴地看着门外。

朱家刚"嫁"走么女朱兴英，今日是吃饼的日子。送陪嫁的"盒"转来要带回亲家送的饼，这饼在此时是信物，是吉祥之意。

这门亲事，不仅他们老两口不同意，就连已经出嫁的小女儿朱兴秀也反对。薛家女婿不仅是新近丧妻的鳏夫，而且大他们的么女儿20多岁，是薛家凭权势硬逼而成的。尽管是被逼，但毕竟女儿有了主，他们家多了一门亲戚。他们全家都希望抬"盒"的带回来的是吉祥之饼，是女儿的幸福之音。

抬"盒"的终于回来了，抬"盒"的一直把"盒"抬到堂屋中央。女主人正要问她么女的情况，抬"盒"的把"盒"一把推倒，从"盒"内哗啦啦流出两斗多的铜钱。

贫穷弱小但自尊不小的女主人一看，顿时傻了眼。他姓薛的强占了她的么女儿，这天大的屈辱，他们无力相报，只有破罐子破摔，干脆把么女儿嫁给他。没想到他竟如此地把他们朱家不当人，本是吃饼的事，他却送来了铜钱。铜钱贬值，现在已不值钱不说，他的这种举动说明，他不是娶她的女儿，而是买她的女儿，这不仅意味着薛家不认他们朱家为亲家，而且表明她的女儿日后的日子将如买去的骡马一般难熬！她越想越恨，越恨越气，恨增气涌，"哇"一声，吐出一摊鲜血，当即倒在堂屋地上。

小儿子为招待抬"盒"的人，正端着茶碗提着水壶走来，一见母亲倒地，把茶碗水壶一扔就扑了过去，大喊："妈！你怎么啦！妈！妈！"小兴怀抱着妈一直摇，见摇不醒，忙又对着里面的房屋喊："爸爸！爸爸！快，看妈妈怎么啦！快！"接着又向两位抬"盒"的人求救："叔叔！快救救我妈！"

两位抬"盒"的人忙扶起女主人，将她抱起，放到板凳上坐下，不停地拍背揉胸。男主人听到儿子的惊呼，跟跟跄跄地赶过来，一见妻子面貌红紫，两眼上翻，用手一试鼻息，不由绝望地呼喊："怀儿妈！怀儿妈！你，你——你怎么就这样撒手去了呀……"

男主人带着病体办完女主人的后事之后，病痛加绝望，一卧不起，不久又撒手人寰。好端端的一个家，嫁的嫁，死的死，转眼就剩下孤苦伶仃的七岁小儿吴兴怀。

吴家的遭遇，乡亲们十分怜悯。经邻里说情，小兴怀当上了姚昌柱家的放牛娃。

金山放牛，历来是附近的放牛娃将牛合在一起，并一同赶上高山吃草。

高山之上水丰草茂，是放牛的好地方。只要把牛赶上高山，放牛娃就可尽情地玩耍。只是山高路远，赶牛不仅费力而且费鞋。朱兴怀放牛不到一个月，妈妈做的鞋、主人家按规定发的鞋，全都报销光了。那天因天气炎热，饥渴的上山的牛群从他负责的那一边，忽如洪水溃堤一般向山下跑了。放牛娃头头逼朱兴怀去撵牛，朱兴怀由于鞋破不跟脚，磨磨蹭蹭不肯去。放牛娃头头一时兴起，就给了朱兴怀两巴掌。放牛娃头头以为两巴掌一打，朱兴怀就会一边抹泪一边去撵牛。没想到他一不哭，二不动，反而还昂着头翻着白眼，愤愤地瞪着他。放牛娃头头火上浇油，又一拳打去，把朱兴怀打翻在山坡上。因山坡陡峭，朱兴怀顺着山坡一溜烟往下滚，不跟脚的鞋不争气，没跟着他的脚一同往下滚，在挣扎着站立起来时，光着脚一下踏到锋利的枯桩上，将他的脚深深地戳了一个鲜血直冒。朱兴怀光着脚，一步一个血印地，一口气跑回家。推开门又关上门，独自站在院中观看他的家：

> 昔日父母疼爱，
> 今日房空屋冷；
> 夕日鸭鸣鸡唱，
> 今日尘封桌凳，蛛网罩门！

这孤苦，这凄凉，顿使小兴怀鼻子一酸，泪如泉涌。抱着头号啕痛哭起来。在家哭不解悲愤，又跑到爸妈坟上哭。直哭到天黑后，乡亲们才打着灯笼将他找回，送到姚昌柱家。

性情倔强的小兴怀，光着脚带着伤，又放了数天牛。后因伤感染发炎，溃烂高烧，先疼痛叫喊不止，后昏迷不醒，奄奄一息。姚昌柱见病得不轻，怕死在他家，将他抬回他的家，给他的两个姐姐捎了个信。幺姐得信急忙赶了回来，一看小弟昏迷不醒，孤独一人睡在家里，未开言就大放悲声：

> 可怜我的兄娃；
> 可怜我的爹娘。
> 没有我这个幺姐，
> 小弟怎会放牛受伤；
> 没有我这个幺姑娘，
> 我的父母双亲又怎会这么早落到黄泉路上！

幺女朱兴英本有一肚子哀伤，只因弟弟病得太严重，不允许一一倾诉，忙忙擦干眼泪，去找单方、挖草药、借米、拾柴、烧火、熬汤、煎药、敷伤、喂饭、喂汤。朱兴怀这棵苦苗苗，经他幺姐朱兴英如此这般的一料理，就奇迹般地好了起来。幺姐不能久留，一见弟弟病情好转，就抱着弟弟痛哭了一番后，忙忙往回赶。

幺姐刚走，在牛侯集开店的小姐朱兴秀回来了。一进门就问病情病因，伤情伤因。一听说是被别人一拳打翻在山坡上所造成的，就怒火中烧，大放厥词："打得好，没出息的狗东西！你没长手？你没长脚？人家打你你不晓得打人家！人家打你，你不晓得和人家赛打！打不赢，老子用牙咬，咬！狠狠地咬！你狠他就怕你。他怕你就再也不敢欺侮你。没出息的东西！"骂完，叮当几声甩来几块钢洋。钢洋的脆响还没落音，她人就出门不见影了。

幺姐治好了他的病，小姐壮了他的胆。数日后小兴怀下床行走，腿脚却自此留下了残疾。虽不大显形，但细看却是一跛一跛的。当他把小姐留下的钱吃完用尽，于是又上姚昌柱家重操鞭杆放起牛来。

经过调养的朱兴怀，体壮力增，虽留有残疾，但或走或跑，并不碍事。加上他幺姐自那次回家后就偷偷地给他做鞋，半月一双从不间断。有了护脚的鞋，小兴怀奔跑撵牛，再也不含糊了。但是放牛娃头头因打朱兴怀受到了众人的谴责，而心中更是芥蒂丛生。这芥蒂到第三年春上，又酿成了一场争斗。这场争斗又将朱兴怀向深渊推进了一步。

第三年开春，烧过荒的牧草刚发一点芽芽。远看一片青，近看仍是一片煳，经过一冬圈养的刚出圈上山的牛群，视青草如命。见哪座山青就往哪座山跑，跑到那里仍吃不上嘴，抬头一望，又往更远更高的山上跑。在这时要想把牛群赶到预定的牧场，就难得多得多。偏偏这时一头母牛发情，众多的公牛追逐。母牛受不起众公牛的冲撞，只得顺着山势往下奔跑。朱兴怀不仅跑得快，而且聪明地抓住发情的母牛这个关键。一发现发情母牛的动向，就把鞭杆挥得呜呜地山响，早早地把发情母牛拦住，把他负责的右边捍卫得固若金汤。

赶牛上山的文章在两边，两边的要害在路下，路下那一边牛跑的是下坡，若不及时拦住，就会如溃堤的洪水一泄不可收拾。

牛路盘山上，有时挂在阳坡，有时又躺在阴坡。路上路下随着阳坡阴坡的变化而变化。翻过黄石垭，牛路伸进阴坡，路下由右边变到左边。公牛争着爬母牛，母牛顺着山坡往下跑，带着一群牛一下子跑到了山下树林边，若不及时拦回，牛群钻进树林，以后就难找了。

"朱兴怀！赶快去把牛拦起来！"放牛娃头头站在路中央高声叫道。

"为什么叫我去拦？"朱兴怀站着不动问头头。

"你为什么不去拦？"头头反问。

"牛从那边跑的，那边不归我。"

"哪边归你。"

"我负责的是右边，那边是左边。"

"不，你负责的是下边，凡是路下都归你。"

"什么时候这样分的？"

"就是现在！"

"现在！？你不公平！你欺侮人！"

"我就欺侮你了，你去找你骚娘们姐姐告状去！"

放牛娃头头一面骂着一面凶着到朱兴怀面前就推了他一掌，又打了一拳。当要打第二拳时，朱兴怀就照着他的胸一头撞去，一下将放牛娃头头撞倒在牛路上。放牛娃头头爬起来抓住朱兴怀就扇耳光，顿时将朱兴怀扇得鼻口出血。

朱兴怀任凭放牛娃头头扇打，任凭鼻口流血，不哭也不动，等瞅准了机会，猛然一口咬住放牛娃头头的大腿，并且如狼狗啃骨头一般摇摆撕扯，直到放牛娃头头疼得倒地，摊开双手，才松口。

晚上朱兴怀将牛赶回家，关进牛屋，饥肠辘辘地往他住处走。姚昌柱一下挡在门口，一把抓住朱兴怀衣领不由分说就扇了两嘴巴。朱兴怀问："你为什么打我？"姚昌柱反问："你为什么咬放牛娃头头？""他欺侮我！"姚昌柱接着又扇了两嘴巴："我欺侮你，你来咬我！""你不公平！""滚！"姚昌柱猛一推，将朱兴怀推翻在地，"哪里公平你滚到哪里去！"门咣的一声，将朱兴怀关在门外。

朱兴怀一下蒙了，他委屈极了，他被遗弃了，但他没有哭，没有掉泪。天黑了，他无处可去，他想起了他爸他妈，他跑进了爸妈的坟地。这坟地就是他唯一的"家"，一到坟地，就如同见到父母，满肚子的委屈一下喷出：苦泪如瀑布，哭声如雷鸣。一下惊飞林中宿鸟，吓走沟中猛兽，也惊动了乡亲。

乡亲们出来询问，知情者说："放牛娃头头的父母到姚昌柱家告状，姚昌柱为了讨好放牛娃头头，对朱兴怀大打出手，将朱兴怀赶出了门。"乡亲们同情朱兴怀，于是连夜将他送到牛侯集小姐朱兴秀家。

薛家逐渐衰落。幺姐朱兴英的丈夫也逐渐衰老，再也无能力做重新娶妻的美梦。而且薛家里里外外都得靠能干的幺姐去操持，薛家不得不将幺姐朱兴英扶为正室。幺姐在薛家成了擎天柱，也掌握了薛家的生杀大权。于是就想让孤苦的、无依无靠的小弟弟跟着她住。主意拿定，就回杨家冲去接弟弟。谁知一回杨家冲，就有乡亲告诉她，弟弟又挨打了，并且一连五日未归。幺姐一听又大哭了一场。哭罢来到亲戚贾明贵家打听弟弟朱兴怀的下落。在那里意外遇到小姐朱兴秀，方知弟弟当夜就被乡亲们送到小姐朱兴秀家。幺姐朱兴英见小弟兴怀未出问题，非常高兴。接着怯怯地说："小姐！让兴怀跟着我。"

小姐说："不，让他跟着我。"

幺姐深知小姐的为人，顿了顿又说："小姐！还是让兴怀跟着我。"

在弟妹面前常带霸气的小姐眼睛一瞪，质问道："跟着你干什么？"

幺姐回避姐姐犀利的目光，淡淡地道："跟着我挖泥巴种庄稼嘛！"

小姐不无挖苦地说："什么挖泥巴种庄稼，就是跟着你抓牛粪捡狗屎！"

幺姐脸上也有几分不悦，说："他就是那个命，抓牛粪捡狗屎，就抓牛粪捡狗屎！"

"抓牛粪捡狗屎一天能挣几个钱？跟着我开勤行，风吹不着，雨淋不着，一天还可赚对半！"

"是呀是呀，小姐！你是街上人，跟着你是可以吃香的喝辣的，只是我觉得兴怀那脾气还是跟着我好些。你在这里玩，我这就去叫兴怀跟我走。"说着起身就走。

"你不能去！"小姐一把把幺姐拉住，"兴怀既然到了我的家，那就跟着我！"

幺姐与小姐是一样的笃墩个。相比之下，幺姐比小姐匀称好看得多，但小姐比幺姐粗壮横实得多。若论意志力是一个赛似一个。幺姐认定弟弟不能跟着小姐，要去小姐家领弟弟，小姐越是不准她去领，她越是执意要去领。霸道的打惯了弟妹的小姐不由火起，就给了她一巴掌。今非昔比，不仅长大成人而且当家做了主的幺姐，再也不是羔羊，就还了她一巴掌。这样一来一去，姊妹俩就打了起来。山区人稀，也没人来劝架拉架。贾家的人见她们争论家务事，不便在中间插嘴，早就各干各的去了。所以她们越打越恼，越恼打得越恶。先是抱着在贾家堂屋里滚，后是各拿家伙对打。不仅她们姊妹俩打得鼻青脸肿，而且把贾家的东西也打得乱七八糟。最后横实匀称的幺姐，被粗壮横实凶悍的小姐按倒在地上……

姊妹俩争弟弟，善良的幺姐没争赢，朱兴怀定居到小姐家。这就确定了朱兴怀的人生走向。

朱兴怀到了小姐朱兴秀家，犹如落到富窝里，掉到糖罐里，风吹不着，雨淋不着；热菜热饭喷喷香，棉裤棉鞋暖融融；大事小事不让他做，任他甩开两手玩。

朱兴怀在他小姐家玩，先是躲在小姐店铺里面，仅露半张脸，打量这个金山小集镇的新世界。他觉得街上的人真多，多得比放牛山上的树还多；叫卖声真热闹，热闹得比山里闹林的小鸟的叫声还热闹。随着时日的延长，他慢慢走出小姐的家，挤进了摩肩接踵的人流之中。好奇地小心翼翼地游览牛侯集的大街小巷、酒店、茶馆和买卖行。

一天朱兴怀玩罢，回到小姐家，正好有几个卖馍馍、油果子的半桩的孩子，从门前过，小姐顺手拿过一个盘子，随便捡上几个馍馍、油果子递给朱兴怀，指着卖馍馍、油果子的孩子道："去，和他们一起去卖去！"朱兴怀很聪明，立即接过盘子，学那几个孩子去叫卖："馍馍油果哟！馍馍油果哟！"若哪个喊"买馍馍！"他就端着盘子一跛一跛地跑过去连连叫道："买我的买我的！"朱兴怀比其他卖馍馍的孩子都大，但他只抢生意，不欺侮人。他痛恨欺侮人的人。

这样，朱兴怀就搭上了手，套上套，成天给小姐卖馍馍、油果子。

牛侯集，金山中心集镇，横跨三县交界点，大路三通，来去畅达。山川交错，林木茂密，山货丰富，价廉物美。因此，这里不仅吸引八方商贾到这里经商，而且吸引着奔波的路人和辛苦的匠人到这里驻足休息，甚至那些昧良心的强人、黑心烂肝的土匪，在他们作案得手之后，也常常躲到这里，尽情地挥霍享受。因此牛侯集不仅是繁华热闹之镇，也是鱼龙混杂之邦。

牛侯集的热闹之处，是买卖行和茶馆。两者相比又当是茶馆为最。买卖行虽然热闹，但集散人空。唯有那茶馆，它不仅供人喝茶休息，还有赌场供人玩乐。那地方集散人不散，一天到晚闹哄哄。朱兴怀托着盘子，成天穿行在茶馆里，久而久之，耳濡目染学会了赌博。但他无条件赌博，不仅没钱而且他小姐给他的活逐渐加码。随着活路的加重，劳动时间的延长，体力不支而经常出错。他的小姐对他的打骂也日益频繁。

一次，朱兴怀摔破了卖馍馍的盘子，他晓得他的小姐要打他，他不想回小姐家。不回小姐家又到哪里去呢？到么姐家，他一直没去过，不知她住在哪里。回杨家冲自己家，家里没米没面，回去又吃什么呢？他没有办法只好硬着头皮仍回小姐朱兴秀家。小姐已听说他把盘子打破了，早早等在门口。他一跨进门，他的小姐就揪着他的耳朵打屁股、扇耳光，毒打的那个劲，简直不在放牛娃头头之下。

这次挨打以后朱兴怀倒是干得更谨慎更勤快了。但是，朱兴怀越是谨慎勤快，他的小姐越是把他当用人使唤。每天给他规定五斗小麦的活计，鸡一叫就喊他起来磨面、箩面、和面、做馍馍、炸油果、端出去叫卖；下午再量出五斗小麦筛、淘、晒为明天作准备。这些活干完后，再到河边割草，上山砍柴。一年四季，周而复始，像拉磨的驴，没有尽头地干活，没有尽头地受骂挨打。

民国初年，国军师长牛联升的小老婆，住进牛侯集邮政代办所。这样，牛侯集便更加热闹了。成天刀枪林立，车水马龙。朱兴怀也因此大开眼界。特别是那个小老婆，腰挎双枪，足蹬马靴，骑着高头大马，来去一阵风，更使朱兴怀羡慕不已。住在邮政代办所对门的朱兴秀勤行，便成了那个小老婆的小吃店。朱兴怀也随之成了那个小老婆的专用堂倌。这时朱兴怀已经是十六七岁的小伙子了，腿脚虽有些瘸，但仍不失一表人才。加上他的聪明伶俐勤快，这就让那个小老婆特别喜欢使唤；朱兴怀由于对她的羡慕，也特别愿意为她效劳：给她送吃的、买东西、端水、背枪、倒尿罐子样样都干。能给她背枪、倒尿罐子，当然也能耍她的枪，骑她的马。久而久之，朱兴怀在牛侯集不仅学会了做馍馍炸油果，而且学会了骑马打枪和赌博。

这些变化朱兴秀瞎子一般看不到，仍像对小孩一样对待朱兴怀，说打就打，说骂就骂。

一天清早，朱兴怀与朱兴秀炸油果。朱兴怀切面往油锅里丢，朱兴秀拿着长长的竹筷子坐在高高的凳子上翻拣。一时不慎朱兴怀将面坨切大了一点，朱兴秀顿时神色一变，将手中的竹筷子在锅沿上猛一敲，骂道："你妈的屄，瞎了，切这么大！"

朱兴怀回道："我妈不是你妈，你骂得这么难听！"

"你还敢顶嘴！"朱兴秀说着，举起竹筷子就朝朱兴怀头上"嘣！嘣！"地打了两筷子。筷子不仅沉重地打在头上，而且滚烫的油也溅在脸上，让人心焦火辣地疼。朱兴怀不由火星一冒，微薄的姐弟之情，再也维持不住长期的积怨所造成的裂痕了。顿时朱兴怀如暴躁的山豹一蹦三丈高："你用竹筷子打我，你用滚油烫我？你好狠的心啦！"朱兴怀气得面红耳赤，脖子上的青筋如小蛇盘绕。横暴的朱兴秀不知止地唰地一下站起来，还要向朱兴怀行凶。朱兴怀再也忍无可忍了："你狠，今天让我狠给你看！"说着一把将面案油锅掀倒。

"你你你！竟敢掀翻我的摊子！"朱兴秀咆哮着，抓起燃烧的柴头子就去打朱兴怀。朱兴怀跑，朱兴秀追。朱兴秀在婆家一手遮天，哪个敢顶撞她，今天扒着她的锅沿吃饭的弟弟竟敢掀翻她的摊子，这还了得！她不把朱兴怀追上狠狠地揍一顿，让他跪到地上求饶，她就解不了恨！可是当过放牛娃的朱兴怀最突出的本事，就是能跑。可是朱兴秀这人毫无自知之明，撵不上还要撵。这就使朱兴怀更加看透了他的小姐的狠毒，人世间的炎凉。朱兴怀围着牛侯集跑了三圈后，再也不围着牛侯集跑了，顺着朝南的大路上了西山。

朱兴秀气急败坏地指着朱兴怀的背影大骂道："你只有不回来，回来我非剥你的皮抽你的筋不可！"

朱兴秀回到家里，面案不支，油锅不扶，仍让它横七竖八地倒在地上。她要等朱兴怀回来跪到地上，把这些东西扶正支好。可是一连等了三天，也没见朱兴怀回来。她感到奇怪，忽然双掌猛然一拍，恍然大悟："定是到死幺娅子那里去了！"想到这里她立即出发，翻山越岭赶到朱兴英家。未进门就大喊大叫："幺娅子！你拆我的台，挖我的墙脚！我今非抄你的家不可！"

朱兴英只听有人喊叫，没听清喊叫什么，立即放下手中活，赶忙迎了出来。见是姐姐朱兴秀，就亲热地惊叫起来："呀！是我的姐姐呀，这么多年一直不踏我这个苦妹子的门边，今天是哪位菩萨把我的姐姐给我送来了呀！"

"哼！我今天不是来听你卖亲的，是来找你要人的！"朱兴秀一面说着一面气冲冲地往里闯。

"要人？姐姐要什么人？"幺姐感到奇怪，跟在后面问。

"莫装样，快把朱兴怀交出来！"

"兴怀没来呀，兴怀怎么啦？"

小姐见幺姐家确实没有朱兴怀，转身就往回走。幺姐撵了很远也没把小姐撵回来，更没有得到朱兴怀到底怎么了的回答。幺姐感到事有蹊跷，第二天一早就赶到牛侯集，方知他们姐弟俩打架，弟弟逃走，至今不知去向。幺姐认为弟弟没有别处可去，一定是藏在附近，于是就在附近各处寻找。先在街道上，饭馆里，桥洞里，田野上找。找到天黑仍没有找到。幺姐急了就爬到高山上放声喊：

"兴怀！你在哪？"

"弟弟，你快回来！"

幺姐找弟弟心急意切，这山喊到那山，那山喊到这山。这急切凄婉的声音经过高山的托起，寂空的传递，使它不断在牛侯集上空萦绕盘旋："你在哪！""快回来！""快回来！"

当星落日出，幺姐见实在找不着弟弟了，一下跌坐在山包上，望着小姐家痛哭起来："小姐呀！我就知道你裹不住弟弟的人，安抚不了弟弟的心，我叫他去跟着我，你跟我拼命！"

"弟弟呀！你的幺姐太无能，空有一个疼你的心，疼你照顾不了你，想你见不到你，越想心越疼！"

幺姐埋怨罢小姐，又埋怨自己。最后绝望地往回走。一边走，一边哭诉：

> 黄连苦，我弟苦，
> 黄连我弟株连株。
> 黄连根苦根扎土，
> 叶儿绿绿接雨露。
> 我弟人苦人无助，
> 只身漂泊无归途。
> 为姐望风一句话，
> 算是离别作叮嘱。
> 既然生就黄连命，
> 敢种敢吃莫怕苦。
> 走南闯北当谨慎，
> 少栽蒺藜多造福！

那天幺姐悲怆地哭弟弟，哭得天黯然，山寂静，水缓流，鸟低鸣。

幺姐哭罢弟弟，迎着朝阳款款离开牛侯集，往家回还。当她顺着小径，翻过山冈，走进一片树林之中，树林在朝阳的照耀下，紫气腾腾，金光万道，各种鸟雀竞相飞舞跳跃，啁啾欢唱。幺姐受到此种良辰美景的感染，忽然想到弟弟朱兴怀这样一走也许不是一件坏事，经过一番闯荡或许闯出一个好前程来。她这样一想，精神豁然开朗，心情一下舒畅起来，乘着出林下山，不由又高兴地唱起了金山民歌：

> 今日金山阳光亮，
> 幺姐对弟有十想：

一想我弟当军长，
二想我弟开钱庄，
三想我弟当县长，
四想我弟成个读书郎，
五想我弟开粮行，
六想我弟开茶庄，
七想我弟卖绸缎，
八想我弟开染房，
九想我弟做商贾，
十想我弟开肉行。

当了军长好打仗，
开个钱庄好关饷，
当了县长坐大堂，
读书磨墨好写状，
开个粮行吃好米，
开个茶庄送清凉，
有了绸缎穿好衣，
有了染房好改装，
作个商贾赚大钱，
开个肉行吃蹄髈。

幺姐的歌声，如黄莺啼啭，如空山滴泉，如清风穿谷，如金豆落盘。只可惜她只能与小鸟同台，面对青山歌唱。

要知朱兴怀今后如何，请看下章。

第七章　倚斧威虎口逃三命
行天道屹义砑恶人

　　当时小姐朱兴秀拿着燃烧的柴头子，绕着牛侯集撵朱兴怀，撵得牛侯集人人都出来看热闹。这看热闹的当然也少不了牛连升牛师长的小老婆。当朱兴怀顺着向西的路跑去了时，她就骑着一匹马牵着一匹马撵上了朱兴怀，交给他三样宝贝，说了两句话，就回来了。

　　这三样宝贝是：

　　一把精制匕首、一把二十响的驳壳手枪、一匹大花马。

　　两句话是：

　　一、根据你的枪法和你的狠劲，你上山一定会当一个头头。

　　二、在那样的地方当头头不狠不行，因此随便你怎么狠，但你一定不要糟蹋女人。

　　后来朱兴怀果然上山当了头头，改名杜七。

　　这当土匪的细节朱氏朱兴英并不知道。她只听有人说了一句风凉话：幺姐想她的弟弟当军长当县长或当个屠夫吃蹄髈。结果她弟弟不仅军长县长没当上，连蹄髈也没能捞上吃，因为她的弟弟上山当了土匪。

　　朱氏听到这句话，一直不相信，一直想上山看个究竟，多少年过去了一直没机会。这次恰恰遇到刘氏提出上山面见土匪的问题，为了帮助两个妹妹，也为了顺便看个究竟，于是就陪同她们上了山。谁知她的弟弟并未出面，这对她来说，弟弟干什么去了，仍是一个谜。

秦氏、刘氏一人抓着朱氏的一只手，一口气听完了朱氏的讲述。朱氏滔滔不绝地讲述，如同滔滔的苦水向外倾倒。倾倒完了，心胸也一下畅快了；立即从秦氏、刘氏手中抽出手，站起来说："我这是怎么了，说这些陈芝麻烂谷子有什么用？快，筹钱救屹义要紧！"当她听秦氏说刘氏在寻找她的三个丫头时，立即又说："真是屋漏又逢连夜雨。还不快些去找！"

于是她们一齐到街上找。当街上也没有时，她们只有回到秦氏家再作打算。

刚进秦氏门，一个蓬头垢面的人，一跟头栽进来，吓得她们一阵惊叫。那人在地上挣扎一阵后，摸出一封信，举在手上蔫蔫地说："信！信——"秦氏接过一看，是陈屹义写的信。刘氏连忙将来者扶起，秦氏家里有现成的稀饭，连忙盛来给来者喝了一碗。来者缓过气后，说："我叫李亭蕎，是土匪逼我来给你们送信的。快拿钱去赎陈屹义，不然陈屹义就没命了。"接着就将土匪如何设坛，如何将陆山打死，如何赶他回来送信，一一说了一遍。

刘氏一听"一枪将陆山打死了"，还为陆山可怜，猛一想忙问："哪个陆山？"李亭蕎说："哪个陆山我不知道，我只听陆山自己说，为寻门路挣钱买田盖房娶老婆，刚进香城就被土匪逮着了。"刘氏听明白了，随着长长地"呵——"了一声，压在心头上的石头，有一块落地了，她感到轻松了许多。但关于她幺的事，她未听明白，连忙又问了一遍；方知割耳朵，吃鞭子，甚至打死陆山，遣李亭蕎送信，都是向她们施压，逼她们赶快把赎陈屹义的 8000 块钱送去，不然就要"撕票"！——果然不出她所料，匪徒最后的通牒到了，她担心儿子的一颗心，更加紧紧地揪起来了！于是又回到她们原来商议的行动：秦氏和朱氏赶快去卖田，她回山里找出息。

刘氏回到家里，见二丫和三丫回到家里了，正在屋里相互抱着哭。一问，二丫说："大丫跑了，我们去找大丫去了。"刘氏一听，不明白，问："什么叫大丫跑了？她跑哪去了？"二丫说："她跑哪去了，我怎么知道！我只听大丫说，她不跑，妈就要把她嫁给愣头青陆山。"刘氏一听傻了，悔恨交加，不由狠狠地抽了自己两嘴巴！她听到陆山死，她高兴；她急忙忙地赶回来，是为了么，也是为了早一点把陆山已死的消息告诉大丫。告诉她"拔刭事件"终于有了了结，陆山再也不会来纠缠了！没想到就差那么一步，好叫她痛惜呀！再说大丫跑了！一个女儿家离家跑了，这意味着什么？不是自寻死路，就是自寻火坑跳嘛！压在母亲心头上的石头本来该少一块的，却又大大地增加了一块。

刘氏打完自己的嘴巴，不由就大哭起来。两个女儿见妈哭，也不由过来抱着她一起哭。她哭她失去了丈夫，失去了儿子，现在又失去了大女儿！她的苦难，一件接一件，为什么这么多？她越想越哭，越哭越伤心，母女三个相互抱着恸哭不止！

这里母女三个相互抱着恸哭不止，一线天匪窟"阔客"棚子内，陈王氏也哭得死去活来。棚内的其他"阔客"，正围着陈王氏安慰时，忽然两个土匪一把将遍体鳞伤的陈屹义推进门来，摔倒在大家的跟前。一个血肉模糊的人，突现在眼前，不由使大家惊恐万状。陈王氏一见，一下扑上去，抱着他就大哭不止："我的天啦！好狠啦！好毒啊！打得这么狠！这比豺狼蛇蝎还毒啊！这叫我的人怎么受得了啊！都怪我呀，我不回娘屋哪会有这等事啊！"

这时大家才恍然大悟，躺在大家眼前的这个血肉模糊的人，正是"棚友"陈屹义。见打得这么重，不由也跟着掉起泪来。这时陈屹义忍着痛对陈王氏说："哭有什么用，是死是活，听天由命吧！"

大家止住泪，也对陈王氏劝道：

"这就是万幸啦，姑娘！"

"多亏你的丈夫运气好，不然耳朵就没了！"

"光是耳朵啊，小命说没了不就没了！快别哭啦，莫招惹土匪！"

　　怕招惹土匪，土匪却来了。不过这次来的是那个小土匪，并且还端来了半瓢木炭灰。说："大当家的叫我来给你治治伤。"说着，他跪到陈屹义身边，把木炭灰一点点地敷到陈屹义的伤口上。一听说是大当家的叫来的，陈屹义就感到迷惑：要不是大当家的一声喝，他的耳朵早上了二当家的餐桌；而且这个小土匪敷伤的动作又是那样轻柔，原来土匪窝里也有人性存在。陈屹义对小土匪有了好感，就忍着痛与他有一句没一句地聊起来；加之他平时的观察，从而了解到了一些土匪的活动情况：夜晚土匪常抽出一部分出去抢劫，留在家里的土匪主要是等"肉票"的家人送赎金来赎人，没有人来就押宝掷骰子；匪窟周围设有三道岗哨，在村外站岗放哨的土匪怕冷，都用棉被裹着只穿一条单裤的两条腿靠在树根上打瞌睡……

　　陈屹义早就想逃跑，特别是得到那把利斧以后，逃跑的心思更浓。但每次想到妻子缠足，夜晚行动不便，而犹疑不决。但这次对他刺激太大了，二当家的割耳朵未成，下次必然会变本加厉，再不跑也许就是死路一条了！

　　"棚友"们默默地看着陈屹义的伤，都意识到陈屹义难迈过二当家的这道坎。大家阴沉悲痛的眼神此时都露出了一副绝望的表情。陈屹义低头琢磨：谁能助我一臂之力，一同逃出这一虎口呢？"阔客棚子"里多是老少男人和小脚妇女，只有4个青壮年男子。晚上，陈屹义悄悄约他的小学同学孙月文兄弟俩一同逃走，没料想他们一听到说逃走，连连摇头说："不行不行，逃不出去的，就照你说的，听天由命吧！"

　　"听天由命！"自己一时的丧气话，他们居然就听信了！他悔不该在他们面前说那样不慎之语。他只有将目标转到武明举身上。

　　武明举，家在柳林湾，他是到香城走亲戚被掳来的，因他是老二，个子又长得高大，故都叫他武二魁。如今身陷囹圄，又恨又悔，成天长吁短叹。于是第二天他又暗地里活动武明举。说："你家里到现在一次说客也没来过，怕是不会花钱来赎你了。"他凄然地说："继母当家，还有两个小兄弟，不会倾家荡产来赎我的。"陈屹义也为武明举的家境感到痛心，安慰几句后说："你看土匪这几天来，把没指望来赎的'阔客'肉票和不值钱的穷'肉票'，不是拉出去枪毙，就是拉出去剁手、割耳朵。像你和我这种情况，待在这里不就是等死吗？我看我们不如想法逃跑！"武二魁惊疑地问："能逃出去吗？"陈屹义说："有一线希望。我摸清了土匪夜间站岗放哨的位置和活动的规律，咱们躲开岗哨走。万一碰上土匪就扑上去和他拼，拼死一个够本，拼死两个就赚他一个，比等着土匪来宰割合算得多！"武二魁听完就说："那就拼吧！要是能拼出去，那就是祖宗的阴德！"

于是他们就作出了逃跑的决定。

监管"阔客棚子"的 3 个土匪是大老石、小二和刘季。大老石，年纪四五十岁，家无老小，靠当土匪混日子；小二，是个二十二三的年轻人，天天拿打客来开心；刘季才 17 岁，母子俩苦度日光，土匪强拉他入伙，是不得已而为之。刘季与陈屹义年龄相近，似有惺惺相惜之意。

这 3 个土匪夜间堵在草棚子门口，盖一床棉被睡觉，防备"阔客"逃跑。门口冷，又只一床被子，3 个土匪常为谁睡到门口而发生争执。

那天，陈屹义怂恿刘季和大老石、小二调换过来，由刘季堵住二尺宽的门口，头朝外睡觉。他则紧挨着刘季头朝外睡到门口旁边。并安排武二魁与他隔一个人坐着，叫他妻子与武二魁隔一个人坐着，都向门口移动了一个人的位置。不敢移动太大，怕引起土匪的疑心。

一切安排就绪，专等机会到来。他的暗号一发出，三个人就爬出草棚子逃命！

入夜，3 个土匪相继发出鼾声，陈屹义装着睡着了，将一只脚插到刘季身边被子里试探刘季，同时也好让刘季适应、放心。

夜深，陈屹义轻轻地抬起头来，细听土匪的动静。恰在这时，2 个土匪来查棚子，他们用电筒照见留学生发的陈屹义睡在棚子门口，就破口大骂起来："奶奶个七叶子的！你们叫客在门口睡！"3 个土匪睡在那不理睬，任凭他们骂。

查棚子的土匪走了，陈屹义感到既糟糕又悲哀，行动还未开始就叫土匪发现了，倘若查棚子的报告上去，二当家的来追究此事，那我必死无疑！想到这里，心里又像揣着小兔一样嘣咚嘣咚地跳个不止！

谁知土匪组织涣散，直到过了午夜，并没有来追查。3个土匪甜蜜的鼾声也告诉陈屹义：土匪毕竟是土匪，没有那么严密。陈屹义轻轻地坐起来，不料他的腿触动了大老石，大老石咕哝一句，陈屹义忙躺下，装着搔痒，也哼叽了一句。听大老石翻过身又睡去了，才又慢慢地坐起来听动静。刘季呼呼地酣睡，小二接连扯着风箱。陈屹义伸过手捏了武二魁三下，就轻轻地爬出棚子外，在草叶堆里摸出利斧握在手中，注视着土匪们的动静。武二魁摸着又拧了陈王氏三下，即轻轻地钻出棚子来。陈王氏爬出草棚子时，紧张得将草棚子门上的草叶撞得唰的一声响！陈屹义急忙将妻子拉到一边，紧握利斧贴在门旁注视着三个土匪，只要他们一动，他就准备劈过去。这次还好，草叶的响声也只影响大老石本能地咿呀了几声，又翻了个身睡去了。刘季、小二的鼾声仍沉沉地在梦乡里游荡。听墙外，墙外赌博的土匪敲着手中的银圆，正在吆三喝五地下赌注。

按约定好的行动，武二魁在前面开路，陈屹义架着妻子看着武二魁的背影走。还没走出院子，武二魁转过来小声说："我是近视眼，看不清前面的路。"陈屹义心里一沉。没办法，立即叫他架着他的妻子，叫他的妻子指引着他，在三十步外跟着他走；如果碰上土匪，由他与土匪拼，叫他俩只顾快快先逃命不要管他。刚越过围墙豁口，即走进林子，林子内的枯枝落叶有尺把厚，脚一踏上去，哗啦啦地响，陈屹义立即停住脚步。正在此时，咔嚓一声，火光一闪，在他们前方有两个放哨的土匪正在对火抽烟。原来土匪放的哨，不是固定的，陈屹义原来了解的这里没有哨，要不是土匪打火抽烟，他们就与土匪放的这个哨，碰个正着。还有，要不是土匪打火抽烟的咔嚓声，正好掩盖了陈屹义脚踏枯枝叶的声音，他们恐怕也暴露了。陈屹义急忙蹲下，陈王氏见陈屹义蹲下，也急忙拉武二魁蹲下。虽然土匪打火抽烟暂时救了他们，但陈屹义再也不敢动了。虽有夜幕掩护，土匪看不见他们，但只要一动，即会听到他们的脚步声。怎么办？陈屹义正在为难之时，平地又刮起了西北风，树林里的树叶顿时随风满地沙沙地山响。真是天助人愿，陈屹义即在风的掩护下避开这两个岗哨，引着妻子和武二魁沿山腰专拣树林急急爬行。爬出一段以后，估摸逃出了土匪的知觉范围，两人架着陈王氏，甩开膀子不顾命地奔跑！跑不动了，遇到上坡就爬，遇到下坡就溜就滚！他们在密林险坡上不顾命地爬滚了一二十里后，才沿着山沟爬上山梁，走上弯弯曲曲的小路。有路比无路好走得多，哪怕是小路、山路也比没有路强。陈屹义喘着粗气，放开绷紧的神经，拖着沉重的脚步，慢慢地向前走。忽然，山路上出现一溜马粪，不由吓得陈屹义一跳！他在城里读书时，在地摊上买的一本没有封面的便宜书，使他对这一溜马粪警觉起来：莫非今夜土匪出来打劫回来走的是这条路？前面的土匪虽然过去了，碰上后面的土匪怎么办？他急忙拾起马粪用手摸，用鼻子闻，才知此马粪是几天前的马粪，悬起的一颗心才放下来。

北斗打横，七星当顶，东方泛白，远山也显出了轮廓，天麻麻亮。他们已奔波得精疲力竭，于是就坐在山头上喘气。随着光明冉冉升起，黑暗渐渐消退，山脚下的一个村庄犹如从水中浮出一样，呈现在他们的眼前。这样的村庄与他们久违了，不由心中一喜！但定睛一看，村头聚集着一伙人，手里拿着闪亮发光的刀枪，陈屹义悬起的心又一下子揪起来，怕是土匪为拦截他们，专在那里设的关卡。为了探明究竟，陈屹义叫武二魁与他的妻子隐蔽到山沟里，他把斧头掖到腰间，装着行路的人往村头闯。

当他大步出现在村头，关卡上手持刀矛的人，立即围上来，喝问："干什么的？"

陈屹义一眼看出，这些人不是坏人，更不是土匪，从容答道："赶路回家的。"

"搜！"说着上来两人抓住他的胳膊。

陈屹义顺从地让他们抓住他的胳膊，说："我腰间别着一把斧头，是准备和土匪拼命的!"

"你家是哪里的?"

"我家是鄢王镇的。"陈屹义接着也问他们:"请问你们这是什么地方?"

"我们这是徐家湾,离鄢王镇五十里。"

陈屹义心中不由一喜:"你们这是徐家湾?那太好了。请你们告诉徐振喜,就说他的同学陈屹义带着他的妻子和一个难友逃难到这里来啦,我要叨扰他家啦!"

"你还有妻子和难友?"

"是呀,他们还躲在那边山沟里,我现在接他们去。"

陈屹义回到山沟里,见他俩躺在那里,像两具死了没埋的尸体。皮贴在骨头上,脸色灰暗没有一点血色;腿上的裤子,经过一夜的爬行已变成蓑衣条条。心中不由涌出一阵酸楚!转而一想终于逃出了魔掌,不由又喜上心头。于是大叫:"二魁大哥!好了,山下站岗的是徐家湾守夜的,我的同学徐振喜就在那里住!"

武二魁一听,也不由得大喜:"徐家湾?徐振喜?徐振喜是我的外甥!"

陈王氏一听,亦惊喜地问道:"这么说我们逃出贼窝啦?"

陈屹义忙上去拉住她的双手说:"当然啦,我们逃出来啦!"

陈王氏于是连忙朝北跪到地上磕起头来:"谢天谢地,苍天有眼!"

陈屹义和武二魁架着陈王氏来到徐振喜家。徐振喜先是愣瞪不解,继而大惊,忙和他的父亲将他们接入家中。首先给他们端上一碗热稀粥,接着又烧水让他们洗,又拿来衣服让他们换。关怀备至,让他们感激涕零。

陈屹义生怕妈妈进山去赎他,便急忙喝了一碗粥,借了一头毛驴就往家里赶,不到中午就进了鄢王镇。只见满街萧条,寥寥几个老妪,有的在哄孙子,有的在赶碾子,昏花的老眼看着陈屹义发愣。陈屹义牵着驴走近一个妇女叫了一声大婶,吓得她扭头就跑,另外几个妇女扭着小脚也跟着跑了。难怪，六七十天的匪窟折磨，他已是蓬头垢面，骨瘦如柴；一身衣服破烂污脏，活像城隍庙的鬼怪。谁还认得他这个洋学生陈屹义呢！

陈屹义一跨进家门，就喊："妈妈！我回来了！"秦氏一听叫妈，忙从屋内跑出来，见儿子由天而降，立即扑上去，死死抓住他的衣服不放。她在梦中多次见着她的儿子，好端端的都让他跑了，这次再也不能让他再跑了！当她明白这是白天不是梦，她儿子真回来了时，即抱着儿子大哭起来。陈屹义急得大叫："妈！你听我说！我们有'说客'进山没有？"秦氏忙说："我们卖了 10 亩田，总共才筹到了 1200 元，这钱离 8000 元差得远，本来想请人送去，又怕对你不利；究竟该不该把 1200 元先送去，一直拿不定主意，就还没送，没人进山。你的娘子呢？"

"她在我同学家，我是怕有人进山才急忙赶回来的。"

"那好那好！"秦氏忙去神柜前磕头："天老爷保佑！列祖列宗保佑！"接着又抱着丈夫的灵牌，"光兆！这里面一定也有你的神力，好好，我们的儿子没死，我们家有救了！"起来后，又忙去看屹义的伤。看完伤又忙去打了一碗荷包蛋，让儿子吃了定定心。又忙烧水让儿子洗，又忙派人去接儿媳妇，又忙派人去告诉朱氏："天老爷保佑，我儿子回来了，谢谢你，田不卖了！"又派人进山去向刘氏报喜："儿子化险为夷，回来了！"秦氏忙得脚不沾地，喜得合不拢嘴。

陈屹义回来了。

消息传开，鄢王镇大街小巷，男女老少，无不拍手称颂：陈屹义那小子，竟然从匪窟里逃回来了，而且耳朵、鼻子、胳膊腿，各样零件一件也没少，还没给一分钱！

就是那"硬社"里的陈科正也竖起大拇指，说："人落虎口，粉身碎骨。他竟然完好无损地回来了，真了不起！"

鄢王镇最惊奇的人，莫过于团总陈池恒。他一听说陈屹义回来了，从太师椅上一挺而起，双眼睁得比牛卵子还大，一句话也说不出！

在陈池恒瞠目结舌的时候，镇上陈屹义读过书的那座小学校，在校长的带领下，全校师生列队到他家祝贺。

校长为了提高学生对学校的信任度，培养学生的勇敢精神，特别拉着陈屹义的手向大家介绍道："他是你们的校友、老大哥！他的小学六年就是在我们这所学校度过的，是我们这所学校把他输送到名校香城一中的，是我们学校为他的睿智和勇敢的精神打下了坚实的基础。现在我们请陈屹义同学向我们介绍他在匪窟履险的经过。大家欢迎！"

陈屹义很爱自己的母校。尽管校长这种贪功自诩也未使陈屹义产生任何反感，对于校长的邀请欣然答应。他仍像学生一样，走到同学们面前，深深地鞠了一躬："同学们——"

正在这时，陈屹义的同学徐振喜把他的妻子陈王氏送回来了。陈王氏也骑了一头驴，由徐振喜拉着，见到陈屹义后，由于情急，一下翻身下驴，又由于骑驴时间长，腿麻木，再加上脚小体弱，一下摔倒在地。陈屹义顾不得其他，连忙跑去将她扶起。

陈王氏问："有人进山去赎我们吗？"

"还好，没有。"

"两边都没有吗？"

"两边？"陈屹义一愣，猛然想起，脑子里不由一炸，不无忏悔地说，"忘了忘了，我竟然忘记那边，我这就去！"

陈王氏立即在陈屹义身上又打又刨地大哭起来："你把我的家不当家，你把我的爹妈不当爹妈！"

秦氏从屋里跑出来问："怎么回事？"

陈屹义："妈妈，你晓得那边的爹妈有人进山赎我们吗？"

"不知道，哎哟，快去快去！要真有人进山那就糟了！"

陈屹义对校长说："校长！我有紧急事要办！"说着就拉过拴在门前他骑回来的驴，与他的中学同学徐振喜一起，骑着驴往丈人家里赶。

赶到丈人家一问，他丈人一大早就进山了。

同学徐振喜："怎么办？"

陈屹义："我要赶快去撵，一定要把老人家撵回来；要是他老人家误入匪穴，被土匪捉住了，我就用自己把老人家换回来，拼着自己死，也不能让老人受罪！你快回去吧。"

徐振喜很仗义，执意要陪他同行。说："快走，我陪你去。"

陈屹义说："我现在已经不是一个人了，而是一坨肉，正往狼口里送。你陪我去，只是给狼加餐，没有任何意义！"

徐振喜振振有词地说："你一人去，土匪或出于气愤，或为了杀鸡儆猴，都有可能把你给宰了；有了我，就增加了一个变数，可能就不一样了！"

陈屹义说："你是我最要好的同学，但也是我最讨厌的同学！我讨厌就是讨厌你的诡辩，现在是什么时候，还在耍嘴皮子！有你增加一个变数，就是有三个你也变不了，同样被他们一刀宰了！快回去吧！"

"我怎么是耍嘴皮子呢？怎么是诡辩呢？多一个人就多一双眼睛，两个人和一个人就是不一样嘛！"

陈屹义心里非常乱，无心与他争执，于是自顾自地径直往前走了。他的同学也不怪他，径自跟后面，于是在那条荒凉的小道上，两个小青年一人骑了一头毛驴，一前一后，"嗒嗒"地向一线天赶。

在过香城两河口时，渡船上，他的同学徐振喜遇到一个熟人。那位熟人与徐振喜闲聊，说有一个老头背了一大包画在香城街头上卖；没人要，他就拉着人家，向人家叩头。好多人说他是疯子！

这个故事可能很有意思，可是从那人口中说出来，就像一包龙井好茶用淘米水冲出来一样不是味儿。

可是陈屹义听后却一阵惊喜，问："那人长什么样？"

徐振喜的熟人说："一张胖脸，满头白发。"

陈屹义又问："他现在在哪？"

"正在街上撵着人叩头呢！"

陈屹义拉着徐振喜说："快快转去。"

"干什么？"

"不去了。"

"为什么？"

"因为有你这个'变数'，我有救了！"

"什么意思？"

"我才发现我的老丈人还没进山，正在县城街头卖画！我们不必当肉往狼嘴里喂了！"

"你说他说的白发老者就是你的老丈人？"

"正是。我的老丈人是个画痴书呆，手中没有钱，却要去救他女儿女婿，他没有办法，只好背着比他生命还要宝贵的宝贝画去换钱，好把他的女儿女婿赎回来。"

"那好那好，歪打正着。我们进城去找他老人家。"

陈屹义走后，匪窟履险之情况，由陈王氏介绍。陈王氏不愧是书香门第之女子，她美妙的声音，把陈屹义的睿智和勇敢再现得既生动又具体，使鄂王镇上下，对陈屹义有了更深刻具体的了解。

秦氏为了陈光兆后继有人，千方百计，借来个儿，娶来个媳，正希望他们安安稳稳过日子，甜甜蜜蜜地为她多生几个孙子时，忽然儿子儿媳一下子都被土匪抓去了，你说这叫她多伤心！正四面磕头，八方求援，心急火燎，抓耳挠腮，焦急万分之时，忽然喜从天降，两个人一下子都回来了！而且亲家那一方也没事，你说这叫秦氏如何不喜！人喜心宽，就想好好过日子。那天上午她安顿好儿子，就特意来帮助陈王氏清扫房屋，整理罗帐，铺床折被。整理完毕，秦氏扶着床说："孩子！家的中心是房，房的中心是床。人生在床上，死在床上，人从生到死都离不开床。成婚前在娘家做姑娘时，想婆家，想男人，做的许许多多美梦也是在床上。累了，躺在床上休息；病了，睡在床上休养。夏天睡在床上凉席上，感到特别凉爽；冬天睡在床上被窝里，感到特别温暖。但最温暖，最惬意，最甜蜜是和丈夫拥抱一起睡在床上。"

陈王氏随着秦氏的言语，思想也展开了翅膀，含笑的脸慢慢变得绯红，头也慢慢低了下来。

秦氏说："和丈夫一起睡在床上，赤诚相依，切肤相爱，开世上最鲜艳的花朵，结世上最大最好的硕果。我们陈氏家族一直不发旺，总希望多多生育儿子，所以特别注重床。但凡像样的陈家都有一张牢实平展宽大的床。"接着秦氏抚摩着泛着古色古香的红木雕花床问："孩子！你看这房这床和你娘家比怎么样啊？"

陈王氏经过匪难，尝到了人世间她从未尝过的苦，一下子老成许多，答："妈！这哪能比啊，我的娘家那多冷清啦！"

秦氏指着被与褥说："是呀，孩子！你看这龙凤呈祥，你看这鸳鸯戏水，苦尽甜来，你就好好的吧，早早地，多多地，给我生几个孙子！"

"妈！"

"在妈面前有什么害羞的，生儿育女，传宗接代，天经地义！你没听老辈说不孝有三，无后为大。尤其我们女人以子为贵，只要生出一个儿子，那身价就百倍地往上蹿！"

"妈，生儿生女我没把握，甚至能不能生我也……"

未等王氏说完，秦氏上去一把捂住王氏的嘴："乌鸦嘴！呸呸！不许乱说！"

接着把王氏拉到神柜前，道："快跪下，求天老爷、列祖列宗和你老公爹保佑！"

王氏："这灵验吗？"

秦氏："灵验，可灵验了！不然你们怎么会平安地回来了呢？还有你娘家的爹妈也平安无事，这都是我求他们保佑来的，快叩头！"

正叩头时，门哗啦一声被推开，进来几个"硬社"的社员："陈屹义呢？"

陈屹义正在书房里看书，听到问，急忙出来："什么事？"

一位社员说："我们'硬社'请你去一趟。"

"是想让我参加你们'硬社'吗？我正有此意，不过我还想读几年书以后再说。"

另一位社员说："杜七匪帮要来抢鄢王镇，有人说这次土匪是你招惹来的，只要把你交给土匪，土匪就会撤退！"

秦氏一听，腿一软，就站不住了。她已经经不起这大悲大喜，一会儿天上，一会儿地下地折腾了。陈王氏急忙把秦氏扶住，陈屹义对秦氏说："妈！你不要怕，这又有什么了不起，只当我没逃回来。"

秦氏不听这话还好些，一听这话更是一下子昏过去了，醒来，大叫："儿子！你可千万不能去呀！"见儿子已经被人押着走远了，立即爬起来撵，陈王氏急忙上去搀扶着秦氏一起跟着撵了去。

陈池恒为了扫除拦路虎，征服硬社，独霸鄢王镇，拿陈屹义开刀，没想到陈屹义从匪窟里竟安然地逃回来了。大家都为陈屹义高兴，他却拿拳头捶自己的脑袋，说："连陈屹义这样的小毛猴子都整治不住，我陈池恒还算个人物吗？日后还能在鄢王镇站得住脚吗？还干得成大事吗？不行，既然我想吃他鸭子肉，就不能叫他鸭子飞！"于是又修书一封，连夜派人到一线天，叫杜七匪帮来抢鄢王镇，再把陈屹义抓了去；同时还在鄢王镇放风：土匪要来抢鄢王镇，是陈屹义招惹来的。企图不仅借杜七之手整死陈屹义，还叫陈屹义背上惹祸招灾的黑锅。

当"硬社"得到杜七要抢鄢王镇的消息，集中全体社众准备抵御杜七匪帮时，陈池恒又派他的班长当说客，到"硬社"里更露骨地说："杜七匪帮残忍，人多枪硬，面对这样的强敌，你们'硬社'恐怕硬不起来了哟！血光之灾，惨啦！性命难保，多可怜啦！"接着又自问自答，"可怜？有人可怜吗？没人可怜！你们死了是活该……""硬社"里一个小伙子忍不过他的胡言乱语，一步跨上来，手直指他的眼眶说："我们该死该我们死，要你来号什么丧！""你们该死是该死，但是你们死了，你们的老婆娃子呢？你们不为自己想，难道也不为你们的老婆娃子想想？"那个小伙子软下来了，好多人也跟着软下来了。班长看火候到了，立售其奸计："其实我有一计，这计很简单，也理所当然。这次土匪是陈屹义招惹来的，把陈屹义交给土匪，不就结了。"

"硬社"一些耳根子软的人，听信此谗言，便趁陈科正还未来之时，将陈屹义抓到"硬社"，准备用陈屹义来消鄢王镇这场匪灾。

当班长说动"硬社"后，就回来与陈池恒躲在窗户后看热闹。见陈屹义真被"硬社"的人从他家里带出来了，班长讨好地指着说："团总，你看！"陈池恒更加得意地说："我把陈屹义好有一比。比作何来？我把他比作我手中的一块烂砖头。我首先将这块烂砖头扔进茅坑，让臊尿臭屎把他淹死，让鄢王镇的人看那些敢于小视我的人、敢于与我作对的人是什么下场！同时那一块烂砖头扔进茅坑后，必将'硬社'溅一身臊尿臭屎。到那时，我对付'硬社'就易如反掌了！"

陈屹义被抓到"硬社"，"硬社"社众都聚集在那里。陈屹义将眼前的场面，和匪窟的那些场面比较了一下，不由轻松地笑了笑，从容地走到大家中间，说："我正想为本镇乡亲父老干一点有益的事，如果把我交给土匪，就能免鄢王镇的血光之灾，我不要你们送，我自己一个人去。不过我要问一声：谁个敢保证，把我交给杜七后，杜七匪帮就不再抢劫鄢王镇了？"

大家不由一惊，这是大家没想到的问题。

陈屹义目光如炬，在众人面上扫视。接着又追问："请问，谁个敢保证？"等了许久没有一个敢出来应答，陈屹义又道："我在土匪窝里待了两月有余，土匪为什么抢劫，其原因我说不全，但有一条是肯定的：他们人多，要吃饭，要活命；他们不抢就没吃的，就没法活下去，现在他们既然下山来到鄢王镇，岂有不抢之理！"

陈王氏搀着秦氏，两个小脚拐呀拐地往"硬社"里跑。一到"硬社"门口，秦氏就大叫："为什么抓我的儿子？'硬社'的宗旨是什么？难道不是保境安民，为鄢王镇老百姓防匪抗匪吗？为什么抓我的儿子？"

陈屹义见妻子搀着妈妈来了，忙迎了上去，道："妈！没事。你们回去吧。"接着转身继续对大家说："再说这是一个大大的阴谋！请大家好好想一想，我们'硬社'是防匪护镇，保护全镇人民的生命财产安全的。就是因为这，全镇人民群众才拥护我们，上级政府才允许我们'硬社'存在。你们把我交给土匪，这是保护全镇人民的生命财产安全吗？你们前脚把我交给土匪，后脚管保就会有人反咬你们一口，说你们'硬社'并不是防匪护镇的，是和土匪穿一条裤子的！到那时你们就是跳到黄河里也洗不清，官府就会派兵来围剿你们！"

这时社众中有人喊出一声"有道理！"接着大家七嘴八舌地道："为什么要把屹义交给土匪，他做错什么了？""是阴谋，我们不能上当！"这时朱氏也引来许多群众，人越聚越多。这时有人喊："闲话少说，土匪就要来了，咱们赶快分头迎击吧！"当大家抄家伙正要行动时，陈屹义又说："关于怎么打法，我有个建议，因为我参加过他们的行动，了解他们的情况。他们与官军相勾结，他们的武器精良，和他们对打，我们的武器不如他们。但他们有一个致命的弱点：那就是开始抢劫后，他们队伍一散开，就各顾各人抢东西去了，再也没有战斗力了。所以我建议，放他们进来，当他们散开抢东西时，我们再向他们进攻。那时他们只顾各人抢劫，抢到东西后，又只顾背着大包小包逃命，根本无心也无手还击！"陈屹义的这个建议得到大家的一致同意，又得到一直在旁边观察的社主陈科正的认可。于是就敞开东西南北街，分别隐蔽，放土匪进来。

果然不出所料，土匪一见无阻拦，就把枪往身上一背，三三两两散开到各家各户抢东西。土匪一散开，"硬社"社众从四面八方向土匪开枪。土匪毫无戒备，更不知底细，一听枪响和呐喊，就慌了手脚，身上背着大包小包连枪也取不下来，只有急忙背起抢来的东西各自逃命。"硬社"社众趁机追击，老百姓也抄起杠子铁锹呵嗬连天地跟着猛追，土匪无法还手，只有拼命逃跑。这一次缴获了1支手枪、23支步枪！获得了一次空前大胜利！

赶走土匪，陈屹义回到家里，就埋头复习功课，准备进省城继续求学。但秦氏心里却说：这哪成啦，儿子离开媳妇，媳妇怎能给我生孙子？不成，得想办法留住他。

"硬社"社主陈科正，是一个很有心计的人。他就像驾船的老手，总是让别人在前面划船撑船，他只在后面掌掌舵。通过这次与土匪较量，他见陈屹义年轻，有胆有识有计谋，觉得他正是他一直寻觅的在前拿篙撑船的好手，遂以长辈身份，聘陈屹义为"硬社"之帮办。

急于还孙子、抱孙子的秦氏，认为这是她留住儿子的极好机会，于是就联合陈王氏配合陈科正对陈屹义苦苦相劝，陈屹义见有事可做，才放弃求学，应允了帮办"硬社"。

陈屹义到"硬社"，如鱼得水，摇头摆尾，尽展全身才华；"硬社"有了陈屹义，如水得鱼，使"硬社"这一塘水更加充满活力。因为陈屹义在学校不仅接受过文化知识和传统教育，更受到过萧楚女传授的共产主义思想的熏陶，一直认为：人来到这个世界上，受到这个世界上的阳光雨露五谷杂粮的滋养，就应尽力回报这个世界。蚕吐丝，蜂酿蜜，犬守夜，鸡司晨，这些小小动物都晓得为社会尽职尽责，何况我们人呢？因此陈屹义到"硬社"后，常常以"硬社有我，我该如何"之语来激励自己，使自己孜孜不倦，勤勉有加。"硬社"社风也因之焕然一新。陈屹义也得到"硬社"社众一致好评，不久便成为鄢王镇"硬社"社主的首席帮办。

八月中秋，秦氏把陈屹义从"硬社"叫回来过节。

正当陈屹义和他妈妈及妻子在家中说说笑笑做月饼时，忽然有人在外边问："陈屹义在家吗？"

陈屹义答："在。"

秦氏手里一面做月饼，一边扭头向外看，嘴里说："又是什么祸事惹上门来！"

陈屹义说："不怕，我去看看。"

陈屹义打开门，刚走出去，就有两双黑手伸来，架住他的膀子，劈头盖脸地拳打脚踢！秦氏大喊："干什么！干什么！"忙跑出去护驾。见一群手持棍棒的团丁要往屋里闯，秦氏又张开双手去阻拦。暴徒们一把将她推开冲进来，先砸桌、椅，后砸神柜，然后又拥进陈屹义的新房，把红色罗帐、鸳鸯衾褥一顿乱砸乱砍；并把祖传红木床掀翻！

秦氏一见祖传的红木床被掀翻，一下扑进去，大叫："我的床啊！

你们是什么人？我们犯了什么法!?"

一暴徒翘着大拇指说："问我们是什么人，说了吓死你们！你们扒开你们的驴眼好好看看，我们是团总陈池恒派来的人，你们知道吗!"

另一暴徒用食指在空中，点点戳戳地说："要问你们犯了什么法，我告诉你们：'陈屹义开社聚赌'，若不悔改，还要抓他去吃'官司'!"

打完，砸完，一哄而去。

陈屹义面对诬蔑、冤枉和欺侮，决心与之决一雌雄，拼个上下高低，就壮着胆子把团总陈池恒告到县衙。

谁知人心不古。一些豪门富户趋炎附势，颠倒黑白作伪证；一切为陈屹义说话的作证的人，县衙又一律斥为是陈屹义"硬社"里的同伙。陈屹义不仅输了官司，还搭进了10亩好田。

陈屹义官司没打赢，正往回走时，有一个陌生人从后面撵上来对陈屹义说："这下你知道锅是铁打的了吧？挨了打，挨了砸，你有理也白搭，告也告不发！我再跟你说：匪窟的日子不好受吧？谁叫你妈请陈科正不请他陈池恒的？不识相，就遭殃!"

陈屹义恍然大悟，不由倒吸一口冷气，好毒啊，原来土匪绑架也是他干的！就为未请他喝一杯酒！

那人接着又说："'忍'字心上一把刀，'忍'字没有'饶'字高。还不晚，上门去告个饶吧，不然更大的果子在后面等着你吃呢!"

那人说完就转身走了。陈屹义站在那里，浩气凛然地望着那人远去的背影，狠狠地啐了一口："呸！告饶？你叫那个恶毒小人等着去吧！我倒要看看，他到底会把我怎么样!"

陈池恒等陈屹义来告饶，等去等来不见陈屹义的影。心中不由敲起了小鼓。

陈池恒本来一直视"硬社"和陈科正为眼中钉，拦路虎，不除心不甘的；现在又增加了一个整不下去、拉不过来的陈屹义，更使他忧心忡忡，百思不得其法。

恰好是年秋，牛师之一旅在鄂王镇所摊派的钱粮，被乡镇官员悉数贪污。陈池恒知道此事，就趁机在其中大做文章。他不斥责乡镇为官不仁，却诡称百姓抗粮不交，挑拨牛旅派重兵到鄢王镇强行重征。

他准备去东瀛留学的儿子陈东汉说："你这不是坑了全镇的父老乡亲吗？"

陈池恒一直想在儿子面前显摆他的足智多谋，以树立他当父亲的威望。于是就趁此机会训道："儿子！我这又是一个'一石三鸟'的妙计。你看啊：此钱粮，乡镇官员贪污了，我不说是他们贪污，而说是百姓抗粮，乡镇官员必然感激我，你说是吧？此一也。这样做看似有些坑害全镇父老，可是对全镇的父老乡亲也是一副清醒剂，让他们看看是跟着'硬社'陈科正好，还是跟着我陈池恒好。此二也。第三，更主要的是，说百姓抗粮不交，一旅必然派兵到鄢王镇重征，而陈屹义必然率'硬社'社众抗拒，这样我们就可以在旁边静观陈屹义这个臭鸡蛋去碰一旅那块大石头这出好戏了！这样不需我们动手，不仅与我作对的陈屹义、陈科正完蛋，'硬社'也将寿终正寝！"

陈东汉更加不屑地脱口而出："借刀杀人！"

陈池恒："对，借刀杀人，你没说错；但你的口气，大错特错。你这口气缺乏阳刚之威，是一种软弱的妇人之气。有妇人之气的人必是妇人之见。有妇人之见的人，必然瞻前顾后，优柔寡断，犹豫不决。要知道，饭，是让你吃的；马，是让你骑的；士兵，是供你驱使的炮灰；百姓是你的摇钱树。你不懂士兵是供你驱使的炮灰，你就不会用兵，你就当不了将军；你不懂百姓是为你生长的摇钱树，你就不会聚敛钱财。你不会聚敛钱财，你手中就无钱。你手中无钱，你就既不能服鬼，更不能通神！小子耶！这些你懂吗？'借刀杀人'是一条多么好的计谋，有妇人之心的人，就用不好这个计谋。小子，你少挑老子的毛病，多向老子学着点！"

就在陈池恒训子后不几天，牛师一旅果然派来一个营到鄢王镇征收钱粮。陈屹义确也如陈池恒所料，义愤率"硬社"社众千余人到牛军营部与之理论。社众纷纷拿出缴纳钱粮的凭证以证明钱粮早已缴纳。

这个营长，是师长牛连升的儿子，一个比陈池恒还要胖的大胖子。看到那些凭证，感到蹊跷，拿腔拿调地问："你们交到哪里了，我们没收到耶！"

陈屹义正要告诉真相，跟在后面的陈池恒见势不妙，身边没有可以支派的人，不得不赤膊上阵，急忙附着营长的耳朵低声说："营长！这些凭证都是假的。你看哪里像我们这里？闹哄哄的，我跟你营长说，他们这是'会匪'闹事，别有用心，不镇压不能解决问题。"说着向后一闪，即向空中开了一枪。牛营事前有约定，营长的枪一响，即开火。站在营长附近的士兵，知道这枪不是营长开的，站在后面侧面的士兵，却以为是营长开的，于是按事前的约定，乒乒乓乓地开了火，当场打死打伤"硬社"社众20多人。

血案既成事实，营长难辞其咎，只好顺水推舟，把责任推给陈屹义，并扬言不抓住聚众闹事的陈屹义绝不罢休。

眼看"硬社"兄弟们惨遭杀害，陈屹义痛心疾首。陈屹义亲眼看道陈池恒向天放枪，挑起这场惨案，他恨不得吃陈池恒的肉，扒陈池恒的皮。不顾命地冲上去要抓陈池恒。但被算命先生一把抓住。混乱中，在算命先生的苦劝之下，为避免无谓之牺牲，更为了今后给乡亲们报仇雪恨，他才毅然离开"硬社"，离开鄂王镇，担起父亲担过的木匠挑子，走南闯北，访问天下豪杰，以求平等自由真理。

陈东汉是看罢这场由他父亲导演的血腥之灾，才带着对父亲的畏惧之心，告别瘫痪在床的母亲出海下东洋去的。他的离家之日，也是陈屹义离家出走之时。

陈屹义离家出走后，秦氏三天两头，或早或晚，不是跪在神柜前，就是抱着亡夫的灵牌，或哭或骂"这世道太荒，荒得想让儿子媳妇给我顺顺畅畅地生个孙子就不能！"一天她哭着哭着，忽听儿媳干呕，她不由一阵惊喜，用袖子胡乱把泪擦巴擦巴就去盘问儿媳：

"你怎么了？"

"尽感到恶心。"

"呕出什么了？"

"尽像要把肝花肠子呕出来，可什么也没呕出来！"

"有多长时间了？"

"有好几次了？"

"那你身上呢？"

"早该来了，可一直没来，不知怎么的！"

"莫非……真那个？"

"真哪个？"

"不不……真那个，要是真……我给你打几个整鸡蛋？"

"什么也不想吃。"

儿子离家出走，使秦氏心烦意乱。但儿媳妇怀孕了，又使她喜上眉梢。她认为儿媳妇怀孕，是她求神保佑求来的。她希望儿媳妇怀的是个孙子，她希望儿子平安地早早回来。她怀揣这两个心愿早晚在神柜前焚香叩头，祈祷保佑，比以前更勤便更虔诚了。

陈屹义在东川雷河胡家园子结识了共产党员蔡明周，增添了许多革命道理。过去他总是以"硬社有我，我该如何"而自省。现在眼光变大了，再不是只为鄢王镇，只为"硬社"了，而是常常以"为穷人闹翻身，为人民求解放"而英勇奋斗不怕牺牲来自省。

数月后，蔡明周经过慎重考虑，叫他返回鄢王镇，借"硬社"以团结广大群众，共同反抗黑暗统治，以实现"人民彻底解放"的愿望。于是陈屹义在一个月光如昼的夜晚，回到鄢王镇。

那年夏，鄢王镇大旱，堰塘干涸，禾苗枯萎，百姓心焦如焚，团总陈池恒见"硬社"社主生病，"硬社"散乱，陈屹义又不在家，认为发财良机到了，于是在鄢王镇十字街大皂角树前搭台祈雨，借此向农户摊派钱粮，以饱私囊。乡民们慑于团总的淫威，只好变卖家资或借债交付，敢怒而不敢言。陈屹义回鄢王镇后，乡亲们频频向他诉苦。见陈池恒如此欺压父老乡亲，心中新恨旧仇一起迸发而出，决定整治这个为非作歹的"活阎王"。

陈池恒只知祈雨，并不知祈雨的祭坛怎么设，便想当然地把祈雨现场搞得花里胡哨：用木板搭成一个唱戏的舞台。舞台四角竖四根立柱，除台口以外，立柱之间各牵六条绳索，立柱和绳索上缠上白字条，取"有雨天边亮"之意；台的天棚之上挂着一层层的灰布和黑幡，意为乌云翻滚，大雨将至。为表示他的虔诚、平和，祈雨那天，他命班长将团防局里的团丁们带到外地去征税，他换上素衣素帽来到祈雨现场，缓步登上祭坛，先净手焚香，然后顶礼膜拜。

就在这时，陈屹义突然跃上祭坛，质问陈池恒在这次设坛祈雨中收了乡亲多少钱，支出了多少钱，要他向众乡亲把账目报清楚。老奸巨猾的陈池恒不由心中一惊，略愣片刻，便以长者的架势呵斥道："今天要图个吉利。我不找你的事，你也给老子知趣一点，有啥话以后再说。"陈屹义双手叉腰，针锋相对："要图吉利，你就当着大家的面把账目公开，不然的话，莫怪我不客气！""你不客气，又能把老子咋样？"接着鼻子轻蔑地一哼，断然宣布："香城县鄢王镇乡民为祈求龙王爷赐雨，现在祭典开始！陈屹义滚下台去！"

陈屹义寸步不让，转身向众乡亲揭露了陈池恒的丑恶嘴脸："各位乡亲父老！他搭台祈雨是假，大发天灾财是真。他找各户收的钱是12500元，实际开销2250元，他整整贪污了10250元！"

在光天化日之下，陈池恒贪污的嘴脸被剥得原形毕露，气得他青筋直暴，肥脸紫红，恼羞成怒地骂道："这万把块钱，是老子贪了，我看你小子又能把老子怎样？"

陈屹义看着陈池恒专横跋扈的样子，联想到为未请他吃酒的一件小事，竟反复陷害他；并挑拨牛旅杀死"硬社"的弟兄11人！满腔热血不由一下蹿向头顶，指着陈池恒的鼻子，道："你敢贪赃枉法，我就敢替天行道！今天你必须把吞下的血汗钱一分不少地吐出来！"

陈池恒恼羞成怒，狗急跳墙："老子看你狗日的是活腻了！"说着，即抽出藏在腰际的手枪，拉枪栓，推子弹上膛。

　　说时迟，那时快。当陈池恒抽枪，陈屹义也拔出藏在腰际的斧头；当陈池恒推子弹上膛举起手枪，还未扣动扳机之际，陈屹义就照着陈池恒的天灵盖一斧头砍了去，当即就结束了恶贯满盈的"活阎王"的性命！

　　随着陈池恒的脑浆飞溅，鲜血横流，"死人啦！""杀人啦！"的喊声迭起，求雨场上顿时大乱。陈屹义知道陈池恒不仅有儿子陈东汉，更知道他手下有一帮团丁，于是趁乱一把将陈池恒的手枪抓在手中，塞进腰际，准备以命换命，血拼一场。

　　人命关天事，屹义何了之？且等下章交代。

第八章　陈屹义在监得双生
三母女夜走瓦屋岭

秦氏在家喂猪。她将米汤、淘米水和洗碗水倒进猪槽，放上一瓢糠，就坐在堂屋门槛上，靠着门框看猪吃食。

猪在槽中吃食，鸡在场院上觅食，鸟在树上鸣叫，云在头上飞渡。她很担心儿子，儿子有好长时间没回家了。大皂角树下在祈雨，她恨陈池恒，她懒得去。她叫儿媳王氏做饭，她手挽鞋篮子出门去寻儿子。脚刚迈出门，又回头瞟了一眼儿媳的肚子，肚子仍是平平的。嘴里不由咕哝一句："难道是死面一坨，总是发不起来？"一边纳着鞋底，一边出门去寻儿子。东川没有，南川没有，她上了西川，她爬上一座峻岭，她一边四下地望，一边运针纳鞋底。

忽听"救命啦！救命啦！"的喊声从悬崖下传来，她急忙往悬崖下望，正是自己的儿子吊在悬崖下，绳子倒不细，可就是有一个松鼠正在啃咬绳子，四股已咬断了三股，剩下一股还在咬，眼看就要咬断了。绳子一断，儿子就没命了，孙子还没影呢，儿子怎么能死！她急了，一个鲤鱼打挺地坐起来，原来是一个噩梦！她小时候非常佩服樊梨花，至今也没忘记樊梨花调教薛平贵的故事。一个眨眼觉，竟然做出了这样的梦，她感到蹊跷，连忙站起来去看儿媳。只见儿媳从外面闯进来，惊慌失措地大叫："屹义出事了!"

秦氏大惊："什么?!"

陈王氏答："听说屹义回来了。他在祈雨场上出事了!"

陈王氏扶着秦氏慌忙向祈雨场赶。

祈雨现场。陈池恒倒在舞台上血泊中。陈屹义左手叉腰，右手拄着斧头盘腿坐在台口中央。

台下有人对陈屹义说："你杀人了!"

陈屹义答："是。我杀人了。不过我杀的是横行乡里，贪赃枉法，满手沾满鲜血的大坏蛋!"

"不管怎么说，杀人是要偿命的!"

"我已死过一回了，还怕死第二回!该偿命时，偿命又怎的!"

这时祈雨场上，人来人往。

秦氏跟着陈王氏跑了来，陈王氏见陈屹义还坐在台上，大喊："你还不快跑，坐在那做甚!"

"我等团防局来，和他们拼一个鱼死网破!"

秦氏走上去，伸手拉住陈屹义："我儿快跟我回去再作道理，走!"秦氏拉着陈屹义，陈王氏拾起斧头，趁乱慌忙回到家中。

有人飞报陈池恒家。儿子陈东汉留学在国外，家里只有老婆瘫在床上。有人应其老婆之请，又骑快马飞报陈东汉之舅舅江京梧。当时江京梧任银龚乡乡长，得此飞报后，一面写信令陈东汉速回，一面一纸告上县衙，陈屹义遂陷囹圄。

刘氏、朱氏聚集在秦氏家中，与秦氏、陈王氏商量。她们想去想来，没有别的办法，只有去找陈科正。朱氏说："干指头沾不起盐，妹子!不花不行啦!"秦氏这时忽然想到佛爷岭上佛爷庙中的"舍得"二字，把当时准备赎陈屹义的1200元洋钱分三份，一下全带到身上，与刘氏、朱氏和王氏一起去找陈科正。陈科正病虽好转，但未痊愈。

一见到陈科正，秦氏、刘氏、王氏一齐跪到陈科正面前高喊："姑父!伯伯!姑爷!救命!"

陈科正说："陈屹义也太莽了，犯下了人命关天的案子，这下可难办！"

在旁的朱氏说："伯伯！您老有办法，多少大案要案到您手里你都能让它起死回生！这何况是您的侄孙子呢！"

接着秦氏就掏出 400 块大洋。

陈科正说："这点钱哪够啊！"

秦氏接着又掏出 400 块，说："姑父您看这够不够？"

陈科正说："好，剩下的我去想办法。"

陈屹义一案牵涉到"硬社"的声誉，陈科正不得不管。现在又有了钱，更是不遗余力地去联络"硬社"被害者的亲属，反告陈池恒横行乡里，死有余辜。同时还用金钱贿赂县衙。县衙得到重金又慑于众怒，遂将此案以"族誉不睦，斗殴误伤"为由搁置起来。

陈王氏临盆。陈王氏在丈夫坐牢中临盆。

临盆那天，雨已经下了三四天了。下秧栽秧的季节，雨倒是及时雨，可就是下长了，雨水把鄢王镇的黄土泡软了，路上的黄泥巴，一踏上去就漫鞋口。刘氏幸好在下雨前就带着二丫、三丫出山了，不然就很难出来。她们是为探听陈屹义的事而出山住到秦氏家的，恰恰又遇到陈王氏临盆。

刘氏心中的事多，但最最牵挂的还是把她的幺"借"给了秦氏。越是说"借"，她心中越是牵挂的厉害。陈光明说："把儿子先给秦氏，等胜利后再说。"可是什么时候才会胜利呢？不仅不见胜利，而且也不见陈光明回来，这样她就更牵挂儿子了。她既然牵挂儿子，当然也牵挂儿媳。儿媳陈王氏发动有半天的时辰了，疼得在床上直打滚，宫口开得仍没二指宽，接着羊水也破了。羊水将床上打湿了一大片，孩子仍不见影。正常的，是孩子、胎盘和羊水一同出来。有羊水保护，光滑，孩子、胎盘才好出宫口。没了羊水干生孩子，那是最危险的。刘氏是有经验的，于是提出快请接生婆。

一说请接生婆，朱氏把斗笠一戴，就自告奋勇地冒雨去了。刘氏懂得此时意味着什么，所以她一直抓着没有丈夫在身边安慰的陈王氏的手，为陈王氏壮胆。秦氏没有别的招，就又跪到神柜前求祖宗保佑。

朱氏向来行动的动静就比别人大，她一边跑，一边在嘴里喊："我的天的妈，接生婆到底在不在家呀，若是不在，两条命可就全没了！"惹得左邻右舍的女人们打着雨伞戴着斗笠到陈王氏窗前看究竟。

男人是虎，女人是鸦雀。特别是一群女人聚集到一起，更是叽叽喳喳个不停。一个说："女人生孩子，就如同闯鬼门关，不死也要脱一层皮。"另一个说："儿奔生，娘奔死，生死仅仅隔张纸！"

接生婆急急忙忙赶来。接生婆也真是有些门道，来了不大一会儿，一个女婴就呱呱地坠地了。刘氏出来，将信息传给了大家；秦氏一听，脸上的喜庆之色，像脱皮一样，唰地就垮下来了，绷着脸，老大地不高兴地叫道："不会吧！你看错了吧！怎么会是个女孩呢？"

接生婆刚把女婴包好，放到王氏身旁，王氏又大喊："哎呀，还有一个！"

这声音带来了惊喜和希望，也带来了疑惑。于是外面的议论又像水开了一样，一下沸腾了：

"双胞胎！"

"有希望！"

"这下可要生个男孩！"

这话是秦氏的心声，也是刘氏的愿望，偏偏有人又说：

"双胞胎，两个一般是一样的，前面是女孩，后面跟着也会是个女孩。"

"双胞胎双胞胎，要么咋叫双胞胎呢，因为一样怀；一样怀不是一样的还是两样的！"

秦氏嘴里祈祷，耳里无一刻不听到外面。为了盖过那些乌鸦嘴，她加大了祈祷声："保佑保佑，保佑给我生个男孙！"

刘氏一听双胞胎，就一阵惊喜，想进去看，接生婆把门已经关死了。刘氏听到"前面是女孩，后面也一定是女孩"的话，心中也很不舒坦，笑笑说："是男是女生下来看了才算得，你们也莫急着下结论。"

屹义关在牢中生死未卜，这本是这个家庭的天大的灾乱。现在遇到陈王氏生孩子，秦氏、刘氏、朱氏，甚至包括朱氏带来的侄孙女也都迫切希望生个男孩来冲冲喜，扫一扫笼罩在这个家庭上空的阴霾。那些乌鸦嘴说什么不好，单拣不爱听的说，你说这叫人是多么扫兴！还有那倒霉的天气，淅淅沥沥地下个不停，这也叫人不能不憋闷烦心！在诸多因素下，秦氏她们难免对接生婆疏忽怠慢。而接生婆对秦氏"借子还孙"之举早就有看法，又见她如此重男轻女，信迷信，信得那么窝局，就更有成见。第二个婴儿，就在这种情况下落地了。谁也没想到会有这个婴儿到来，因此也没有为他准备应有的褓褓。接生婆知道陈王氏这时回答不了她的问题，而对秦氏她又懒得与她搭腔，就自己在房内顺便找了些衣物把第二个婴儿简单地包了包，放到第一个婴儿旁就出来了。

她辛苦半日出来时，大家连一杯水也没倒，只顾问"生了个啥"，接生婆就没好气地反问："还能是个啥？"从朱氏手中接过工钱就径直走了。

接生婆的"还能是个啥"这句话的本意：不是个男孩就是个女孩，还能是个啥？你们去看就是了！但在那种气氛下，大家偏偏把这句话理解为：还不是个女孩，还能是个啥！加之大家重男轻女的思想又忒重，一想到又是个女孩，就连看也不去看了。

要说刘氏是很有见地的，她本想进去看看的，但她身上的事太多：屹义关在牢里生死未卜，大丫不知去向，出来这么多天了，家里不知成什么样了；心里乱如麻，大家说是女孩就是女孩，至于还孙的事，她没有心思去想。见两个孩子已经落地，王氏平安，就领着二丫、三丫走了。

秦氏要孙子心切，看一个不是孙子，两个不是孙子，不得不为下一步着想，就去烧香磕头，求下一次再生为她生个孙子，加之儿子还在牢中，也是脑烦心焦，懒得理她们母女。

陈王氏本人，因为第一个不顺，第二个更是难产。当第二个落地后，浑身像散了架一样动弹不得；听大家说是女孩，也以为真是个女孩，也非常丧气，也没去看那个孩子究竟是男是女。于是大家就把那两个婴儿扔在床里边不闻不问，任凭他们哇哇啼哭。尤其是秦氏更是怨气冲天，给陈王氏没一点好脸色，本来准备有好几只老母鸡也不杀，两乳干瘪，没一丁点奶水，怄得陈王氏一天到晚以泪洗面。情绪沮丧，身体受损，又发起烧来，晕乎乎地懒得动，也没力气去拍一拍那两个孩子。

三天过后，那两个婴儿奄奄一息。尤其是第二个婴儿，因包裹得单薄，更为严重。

三天底下，还是热心的朱氏放心不下老姐妹，又带着侄孙女来秦氏家看秦氏。没事的朱氏的侄孙女，听到两个婴儿像旱天的青蛙一般有气无力地哇哇地哭，就进到王氏房内看。王氏觉得两个婴儿哭得心烦，大家对她们又如此歧视，见有人走进来，头抬也不抬地说："大家都不喜欢，干脆把她们甩了算了！"朱氏那个侄孙女只有四五岁，向来对任何事都好奇。听说要将她们甩了，就更想看一看了，于是将盖在她们身上的单子掀起来看。这一看不打紧，却发现了一件天大的奇迹，扭转了秦氏家内的乾坤！那小女两眼睁得溜圆，惊叫："鸡鸡！"转身就往外跑。跑到堂屋里，抓着朱氏更是大叫不止："鸡鸡！幺奶奶，鸡鸡！"朱氏坐在堂屋里椅子上，正在纳鞋底，一听她侄孙女没头没脑地大喊"鸡鸡"，顺手"梆"一鞋底打在侄孙女头上，侄孙女双手蒙着头，不依不饶地说："他，他胯巴桠里是长了个鸡鸡嘛！"一个女娃鸡鸡鸡鸡地不停地叫，成什么体统，气得朱氏气没得哪儿出，又狠狠一鞋底打去，侄孙女仍不依不饶地拉着朱氏的衣襟乱扯说："幺奶奶你为什么打我？你为什么打我？他胯巴桠里是长了个鸡鸡嘛！你为什么打我?!"朱氏把鞋底高高扬起："你个疯丫头，什么胯巴桠长鸡鸡！你再说，我还要打！"

陈王氏在床上听到朱氏婆孙俩的吵闹声，不由猛省，挣扎着翻身把扔在床角的婴儿扒过来一看，天啦，第二个长的真是个鸡鸡，大喊："妈！是个男孩，妈！快来，第二个生下来的真是个男孩！"

这声音传到在厨房做饭的秦氏的耳里，秦氏听来像从九天圣母院传来的福音，惊得她的心像要从嗓子眼里跳出来似的。先是一百二十个不相信，当她跑来看到那个鸡鸡时，心中一下就涌出一百二十个大喜。喜得她哈哈连哈哈地大笑，一双小脚高兴得蹦呀蹦，似乎就要蹦上九霄云天去给圣母娘娘磕头！当看到这婴儿奄奄一息，就要死了，一下又从九霄云天跌入十八层地狱！心里那个悔呀，疼呀，连连打自己的嘴巴！接着想到接生婆"还能是个啥"那句话，于是就把一腔"怨水"全泼向接生婆。接着就找人把那婆子找了来。那婆子就是本镇人，倒是一个面冷心热的人。一听说她接生的婴儿快要死了，就立马赶了过来。

秦氏一见接生婆，上去就指着她骂："你个老东西，害人也不是这个害法！"

接生婆猛一愣，问："怎么啦？"

秦氏说："我问你生了个啥，你怎么说的？"

"你说我是怎么说的？"

"你说'还能是个啥！'"

"是呀，还能是个啥，是个娃子。"

"那到底是个女娃还是男娃，你怎么不说清楚？"

"这还用我说吗，你不晓得去看吗？"接生婆接着又反问，"你是叫我来和你吵架，还是叫我来救你孩子？"

"这还有救吗？"

"没有救了！"说着膀子一甩，扭身就往回走！

慌得秦氏忙忙拉住说："姐姐我是急昏了头，快请救救吧！"

"没有救了！"接生婆猛一扒开秦氏的手，又要走。

"姐姐！"秦氏一声长号，一膝跪下抱着接生婆的腿，大叫："可怜可怜我吧，姐姐！我的儿打在死牢里，我的心八百年就碎了啊，可怜可怜我吧，姐姐！"

接生婆回身拉起号啕痛哭的秦氏，也没顾说一句安慰秦氏的话，就冲进房内，一把抱起那两个婴儿，大叫："快拿凉开水来！"

这个殷实之家，没有茶，凉开水倒是四季常备。谁知这水是良药之首，哪怕是婴儿，流进去一点，那小嘴吧嗒吧嗒，立即就滋润起来。一看那男孩，两三天了，襁褓还是她简单包的样子，立即解开衣将他紧紧揣到怀里，哽咽着说："你们重男轻女，怎么这个男孩，两三天了，也没人管管呢？你们这个家真的是碎了吗？就是天塌下来也要首先管孩子呀！"

问得秦氏低下了头，问得陈王氏抽泣得要噎过去，就连朱氏也哑口无言。

两个婴儿都活过来了，秦氏立即备席招待接生婆。陈王氏身价也腾地升上了天。立即宰杀老母鸡、买人参、炖汤给陈王氏发奶；请人写请帖、发请帖，给孩子办洗酒。

陈屹义被捕后，井冈山中央革命根据地、鄂豫皖革命根据地、湘鄂西革命根据地反"围剿"连连取得胜利。红九师与红三军会合，金山香水地区革命形势好转，反动军队逃之夭夭。陈科正为重振"硬社"当日威风，又筹集资金，趁机再度以重金贿赂香城县衙，把陈屹义保释出狱。

陈屹义从香城出狱回到鄢王镇时，香城中学会同鄢王镇小学正在鄢王镇街头作宣传。号召工农大众团结一致，为解放自由而战斗。号召广大妇女团结起来，反对缠足，反对包办买办婚姻……走到十字街，十字街大皂角树下打连枪和激昂的歌声吸引了更多的观众。陈屹义走近时，连枪队正在边舞边唱：

　　　　走，朋友，我们要为自己争自由，
　　　　走，朋友，我们要为解放而战斗！
　　　　拿起我们的笔杆枪杆，
　　　　举起我们的锄头斧头，
　　　　铲除压迫剥削，
　　　　争取平等自由！

这铿锵有力的歌声，使他激动不已，感慨万端：为了争取自由，他不仅拿起过笔杆枪杆，还因为举起斧头严惩奸贼而坐牢。在这短短的两三年里他遭遇太多。想到这些，他心潮汹涌，不由眼泪盈眶。

当他发觉自己眼里有了泪水，就自责起来：怕了吗？没出息的东西！这些遭遇仅仅是开始，铲除压迫剥削，争取平等自由的路还很长很长，不幸的遭遇还会更多，只有百折不挠，不怕牺牲，前仆后继，不断奋斗，才能获得胜利。

当然他也知道，革命者革命，要讲究策略，要千方百计去争取胜利，不能去做无谓的牺牲。他更知道他的危险就在眼前，他的敌人不会放过他，正伺机以求一逞。因此他要找共产党，他要找蔡明周指点并一叙衷肠！

这时忽然有人拍他的肩膀："小子！你才出来吧？快回去看看。"

陈屹义侧身看时，只见小学校长站在他身后，急忙问："我家怎么啦？"

"你家有喜事呀！"

陈屹义心中一跳，他一直怕仇家到他家中寻仇，急问："我家哪会有什么喜事，您是说反话吧？"

"我怎么跟你说反话？真是喜事！而且还是大喜事？"

"什么大喜事呀？"陈屹义更不敢相信了，不好意思地摸着后脑勺又问。

"你小小年纪，一下子又得了姑娘，又得了儿子，难道这不是大喜事吗？"

"什么？我得了个双胞胎!?"说着，拔腿就往家里跑！

家里宾客满堂。是为"洗三"。

"洗三"的日子虽然晚了些，但很热闹。

最热闹的不是堂屋里那几席，而是设在厨房里的那一席。热闹的焦点是给接生婆敬酒。造就热闹的关键人物不是秦氏，也不是刘氏，而是朱氏。

朱氏为人仗义豁达。仗义豁达之人，当看到她的仗义给人带来成果，她则更加豁达开朗！她不仅成就了"借子"这桩旷世难成之举，而且协助一对鸳鸯双生出生，眼看"还孙"即可兑现。此时她的"成就感"，大可与将军靖边、大臣施政相媲美。

秦氏是今日的东道主，她得了一对鸳鸯孙，照说她该最喜！她也曾经设想过：将来一对稚嫩的孙男孙女，歪歪扭扭，在膝前绕去绕来，那是多么惬意！送他们上学时，一手挽一个，蹦蹦跳跳，那是多么开心！将来成年了，两个般般高，这边一声奶奶，那边一声奶奶，那是多么甜蜜！就是百年之际卧在病榻之上，一个扶身，一个喂药，那心中该是多么满足！可是，她感到遗憾，多好的一对双呀，她要把其中的孙子还给刘氏，如果不还，那该是多好啊！

刘氏，"借子还孙"，现在有了孙子，该还给她了，她将是真正有孙子的奶奶，当她接到秦氏的通知后，她确实高兴了一番，但现在当她看到褓褓里的孙子的样子，她同样高兴不起来。她是当过母亲的人，孙子还给她，孙子的妈妈是否也跟着给她？孙子的妈妈不给她，孙子这么弱，没有妈妈那怎么活呀！刘氏谨言慎行，多愁善感，蕴含很深，关键的时刻，她的智慧应运而生，迸发而出，既超过秦氏，也超过朱氏！她的苦难多，她经常以泪洗面，暗暗地痛哭，谴责自己把幺儿子给了人，把自己的大女儿给吓跑了。她在家，怀念自己出走的大丫，更怀念不知死活的丈夫，怀念已经不属于自己的幺！她在外，怀念她那亲手开辟的几亩田，嵌在山腰的家，以及家里的猪、鸡和鸭！甚至还怀念空在鄂王镇的几间窝棚。她的心时时悬着，没一时安生过！

秦氏尽管遗憾，但她还是知道她要尽地主之谊。她首先举杯："今日犬孙出世，我要感谢的太多太多。但我当下首先要感谢的当然是我们的接生婆。感谢之前我要先检讨，我太昏！昏的原因，是我的儿子在牢里不知死活，心早就碎了，希望有一个大大喜冲一冲，一听一个是娅子，两个也是娅子，就更昏了头！"

接生婆站起答道："这下好了，一女一男，大大喜！大喜面前逢凶化吉，干！"

朱氏心满意足，话也说得体面，她站起来，对接生婆说："这全为你这个送子娘娘，你如同观世音现世，给陈家带来了大喜，我也敬你一杯！"

刘氏跟着对接生婆说："是呀！全为你，我也敬你一杯！"

接生婆道："好！我们共同干一杯！"

干完杯，朱氏问秦氏："你儿媳妇怎么样，能行动吗？把一对宝宝抱来让大家看看！"

刘氏："是呀，她也该来给观世音菩萨敬敬酒哟！"

接生婆："免了吧，让她多休息。"

秦氏："不打紧，好几天了，也该下地走走！"

于是秦氏抱着男孙，刘氏抱着女孙，朱氏扶着陈王氏从房内出来，先到堂屋各席敬酒，展示一番后，来到厨房。陈王氏拿起酒壶正向接生婆敬酒时，陈屹义跑得热汗飞飞地回来了，大喊："我得了一对鸳鸯，快让我看看！"

"幺？"

"屹义！"

"屹义！"

陈屹义一手接男，一手接女，这个看看，那个亲亲，喜得他竟忘了自己！

一听说屹义回来了，全都端着酒杯拥过来：

"真是大喜冲的！冲出了一个大大喜！"

"祝贺祝贺！"

"恭喜恭喜！"

"干杯干杯！"

陈屹义立即将手中的儿女交给秦氏刘氏，端起杯连连说："谢谢！谢谢！"和大家一一碰杯。

秦氏家里乐开了花!

席散客去。秦氏、刘氏和朱氏的心,如同喧哗散净的堂屋,一下清静下来。一个核心的问题如同堰塘放干了水的鱼,一下突现出来:还孙,还孙,到了还孙的时候了!

秦氏、刘氏和朱氏都想说点什么,没想到陈屹义先站起来了,三双眼睛唰地一下又集中到陈屹义身上。他的头发老长,脸色苍白,才从牢里出来的他,还是一个地地道道的犯人形象,他瘦多了。他虽然非常年轻,却遭受到非同一般的历练。历练非同一般,学生腔依旧:"妈!妈!大妈!过去我作为一名青年,就觉得担负着祖国的责任,现在,我是一女一儿的父亲,我的责任更大了,更具体了,我不仅要为祖国奋斗,更要为我的儿女美好的将来奋斗!我这次由于一时莽撞,虽然为鄢王镇除了一大害,却也带来了一大麻烦。这不,眼下为防不测,我不得不离开家,我要出门避仇,躲一躲。"

他拱拱手,和大家告别后,即去整理木匠挑子。

秦氏跟去,说:"就不能洗洗头换换衣服再走吗?"

"妈,不行。还是马上走好。"说着就挑起木匠挑子往外走。

陈王氏双眼红红的,忍着眼泪,说:"衣服鞋袜在木匠挑子最底层。"

"知道啦。"

陈屹义走了。大家的心沉沉地、苦苦地、恋恋不舍地一齐往外送。尤其是陈王氏,泪流音哽,抓着丈夫的挑子,虽然在月子里,仍坚持着送了一程又一程。陈屹义鉴于她还在月子里,两个婴儿还在家里,再说他也不宜久久暴露在大路之上。于是放下挑子苦苦相劝,陈王氏才勉强返回,但心里仍哭着:

> 长路当亭①,
> 送别泪多,

---

① 古时路上建亭,作为行人休息钱别之所,此为恋恋不舍送别之意。

> 风卷乌云云如河。
> 中华大地大操戈，
> 妻送郎君把难躲。
>
> 望夫远去，
> 心疼似火，
> 结发分离犹刀割。
> 但愿众齐齐奋斗，
> 天开云彤清平乐。

屹义走了，刘氏神情凄然地倚闾而望。骨肉生离，人之最痛。她还没有和儿子说到话，她感到特别酸楚。她是他的亲生母亲，她疼他疼得心发肿。可是他把她当路人一样，对她没有一点格外亲热；不由使她身心透凉，一股委屈的泪泪泪地往肚内流。等陈王氏一回来，她就提出要抱孙子走。

这尽管是预料中事，但秦氏一听仍似炸雷震耳，使她双眼环睁，结舌难言。还是朱氏沉稳，把话接了过去，对刘氏说："哪能这么急！孙子才落地几天？不说别的，这样的奶娃子离得开妈吗？你抱了回去你怎么喂？"

刘氏哀哀地，说："姐姐！我的命就是这么苦，看来这孩子注定也是苦命，没生之前就给他定了，就让我抱回去，让我们奶孙俩慢慢熬，慢慢过吧！"

秦氏急忙接着道："妹妹耶！这不是熬不熬的问题，我们姓陈的少后，是关系我们陈氏家族发展的问题，好不容易有了这棵苗，我们首要的是要将他保护好，让他茁壮成长，这是我们的责任！"

刘氏："不不，以前定好了的，还是让我抱走。"说着就伸手去抱。

秦氏拦住，说："他这么小，万一有个闪失怎么办？"

刘氏："医院里、寺庙前、马路上好多这样的孩子。"

秦氏："那不能比。那烂包袱，抱回去能喂活就喂活，喂不活一把扔掉；我们这是啥？是金元宝，是龙种，是你我陈家的命根子，是要保证万无一失的！"

朱氏以中间人身份决断道："这孩子是你的，这是板上钉了钉的事。但是现在不能抱走。"

刘氏本知道这时把这孩子抱回去难于喂活。只是现在不抱走，怕秦氏以后赖账。现在有了朱氏这句话，也就放心了，于是说："两位姐姐都这么说，我就听两位姐姐的。我的孙子就让秦嫂子操劳费心帮我再待一待了。"说完就带着二丫、三丫回山里了。

陈屹义一过香水，即有人向他介绍，自红九师与红三军会合后，不仅湘鄂西革命形势好转，就是香水东岸三县的革命亦迅猛发展，农运风起云涌，革命烈火已成燎原之势。不由心潮澎湃，心花怒放，加速寻找党组织。不久即在棘南找到了蔡明周等共产党人，并在蔡明周介绍下加入了共产党。

陈屹义入党后，香东党组织鉴于他在鄢王镇的声望，仍派他回家乡发动群众，组织武装力量，筹建革命政权。

经过串联发动，陈屹义在原"硬社"成员中物色了一批积极分子，成立了一支20多人枪的鄢王镇赤卫队，屹义任队长，刘得膀任副队长。不久，上级又拨给他们十多支枪，队伍逐渐扩大到40多人。

这时陈东汉从日本回国，未进家门，即先到他父亲坟前哭了一场。回到家中，瘫在床上的母亲挣扎起来，拉着陈东汉的手说："儿呀，你可回来了！"接着像刚竖起来还未立稳的柴同子，又唰地一下倒下去，头一扭，就断了气。他的母亲苦苦挣扎着未死，就是为了见他最后一面。了却了心愿后，也就撒手而去了。

陈东汉安葬了母亲，就准备回东京继续他的学业。他的舅舅江京梧在安葬他母亲时未来，这时却来了，陈东汉备了一桌酒席款待。

一桌子酒席，在他舅舅指挥下一一撤走，最后只留白菜、豆腐和白酒。陈东汉哼哼哼笑着指着说："白菜、豆腐、白酒：三白！"

江京梧端起豆腐连碗带菜啪地一声摔到院子里，骂道："你妈白生了你！"接着端起白菜，又啪地一声摔到阶沿上，骂道："你爹白养了你！"最后将那杯酒一饮而尽，将杯子狠狠地摔到地上，道："我白花了那么多钱栽培你！"摔完骂完，扭身就走，只听陈东汉"舅舅，舅舅！"在身后喊，回身看时，陈东汉趴在地上，说："我明白了，我不该走，但我不走，我一没枪二没兵，那不是等死吗？"江京梧说："你还晓得你没枪没兵啦！"接着甩下一句："你等着！"就走了。

次年春，正当陈屹义筹建鄢王镇一带红色政权时，红九师与红三军转战南方，国民党反动派趁机对香东苏区实行军事"围剿"，敌五十一师三〇二团率先攻占黄白档，继而侵占汪集，并向苏区腹地推进；敌三十四旅也从棘阳方向向苏区中心逼近，形成了东西夹击之势。刚组建的红二十六师和地方赤卫队虽经英勇反击，终因力量悬殊，战斗连连失利，区乡政权相继遭到破坏。为保存革命实力，我军红二十六师主力部队及大部赤卫队员西渡香水，转战到香西金山。

这时陈东汉的舅舅江京梧，将香水东岸的伪乡公所和豪绅的枪支收编为四个中队共计200多人枪，交由陈东汉带领准备西渡香水，企图强占鄢王镇，消灭鄢王镇赤卫队，活捉陈屹义为其父报仇。同时也为国民党军队进攻香西金山地区建立一个桥头堡。

这时陈屹义根据党组织指示，联合金门赤卫队，南康先锋队以及"硬社""扇子会"等先进民团共2000多人迎敌。陈屹义将这2000多人分成三支：将手持土铳的先锋队隐蔽在岸畔洼地之内，将赤卫队埋伏在芦苇丛中，而将大量手持刀矛和红旗的民团埋伏在河堤之内。

当敌军半渡之时，先锋队根据陈屹义的安排，从岸畔低洼之地一拥而起，向敌军开枪。陈东汉一见尽是民团土铳，就大笑螳臂当车，不是他们的对手。当他们架着机枪端起快枪还击时，果见民团土铳慌张退却。陈东汉立即命令他的士兵跳上岸紧追不舍。谁知追到堤边，堤上一下竖起数千杆红旗和刀矛，呐喊之声如惊雷破天，不知虚实的陈东汉所部顿时吓得惊慌失措。这时陈屹义趁势带领赤卫队从芦苇丛中冲出袭击，兜后一阵猛打。陈东汉部慌忙转身应敌，先锋队与民团手持土铳刀矛又排山倒海般地一下从堤上掩杀下来。陈东汉部顿时淹没在腹背遭击的重围之中，眨眼之间人仰马翻，顿时伤亡大半，所剩残部魂飞胆裂，其中大部分投降，只极少部分随陈东汉上船逃跑了，陈屹义大获全胜。

这时贺龙率红三军由洪湖回师，向香东进军。"围剿"苏区之敌，闻声而逃。红二十六师趁机恢复建制，扫除了盘踞在香东苏区内的反动武装，开始了紧张的苏区恢复工作。

陈屹义亦奉命在鄢王镇建立起了苏维埃乡政权，是为鄂豫边区第十四乡，陈屹义被委任为赤卫队大队长和第十四乡乡委员长。

鄢王镇红色乡政权建立后，陈屹义即领导人民群众开展斗争恶霸地主、分田分地的群众运动。这时他的老表秦平安仗着他的势力，将乡政府收缴恶霸地主的芝麻驮了一牲口走了。他知道后写了一个条子，将秦平安送到区政府杀了。他的妻子陈王氏对他说："一牲口芝麻又值几个钱，你竟将你老表杀了。"陈屹义说："白色政权为什么遭到人民的反对？就是他们依仗权势，贪污腐化。都像他这样，贪污腐化能杜绝吗？我们的红色政权，将来岂不也成为白色政权了！"

事后他写了一封信叫他的妻子陈王氏送到乡政府。他妻子早想和他一样参加革命，成为革命阵营里一分子。这次叫她送信她非常高兴，觉得这是丈夫对她的信任，是在慢慢地培养她，不久她就可以参加革命了。她这样想着，就将她一对鸳鸯双生交给婆母，将信深深揣到怀里。信在怀里，她觉得火辣辣的，而且觉得像一个活物在蹦跳。她几次想看信里写的是什么，摸摸又把手缩回来。心里说，送信是不能看信的，哪怕是丈夫的信也不能看。这样才会得到乡政府和丈夫的信任，才会批准自己参加革命。她喜滋滋的，欣然将那封信送到乡政府裁判科。

裁判科的人看了信后，问道："你就是陈委员长的妻子陈王氏？"

陈王氏高兴地答道："是呀，我就是他的妻子陈王氏！我原来是有学名的，我的老婆婆她封建，执意要我叫陈王氏，不过从现在起我要改个名字了，嗯——就叫王屹香，他叫屹义，我叫屹香。"她此时很得意，很自信，说话很甜。她本来也很年轻，还不足 18 岁，一离开孩子，年轻小娅子的本性自然而然地又露了出来。

"那好，王屹香，你就站好了！"说着就随手拿起条子，一连抽了她三条子。

抽得她又摸腿又跳脚，令她好不恼怒，好不奇怪，好不莫名其妙："咦！你为什么打我？"

"这是委员长的命令。我念给你听：'我的妻子陈王氏身为革命家属，立场不坚定，为贪污腐化分子叫屈，应惩罚三条子，以儆效尤！'"

陈王氏在回去的路上，说不出是啥滋味，只感到哭笑不得。

入冬，乡政府看陈屹义家里没柴烧，给他家送了一板车柴，外带三斤猪肉。陈屹义回家看到了就问他妈，柴和肉是从哪来的。并告诉母亲和妻子，没有柴自己拾；没肉吃，日子过苦一点。柴和肉原数退回，我们绝不能搞特殊。他又给乡政府写了一个条子，说他母亲贪公家便宜，应关禁闭三天；他教育家属不严，也应关禁闭三天。鉴于他母亲年老体弱，母亲的禁闭由他承担，他主动走进禁闭室，在那禁闭室里坐了六天。后来，政府的干部说，这些都是小事，何必太顶真？陈屹义说："不是有句俗话叫'上行下效'吗？上面怎么做，下面怎么学，这个'学'往往是放大地学。上面针大一个缝，下面团窝大的风；上面占一两的便宜，下面就会占一斤的便宜。所以，你当了领导，你就要'顶真'。不然不正之风就会在你手里愈演愈烈。"

冬去春来，转眼，陈屹义的一对双生快 1 岁了。趁着春暖花开时，刘氏决心把孙子给要过来。一路盘算着，如何对付狡猾的秦氏。想去想来，说："她有花言巧语，我有一定之规：找朱氏，按原来签的契约办。"

当来到鄂王镇，就直往朱氏家奔。路过自己家门时，就顺便打开门进去看看。她开开锁，推门拂去门上蛛网走了进去，不由脚下觉得有纸一类什物相绊，低头一看，不由大惊，是两封信。

她打开拿在手里第一封信，顿觉一阵春风拂面。信上说：

妈妈、二妹、三妹！你们好！

刘氏看到这里，顿时年轻 20 岁，情不自禁地喜上眉头，一个人在屋里又耸肩膀又跳脚，连连大叫："是大丫，是大丫！"

首长叫我到教导队学文化已经两个月了，现在情况有些不稳，等稳了，我再写信叫你们来。

大丫草上

另：在这里我听到有人提到陈光明的名字，不知是不是爸爸，我将继续打听。

刘氏看到这里，心里不由直跳，脸也红了。她将信捂在胸口，闭上眼睛，晶莹的、想夫的泪珠扑簌簌地滚落下来，说："他还在人世！"心里平静后，才又打开第二封信，信上说：

妈妈、二妹、三妹！你们好！

你们一定是很担心我吧，现在我好了，我在红二十八军军部当收发员，住在光安县七里屯。你们可以到我这来玩。二丫现在已经不小了，妈来时把二丫、三丫一定带来，如果有可能我想叫二丫、三丫也参军。具体情况，见面时再慢慢谈。

大丫草上

刘氏心里的三块石头：丈夫、屹义、大丫。丈夫她虽然揪心，但她对他没有过错。她思念丈夫，心里只有向往，却没有愧疚。幺，陈屹义，自己身上的肉，却把给人家做儿，一想起来心就疼。但这最终还是丈夫的主意，而且现在看来，幺很有本事，斩关夺隘，逢凶化吉，越来越有出息。唯独大丫，完全是她的错，导致一个小女子，一去就杳无音信！她悔死了的悔，每每想起来，就想剜自己的心，撕自己的肉！现在好了现在好了，她也闯出出息来了，还叫我们去玩！还准备叫二丫、三丫也参军！我正愁二丫、三丫呢，住在深山老林中，抬头是山，低头是沟，连鬼也很少打交道。已经快二十的人了，也没一个人上门来提个亲，一双大脚正好去当兵！去当兵了交给姐姐管，她就不用操心了。对，还有那个老死鬼，我说栽死到哪个尿沟里了呢，一去音信全无，原来还没死！他走时说等胜利后再说，看来这话能兑现，有盼头！大丫叫我们去玩，去，一定去！我还要把我的孙子也背了去！叫他大姑，叫他爷爷好好看看！要是把一对"双"都带去就好了，多好一对"双"呀，可惜呀，把儿子借给人家了，唉，遇到乱世了，这也怪不得谁！

心中有喜事，一切想得开，脚下安弹簧，步伐真轻盈。她喊上朱氏，说说笑笑一齐来到秦氏家。寒暄一阵，坐下来，就说：

"秦嫂子！我感谢你对金展的养育之恩。"

秦氏忙说："一家人不说两家活，在这期间你也没少给金展送野兔野鸡的，我们也跟着沾了大光。妹子，有啥话你直说。"

刘氏："我是说，金展也快1岁了，吃稀饭什么的已不成问题了，我想把他领走。"

秦氏："把他领走不成问题，是你的孙嘛，原来说好了的。只是，孩子还在吃奶，我看，是不是等过1岁后，断了奶，你再领他回去，行不行？"

刘氏："秦嫂子有所不知，我的大丫来信了。"

秦氏："哟！大丫来信了，这可是大喜事呀，她现在在哪？"

刘氏："她参加了红二十八军，在那当收发员！"

秦氏："红二十八军？"

刘氏："红军，红军，红二十八军，我想红二十八军可能就是红军！"

秦氏点头："呵。那红二十八军住在哪？"

"在……这有信，"刘氏说着掏出信看着说："光安县七里屯。"

秦氏凑过来，刘氏递给秦氏看。

秦氏问："光安县七里屯，在哪？"

朱氏："我听补锅的说过，在我省东北面，好像那，远得很，快到安徽省了。"

刘氏："不管它在哪，我也要找了去。"

秦氏："哟，妹妹，你准备去呀！"

刘氏："秦嫂子，我们不仅准备去，我还准备把金展也带了去，要是那好我们全家就在那住。"

秦氏斩钉截铁地说："那可使不得。妹子！你想啊，虽然知道在光安县，光安县到底在哪，到那有多远的路，好不好走，这些我们都不全知道啊？"

刘氏："这我们不怕，有地址，就有办法摸了去。"

秦氏："有办法是有办法，我知道你们能吃苦。但是，一家一口的，不说土匪，不说关卡，就算一切顺利，你们要吃吧，要住吧，那要多少盘费，盘费够吗？再说，人生地不熟的，那该有多少事啊！你把金展带去，金展那么小，还不够1岁，能经得起折腾吗？要是弄病了怎么办？"

朱氏也说："光安县虽然不隔省，但也隔县隔区，数百里开外，也是关山险阻呀！"

这么一说，刘氏也冷静下来了。这才意识到，她被大丫的信，特别提到那个老死鬼还活着的话冲昏了头脑，看来带金展去是不好带的。不过，去是肯定要去的，不说别的，去寻那个老死鬼也是该去的。但是金展已经快1岁了，也该要过来呀，怎么办？想了想，于是道："两位姐姐耶，我刘氏再笨再傻也知道关山险阻，带个不到1岁的小娃娃有多艰难，但他是我的孙子，我能不要我的孙子吗？"

秦氏："谁的孙子谁个会不要呢？金展是你的孙子，放到我这，他会跑吗？他妈、我，会亏待他吗？"

朱氏："是呀，你应该放心，秦妹子也不是狡猾人，还是那句老话，这孙子是你的，是板上钉钉的事，你什么时候回来，什么时候来领，或者你在大丫那安顿好了，再来把你孙子领了去，也可以。这一切是我见证办的，我保证。"

刘氏："我知道我的秦姐姐不是狡猾人，我也知道朱姐会替我保证，我这不是舍不得孙子吗！好，那就麻烦秦姐姐再替我管管我的孙子，等我回来了再来领！"说完就站起来准备走。

秦氏："妹妹耶，你就放一百二十个心，尽管去吧！"

刘氏："好，那就难为我的秦嫂子了！"

刘氏回家请了一位老妪替她看家，即带着二丫、三丫，在一个霁月光风的早晨上路了。

从鄢王镇茅草渡过香水，一登上彼岸，二丫、三丫即踏上生地。向前看，前方是一片一眼望不到边的平原。在秋阳的照耀下，前面的路多得像芭蕉叶上的筋脉一样，从她们的脚下延伸、散开。到光安县七里屯，该走哪条路？二丫问，三丫问，个个不知光安县七里屯是个什么地方，到那地方该走哪条路。妈妈付了渡船钱走上来，说："光安县七里屯是我们要到的目的地，但那地方遥远，在这里没有多少人知道，要问，先问近后问远，一步步往那里摸。"说着掏出一张纸来看，问："这上面的字你们认得吗？这些我都教过你们了，认得吗？"二丫、三丫同时念："木桥、洪坪、厉山……""对。先问木桥。"

这条路线索引，是刘氏在起程前请教算命先生时记录的。由于有这条路线索引，她们才知往哪问。但问路有问路的技巧，问路也有问路的运气。

起先她们问路的运气很好，她们问过许多人，指路的人都很善良、仁义。有的指路人，把为生人指路当作善事做，做得很认真，甚至还引一段路，把她们引上正路他才停步。每逢这样的人，二丫、三丫都向他客客气气地深深地鞠上一躬。有的指路人，像老师教学生一样，言语简练准确，叫人一听就非常明白。每逢这时，刘氏都要说一声谢谢。有的指路人像前辈教诲后辈，除了叫你应往哪里走，还指出往前走应注意什么，哪里有恶狗，哪里有岔路，哪里有好风景应值得一看什么的。每逢这时刘氏就对二丫、三丫说：这位前辈说的你们可要记住。二丫、三丫这时也必然说：记住了，谢谢这位先生！还鞠上一躬。

她们饥餐渴饮，夜住晓行，一路倒还舒心顺畅。但是在问到厉山的路时，一个指路的人抬手随便一指，把她们指到向左的方向，使她们误入群山之中，到天黑时却无店可投，幸好遇到一座孤庙，不得不在庙的屋檐下，刘氏双手搂着二丫、三丫露宿了一宵。第二天清早，当她们睁开眼时，一位白须垂胸的老和尚站在她们面前，右手捻珠，左手立掌于鼻尖前，嘴里直叫："阿弥陀佛，阿弥陀佛！"这话二丫、三丫听不懂，面前的人又觉得怪怪的，加之深山孤寺，雾气沉沉，把她俩吓得直往妈妈怀里钻。刘氏经常听秦氏这样念过，也见过这样的和尚，倒不觉得怕，双手护着两个女儿，注视着老和尚，且看他有啥话说。

老和尚："施主既已到寒寺，为何不进寺内歇息？"

刘氏答："昨天我们迷路了，摸到这里已经是下半夜了，恐怕惊扰方丈，所以就在这将就休息了一会儿。"

三丫抬头看这寺庙：残垣下，散落着破瓦；支离破碎的门窗，在风中自相敲击，一派萧瑟凋零景象。说："这山倒还雄峻，可这破庙却太寒酸。"

"小施主有所不知，这庙虽破，可是神农所在之地。"

三丫："神农？神农是什么人？"

"神农是远古皇帝炎帝，他斫木为耜，揉木为耒，耒耨之利，以教天下。方使今日我辈有吃穿不愁的植五谷种棉花的农业；他尝百草，制药材，疗民疾，才使我国有祛病消灾的中医药；制八卦，分农时，倡日中为市，艺五弦为琴，才使远古从蛮荒走上文明之路。他，恩泽万代，功炳千秋，被后世尊为始祖。小姑娘，可不能小觑。"

刘氏双手合十，也学老和尚作了一揖，说："方丈教导的是。"

"这庙宇过去却是了得，只因当代匪患频仍，战乱迭起，国衰民穷，香火不继，庙宇常年失修，所以如此颓败。不过这里还有神农洞、神农碑、万法寺等可供游人观赏，如有猎奇览胜之余兴，老衲愿为带路人。"

"我们行路之人没有闲心，多谢了!"刘氏说着即牵着二丫、三丫上路准备走。

"荒山野寺，一年四季难见施主光临一回，更别说女施主了!你们离去，老衲实感惋惜。老衲不送，三位女施主慢行!"

她们离开寺庙，在厉山镇吃了一顿便宜的蒸红薯，又立即赶路。

三位女将走在路上，实如邈邈天河中的流星，茫茫夜海上的火焰一般招人显眼。更何况二丫、三丫这两个妙龄女子，丰胸翘臀，杨柳细腰，步态轻盈，风姿绰约，妙不可言。就是半老徐娘的刘氏，也是柔美天成，婀娜有姿。天气渐走渐热，加之赶路出力，不得不脱下外衣。二丫的绿布衫和三丫的红布衫，更如红光绿火吸引路人观览。

她们走着走着，不觉来到一个山重水复的地带，刘氏忽然感到这里人奇奇怪怪的。地面路段上不仅肮脏难堪，而且频有人粪突现。黑门黑户常有脏语破窗震耳，恶狗冲出撵人。她们从路上走过，路边的人们不错眼地死盯着她们看，像狼一样放出慑人的绿色光芒。刘氏回头看天，红彤彤的夕阳已被西边天边的黑云淹没半边，天色也渐渐地暗淡下来，刘氏不住地催促两个女儿快走。当转过一道山嘴，发现山洼之中有一孤村野户人家。一老妪正在菜园中择菜，刘氏上前道："这位奶奶在这忙呀!请问到光安县七里屯还有多远的路呀?"

"谁呀?"那位老妪患严重沙眼病，眼睑红肿溃烂，看不清人，见问立即起身循声而来，隔着篱笆问。

刘氏答："我们是赶路人。请问到光安县七里屯还有多远的路呀?"

"哟!是三位姑娘呀?"擦擦眼，接着又问："你们是赶路的?到七里屯?"

三丫说："是呀，奶奶!到七里屯还有多远呀?"

奶奶："到七里屯，远，还有大半天的路程！"

刘氏沉吟："这怎么办呢？"

奶奶："若不嫌弃，就在老婆子这将就一夜。"

刘氏："那太好了，感谢奶奶接福！"

三丫："奶奶！这地方叫什么名字呀？"

奶奶："瓦屋岭。后面有山，山下有这座瓦屋，人们就把这儿叫作瓦屋岭。"

刘氏、三丫和瞎奶奶说话，二丫举目观看四周，只见起伏丘陵，寂寞孤村。起伏丘陵雾霭罩，寂寞孤村风摧林。

奶奶提着菜，走出园子，把她们引到家中。

这户，进大门是一个院子，左边是厨房和牛栏，右边是一丈多高的院墙，上面是三间正屋。三间正屋中间开一门，从门里进去是堂屋，堂屋两边山墙各开一门，进去是左右房屋。左边房屋安有一床，床上铺着被褥，被褥陈旧，打着补丁，两头露着稻草，显然是老奶奶的卧室。刘氏看虽没有她家房屋收拾得好，但还过得去，一般农家也都是这个样。右边房屋里只有一张空床。

这时奶奶进右边房屋拿米，就对她们悄悄地说："这是我儿子的床。儿子参加了红军，跟共产党走了。"

热心的老奶奶不仅给她们做白米饭和四个菜吃，还给她们烧热水烫脚。晚上睡觉时，奶奶给空床上铺上被褥，刘氏要她们母女三个睡一床，老奶奶说："这床窄，被子也小，何苦呢，这边只我一个睡，为啥要挤到一起呢？"

刘氏说："这就够麻烦奶奶了，怎么还能去挤奶奶您呢！"

老奶奶说："难道你是嫌我老婆子肮脏？如果是，你们三个就挤到一起！"

"那倒不是。"

"不是？不是就过来和我睡。你们一连赶了几天路，还不累吗？睡宽整点，好好休息一夜，明天不留你们，你们再去赶路！"

　　孤村独户人家的夜，鸡进笼，人入眠，安静得只剩下老鼠的声音。老鼠在这里是舞台的主角，它们在房梁上翻跟头，在顶棚上打滚，为争配偶打斗，为夺取食物追逐。不时发出唧唧的叫声和哗啦啦的响声。尽管这些响声大得如戏场上的锣鸣鼓响，但丝毫没有给疲乏的刘氏进入梦乡造成障碍。当然二丫、三丫更是早到梦乡里去寻找姥姥去了。

　　专在夜间活动的，动物中有老鼠，人类中有贼。正当老鼠在顶棚上闹得正欢的时候，有一黑影翻过院墙，端开堂门进来，锁上老奶奶的房门，回身又反锁上堂屋门，接着就去撬二丫、三丫的房门。黑影撬开门去床上摸，左摸右摸却摸不着人。摸床空，摸床当头，摸去摸来仍然摸不着人。没办法，那黑影只好摸出火镰，去打火点灯。火镰在击打中，火星一溅一溅，发出些微弱光亮，二丫、三丫趁着这一点点光亮一下飙出房屋，大喊："有贼！"一同跑到妈妈睡的房门口一边拍门一边大喊"妈！有贼！""奶奶！有贼！""快开门，快开门啦！"

　　刘氏在睡梦中被二丫、三丫的喊声惊醒，顿时头皮一麻，一骨碌滚下床，大声回应："在哪？不要怕！妈来了！"接着一面穿衣穿鞋一面又叫："奶奶！有贼！快！"老奶奶惊醒："啊！贼？"刘氏立即奔去开门，可门开不开，立即又叫："奶奶！奶奶！快点灯！"谁知奶奶胆子更小，声发抖，手发颤，腿筛糠，喊不出，灯也摸不着。

　　敢住深山，敢打蛇，敢打豹子，敢面对土匪的刘氏，此时虽然紧张却不慌乱，说："奶奶！不要怕，快说洋火在哪里？"

　　那淫贼这时端着灯出来，对无处躲藏的二丫、三丫奸笑："叫没用！在这深山野地之中就这一户人家！就是喊破嗓子也没人应；跑也没用！你们看，所有的门都被我锁着了！我没别的意思，就是看你们俩漂亮，想和你们俩干干我们都喜欢的事，谁个先和我来？"接着对三丫说："你更嫩一点，你先和我来！"说着放下灯，就去拉三丫，二丫一拳照淫贼脸上打去，那淫贼反把二丫手抓住，一下将二丫拖进房内，推开扑上来的三丫，一把把房门关死！

　　三丫推不开，又去叫妈，见妈在屋里出不来，又去开堂屋门，堂屋门拉不开，又返转来拍她们住的门。三丫在堂屋内跑去跑来不停地拍门叫喊。

二丫在房内与淫贼搏斗。二丫哪是淫贼的对手，搏斗中二丫上衣被剥掉，鞋被脱掉，下身衣也被剥掉。接着淫贼脱去上衣，脱去下衣，赤条条地向赤条条的二丫扑去。二丫这时仍不屈不挠地坚守自己的最后一道防线，像一条鳅鱼在淫贼身下扭动！也像猎物躲避猎人，每每猎人的准星对准猎物，刚刚要扣动扳机，猎物却在枪口前滑走。几次三番之后，淫贼走火了，泄气了，一下瘫痪在旁。

刘氏划燃洋火，发现墙角有一把锹，拿起锹，一下撬开房门冲了出来，嘶哑着嗓子，以猛虎下山般的气势问："贼在哪？二丫在哪？"在三丫指引下，立即去撞二丫所在之房门，撞不开，拉着三丫一同撞。房内瘫痪在旁的淫贼顿时恼怒，正要对二丫施暴，门哗啦一声被撞开了，刘氏一锹向淫贼下身戳去，淫贼失去反抗力量，只顾捂着下身喊饶命。刘氏又向他头顶一锹拍去，淫贼立即仰面倒在床上。

刘氏问二丫："女人两条命，你保住了这一条，那一条呢？"

二丫："妈，女儿两条命都没丢，你尽管放心。"立即抱住刘氏痛哭不止。

刘氏推开二丫，做了一番检查，说："好，没丢就好！"用手试了试淫贼的鼻息，见还活着，就将淫贼移至床头靠着，像在家套豹子野猪一样，打了一个巧妙的活环，套在淫贼脖颈上，另一头拴在屋梁上。

刘氏对二丫、三丫说："不是妈要这样问，而是我们当女人的难当。为什么难当，就是女人比男人多一条命。丢了那条命活不成，丢了这条命日后难嫁人。就是勉强嫁了人，因为身子残缺，婚姻十有八九不美满，不仅遭公婆丈夫作贱、社会歧视，自己也受着良心责备，一辈子抬不起头！"

虽然还在半夜中，刘氏说完即吩咐奶奶做饭，吃完饭后，刘氏去看那淫贼，淫贼已苏醒过来，因巧妙的活环使他不能说话，不能动弹，走时刘氏又将大门反锁上。

三丫问："妈，为什么要这样把大门反锁上？这不把老奶奶也锁在屋中了吗？"

刘氏说："我们女人的名誉有时比性命还重要。比方这件事，二丫本来没什么，但一传出去，人们就会七猜八说，叫你说不清道不明，没有那事也让你背上黑锅！我们不仅将老奶奶暂时锁一会儿，而且要快走快离开，趁黑远走高飞，让这里不认得我们的人永远不知道我们，让这里脏风秽语永远玷污不了我们。"

说完，即带着二丫、三丫消失在夜幕之中。

走了好长一段路，二丫突然问："妈！老奶奶出得来吗？"

刘氏："你说什么？"

"我说你把大门反锁着，老奶奶出得来吗？"

"你个死丫头，现在还在想那事。她出来的办法多得很，何况我还把钥匙丢在门内！"

"那贼会跑吗？"

"那贼也跑不脱，除非老奶奶发善心，有意放他。"

于是娘儿仁又各顾各地默默地赶路。

红日突破黑云，像一颗红精灵从深壑跳上高岸一样，端立云头，向人间放出万丈光芒！

此时娘儿仁已经来到了光安县境，中午赶到县城，日头偏西即到七里屯。

七里屯街道铺着青石板，两边房屋般般高，一律的白墙黑瓦，很洁净，人也很亲切和蔼。刘氏见从后面走来一位面色红润头有白发的人，刘氏等那人走近，道："老人家，我有一件要紧的事，要请您老指教！"白发老人立即止步道："莫客气，有什么事请尽管讲。"

"我的大女儿在红二十八军军部当收发，请问到红二十八军军部应该往哪走？"

老伯向后看了看，低声说："红二十八军是共产党的军队，国民党又'围剿'又搜查，上个月就搞得鸡飞狗跳的，你们要小心，别受连累。你们问的红二十八军军部原来就在前面那间有古尔墩的房内。"二丫、三丫听到这里，一阵拍手雀跃。老伯立即接着又说，"可是不巧，在一个多月前就撤走了!"二丫、三丫不由又一阵惊愕："啊——"

刘氏："怎么会呢？是我大女儿叫我们来的，我们一接到信就动身了!"刘氏掏出信，指给老伯看：

"首长叫我到教导队集训已经一个月了，现在情况有些不稳，等稳了，我再写信叫你们来……"接着拿出第二封又指给老伯看：

"你们一定是很担心我吧，现在我好了，我在红二十八军军部当收发，住在光安县七里屯。你们可以到我这来玩……"

老伯接过信仔细看了一遍。说："这是什么时候写的呀！上面怎么没注日期呀？哪封信在前，哪封信在后？"说着又将两封信前前后后又看了一遍，问刘氏："你的女儿是怎么出来的？"刘氏："不瞒老伯说，我的女儿是逃婚逃出来的。"

"这就对了。我看你们是把信的顺序搞错了，把第二封信当成第一封信，把第一封信当成第二封信了。"

刘氏一听这话心一沉。

老者拿出第二封信对刘氏说："这封信实际是第一封。你看，你们一定是很担心我吧？这是说她逃出来很长时间了，说你们一定很担心她，接着说现在我好了，怎么好了？她参了军，在红二十八军军部当收发员，这样才叫你们来玩。这封信寄出后不久，紧接着她写了第二封信，为什么紧接着写二封信呢？是因为情况有些不稳，说等稳了再写信叫你们来。你们看这两封信的顺序是不是应该这样，我看应该是这样，因为这样才符合实际情况。"刘氏如醍醐灌顶，顿时沉吟不已。老伯接着分析道，"出现这个错误的原因，首先是写信人的时间观念淡薄，没注明日期；其次是邮路不畅，第一封信在路上耽误了，才和第二封信一同送到；最后你们看信没有仔细鉴别前后顺序，所以就导致'等情况稳了再写信叫你们来，你们却现在就来了'的错误。快回去吧，他们已经转移一个多月了，你们从哪来，赶快回到哪里去！回吧，快回吧！"说着就急急地走了！

母子三人一下犹如掉入深渊。二丫、三丫一齐拉着刘氏的衣，问："妈！这怎么办啦？盘缠已经用光了！"

怎么办？回去？就这样回去？大丫转移走了，到底转移到哪里去了？还有她爸到底是什么情况？到这来是个错误，既然到这来了，又马上走就该吗？刘氏想到这里，立即向前跑了几步，喊道："老伯！请您等一等！"老者停步，刘氏赶上说，"老伯！我知道您是一位好人，我们母女既然碰到了您这位好人，还要请您帮帮我们。我们离这里隔几个县，要回去眼下已是不可能，盘缠已经花光，住旅社已经无钱，现在天色已晚，请老伯接接福，帮我们暂时找一个安身之地。"

"这……"老伯为难得直搓手，最后痛下决心，"那好吧！你们朝转走，走到靠反手有个巷子口，从那巷子口进去往前走，遇到一条横路，再向反手转弯往前走，有一棵槐树，你们就在那槐树下等我。"说完又急急向前走了。

刘氏带着两个女儿，照老伯说的，向反手拐了两个弯，走到槐树下。对着槐树有一柴门，此时柴门吱呀一声打开，老伯从柴门内走出来，说："来吧，这是我的家。"

老伯，儿、孙、老伴、儿媳俱全，全家都出来迎接。

刘氏很难为情地引着两个女儿进了老伯的家门，晚上吃了晚饭后，老伯要将他们老两口的房间让给她们住，刘氏看有一柴屋，执意要借住柴屋，并说着即带着女儿去收拾。老伯没办法，就拉来两捆稻草抱来一床被窝，刘氏娘儿仨就在柴屋里住下了。并在第三天，由老伯介绍，刘氏娘儿仨帮助缺乏人手的人家挖红薯。挖红薯的人家没有钱给，就给红薯。刘氏娘儿仨，就成天挖红薯、吃红薯和卖红薯，拟在挣够盘缠后往回走。在挣盘缠的同时亦顺便打听她们要打听的事情。

一天，老伯也请她们挖红薯。挖完红薯，老伯管她们晚饭，刘氏欣然同意。因为红薯这东西，先吃很好吃，吃久了人就受不了了，她们母女都想改改口。再说她们也是帮他们挖红薯，给他们出了力的，吃一顿饭也是应该的。

吃了晚饭老伯说："你们初来乍到，我也不好问，现在熟悉，不妨问问你们，你们要找的大女儿叫什么名字？"

三丫嘴快，答："叫大丫！"

刘氏也说："我的三个娅子，都是我在家教她们认认字，也没上过学，就随便叫了一个名字，她是老大就叫她大丫，这两个就顺口叫二丫、三丫。"

"呵。那你们是什么地方的人？"

"我们是香城县人。"

"呵，是香城县人。是在县城内住吗？"

"不，是在香水西金山中住。那地方叫鄢王镇。"

"呵。你的大女儿你们叫大丫，看来这名字是小名，或许她参军后把名字改了，所以我请人打听没有打听到，同时我们这也没有人在红二十八军军部做过事，这也是打听不到的原因。"

"那，你们听说过叫陈光明的人吗？"

"陈光明？"

三丫："陈光明是我爸爸！"

"呵！"

刘氏说："他原来在豫鄂边区政府里当正服务，管财务，大革命失败后因伤回家，不久有一个叫金刚然的到我家门口约他去找党，一去就没回家。"

"他现在岁数不小了吧？"

"他是属马的，五月初五生。"

"和我同年，他小我月份。"

"是说嘛，我看您也不很老，就是头发有点白了。"

"一白，就显老了，好多人都喊我爷爷。"

"那是对您尊称。不过以后我可要喊您大哥了。"

"别客气，我姓柳，就叫老柳吧！"

"说了半天的，还麻烦柳大哥帮我打听打听，我那小娃子的爸爸陈光明！"

"那是当然。他是红军嘛，我们有义务。你们是红军家属，我们也有义务照顾。"

时间一长，刘氏便知道这里的风气为什么这么好，原来这里是共产党建立的苏区，虽然红军撤走了，但共产党和共产党领导的便衣队仍然存在，柳大哥即是共产党，并且是便衣队的政委。他们虽然不公开，却在暗地里起作用。既然这里的人气风气这么好，刘氏也就放弃了戒备，为了便于揽活，再也不强调娘儿仨一定要在一路。

一天，二丫挣了百把斤红薯，从五里外挑往七里屯集上换一些苞谷大米回家改改口。由于担子重，即在河边放下担子歇息，一位英俊憨厚的小伙儿走上来说："这么多红薯，你怎么挑得动？来，我帮你挑。"说着就拿过扁担将红薯挑起就走。二丫说："你放下，我挑得动。""你挑得动，也该歇歇。快来吧，莫站着了，我们一同走。"这天二丫在街上换了10斤大米、20斤苞谷面，还买了醋和辣椒，蹦蹦跳跳地回到家（柴屋）里，煮大米饭，用醋掺辣椒熘红薯丁当菜，娘儿仨笑呵呵地吃了一顿好饭。第二天二丫揽活恰巧揽到那个英俊小伙儿家，这样一去二来，一天天黑了，刘氏心事重重地一边做饭一边等二丫回来时，一转身见二丫牵着一个小伙儿进来，随着一声"妈"，双双跪到她的面前。刘氏顿时明白，不由双泪垂地，二丫亦唏嘘不已。刘氏擦干眼泪，灭去灶中火，搬来一凳坐稳，先叫那后生抬起头来看了，后又问了许多该问的话，才叫他们双双起来，给他们订了日期，就把二丫嫁出了门。二丫嫁出门后，刘氏关上柴门，痛哭了一场。这事一完结，又有许多人上门给三丫提亲。刘氏问三丫，三丫也同意嫁。刘氏想，女儿大了终要嫁人，不嫁是祸根，早嫁早省心。加之三丫嫁到这里与二丫也是一个伴，于是在提亲人中选择了一门合心的人，也将三丫嫁了。这样柳氏柴屋只剩下刘氏一人。

二丫、三丫分别引着丈夫，来接刘氏与他们同住，刘氏说："你们常来看看我就行了，和你们一起住就不必了。"二丫、三丫两门亲戚觉得刘氏老住在人家柴屋里也不行，于是合力在七里屯街上找了一套房子，让刘氏去住，刘氏摇摇头，说："我哪也不去，柳大哥说过，他有义务帮助我，我就在这等那个老死鬼！"二丫、三丫垂着泪说："妈！在这等爸爸，等得到吗?"刘氏说："等不到人，等个死信儿，总等得到吧！"接着刘氏在心里说："儿子借出去了，孙子看来难得要，只要等到那老死鬼回来就有办法了！要不然，我们再生一个儿，免得再去和秦氏纠缠。"这就是刘氏到七里屯的最根本原因，过去一直埋在心里不说，现在虽然说，也是在心里自个对自个说。女人的心事呀，往往是肚里生肚里灭，没有第二个人知道。

刘氏的"等不到人，我也要等个死信儿"的话传到柳大叔耳里，柳大叔觉得再瞒就没个头了，于是决定先告诉二丫、三丫。

要知告诉什么，且听下章分解。

第九章　思夫路虽短却又长
救双生有险却无恙

一天，刘氏独处柴屋，一时感到寂寞，就来到三丫家。三丫家大门敞着，屋内却无一人。刘氏虽不在此住，却早已把此家当成自己家，又帮喂猪，又帮洗衣。正忙得不亦乐乎时，三丫回来了。母女四目相对，都感到十分惊讶：三丫惊讶，是万万没想到此时母亲会来；刘氏惊讶，是看到三丫双眼红肿。

刘氏放下手中活，问："你怎么了？"

三丫说："我没怎么，我好好的。"说完即走进堂屋。

三丫越是掩盖，刘氏越是疑心，跟到堂屋又问："你到底怎么了？"

"妈，我是好好的。"

"那你双眼为什么这样红？"

"哪红啊……"

"你说，是不是你们打架了？"

"妈，不是。我只是想你。"

"胡说！我三天两头来，你想我什么？定是那浑小子欺侮你了。他在哪？我去找他去！"说着抄起墙角的锹板子就要出去找。

三丫一把将刘氏拉住，说："妈！真的不是！"

"那就是二丫有什么事？"

"妈！你别瞎猜，都没有事，真的！"

"我不信，快说！不是二丫是大丫？是你爸？"

三丫再也忍不住了，一下扑到母亲怀里大哭着说："爸爸他……"

刘氏一听如五雷轰顶。这么多年，陈光明虽然不在她眼前，却在她心中。随着时间的延长，陈光明在她心中建立了一座宫殿，宫殿内珍藏着比珍宝还珍贵的一句话，使她内心充实，向往无限。这句话即是陈光明当年与她离别时交代的一句话：为了屹义的安全，"先把屹义给秦氏，等胜利以后再说"。她一直把这句话珍藏在心里最底层，一直默默等待胜利那一天，好与丈夫团聚，好把她借给秦氏的幺要回来。那天她们三个寡妇闯匪窟，朱氏说她的丈夫在共产党里当团长，她知道朱氏瞎诌，是蒙土匪，但自那以后，她心中的宫殿越来越敞亮，越来越高大。现在她心中的宫殿，梁断柱折，一下坍塌！她与丈夫团聚，把她的幺要回来的希望，包括与丈夫再生一个儿的希望，一切一切，都灰飞烟灭！她一把捧起三丫的脸，问："你爸爸怎么啦？"

"妈！柳大叔就是当年和爸爸一同出去找共产党的金刚然，他成家后改姓柳，他早就认出我们，他没说穿，是为了隐蔽。他说爸爸……"

"走，我们去找你柳大叔问去！"

那年5月，陈光明疥疮痊愈。上川金刚然肩背着一支长枪在门外喊老陈，陈光明应声出来，金刚然对他说："老陈！你还搞不搞革命？"陈光明说："我是党里人，为啥不搞革命？"金刚然说："你还搞，我们就去找红军。"陈光明说："你等等。"陈光明跑回去，对刘氏说："现在的局势对我们家很不利，金刚然来约我. 我要走，一切就照昨天商量的办。"

于是，金刚然背了一支长枪，陈光明腰别一把手枪，在小腿裤腿内插了一把匕首，与金刚然一同去寻找红军。

当他俩翻过几座山后，爬上栎树岗，只见岗下栎树林里，已经躲了百多名逃乱的老百姓。这时一大群敌人已经从沙岭子下上来了，他们是东桥团防局组织的铲共队，加上被他们劫持的老百姓，黑压压的一大群。陈光明见敌人迫近，问金刚然："你怕不怕？"金刚然说："怕又怎的？"陈光明说："那好，你把枪给我，你到栎树林中去，等我枪一响，你和老百姓在栎林中一起猛喊'冲啊！抓活的！'连喊三遍，一遍要比一遍高，喊过三遍以后就一起冲出树林再喊！"说完又特别叮咛道，"记住，不喊完三遍不要冲出树林！"

金刚然走进栎树林不久，敌人迫近，陈光明举起步枪，一枪将走在最前的一个敌人打翻，接着举起手枪啪啪啪开了火；金刚然和老百姓在栎树林中高喊：冲啊，抓活的；敌群中被劫持的老百姓一听见枪响立即四散奔逃，嘴里爹呀妈呀乱叫。敌人猝然听到枪响，本已心惊胆战，一见身边的人群大乱，受条件反射，不由也跟着乱开了；回头一看树林里一下又奔出许多人，于是个个都恨爹妈给他生的腿太短，不顾命地争相奔逃！

敌人跑远了，群众围上来，个个都夸陈光明好胆量好计谋。陈光明把步枪还给金刚然，他俩继续去找红军。

走了半里路，忽听后面有人喊"等一等"，回头看时，后面从林中撵来十多人，陈光明和金刚然站住，为首的小伙子跑拢来，喘着粗气，说："请等一等，汪老爹有话要对你们说。"金刚然问："汪老爹？哪的汪老爹？""我们村的汪老爹。""你们村是哪个村？""白沙村。"陈光明："汪老爹是干什么的？""他是贫协主席。"

不一会儿汪主席撵了来，说："我也是老糊涂，二位替我们撵走了敌人，我们没说声谢，也没问一声二位尊姓大名，就让你们走了。"金刚然说："要说谢嘛，就不必了。要问姓名，我给你介绍，这位就是鄂豫边省政府的正服务陈光明同志。""呵，这位就是陈光明同志，'肃反'时我听说过陈光明大义凛然的故事，难怪今日的天气这么好，是要遇到贵人啦！"陈光明截断汪主席的话，说："快别说什么贵人什么正服务了，鄂豫边革命失败，许多同志牺牲，鄂豫边省政府转移，我现在成了没娘的孩子，就叫我老陈，或者陈光明吧。""也好。老陈！我们有一件事情要向你汇报。""别客气，什么事？""青皮牛带一连匪军到我们村搜查红军，红军早撤走了，他把我们村的赤卫队队员抓去二十多人。"他指着身边的小伙子们说："青皮牛有一营兵力。这些小伙子想去救，又怕救不出来，所以就想到请示你。""一营兵力？"陈光明看看金刚然，"那好，我们商量商量。"

商量结果是：利用一、二连之间的矛盾，先潜入二连驻地，向一连开火，挑起两个连对打，趁乱端掉了岗哨，就救出了那些赤卫队队员。

当陈光明、金刚然、汪老爹和被救出的赤卫队队员钻出山沟，爬上山岗时，一轮红日正放出万丈光芒，把大地照得晶莹透亮。脱险了，胜利了，大家不由一阵欢呼，个个都拥过来和陈光明、金刚然握手致谢。

大家正欢喜时，被救出的赤卫队员中，有一个小伙子却躲在旁边偷偷地哭泣。

大家都非常高兴，他为什么哭，陈光明感到奇怪，于是问汪老爹。

汪老爹说："老陈同志！这小伙子叫李英统，他的父亲是柏山村农协主席，前些天被洪枫峰逮去了，关在洪家祠堂。是他到我们这请求赤卫队去救他父亲。没想到他到我们这以后一同被青皮牛抓去了，现在他被救出，他的父亲还被关在洪家祠堂。"

陈光明："原来是这样。"

汪老爹："老陈同志！因为这事太危险，你们已经把我们赤卫队连同他也一起救出来了，这就够幸运的了；他在路上向我提出请你们带我们去救他的父亲，我一直在犹豫，太危险，不敢再请你们去。"

陈光明："救革命同志，是我们大家的责任。洪枫峰是个什么人？"

汪老爹："洪枫峰是柏山保保长、大地主洪柏怀的儿子。洪枫峰又叫洪风风，或叫洪疯疯、洪疯子。早年在海外做生意，因亏本，近日才回来。此人口是心非，两面三刀，阴险毒辣，无恶不作。他父亲原有二十多支门枪，他以这些门枪为资本招兵买马，组建假红军，哄骗老实的佃户，讹诈穷困的债户，拉拢流氓地痞，一下扩充了一两百人枪。李英统的父亲揭发他们伪装的反动嘴脸，就被他们抓去了。处境也是危险，如不及时救出来，就有遭杀害的危险。"

汪老爹说到这里，李英统更是放声哭开了，一膝跪到陈光明面前："陈叔叔！救救我爸爸！"

"救。一定救！"陈光明坚定地说，双手将李英统扶起，问："洪家祠堂离这有多远？"汪老爹说："就隔这座山。"陈光明说："那里现在是什么情况？"汪老爹说："我昨天从那里来，洪枫峰冒充鄂豫边同山乡苏维埃主席，正在洪家祠堂筹备同山乡苏维埃乡政府。"

"好，大家都先坐下来，我们再商量商量。"

商量结果是：陈光明、金刚然、年龄稍长者以及李英统化装成货郎子深入虎穴——洪家祠堂。假借投奔他们，去直接救李英统的父亲。其余人由汪老爹带领，带上金刚然的步枪和村里的猎枪、四眼铳、洋铁桶和鞭炮，在后山上作为声援。

没想到，深入虎穴后，洪疯疯看到陈光明十分精干，要提他当二连连长。说着就疯里疯气地扑上来和陈光明拥抱，从而发现陈光明身上带着枪。洪疯疯揪着陈光明大喊抓人，陈光明不得已拔出匕首将其刺死。顿时洪家祠堂大乱，假红军们不知真相，纷纷抄枪。幸亏绑在柱子上的李英统的老爹大喊："大家不要动手，他们是真红军！"加之金刚然眼明手快一枪将带头起事的洪疯疯的连长击毙；年龄稍长者、李英统又举起了手榴弹；后山上也传来了大作的枪声，才把混乱局面压下去。

面对一下降服的一二百人枪，陈光明问金刚然："怎么办？"

金刚然："你说。"

于是在陈光明指挥下，年龄稍长者、李英统先把李英统的父亲从柱子上解下来，接着把手枪从死者身上卸下来，把长枪的枪栓下下来，把子弹收集起来。然后把枪栓和子弹分成三份捆好。之后即向那些假红军宣布："大家听好了！现在你们可以各自回家了。记住：你们身上的枪虽然没有枪栓，但仍然要保管好。回去后，决不要为非作歹！"

此时，外面的"枪声"有增无减。那些假红军踟蹰不前。陈光明催促道："走吧走吧！回去回去！"说完即与金刚然、年龄稍长者提着手枪，背着枪栓和子弹，李英统扶着他父亲，走出洪家祠堂。爬上山与汪老爹会合。

汪老爹他们还在忙着"开火"，看陈光明已救出李老爹爬上山来了，才连忙叫停。

汪老爹问："没有伤亡吧？"

陈光明："真危险啦！得亏大家都很机灵，不然我就完蛋了！"

金刚然："主要是那些假红军大多数是贫苦农民，对洪枫峰并不信任，听到李老爹喊我们是真红军，他们才未动。"

陈光明："是呀是呀，但你不一枪将那个连长打死，那后果不堪设想。"接着清清嗓子，严肃地对大家说："请大家注意，今天在这我就充个大，代表鄂豫边苏维埃宣布几件事：上次缴获的一只手枪和这次缴获的两只手枪由我们保管，金刚然所带的步枪由汪老爹使用保管；这些枪栓、子弹也由汪老爹负责安排人保藏。我们继续去找红军，大家赶快分散回家，这里不能久留。李英统！快把你父亲领回家。金刚然！我们走。"陈光明与金刚然各别两只手枪，向大家招手告别而去。

汪老爹望着陈光明的背影，感慨万分地说："这人仁义呀！而且很有本事！"

李英统对他父亲说："这人真不简单，先设巧计从青皮牛那里救出我们20多人，听说你被洪疯疯抓去了，又冒险来救你。两次都是深入龙潭虎穴呀，就那么几个人，一般人想都不敢想，真是不简单！"

李英统的父亲李老爹，对汪老爹说："这人既然这样了得，为什么不跟他去呀？"

汪老爹说："我怕他们不要啊！"

李老爹说："干革命，人多力量大，没有不要的道理，再说心诚则灵。回去很可能就是一个死！走，我们一起跟着他们去！"

汪老爹说："好，我们走！"

一听说走，其中的年轻人就在前面跑开了。

革命者救人，比自己获救更高兴。喜不胜喜的金刚然此时觉得天格外蓝，云格外白，四周的景致格外好看。一面走，一面像陀螺一样转着身子四下看。忽然发现攆来许多人，用胳膊肘把陈光明捅了一下，说："你看！"

陈光明转身见大家攆了来，就停住脚步。攆上来的年轻人说："老陈同志，我们要跟你们去。"

陈光明说："我们是去寻找红军的，你们跟我们去哪呀？"

年轻人说："反正汪老爹、李老爹他们都来了。你看！"

往下看时，不仅汪老爹、李老爹和赤卫队的 20 多人以及原来在树林中的 10 多人都攆来了，就是那洪枫峰的假红军也背着没有枪栓的枪攆来了 100 多人。

金刚然说："那些假红军跟来是什么意思？"说着即拔出手枪。

陈光明说："看看再说。"

转眼那些假红军也上来了，金刚然见那些人并无恶意，把枪装入枪套。那一队假红军的为首者，和大家一样，仍穿着假红军的灰军装，一副五短身材精神劲儿十足，宽额方脸上的双眼炯炯有神。只见他带队走上来后，猛然两脚一并，向右一转，向那一百多人发号施令："立正！稍息！后面的，快跟上！"等后面的跟上后又喊道，"立正！报告红军英雄！我们是受洪枫峰蒙骗的假红军，现起义投奔真红军来了，请红军英雄收留！"

陈光明没想到会来这一手，突然间不免有些手忙脚乱，想举手还礼，头、腰却又弯下做出了鞠躬的动作。陈光明，必定是陈光明，他那谦虚诚恳的神色使大家认为这不伦不类的又鞠躬又敬举手礼是对他们特别友好和尊敬。大家都露出了会心的笑容。

陈光明既严肃又和蔼地道："请稍息。"

为首者："稍息！"

陈光明："还有些人呢？"

"那些狗杂种，被我们砍了！"

“为什么？”

“我们要起义，他们阻拦。我们就把他们结束了。”

“你是？”

“我是当兵的。当兵之前当土匪。当土匪之前当长工。”此人如此自我介绍，看来是一个诚实直率的快人快语的人。

“为什么当土匪？”

“因为我杀了地主老财，为逃命当了土匪。”

“为什么杀地主老财？”

“因为他糟蹋了我的妹妹。”

“那又为什么不当土匪了？”

“因为土匪不仁道，才跑出来投红军，没想到刚出蛇穴，又入了狼洞，投奔到假红军中去了。”

“你叫什么名字？”

“我叫钟方中。”

“钟方中！我们倒想收留你们，但是——我实话对你们说，我们是寻找红军的红军战士，并不是红军。你们是已经解除了武装的平民，你们快各回自己的家去吧！”接着转身道：“汪老爹、李老爹！你们也回去吧！再见！”说着就与金刚然转身走了。

钟方中一队人都愣住了，好半天才说出话：“原来不是红军大部队，就只他们俩？”

汪老爹说：“是呀，就只他们俩。可他们俩走一路救了一路人：首先是两支枪打退千余敌人，救下躲在树林中四五百乡亲父老；接着应我之邀，夜闯牛营救下这些赤卫队员；这次又应李英统之求，就为救这么一位老人，又深入你们那里，你们那里在洪疯疯率领下不算龙潭也算虎穴，你们以为有千军万马，实际就这么几个人。你们说这人怎么样？我说千军易得，一将难求，我们都应该跟他去！”

钟方中：“兄弟们！你们说！”

“这人信得过！”

"这人他妈的，也真有他的，是个神种！"

"我们跟他去！"

"走！"

金刚然："他们跟来了！"

陈光明："怎么办？"

"你说！"

"枪、枪栓、子弹现成的。"

"一配起来就是一两百武装。"

"也是一两百张嘴，天天要吃的。"

"还有红蓝白黑，各种各样的心。"

"是呀，带兵不简单，不过也有办法。"

"那要操碎了心。"

"为党带去一支力量也是应该的。"

"事前总要有一套办法。"

"我想这样。"

"你说。"

于是陈光明把他想的一套说了出来，金刚然连连点头说好。

陈光明转身站住，对大家说："我们不是叫你们都快回去吗？怎么又撵来了？"

钟方中说："不管你怎么说，星星跟月亮，我们是跟定你了。"

汪老爹说："李老爹说干革命，人多力量大，我们这些人你不应该不收。"

陈光明说："以你们大家对我和金刚然的信任，我们确实不应该不收。我们商量决定，收！"

"呵！我们当红军了！"一两百人异口同声欢呼，特别是那些年轻人，一面蹦跳一面欢呼，经久不息。

陈光明打手势叫大家肃静，提高声音说："但是！我首先要强调一点，你们投奔我们俩，就要听从我们俩的指挥！现在我宣布，听从我俩指挥的请留下，不愿听我俩指挥的请离开！"

没有人动。

陈光明问："你们现在离开没事，一旦正式加入了红军，再要离开，就要军法从事。有谁不愿听从我俩指挥的请离开。有没有？"

"没有！"异口同声，斩钉截铁！

"当红军不是为自己升官发财，是为人民大众翻身解放，这要有不怕苦不怕死的革命精神！不愿为人民大众翻身解放的，怕苦怕累怕死的，请离开！"顿一顿后又说："当红军一不能升官，二不能发财，不仅非常苦，而且搞不好还会把宝贵的性命搭上。所以请大家慎重考虑，现在离开还来得及！"陈光明故意不看大家，在原地转圈，让大家毫无顾虑地去考虑，顿一顿后，接着又问："有离开的吗？"

"没有！"

这"没有"的声音更洪亮，如雷鸣，近山合，远山应，传出一串"没有没有"的声音。

"大家不走，说明是真心投我们。我们今后就是同生死共命运的战友了。我的话还没讲完，但我们不能在这久留。大家听我口令：立正！成三路纵队，向前看齐！齐步——走！"于是陈光明在前带路，向山坡里走去。金刚然在后督促："跟上跟上，不要掉队，跟上！"

三个小时之后，他们在群山中一片树林里停下来，规定了纪律，将部队暂编为一个大队、两个中队、六个分队。钟方中那 100 多人分为两个中队。赤卫队员作为核心分到两个中队中。钟方中为第一中队中队长，汪老爹为第一中队党代表，赤卫队中年龄稍长者是一个教书匠，很有学问，名叫蔡定凯，任第四分队分队长，代理第二中队中队长，李老爹任党代表。枪和枪栓暂配 15 支枪，每个分队分队长和一名骨干各配 1 支；两个中队长各配 1 支，汪老爹原有 1 支，不再另配。陈光明、金刚然为正、副大队长。汪老爹、李老爹、钟方中为委员，与正、副大队长组成临时大队委员会。李英统和另一个叫赵志先的小伙子为大队警卫员、通信员，所配手枪，由正、副大队长所戴的 2 支调配。这些决定宣布后，召开第一次大队委员会，作出了两项决定：

一、第一中队，由金刚然带领，寻找丢失的没有枪栓的枪；

二、第二中队由陈光明直接带领，打土豪，筹备粮饷。

在很短的时间内，两个中队的任务都圆满完成，第一中队将没有枪栓的枪都一支不少地找到了，因此所有的枪栓都配上了枪，全大队绝大多数背上了步枪，极少数没背上步枪的也有猎枪。第二中队通过打土豪，镇压了恶贯满盈的洪柏怀，筹集了一个月的口粮，两个月的薪饷和一些医疗用品。

任务完成得虽然出色，但暴露了目标，一时国民党军和县民团从四面八方围了过来。陈光明召集大队委员会，并通知蔡定凯列席参加。

陈光明说："同志们！当前我们受到重重包围，形势万分危急！但是只要动脑筋，我看办法总是会有的。"

蔡定凯说："根据我军当前的处境，需要解决的问题是：如何突出重围，安全地走出去，去找红军大部队。要想解决这个问题，我们先要看有哪几条路可走，分析走哪条路有什么困难，哪条路困难容易解决些。"教书将有知识，善于归纳，一语点破核心问题。

汪老爹说："这一带的情况我还比较熟。要想找红军大部队只有向北去，要想向北去找党，去找红军大部队只有金观垭、分口岭和三道湾三条路可走。"

李老爹说："这三条路分别被三个民团把守。三道湾被宿县民团把守，分口岭被东阳县民团把守，金观垭被怀县民团把守。"

钟方中说："怀县民团团长铁钺，住桑树冲祁家嘴，他丈母娘住桑树冲丁家湾。"

陈光明："他们都住桑树冲？"

钟方中说："是。桑树冲可大啦，你看！"

陈光明顺着钟方中的手看去，群山莽莽，层峦叠嶂，一条峡谷如巨龙下山一般，摇头摆尾，曲曲弯弯，向东南而去。

钟方中说："这条峡谷就是桑树冲。在这里看得很清楚，谷底是一条小溪，溪旁是一条大路，最上面那个大黑林子，是莫家湾，二三十户全是姓莫，其中一家弟兄五个，老大人称大魔头，经常横行乡里。莫家湾下面就是铁钺住的祁家嘴。那是铁钺丈母娘住的丁家湾。祁家嘴、丁家湾你看，听得见狗叫，离这都没多远。"

陈光明听到这里，精神为之一振，为了确认，一连问了一串问题：

问："李老爹！金观垭是怀县民团把守吗？"

李老爹："是的。"

问："怀县民团团长是铁钺吗？"

李老爹："是的。"

问："钟方中！铁钺的父母和丈人丈母娘都在吗？"

钟方中："都在。"

陈光明作决断："那好，我们就走金观垭！"接着叫道："钟方中！蔡定凯！"

"到！""有！"

陈光明命令道："你们二人各带一个分队马上行动。分别把铁钺的家和铁钺丈母娘的家监视起来，不要让他们走掉，到夜深人静之时即把这两家的人全部带到这里来。注意，这所有的行动都要秘密。"

"是！"

晚上，铁钺的父母、兄弟、老婆、孩子和他的岳父母、两个小舅子和姨妹子都被抓了。陈光明让金刚然去动员部队，做行动准备。他则把铁钺的父母和岳父母单独找来，对他们进行了一番教育后严肃指出：只要他们能够按照红军的安排行事，保证一个不杀。谈妥以后，即将他们的手脚绑起来，并作了一番伪装：有的用纱布缠着头顶，有的用纱布包着额头，有的用纱布包着下巴；纱布上都涂着红汞药水，作为伤号，分别睡在四副担架上，再用被单盖在身上，由 16 个同志抬着。前面由汪老爹、钟方中打着火把引路；担架后面跟着陈光明和钟方中的一个分队。全都农民打扮，都扛着锹、镢头。每个人的脸上或手上也涂上红药水，或包着纱布；身上都藏着手枪和手榴弹。连夜向金观垭前进。

并约定以火为信号。见金观垭火起，金刚然即将铁钺的兄弟、老婆、孩子和小舅子、姨妹子放掉，带部队迅速向金观垭前进。

金观垭，地处丛山腹地，两边都是百丈深的悬崖峭壁，垭后是高耸入云的金观峰。在背靠金观峰面对金观垭有座能容纳上千人的道观，名为金峰观。在金观垭左侧悬崖半腰，有一栈道，是翻越金观峰向北去的羊肠小道的咽喉，怀县民团团长铁钺率千把民团就是为把守这百来尺栈道。开始他很轻松，常把大腿跷在二腿上，作逍遥状，哼上几句京剧：

"栈道悬崖中，我乃逍遥翁，一枪在此架，不怕万人冲。"

但时间一长，常年高山清风，令他寂寞难耐，因此他又牢骚满腹，这时他又用京剧黑头的唱腔抒发怨气：

"杀鸡用上了宰牛刀，烧香殿上摆枪炮，柴米油盐用肩挑，寂寞日月真难熬！"

距金观峰下半里之地，有敌人的第一道岗，两个哨匪看见下面不远山嘴上出现两支火把就大声吆喝："打火把的是什么人？深更半夜到哪去？"汪老爹答："是铁团长的家人，有紧急事上金观垭找铁团长！"

走拢后一个高个子哨兵又问："你们有什么紧急事？"汪老爹答："莫家湾的大魔头家的小孩从铁家门前过，被铁家的狗咬了一下，莫家来了百把人把铁团长的父母打伤了，岳父母听说后赶去解劝，也被打伤了，你们说这多气人！"高个子哨兵一跺脚，说："他娘的，太岁头上动土，这还了得！"但矮个子哨兵说："打成什么样子，让我们看看。"说罢，走到铁钺的父亲的担架前，一副很认真的样子，伸手去掀起被窝看。

眼看要露馅，陈光明急忙去摸家伙。铁钺的父亲看到了陈光明的动作，一场血光之灾就要爆发，心不由就怦怦猛跳起来。如果真爆发，他的小命也要夹在中间完蛋。于是就按照陈光明事先安排的，急忙"哎哟，哎哟"地呻吟起来。躺在担架上的其他三个人，也跟着"哎哟，哎哟"地叫起来。铁钺的父母和岳父母都曾经多次去过县民团，匪兵们都认识他们，那个矮家伙当然也认识，刚掀了一个角就认出来了。而且团长的爹发怒道："看什么呀看，不认识呀！"那个矮家伙像碰上了红烙铁一样，伸出的手连忙缩回来。但那高个子仍提出了他的疑问："你们怎么来这么多人？还拿着这些家伙。"陈光明说："我们都是亲戚朋友，我们也都被莫家打伤了，我们担心半路上又碰到莫家人，所以跟着来保护这四个老人。同时我们的伤也需抹点药。"两个匪兵齐声说："好，好！你们快去，快去！"如此，一连通过三道岗哨，直到铁钺寝室的门前。汪老爹咚咚敲门，喊道："铁团长！快开门！"半夜敲门如同敲心，不惊也得惊！铁钺一骨碌翻过身来，从枕头边抓起手枪，问："谁？"汪老爹答："我是你家长工，铁老爷和老太太都被莫家打伤了，现在已抬来了，团长您快起来，快想办法给他们治伤吧！"铁钺的父亲根据陈光明的示意，在担架上喊："钺儿！我们都被打伤了，快起来！"铁钺一听父亲叫，慌忙下床，灯也顾不上点，只穿着内衣跑来开门。刚一出门，就有一只手捂住了他的嘴巴，接着腰被抱住，颈被掐住，手也被绑住了，钟方中手枪顶住他的耳门，压低嗓门厉声道："老实点，听我们大队长跟你说话！"陈光明说："我们是红军！我们今晚到这里来，是向你借路，只要你让我军从你这里通过，并不为难你。若不然，不仅你活不成，还要杀你父亲、岳父两家！"铁钺的父亲在外有气无力地说："钺儿！你就听红军的吧，我们两家都在红军手里，你要反抗就害了两家人呀！"铁钺道："事已至此，好吧，你们就从这里过吧，我不阻拦。""那你的部下呢？""他们没问题。""如有问题怎么办？""你们不就是要从我这栈道上过吗，为万无一失，我把所有的岗哨撤回来不就行了吗？""那好，跟我们去撤岗哨！"岗哨共有五处，陈光明等押着铁钺，先由铁钺下命令，然后由红军上去摘枪，捂嘴上绑。五座岗哨全部解决后，才在适当的山坳点燃篝火。金刚然看到篝火，放开铁钺夫妇的家人，由李老爹引路，立即带部队出发。为了迅速通过此关，陈光明派汪老爹下山去接应。一个小时后，金刚然带队走上栈道。也是事有不巧，这时铁钺的士兵有一个起来小便，没尿完，就一面向回跑一面大喊："有人！栈道上有敌人！"真要命啦，真要命！如不把他的嘴巴封住，他还会狂喊下去。陈光明没办法，只好一枪将其击毙。半夜的枪声，嘎嘣清脆，一下惊动了整个铁营。"哪里的枪声？""为什么打枪？""是谁打枪"的问声从四面传来。红军部队正走在山崖栈道上，这些喊声，就如同是引发大爆炸嗞嗞燃烧的导火线，如不及时扑灭，后果不堪设想。陈光明一手抓住铁钺内衣后领，一手用枪顶住他的后脑勺，命令道："赶快将此局面平息下去！""怎么平息？"陈光明用枪管在他后脑勺上又使劲一顶，牙齿一咬，低而厉声道："我不管，不平息我们大家一同死！"铁钺急忙大声喊道："不要叫，大家安静，是我的枪走火了，我是铁钺！"陈光明压低声音："大声点！""不要叫，大家安静，是我的枪走火了，我是铁钺！"铁钺在陈光明推动下，一边向前走，一边喊："是我的枪走火了，我是铁钺！没有事，大家回去睡觉！""导火线"终于掐灭，一场大爆炸在黑暗中终于被制止。红军部队很快通过栈道，到达安全地带。陈光明对铁钺说："谢谢合作，但还须你送一程。"铁钺随红军一直走到东方发白，陈光明才说："你现在可以回去了。"接着指着担架上的人说："这是你的父母亲和岳父母，请你带回去。这具尸体，就是解小便大喊的那个人，我们把他也抬来了，如何交代，你回去看着办吧。"说完即令将那尸体抛入深壑，与铁钺道别而去。

又行了三日，来到大别山区，进入鄂豫皖革命根据地，找到了红军第四方面军。

那时鄂豫皖革命根据地，革命浪潮如火如荼，广大农民群众纷纷起来，以人力物力大力支援红军作战。当时在那里到处可以听到"小小京安，人人称赞；锣鼓一响，四十八万；男将打仗，女将送饭。"在那革命根据地里，除了归队的和寻找来的红军以外，一些土匪队伍和溃败的西北军来投诚的也不少。为了改编这些部队，鄂豫皖红军总部派暂编第八师去接收这些部队。暂编第八师有正规红军5000人，缺额一半，派他们来就是为补充该师缺额。其师师长是红军总部的高级参谋，人们都叫他暂八师师长。暂八师师长，因他掌握过全红军治军的经验，处事很有板眼。他将所有新来根据地，还没入编的部队，首先根据人数暂时封上一个官。前面冠于暂第几第几连连长，或暂第几第几营营长，都作为野战部队搭帐篷驻到柳簸塆四周。大家训练、学习、开会等活动都在塆内进行。就像一个大拼盘，张三李四都摆到桌面上，透明透亮，让大家都看得见。不仅如此，集体活动也只半天，另外半天大家可以随便串门。训练，是军事训练，红军纪律训练；学习，是政治学习，红军纪律学习；开会，是自我介绍，表示决心，表扬先进人物、先进事迹。师部团部办有通报简报，营部连部办有专栏，这些也是为了介绍各个部队情况和表扬先进。所有这一切都是为了让每一个士兵了解每支部队、每一个军官。当大家小葱拌豆腐，一清二白以后，就举行投奔会。投奔会那天让所有的士兵站到塆内，各个军官举着牌子，站到塆的四周，三声礼炮响过以后，士兵就开始跑步投奔。士兵根据自己的了解，愿意投奔谁就投奔谁。根据士兵投奔的多少，重新任职封官。投奔的结果是：那些昏庸无为，打骂士兵，吃兵肉、喝兵血的连长、营长面前没有一兵一卒，而陈光明面前则聚集了1000多人，一下被封为三八一团团长。金刚然为该团副团长。

1932年5月蒋介石对革命根据地发动第四次"围剿"。这次他的得意算盘打的是分两步走的战略部署。先进攻鄂豫皖和湘鄂西革命根据地，准备在得手后，再全力进攻中央革命根据地。

7月14日，蒋介石自任鄂豫皖三省"围剿"总司令，调集26个师，另5个旅约30万人，气势汹汹，对鄂豫皖根据地发动"围剿"。为粉碎这次"围剿"，鄂豫皖根据地红军总部，将筹集粮草的任务交给暂八师。暂八师筹集粮草的当务之急是：莺河地方党为根据地筹集的百万斤大米，要立即运回，否则就要落入白匪之手。这批大米聚集在莺河金壶、银壶、铜壶三乡，这三乡属于白区，与根据地中间隔一个县，时间紧任务重，是一个非常棘手的问题。暂八师党委讨论去讨论来，忽然想到"千里寻红军，一路三救人"的陈光明。于是陈光明这个刚上任的新团长担负的不是上前线拒敌，而是到白区运粮的任务。

7月下旬，一个月明星稀的夜晚，陈光明率领三八一团出发。这一任务历经一旬，于8月初，就将10万斤白花花的大米通过敌人的封锁线，神不知鬼不觉地悉数运进根据地。陈光明正想长长地舒一口气时，敌人的机枪忽然"哒哒哒"地扫射起来了。他仔细一看，原来敌人就埋伏在我根据地的边缘，因为一个掉队的战士暴露了目标，所以在最后一刻发生了战斗。只见那个掉队的战士沿着右前方的田埂，飞快地向我方跑回来。

陈光明立即命令道："机枪掩护！"可是机枪刚刚打响，那个战士就倒下了。敌人为了抓活口，捞情况，发起了冲锋。

陈光明说："阻击敌人，快去把他抢回来！"

"一个掉队的战士，不值得……"

"胡说！他是我们的同志，怎么能见死不救！"接着命令道："你！你！跟我上！机枪掩护！"说着即带着两个战士跳下土坎，飞快地向那个战士奔去，敌人的子弹如飞蝗，嗖嗖地从他们前后左右飞过，陈光明卧倒，匍匐爬过一块田，一个跃进，跳下另一块田，利用田埂的掩护很快接近那个受伤的战士，一把背起就走。刚转身，一发罪恶的子弹从侧面飞来……最终，这位战士得救，可惜呀！三八一团团长陈光明，一位将才，才刚刚起步，却不幸壮烈牺牲！

鄂豫皖革命根据地第四次反"围剿"，因敌我力量强弱悬殊，又因主要领导人战略指导思想上的错误，"未雨绸缪"麻痹于先，"亡羊补牢"失策于后，致使根据地丧失，不得不进行三千里大转移。幸亏陈光明运回10万斤大米，根据地虽然丧失，但有生力量得到保障。

现在的柳大叔，当日的金刚然，一气山述海说，到此戛然而止，令刘氏唏嘘不已。没了丈夫没了灵魂，失去了丈夫也就失去了一切。等胜利后把儿子要回来没有把握，再生一个儿子更成了泡影。她已经没了退路，唯一的是快快回去，把她的孙孙要回来。秦氏没儿没孙就晓得为丈夫续后，我们是有儿有孙的，难道还让他断后！主意一定，她就一把将脸上眼泪擦去，告别金刚然，回到柴屋。三丫不放心，一直把她送到柴屋。

过去妈妈坚持住柴屋，是为了等爸爸。现在爸爸没了，如何安置妈妈，已成了当务之急。于是就暂时离开柴屋，去找二丫商量。等找到二丫，姐妹俩急急赶回来，妈妈已经不知去向。她们以为妈妈上街去了，到街上找了一转，没有找到；想想可能去弄菜去了，连忙赶到菜园，菜园也没有。二丫急了，埋怨三丫不该离开妈妈；三丫疼妈，担心妈，一见二丫埋怨，心里更加难受，不由大哭起来。

刘氏引二丫、三丫到七里屯寻大丫期间，中国革命走上危急关头。鄂豫皖革命根据地第四次反"围剿"失败，中央红军第五次反"围剿"也失败，不得不撤离根据地；湘鄂西革命根据地的红军亦在反"围剿"中受损，也不得不转移。陈东汉趁火打劫，急忙引着一支国民党军队向鄥王镇扑来。

陈屹义根据上级的指示，立即指挥赤卫队分散隐蔽。分别时，他抓起周得膀的手，将他身上仅有的三块钢洋塞到他的手板心："你没钱怎么行！""那，你呢？"陈屹义拍了拍肩上的扁担，说："你放心，我有这。"说着就挑起木匠挑子走进深山，去自谋生路。

陈屹义为防不测，在离家时亦令其妻王屹香将一对双生领到她娘家去躲避。

陈东汉引着一支国民党军队来到鄥王镇后，就急忙带着一个排，将陈屹义家围住。

陈东汉在门口大喊："陈屹义！你给我出来！"

"谁呀？"秦氏边问边开门答道："陈屹义不在家。"

"搜！"陈东汉手一挥，即带一个班闯进了屋。

陈东汉主要想抓陈屹义。当抓不着陈屹义时，就准备抓一对双生，企图以一对双生为人质来赚取陈屹义。谁知一对双生也不在家，即恼羞成怒地把秦氏抓起来审问。未开言，就先抽了秦氏两嘴巴，打得秦氏鼻口出血。

秦氏怒火万丈："陈东汉！好歹我们也是一姓，你为什么打我？"陈东汉恶狠狠地叫嚣道："我要杀你全家！你给我说，陈屹义到哪去了！他的一对双生到哪去了！"正在这危险时刻，进来两个穿黄军装背着大枪的兵，一人抄起陈东汉一只膀子，就把他拉走了。

陈东汉的舅舅为陈东汉组织起一支200多人的部队，陈东汉一举就给他整光了。他觉得他的外甥是扶不上墙的一团稀泥，再也不理他。而他不服气，想到他父亲为他上的"借刀杀人"的一堂课，于是就用假情报把这支部队骗来了。这支部队长官对这次行动抱很大的立功希望，可是他的部队到鄢王镇却扑了一个空。一查，鄢王镇并无一敌，是陈东汉为报私仇而谎报的军情；即气愤地令护兵将他抓来，抽了他三马鞭，将他弃置鄢王镇于不顾，径自带着部队回去了。

陈东汉无路可去，只好趁乱悄悄潜回家中。陈东汉回到家里，企图再建团防局，但不久卢沟桥的枪声击碎了他的梦想。抗日战争爆发，全国格局大变化，他犹如退潮搁浅的乌龟而滞留在家，等待时机再起。

"七七"事变爆发，在中国共产党倡导和促进下，抗日民族统一战线形成。蒋介石发动的对红军进行"围剿"的内战暂停。

鄢王镇这抗日的后方相对地得到了一些平静。王屹香带着一对双生回到家里；陈屹义也带着党组织的指示、全国人民的重托回到鄢王镇，将原赤卫队恢复，并改称抗日游击队。

为了打击日军，陈屹义将游击队带到香水东岸协助新四军第五师对日作战。在一次战斗中，一分队长左脚被炸弹炸伤，一个队员屁股上挨了一枪。

此时已是三伏盛夏了。太阳仿佛一下子离地面近了许多，烤得石头都要冒青烟了。游击队抬着伤员扶着分队长，非常狼狈地回到鄢王镇。

为了避敌耳目，医治伤员，总结经验，整顿部队，陈屹义只让大家在家停留一宿，第二天清早，便抬着伤员，把游击队拉进既隐蔽又清凉的金山百丈谷。

　　儿子带着游击队回到鄢王镇，虽有人受伤，但损失不大，秦氏非常高兴。但更高兴的是儿子回来过夜，这不仅使一家人得到团聚，一对鸳鸯双生见到爸爸，王屹香见到丈夫，她也见到了渴别的儿子。只要儿子这样经常回家过夜，将来再添孙子就很有希望。她想：如果再添了一个孙子，就把那个孙子还给刘氏，把这一对鸳鸯双生留下。这个美好的愿望真好，当夜就使她美美地睡了一个好觉。

　　第二天她早早起来，就进厨房打了一碗鸡蛋，送到陈屹义房前。

　　她敲了敲房门，说："屹香！开门，我给屹义打了一碗鸡蛋，让他吃了再睡！"

　　她还怕屹香恋着丈夫一时起不来，正要再敲时，屹香把门开开了，说："妈！他早就走了。"

　　秦氏大惊，手一抖，碗内滚烫的汤泼出来，烫着了她的手。屹香赶忙把碗接住，秦氏一面甩沾在手上的汤，以缓解手上的疼痛，一面极沮丧极不高兴地嚷道："走了！怎么就走了？没良心的东西，既不问老妈好不好，也不跟老妈说一声，就扔下老妈走了！"

　　"妈！屹义问了的，他问妈现在身体怎么样，心口还疼不疼，叫妈好好保重身体，不要犯凉。还说……"

　　"我看你是在给他打掩护。还说什么了？"

　　"还说游击队有人受伤，要赶紧治疗，他不能在家久留，叫我代他跟妈说一声。"

　　"他还说什么？"

　　"他说国难当头，要我们处处小心一点。"

　　"国难国难，让我儿子有家不能归！不然，怎么会头一胎的娃子四五岁了，还不见怀上第二胎呢！这是什么世道！"

　　"妈！你俗不俗啊！"

　　"怎么是俗，生儿养女，传宗接代，天经地义，何况是我们缺子少孙的陈家！"

"好啦好啦，妈！不说这话了，您把这碗鸡蛋趁热吃了吧！"

这时她猛然想起，儿子昨晚回来，极可能就让儿媳妇怀上了，瞎子打枪百发不中，有命得子一夜柔情。久别如新婚嘛，很有可能！想到这里，即把屹香递到面前的鸡蛋推回去，说："这鸡蛋该你吃。"

"怎么该我吃呢，我年纪轻轻的，您老这么大岁数了，身体又不大好，该让您老补补身子！"

"我说该你吃，就该你吃！"

"该您吃，妈！"

一对鸳鸯双生中叫金展的男生，打着条条，赤着一双脚，从床上一跳地下来，说："你们不吃，让我吃！"说着就从他妈手里把那碗鸡蛋夺了过去，端进房里。

另一个叫金英的孙女，从床上抬起头，说："应该让奶奶、妈妈吃，我们要有孝心！"

金展："我多早就醒了，我没说话，我就是让她们吃呀，可是，可是，她们不吃嘛！"

屹香："你看你那个劲，和你爸爸一样莽。"

金展："我不是莽，我是勇敢。"

屹香："一碗又满又烫的鸡蛋，你一把从我手里一夺就走了，不是莽是啥？不许你吃！姐姐就晓得孝敬，你怎么就不晓得！还不快给奶奶送去！"

金展立即端回来，往奶奶面前送。

屹香："一双手！"

金展立即一双手端着鸡蛋，含着哭腔说："奶奶吃，奶奶吃。"

秦氏："好。我孙儿乖，奶奶让我孙儿吃，但你不能吃独食。端回去，和姐姐一同吃。"

金展于是就端了回去，把碗就放到床上，光着脚丫子打着条条站在床前，就一双筷子，和姐姐一人吃一个来。秦氏看到这些稚嫩的情节，一面给孙儿找衣服，穿衣服，一面心里老是感到悬悬的疼，生怕刘氏回来，把这个孙子要走。嘴里自顾自地唠叨道："要是再有一个孙子，我就可以保住这个孙子了！"

香水东的日军遭到鄢王镇游击队数次袭击后，怀恨在心，决心报复，只是苦于不知鄢王镇游击队底细，于是决定派一名汉奸特务到鄢王镇刺探。

这个特务，怕露马脚，决定装扮成一个讨米的。他穿上一套黑色破烂衣裳，戴上一顶肮脏的大洞连着小洞的黑色礼帽，对着镜子一看，破礼帽下，罩着一张胖胖的脸和一副五大三粗的个子，不伦不类，让人一眼看出不像叫花子。他苦苦地好一番思索：装个瞎子吧，不能侦察；装个哑巴吧，不能问路。他想去想来，想到铁拐李，决心装成铁拐李那样。于是就做了一个推磨的磨杆子拐棍，又用黑墨水将脸一抹，将上拐往左胳肢窝一夹，左脚往下拐上一蹬，对着镜子一拐一拐地走起来，这才使他满意地笑了。这样不仅眼可以看，嘴可以问，而且到时候可以举起拐棍打，打不赢随时可以跑。他装扮好了后，选了一个大雾天气，就渡过香水，顺着银河走进东川，来到鄢王镇。

鄢王镇，十字街，新近挂上一口大钟的大皂角树下，算命老先生在那里对围观的众人讲："小日本鬼子攻打我国，是蓄谋已久的。是趁我国军阀连年混战，把国家折腾成一盘散沙之机；先占领我国东北，后又一点点地蚕食我国华北；就在 7 月 7 日晚上一举发动进攻，接着一路从北往南打，一路从东往西打。先在上海、南京大屠杀，后在徐州、武汉大会战，企图灭族灭种占我中华。"围观人群中，有人喊："他狗日的妄想！""别打岔，听老先生说。"算命先生接着说："现在他打不动了，就停在那里吭哧吭哧直喘气，想新的办法。结果他真想出了一个新办法，这个新办法就是以华治华。拉中国的败类帮他打中国。这些败类虽然人数不多，但到处都有几个，汪精卫就是他们的总头目，我们要提高警惕，千万别上了当！"

这时他发现场子上来了一个从来没见过的"铁拐李"式的人物，

贼眉鼠眼地在人群周围转来转去，他感到蹊跷。于是一面讲，一面仔细观察。说他是个讨饭的吧，他又体壮身肥，说他不是吧，他又是满身满脸破烂肮脏。怎么看怎么也是又像又不大像。忽然那"铁拐李"从他右边一跛一跛地走过，那人踏在下拐上的鞋，脚后跟外侧鞋底有严重的磨损痕迹。他觉得这只脚既然是残废，不能落地，要踏在拐棍上，那鞋底为什么会磨损？既然鞋底磨损，脚就不是残废的。由此他断定此人是个假瘸子。于是就向场上听众说：

"我光讲这些有什么用？讲得再多也混不到一碗水喝，还是我给哪位算算命。算命，便宜，不灵不要钱！哪位来算算！便宜！不灵不要钱！"他叫喊着，走到一个小个子面前，说："小兄弟！我看你脸色玉中含金，头上紫气裹云，好像有什么喜事临门，来，让我给你算算，莫把临门的喜事错过了。来，便宜。"

那小个子直往后退，笑说："嘿嘿，我有什么喜事，你别蒙人。"

"我一大把年纪，难道还会蒙你小孩子！你说你是明算还是暗算？"

"明算咋算，暗算咋算？"

"明算，当众算，算给大家伙听；暗算，避开众人，算给你一个听。"

"我有了钱怕偷，有了喜怕露。还是暗算吧！"

"那好，你过来。"

于是算命先生把小个子引到旁边，席地而坐，询问八字，掐指推算，在十分认真地算命中忽然说："有特务！"

小个子一惊，问："在哪？"

算命先生一动不动地说："那个挂拐棍的就是。"

小个子向"铁拐李"瞟了一眼，说："好。我去找副队长说去。"说着起身就走。

算命先生一把将他拉住，说："钱，你还没给我钱。"

小个子会意，知道他走得太快，会露马脚，灵机一动，说："我有这样的喜事，你说我会赖账吗？再说不是算命这事，如果赖账，喜事会飞，坏事会发吗，我敢赖吗！"接着又嘿嘿一笑，"只不过我身上没铜钱，我这就回去拿，你相信我!"

这小个子，头戴黑色瓜皮帽，身穿毛蓝长布衫，脚蹬纳边黑布鞋，年届二十，却不到五尺高。丰满发光的额脑底下的一对如玛瑙黑亮而游动不停的大眼睛放着叫人舒心的机敏的光芒。那微翘的鼻梁和鼻梁两边好看的瘦而平的脸蛋虽然昭示营养欠良，却也呈现出绵里藏针的力量。身体精瘦，个儿不高，但灵活得像只山猫。他赤手空拳曾在山里撵到过野猪，曾在江滩上抓到过野兔，曾在江中抓到过鲤鱼。

这个头戴黑色瓜皮帽的小个子，就是陈屹义身边"三根棒"中的第三棒，名叫刘左膀。因他年轻，个子又小，又简称刘小棒或刘小膀。游击队拉进百丈谷后，陈屹义将"三棒"作为暗哨留在鄢王镇。一有情况，能处理则处理，不能处理立即进谷报告游击队。

刘小膀将情况立即报告给副队长刘得膀。刘得膀，又名大膀。是陈屹义身边的"三根棒"中的第一棒。他长得虎背熊腰，眉骨高耸，深陷的双眼如炬，笔挺的鼻梁和尖削的下巴无不昭示他意志的坚强和思绪的敏锐。刘得膀听到小膀的报告后，又叫刘小膀把刘耀膀找到他家里来商量。

刘耀膀，是陈屹义身边的"三根棒"中的第二棒。他身高马大，膀粗腰圆，他能叫石磙翻跟头，能叫黄牛犍子打滚。他有一个怪癖，当他注目看人时，眼睛总是连眨直眨。所以人们总是喜欢叫他"眨眼将军"刘耀膀。三人聚拢后，作了一番计议，决定先由小膀试探，然后再见机行事。

刘小膀拿着一张500元的金圆券，跑到大皂角树下场子里，举在头上直摇晃，嘴里连连喊道："老先生老先生! 你看这钱够吗?"

算命先生接过钱，看了看说："500元，500元啦，这是多么大的数目哟，转去十年可以置一份田。可是如今就是1000元又能买得到啥呢? 不过，你还没失信，把钱送来了，这也够仁义的了!"

刘小膀说："你如果嫌少，我明天给你抓一只兔子!"

算命先生说："算啦算啦，你也不容易。"说着举着招牌一边走一边喊："算命，算命！便宜，便宜！"

刘小膀给了钱后，就往回走。他在路上慢慢地走，低着头，左脚踢一下路上的石头子，右脚铲一下小土包，装着像小孩子没得事的一样。

那"铁拐李"连忙跟过来，问："小孩！算命先生说你最近有喜事，你有什么喜事？"

刘小膀："我这算的命是暗算，不能说。"

"铁拐李"："怎么不能说？能说，说给我听听。"

"你是外来的吧？"

"我是外来的。"

"从哪来？"

"从河东。"

"来干什么？"

"你审问我啊！"

"随便问问。"

"我问你，你还没说呢！什么喜事？"

"啊，你是外来的，可以说。算命先生说我要打一只黑熊，要抓一只野猪。"

"你们这有黑熊？"

"不常有，但有时也闯来只把。"

"你们这有游击队吗？"

"什么游击队？"

"就是背枪的，打日本鬼子的！"

"有！"

"在哪？"

"我引你去！"

"不不不！"

"你不是找他们吗？他们都怪好的，我引你去！"刘小膀装着怪亲切的样子，紧挨着他说。

"不不，你只给我说他们在哪！"

"他们——"刘小膀把手抬起，引着他向远处看，"远在天边，近在眼前！"说着，用膀子就势向他猛一撞，将他撞翻在田埂子下，接着大喊："特务！抓特务！快来抓特务！"

田埂子不太高，跌下去的特务在下面打了一个翻身，立即爬起来，掏出手枪向刘小膀打去。刘小膀早跑远了，而且像一只山雀，忽左忽右，忽高忽低地跑远了！

刘小膀的喊声，首先惊动了皂角树下的人，在刘得膀和刘耀膀带领下追了过来。算命先生也急忙敲响了钟。枪声、钟声一下惊动了"硬社"社众和鄂王镇的人们。于是女人守家，男人拿出打猎的土枪和镢头赶了出来，在刘得膀带领下，大家一边开枪一边大喊抓特务。吓得那特务三魂悠悠，七魄荡荡，拼命地逃跑。跑进一个巷子内，前有人堵，后有人追，于是只好翻墙跳进一个院内。这堵墙高，他跳进去不由摔了一个狗吃屎，未等他立起，一只手，像抓乌龟一样按住了他的脖子。那一刹，他只觉得完了，不由喊出："饶命！"

抓住他的人问："你是特务？"

"我是日本特务，我可以带你们去打日本人。"

那人一听是日本特务，立即喜上眉梢；立即松开手，将他拉起来："不，我要你带我去投靠日本人。"

日本特务大为惊讶，抬头一看，见是一个戴着三挎帽子的人站在他面前。心想不敢以脸示人的人，定有见不得人的事。这样的人正是他要找的人，不由心中一喜。但是，偶然相碰，未经证明，又不敢相信。问："当真？"

"当然当真。"

"为什么？"

"我和游击队有杀父之仇。再说日本早晚要灭亡中国，我不如趁早点见风使舵，早点为日后谋个出路。"

"远虑，早谋者，真睿智者也！"

"闲话少说。快跟我来!"说着即向前跑去。

日本特务嘴里虽然夸他,但心里仍觉蹊跷,怕他是在玩弄阴谋。正犹豫时,见有人翻过院墙,身手极为敏捷,而且个头也不小,知道来者不善,于是不管三七二十一,忙跟着那个戴三拷帽子的跑过去。"三拷帽子"扒开晒簸、团窝,钻进一个洞里去了;他不得已,也跟着钻进洞内。

这身手敏捷者,就是第二膀刘耀膀。刘耀膀追来,见特务跟着"三拷帽子"钻进洞内,不敢贸然跟进,即在洞前高喊:"出来!你们给老子快出来!"

"趴下!快趴下!"

二膀恍然大悟,立即趴下。接着打着翻滚离开洞口,对走过来的刘得膀说:"大膀!特务跟着一个戴三拷帽子的人钻进洞里去了。"

"我在院墙上看到了。这是哪,这不是陈东汉家吗?那戴三拷帽子的一定是陈东汉。你带几个人在这守住。注意隐蔽。"

这时大门哗啦一声被撞开,追赶的人们一下拥了进来。刘得膀对众人说:"陈东汉将特务引进洞里去了。"

"他家有洞?"

"不仅有洞,而且洞可能是通的。大家快到街外通往香水岸边的要道上把守,不要让特务跑了。"

人们立即折回去向街外跑去。

这洞不仅是通的,而且有三处出口。当"三拷帽子"引着特务到通向街外的第一个出口处,悄悄向外一瞧时,只见拿着土枪和镢头的人们正在四处张望寻觅,"三拷帽子"立即带着特务从另一出口来到一家猪圈。

特务拉住"三拷帽子"问:"你这是——"

"三拷帽子":"嘘!你别问,尽管跟我来!"

"三拷帽子"趁人们都拥到街外,带着特务从那家猪圈翻墙越院又一连穿过许多户人家。爬上一堵院墙,一下跳进一个院内。这院就是陈屹义的家。秦氏、王屹香不由大惊，未等喊出声，特务与"三挎帽子"就跑过来捂住了她们的嘴。

金展、金英听到响动，从房内床下爬出来。看奶奶、妈妈向他们又使眼色，又跺脚，正准备躲开时，可是已经来不及了，两个坏蛋丢下两个妇女，一人抓了一个。

秦氏问："你们想干什么？"

"三挎帽子"说："你借人家儿子生仔，我借你的孙子逃命。走！"

说着，一人挟着一个就冲了出去！

王屹香和秦氏跟着撵出门，秦氏在门口大喊："乡亲们啦！快救救我的孙子呀！"

看到两个坏蛋挟着两个孩子跑的人们，立即跟着追去；听到喊声的人们，立即向喊声围过来。渐渐大家明白，两个坏蛋劫持了金展、金英。于是全镇人们从四面八方赶来，有的加入追赶的行列，有的加入围堵的人群，渐渐将两个坏蛋围到中心。

那特务挟着金展，站到高处喊："我今天像一条死鱼落入网中。但荣幸的是，我不仅有'三挎帽子'相陪，而且有两个可贵的小生命垫背！"接着声音猛然拔高，"要想两个兔崽子不死，你们就快给我让开！"

接着特务在前，"三挎帽子"在后，一手挟着金展、金英，一手把枪顶着金展、金英的头，嘴里一面大声喊着"让开让开"，一面大步往前走。刘得膀没办法，只好叫前面堵着的人让开，于是数百条土枪，成千的刀、矛、铁锹、镢头成半圆形阵势相跟着，越过干涸的银河，越过东川山埂，越过田畈，越过界山，一直到香水岸畔。"三挎帽子"和特务迅速脱去外衣，轮换着用裤带将两个小孩绑在岸沿上。特务站到岸沿上指着两个小孩，向跟来的人群说："我们把两个绑着的小孩放到这岸沿上，你们如果向前走一步，我们就将他们打死！"

说完，二人一同跳下水，向江中游去。游了一程后，"三挎帽子"忽然回头举枪，向岸沿上两个小孩瞄准。

王屹香一见发出撕心裂肺的哭叫："别开枪！"

"三挎帽子"正要扣动扳机之时，忽然从水中冒出一个人，一棒子打将而来，他的手枪落入水中。两个坏蛋大惊，立即向那人扑过去。那人一下沉入水中，转眼无影无踪。"三挎帽子"和举着手枪的特务正踩着水寻觅时，那人在特务后面钻出来，"啪"地一棒，特务后脑勺开了花，红的白的在水上漂了一片。"三挎帽子"顿时吓得目瞪口呆，不由脱口喊出："刘小膀!"身子一缩，没入水中，刘小膀一飞棒打去，可惜没打着。那"三挎帽子"水性也好，等他冒出水面时，已是 50 米开外，而且一闪又潜入水中。小膀想要手枪，就让他去了，他回转来潜入水中摸手枪，摸来摸去只摸到一把手枪。

这时人们拥入岸畔，刘得膀、刘耀膀上去将金展、金英解开。

"我的孩子!"王屹香一声长嚎，一下扑了过来，将他俩一下抱入怀中。这两个孩子已经吓傻了，直到这时见到亲人，他们才"妈!"地一声哭出来。这时王屹香被儿女一声哭叫惊醒，立即跪下叩头如鸡啄米，转圈地向众人四面叩头："多谢救命之恩! 多谢救命之恩!"

这时小膀爬上岸来。有人说："谢我们是次要的，主要应该谢小膀!"王屹香又立即转身向小膀叩头："谢谢小膀兄弟冒死救下我孩子的命!"小膀说："主要应该谢大膀队长，是他叫我这么干的，由于他的安排我才早早地在江中等着。""谢谢大膀哥!"王屹香说着双膝一弯又去给刘得膀叩头。刘得膀急忙将屹香拉住，说："谢什么呀，这两个坏蛋是我们共同的敌人，我们应该打。要说我应该向你道歉，我们没尽到责任，让你和你的孩子受惊了!"

此事件一结束，刘得膀立即派小膀去百丈谷向陈屹义汇报。

陈屹义听后，不由出了一身冷汗，立即将游击队拉回，埋伏到香水岸边芦苇丛中，准备伏击由陈东汉引来的敌人。同时，动员群众，组织群众保卫鄢王镇。

要知陈东汉如何，且等下章交代。

第十章　战倭寇屹义惩汉奸
炸敌堡金山埋忠骨

　　游击队埋伏于芦苇丛中，直至月余，也未见陈东汉引敌来攻。这时鄢王镇游击队奉命开过香水到红大山区，配合新四军五师反"扫荡"。

　　翌年5月，国民党香水南翼兵团上将总司令张自忠在香水东岸"枣宜会战"中，由于战区指挥失误而陷入敌人重围。为激励国民党军，为证明中国不仅有不怕死的兵，而且还有不怕死的将，这位总司令在重围中坚持战斗七天七夜，他叫苏联顾问撤退、非战斗人员撤退、伤病员撤退，而他自己为牵制敌人却不撤退。部下牺牲光了，他亲自拿起步枪向敌冲锋。冲锋中连中六弹，壮烈牺牲。从而香水南翼防线被突破，日军打过香水。其主力翻过金山，顺长江而上，开始向四川门户宜昌进攻。同时分兵一部占领了香城县城。

　　占领香城的日军，派出两股日军向香城县河西农村进犯。一股沿香水大堤南下，经蜜湾、野坞城、芽儿洲、护驾坡、鹰子嘴、回头湾方向打劫；一股沿香金公路南进，经牛庙、万铺、五旗营、九里铺、红石墩、漫水桥，向古家集方向进犯。两路日军以放火为号，遥相呼应，同时并进。所过之处见人就杀，见妇女就奸，见房屋就烧，见财物就抢，致使香城县河西狼烟滚滚，大火熊熊，哭声震天，血流遍野。

当天上午，沿香水大堤南下的日军，在芽儿洲奸淫烧杀以后，进入槐树井，将未来得及逃走的 48 人赶入村边一口干堰塘内进行杀戮。郑儒修见势不妙奋力与敌拼搏，突出重围死里逃生。王忠堂被敌连砍七刀，身负重伤侥幸未死。张永富、张永敏顺着倒下去的人而倒下，躲开了屠刀。其余 44 人均惨遭杀害。

临近中午，这路日军在鹰子嘴刘家大洲上发现近 20 平方公里的芦苇滩中藏有难民，便摆开柳簸阵，举着东洋刀、端着刺刀，由西向东搜杀。霎时间，茫茫芦苇滩上惨叫不绝，热血冲天。仅杜家湾一个村的难民，就被杀死 50 余人，杀伤 40 余人。其中杜大柯父子一同遇害，杨生贵一家 4 人被杀绝。杜高斌因病不能行动，其妻用毛驴将他驮到芦苇滩中躲避，日军一发现，就举起刺刀向杜高斌杀去，其妻急忙躺到他身上掩护，日军竟一刀刺穿夫妻二人。接着又将其妻的身体翻过来，用刺刀乱捅她的下身。任家河村民朱美清一家老少 8 人，被日军搜出后杀死 7 人，仅朱美清一人逃脱。更残忍的是日军还用通条穿透一名赵姓男青年的双耳，并像拉锯一样左右拉扯通条，活活地将那位赵姓男青年整死。仅那一次躲藏在刘家大洲上的 2000 多名难民，被杀死近 1000 人，杀伤致残者 300 多人。另外被撵入香水中被溺死者不计其数。

当晚这股日军，又在刘家大洲旁边的杨家营，宰杀牲猪、耕牛逼迫未逃走的老百姓送鸡鸭肉蛋。他们吃饱喝足后，又继续残杀无辜百姓强奸妇女。

沿香荆路南下的日军、沿银河南下的日军，都把屠杀中国人当作娱乐，当作"比赛"。看谁杀得多，杀得残忍，杀得花样新颖独特。在这一比赛下侵占南营的日军，竟将一名 6 岁的小男孩从其母亲手中夺过来，放到碾子上碾。借此观察母子的惨叫而取乐，然后又用压出的血去饮马。

在日军的蹂躏下，妇女的遭遇更惨。日军侵占香城之后，便成群结伙地四处搜寻妇女发泄其兽性。侵入板桥店的日军抓不到年轻的妇女竟将一名老妪抓住轮奸。沿香水大堤南下的日军，在刘家大洲屠杀难民时发现鲁某的妻子和 18 岁的妹妹生得年轻，便拉来当众轮奸。沿蛮河南下的日军将彭家营 100 多村民集中起来杀戮，当杀死了 20 多人时，发现人群中有一少女，便拉了出来当着 100 多人的面进行轮奸。一对男女对此野兽般的行径进行拼搏反抗，日军便将他们活活烧死。在雷河作恶的日军，将雷河街及其周围的几个村子全部烧光后，夜晚住宿张家河村。张家河 105 户老百姓，只剩下一些老汉看守村庄。第二天，日军撤走时，要这些老汉给他们叩头送行。这些老汉无一人向日军屈膝弯腰，于是日军将这些老汉全部残杀尽净，将这一村庄的房屋全部烧光。

尽管日军比野兽还残暴嚣张，但香城县人民是不可辱的；尽管赤手空拳，仍然千方百计地给予不屈不挠地回击。尤其是鄢王镇的人民更显中华民族的本色。

5 日傍晚，日军一骑兵，窜入鄢王镇肖家墩，马突然受惊，将日军掀于马下。那马很高，日军很肥很蠢，无论怎么蹦跳也上不了马，日军翘首四顾，显出急于求援的样子。藏在麦田向陈光明借过米的顾家友，面带笑容口叫太君走上去，接过枪，扶日军上马。该日军刚刚在马背上坐定，顾家友向马腿猛踢一脚，马受惊急驰而去。顾家友从容地举起枪，将那日军送上西天。

10 日，鄢王镇新尚村逃难的姚代谊提着一篓鸡蛋和程世温刚出村就碰着一个日本兵，他俩想躲已来不及了，干脆迎了上去。姚代谊在前面与敌周旋，程世温乘其不备，绕到敌人后面拦腰一抱，姚代谊将一篓鸡蛋往日军头上一扣，迅速夺下日军的刀，向他连捅两刀，将其杀死。

23 日，正是安青割黄的时节。日军自香水东岸向北侵犯，其中 8 名日军渡过香水窜入鄢王镇寻衅掳掠。正在田间忙碌的代政堂、代政发、代政茂三兄弟，听到镇内声音异样，急忙回镇探望，在草堰旁被一个日军截住。这个日军抓住代政发，用枪逼着代政堂去解沃田的牛绳来捆代政发。代政堂在解牛绳中，一边观察日军的动态，一边向代政茂使眼色。代政茂会意，猛一咳嗽，日军扭头一看，就在这一瞬间，代政堂一跃而起，猛扑上去，将日军抱住。代政茂、代政发随着扑上去，将日军按倒；用牛格头将其砸死，弃于井中。

这时鄢王镇钟声急骤敲响，鄢王镇田间、村巷，人群大踊跃，打枪、放铳、吆喝连天。其余未死的日军方知自己不是什么战无不胜的狗屁皇军，而是一群烂屁股瞎眼睛的毛猴，落入鄢王镇这张网猴的大网中了。幸亏他们这几个在网的边缘，急忙竖起尾巴，打起蹶子，乱蹦乱窜，逃之夭夭。

日军为了报复，对鄢王镇进行彻底清剿，更为了在鄢王镇建立一个永久牢固的据点，以便控制金山，而在鄢王镇周围建造了三座碉楼。

鉴于这一严峻的事实，金山党组织立即将鄢王镇游击队召回。

陈屹义率游击队回鄢王镇后，立即对这三座碉楼进行了侦察。

这三座碉楼，相互间距两里地，互成犄角，遥相呼应。

其中一座碉楼是炕烟楼改造的，驻的是陈东汉收集的团防局的一帮团丁。

陈东汉在小膀手中侥幸未死，逃过香水；为报杀父之仇，不惜出卖祖宗，出卖祖国，投降了日军，当了伪军；但又未被纳入伪军编制，日军不给他建炮楼，他就把炕烟楼整巴整巴，加了一个楼梯，又在侧面开了一个门，伸出几块木板，作为瞭望哨，建了一个假碉楼。这碉楼改造完工后，日军上尉水也来验收时，认为是给他皇军脸上抹黑，本想一包炸药将它报销，但，一因他的上峰拨不出款来，他无法为他修一个像样的碉楼；二因它的位置好，在他的碉楼右侧，与左侧的另一伪军的碉楼形成两翼，就勉强将它留了下来。

另一伪军碉楼驻伪军一个连。连长是有名的汪江成。

汪江成在武汉军校毕业后，靠父亲的关系到省保安团谋取了一个连长职位。省府沦陷后，他不愿卖国为奴去当伪军，把一个连的兵拖回家乡。回到家乡后，他这个花花公子没有想到内有粮饷问题的困扰，外有日伪军的挤压，他本想投靠新四军和当地游击队，由于他父亲执意要与共产党为敌，于是他步入汪精卫后尘，走上所谓的曲线救国道路，还是投降了日军，当上了伪军连长。

再就是日军所驻的碉楼。日军所驻的碉楼建在一个山包上，不仅高大而且坚固。碉楼三层，每层都有高中低射孔。驻着一个中队。

这三座碉楼对我党在金山开辟根据地有很大的阻碍，但又一时抽不出兵力来消灭它。陈屹义了解到上级党组织这一苦衷，立即给上级写了一个包打这三个碉楼的报告：

"现日寇内侵，自不量力，四面出击，疯狂至极。我当遵照上级党的指示，日寇进区，区自为战；日寇进乡，乡自为战。人人抄起家伙，处处打击敌人，使敌人陷入汪洋大海之中！现我鄢王镇之热土上，长出了三个'脓包'，这是我鄢王镇人民的耻辱。我们的耻辱我们雪，我们的荣誉我们争，我们的热土我们保卫，到我们门上的敌人由我们包打！请上级党组织放心。"

"包打"报告，得到上级批准后，陈屹义在游击队中实行军事民主，讨论出了一套切实有效的实施方案。

首先是纯洁鄢王镇的内部，开展打击汉奸活动，孤立三个碉楼，使三个碉楼变成瞎子、聋子。

在敌人变成聋子、瞎子之后，即开展挖"脓包"的战斗。

三座"脓包"，先挖哪一座？陈屹义与他的战友们讨论再三，决定先挖陈东汉那座假碉楼。一因那座假碉楼兵力薄弱，碉楼不够坚固，容易得手。首战得手，既可鼓舞自己的士气，也可灭敌人的威风。二因陈东汉是本镇人，大家都了解这个人，既蠢又妄自尊大，如大马哈鱼一般，好上钩。

于是陈屹义组织了一支12人的短枪队，穿便衣混在老百姓队伍中，起清早去给陈东汉那座碉楼送粮送柴。车一接近碉楼，短枪队就直奔碉楼上。这时陈东汉那帮伪军还在睡觉，短枪队趁机冲进去，"叭！叭！"一顿扫射，20多名伪军应声丧命，接着一把火将碉楼点燃。迅雷不及掩耳，干净利索地挖掉了这座"脓包"。

可惜，后来听说，有一人由于起早蹲茅坑，而侥幸逃出一命。而这一人，恰恰就是陈东汉。

陈东汉跑到日军那里诉苦，日军即令汪江成连去报复。

陈屹义游击队获胜后，大家一致要求，乘胜去攻打汪江成碉楼。陈屹义懂得"待时不如乘势"的道理，于是就带着胜利之师，去攻打汪江成碉楼。没想到在一拐弯处与汪江成伪军遭遇。

狭路相逢，勇者胜。陈屹义游击队队员是为保卫祖国，保卫家乡，理直气壮，士气高昂；全队队员同心同德，异口同声，吼声如雷，如虎下山，势不可当地杀将而去！

汪江成连的士兵因为当伪军，给侵略自己的国家、杀害自己的父老乡亲的敌人卖命，千夫所指，心中有愧，士气低落。一经遭遇，就觉大难临头，胆战心惊；一听到"缴枪不杀"的吼声，就急忙举手交枪，乞求免死；少数欲抵抗的士兵，刚从肩上摘下枪，就被击毙。走在后面的汪江成转身而逃，陈屹义奋起直追。

陈屹义一边追，一边喊，汪江成就是不投降。他们跑过田畈，跑过大堤，来到河滩。汪江成跳上放牧的一匹黄马，陈屹义跳上一匹黑骡子。黄马快，黑骡子更快。在快追上时，陈屹义举枪打去，不料枪未发火。汪江成回头看时，见陈屹义举着枪指着他，以为陈屹义该开枪而未向他开枪，立即滚下马来叩头："谢谢不杀之恩，日后有用得着的地方，我必效犬马之力。"

陈屹义用枪指着他，问："此话当真？"

"言出犹唾沫落地，食言如猪狗食屎。"

"观你诚恳态度，你这话我信。"陈屹义收起枪，"但我不明白，你为什么当卖国伪军？"

"此乃家父所为，并非吾意。"

"好，你这话我也完全相信，我们交个朋友。"说着把手伸向汪江成。

"诚惶诚恐。不敢当，也不配。"汪江成直向后退。

"有什么不敢当的，来！"说着左手上去即抓起汪江成的左手，热烈地握起来，并说："为了纪念今日，我们换换枪。"于是顺手拿过汪江成的手枪，同时也将自己的手枪交给汪江成。

陈屹义拿过汪江成的手枪对着汪江成瞄了瞄，然后将枪口调开，朝天扣动了扳机，叭地一声，子弹射向空中；汪江成接过陈屹义的手枪也向空中一扣扳机，却是瞎火。汪江成大惊："原来是瞎火？"

"对，是瞎火。"

"难怪你要和我换枪！"

"我和你换枪，一方面，我是为了解除你对我的威胁；另一方面，我是怕将来谜底揭开，你会遗憾，说我不是真心想放你，于是采取换手枪之举，拿过你的手枪，并向你瞄准，如果以前我是因为遇到瞎火没把你打死，当拿过你的枪后，我是完全可以把你打死十次八次的。我没打死你，这就证明我是真心想放你，让你不会遗憾，更不会后悔。"

"你不仅机智，而且真诚。我从内心里佩服。"

"再一个我要说明的，如果当时不是遇到瞎火，打死你也是应该的。因为你认贼作父，带着伪军向我抗日游击队进攻；而且在兵败后，叫你投降你不投降，打死你并不冤枉。只不过在我遇到瞎火时，你没有往遇到瞎火那想，而想的是可向你开枪而不开枪，这说明你对人、对事都是向好处想。有一副好心肠。就凭这，我确实该放你。"

"你说得很准确，我的确是这样。不过还有一层，那就是对共产党有一个好印象，所以把你更向好处想了。"

"没想到，我在这刀兵相搏的地方还交上了你这个朋友。人逢喜事精神爽，看什么都觉得好啊，你看这天多蓝，这云多白，这香水之水，日夜匆匆，不息不停！故孔子以此在川上对时间大发感慨：'逝者如斯夫……'"汪江成也跟着抬头看青天，俯首视流水。陈屹义继续说："再看你这手枪，外面的法蓝蓝悠悠的，里面的堂线亮铮铮的，真是一把好枪啊！但我们共产党从不占便宜。你的手枪，完璧归赵。"说着将汪江成的手枪交给汪江成，顺手也拿过自己的手枪。

汪江成接过手枪，脸色唰地一变，凶相毕露，用枪指着陈屹义说："交出我的人马，我饶你不死。"

陈屹义上前推开汪江成的手枪，笑着说："别开玩笑了。"

"谁和你开玩笑,再往前走一步,我就一枪打死你!"

"看你搞得跟真的一样。"

"别装没事,告诉你,这下你死定了!"

陈屹义以目审视。

汪江成怒目而对。

陈屹义说:"我们总不能不讲良心?"

汪江成说:"我不讲良心,我只讲智慧。我的手枪到了你手里,就凭我的几句话就把你说信了。两次你本该开枪而未开枪,你不觉得你愚蠢吗?迂腐吗?孙子曰:兵行诡道。兵不厌诈。这就不懂,你们共产党还想领导抗日,拯救祖国,驱除倭寇,这不是半夜里说梦话吗!"说着,手枪哗啦地在他手上一转,枪口一下顶到陈屹义脑门上。

陈屹义说:"别来这一套,你以为我怕呀,我已经死过两回了,还怕死第三回吗?你开呀!"

汪江成真的扣动了扳机,撞针越过阻拦啪地撞出,发出一声空响,汪江成再次大惊!

原来陈屹义引汪江成看蓝天看白云看香水之时,就把他手枪里的子弹退了,然后才把枪还给他。

汪江成镇了镇神,说:"既然我枪里的子弹被你起出,你枪里的子弹又是瞎火,那我们就徒手比个高低。"

陈屹义:"那好啊!"说着将手里的手枪扔于地上,从怀里搜出汪江成手枪里的子弹,从左手移到右手,从右手移到左手。

汪江成把枪也一扔,双脚跳跃,作热身状。

陈屹义把手里的子弹,又从左手移到右手,然后将那些子弹揣进怀里,手从怀里抽出来时,却掏出一把小撸子,一下指向汪江成的鼻梁,汪江成顿时吓得双膝扑通一下跪到地上,双手抱着头哀号道:"饶命饶命!我服我服!"

陈屹义鉴于汪江成的态度,将汪江成手枪里的撞针取出,把枪仍装入他的枪套中,仍让他背上。接着将游击队和汪江成连做了整编:游击队调 50 人到汪江成连里做骨干，掌握各排各班。为了不让日军发觉汪江成连的变化，从汪江成连同样调出 50 人到游击队，衣服枪支互换，保持汪江成连的原样不变。其中刘得膀做了汪江成的警卫员，一天 24 小时不离汪江成左右。刘耀膀做了汪江成的马夫，喂马、警戒、打外围。刘小膀做了汪江成的文书兼通讯员，包办上传下达和通信联络。汪江成连的部队整个都握在鄂王镇游击队陈屹义的手中。

整编完后，陈屹义游击队和汪江成连各归各处。

刘氏不告而别，扔下二丫、三丫，在七里屯南街口踏上一条白路。这条白路不是通向西南方向的鄂王镇，而是向南直通武汉。她在这条错误的路上走着走着，武汉保卫战打响了。当她拨正方向，走到广水时，把守信阳、武胜关防线的胡宗南为保存自己的性命和实力，未经第五战区司令长官的批准，就于 10 月 12 日晚，自动放弃信阳，撤至南阳，使日军轻取信阳，越过了桐柏山，从而打乱了武汉保卫战的北线阵脚，造成全线大撤退。路上的军人和逃难的百姓如泛滥的洪水把她向南卷至武汉。幸亏她给人挖红薯身上装了几个钱和有一副不怕吃苦而又能耐劳的身体，不然就"路埋白骨"，回不了家乡了。

当她边给人干活边往回奔时，鄂王镇游击队在她借给秦氏的儿子陈屹义领导下，正在谋略三个碉楼的最后的一座碉楼。

一位老人，天天扛着犁后担子觅驴。渐觅渐近日军碉堡。有时这位老人还向日哨兵招招手，喊几声"哈啰"。这位老人就是刘氏亲生的借给秦氏的儿子陈屹义装扮的。陈屹义在查清敌情后，即开始了端日军这座碉楼的战斗。

为引蛇出洞，诱使日军离开那乌龟壳，每天夜深人静时，或零点，或一两点，正当敌人熟睡时，派三五个人去打一阵，打了就跑。日军上尉水也每次听到枪声，立即穿衣起床，集合人马去抓，却怎么也抓不着，想睡又不敢睡，搅得他们惊魂不定，日夜不安。抓不着干脆不抓，来一个懒猪不怕雷轰，除了岗哨，全都蒙着被子睡大觉。这时陈屹义便加大攻击，有时叫他感到真的就像打进来了一样，要端掉他的碉堡，炸毁他的营房，不得不起来抵御；有时陈屹义又分两个组去袭扰，东边打了西边打，北边枪声刚停，南边枪声又起，叫你就是捂着被子、堵着耳朵也睡不着。加之六月天燥热，搞得日军上尉水也像热锅里的蚂蚁，日夜烦躁不安。

恰这时日军一架飞机因汽油烧尽，迫降在鄢王镇南香水银河湾沙滩上。飞机上的三个飞行员，一个是少校，两个是中尉，因为是沙滩，三个飞行员和飞机都完好无损。三个飞行员抱着从飞机上卸下来的一挺机枪，鬼鬼祟祟顺着银河摸进了东川。途中遇到顾家友，日军飞行员拿着钱吆喝着说："你的钱，我的路的干活！"顾家友明白，是要给他们带路，但他不愿意为他们带路，装着听不懂，摇摇手准备离开。日军飞行员把机枪向他胸前一指，威胁说："你的不带，死啦死啦的！"顾家友被迫不得不带。往哪带，他想到陈屹义游击队，于是就往鄢王镇带。

着奇装异服的三个敌人，端着机枪，押着顾家友在村中串，沿路隐藏千百双眼睛，无不注视着，同时也飞报给陈屹义。陈屹义正为端碉堡绞尽脑汁，现在又从天上掉下来一架飞机到鄢王镇土地上。这旷古未有，千载难逢的事，既使他兴奋惊奇，又使他紧张担心；既怕天上掉下的飞机飞了，又怕影响他端碉堡的大事。反复权衡后，只好双管齐下，分兵行动。留两个分队执行原任务；调回二膀与他带一个分队去收拾三个日军飞行员。开始想争取他们投降，可是这三个日军拒不投降。凭借着村庄、树林、田埂、河沟地形地物，拼命进行抵抗，他们三人就只有机枪一件武器，在他们转移到绿水沟时，最后面的人，被二膀俘虏。当时正值盛夏，由于日晒地蒸，口渴流汗，时间一长，该俘虏就口吐白沫，热昏过去了。一队员怕他死去，端来一盆凉水，往他身上一泼，本想把他激醒，没想到一盆水下去，他一蹬腿就登天了。另外两个退到一个藕塘里继续顽抗，子弹打完了，就在藕塘里摸石头砸。游击队下去一些人，拿着棒子往上赶，搏斗中又打死一人。剩下的那个少校上了岸，二膀想抓活的，扑上去将他抱住了。二膀虽然了得，但俗话说，一人拼命，十人难挡。何况这是一个从军国主义日本来的，并受过武士道奴役的已知自己死到临头的亡命之徒，更是困兽犹斗地和二膀滚打在一起。其他游击队员上去帮忙，那个亡命之徒趁机从一个游击队员身上抓来一枚手榴弹，准备与分队长、游击队员同归于尽，幸好这枚手榴弹盖子因水滑一时拧不开，二膀趁机扑上去，那亡命之徒一扭身，手榴弹正好碰到二膀鼻子上，二膀眼黑头晕倒地，那亡命之徒就势抱二膀一滚，滚到堰里，一名游击队员急了，向他就是一枪，子弹惩罚了这个亡命之徒，同时二膀也因溺水而壮烈牺牲。陈屹义痛惜不已，因此不由痛哭了一场。

后来在日军飞行员身上搜出还有未烧完的关于轰炸湖南衡阳等文件。兹事体大，陈屹义立即上报，金山党组织派人将文件与飞机，逆水而上，送到了五战区。

此事发生地点离水也碉楼不远，可是由于陈屹义游击队的袭扰，水也日夜昏昏沉沉一点也不知晓，因此受到其上司的革职留用，戴罪立功的严惩。水也愤怒不已，第二天只留六人守碉楼，倾巢出动与汪江成连一起去追击游击队。游击队即将水也等引进深山。每次让水也看看要追上了，结果一拐弯又追丢了。当他不再追，收兵回转时，在一个不意之地，却又遭到伏击。水也恨得咬牙切齿，催着部队又去追。如此若即若离，陈屹义牵着水也的鼻子在金山中转了半个月。

忽然一个旋子，陈屹义把水也甩在金山中，带着游击队跳出金山，暗地里将日军驻的碉楼围住。陈屹义故伎重演，装着觅驴的老人，扛着犁后担子到处找驴，找不着则去问日军哨兵："太君！您的大大地好，我的请问，您的看到我的驴没有？"一边说着一边向哨兵靠近。哨兵端着枪过来，大喊："你的回去，你的回去！"陈屹义装着听不懂，仍往前走。哨兵端着枪一边喊着："回去回去，不回去死啦死啦的！"一边大步走来。陈屹义夹着犁后担子举起手当投降状，但仍不停地迎着敌哨兵往前走，等日哨兵的刺刀指到他胸前时，他一只手拨开敌人的刺刀，接着另一只手来了一招连枷打麦，用犁后担子劈头盖顶地向哨兵头上砸去，当面哨兵被打倒，迅疾抽出手枪"叭叭"两枪将另外两个哨兵打死；一招手，游击队冲来一个分队。这个分队，在陈屹义指挥下，一部分阻击留守的其他几个日军，一部分将三个炸药包靠在碉楼脚跟，点燃导火线，"嘣嘣嘣"三响，高大的碉楼轰然倒塌。

水也带着他的人马和汪江成连回来时，他的老窝已成一片废墟。水也瞠目结舌，歇斯底里地大叫："死啦死啦的，八格牙路！"这时一直跟在汪江成身边的刘大膀捅了捅汪江成，汪江成于是上前对水也道："太君息怒，我的碉楼腾出来，你的去住！"水也立即转身带着他的人马往汪江成碉楼走去，汪江成挡住道："太君的稍等，我们的先回去收拾收拾，收拾好后你们的再去。"于是水也命令他的人马停下休息，汪江成带着他们连回去"收拾"。半个时辰后，汪江成和小膀来"请"，水也带着他的人马立即开了过去。当走到汪江成碉楼前，刘得膀一声喊"打！"碉楼上的机枪、步枪、手榴弹劈头盖脸地打来；瞬时水也人马死去一多半，剩下少数急忙回身逃跑，陈屹义游击队堵着，又是一阵猛打。一举将日军全歼，三座碉堡全部拔掉。陈屹义点验汪江成连时，汪江成却不知去向！

游击队的胜利，鼓舞了香水金山人民群众，同时也震惊了香水金山内外的敌人。驻扎在香水下游重强的日军长官俊耳令尔在听到飞机被鄢王镇游击队所掳，三个飞行员被鄢王镇游击队所杀，建在鄢王镇的三座碉楼也是被鄢王镇游击队所毁，一个中队的兵力也被鄢王镇游击队全歼，气得他鼻青脸肿，七窍生烟，双拳无力地一同捶在桌子上，气极败坏地叫："小小游击队，死啦死啦的！"接着又大喊："稻田生三！稻田生三！"稻田生三随着一声"有"急忙赶到他的桌前俯首听令："你的联队快快地出发，把鄢王镇游击队统统地消灭！"于是稻田生三带着他的联队浩浩荡荡向鄢王镇袭来。

鄢王镇游击队的战绩，同时也惊动了上级党。就在陈屹义与大家欢庆胜利时，金山地委派刘祯来到鄢王镇。刘祯四十来岁，中等身材，着灰色长衫，一副教书育人的教师打扮。见到陈屹义就笑盈盈地与陈屹义握手，祝贺道："祝贺祝贺，祝贺你们完成了包打三个碉楼的任务，并同时消灭了三个飞行员，一个中队的日军，掳获一架飞机，不简单啦！创下了区乡游击队之最，上级党表扬你们啦！"

接着召集游击队负责人开会。等人到齐后，刘祯说："日军遭受到如此大的打击，必然要加大报复，你们游击队隐蔽是必然的。问题是群众怎么办？你们的家人怎么办？"研究结果，游击队分散到群众中，动员群众到金山隐蔽。

秦氏家内，秦氏在厨房忙碌，秦氏的儿媳王屹香在她的房内作画。王屹香为教育她的一对双生，让他们从小就受传统文化的熏陶，她把他们房间挂满了字画。房间上方窗牖左侧挂"孔圣牌位"，右侧挂"朱训条屏"；房间显眼的右方是她楷书的"百字铭"："欲寡精神爽，思多智慧强，少怀不乱性，多学知识广，正直方君子，勇敢好儿郎……"后来在屹义建议下，在下方又楷书了"孙文遗嘱"全文，《共产党宣言》摘要。现在她正在作画。

这画，站远了看，她画的是通向远方的路，走近了看，这路是由一双双鞋组成的。她到陈家已有小十年了，少说也穿了四十大几双鞋，在新生活和妇女解放运动的影响下，她的鞋也渐渐放大。她按照十比一的比例把她到陈家所穿的鞋的变化用画的形式记录下来。摆在最远的，是她来陈家穿的第一双鞋，也是最小的鞋；摆在当面的鞋，是她现在穿的鞋，也是最大的鞋。由小到大，组成了一条弯曲的路。她正在审视她这独出心裁的画时，金英从学校回来，一跨进门，就大喊奶奶妈妈，说："日本鬼子要来'扫荡'，快往山里藏起来！"秦氏忙从厨房出来，抓住金英问："什么？你再说一遍。"

这时金展一跳地进来，抓住秦氏的膀子摇着说："奶奶！疯子撵我，她说是我奶奶，我说不是，她说是，并说是我真正的奶奶。看，她来了！"

秦氏向外看，一个悬鹑百结的疯子，披头散发，裤腿膝盖上破了一个大洞，裤脚开裂，脚上穿着一双五个脚趾都露在外面的烂鞋，全身脏兮兮的，肩上背着一个印花包袱，手里拄着一根赶狗的长竹竿，迈着蹒跚的步伐走来了，停在门外面，幽幽地喊道：

"嫂子！你不认识我了吗，我是刘氏啊！"

"认出来了，认出来了，她是刘氏！"

秦氏一下扑上去，抓住刘氏的双肩，问："妹妹！你这是怎么了？"

王屹香也认出来了，说："妈，快把刘婶扶进来吧！"

秦氏："对对，快进来。金英！快舀水来，给奶奶洗脸。金展！快给奶奶倒茶！屹英！快去弄饭！"

金展说："怎么，她真是奶奶？"

金英荡荡地端来一盆水，说："叫你倒茶，你就快去倒茶！"

这时皂角树上的大钟，急促地响起来，大膀和小膀骑着马分别奔驰在大街小巷上喊："日本鬼子来'扫荡'了，快进山躲避！"

"快逃快逃，日本鬼子来了！"

"快跑快跑，奸淫烧杀的日本鬼子就要来了！"一时奔驰的马蹄声，此起彼伏的喊声和急促的钟声把鄢王镇搅成一锅粥。

街上大人喊小人哭，马儿嘶牛儿吭，乱纷纷一团糟。朱氏疾步抢进来，说："快走！"一下看到刘氏，"刘妹子，你刚回来？快走，日本鬼子马上就要来了，要喝水，把水端着，边走边喝；没吃饭，把饭带上，到山上再吃！快走快走！我还要去催别的户，有话以后再说！你们快走！"

朱氏袖管上套着红色袖箍，因她急公好义，在镇上担当了个什么职务，话没说完就风风火火地去催别家去了。

尽管刘氏才回来，但日本鬼子要来，秦氏只好叫王氏带上水带上饭，领着全家和刘氏急急忙忙往金山逃去。

刘氏身心交瘁，走路爬山非常吃力，金英上去搀扶。金展说："让我来扶。"金英说："为什么？""因为我是男子汉！""男子汉怎么啦，女子汉就不行吗？""男子汉力气大，带兵打仗样样行！""女子汉也能带兵打仗，妈说花木兰就是。"

"花木兰有岳飞行吗？"

"有！"

"没有！"

"有！"

"没有！"

"不信你问妈。"

"问妈就问妈。"

金展一跳地过去，拉着妈的手："妈！你说！"

王屹香抚摩着金展的头说："岳飞花木兰都行，我的儿子女儿将来也一定都行；别闹了，日本鬼子就要来了，快走！""爸爸不是在打鬼子吗？""爸爸是在打鬼子，爸爸连打了几个胜仗，这次敌人来多了。""对，妈，我知道，敌人多了就不能硬打，要精明点是吧？""对。我的乖乖聪明，去，和姐姐一同去扶奶奶。"

金展、金英已经10岁了，金展虽然是个儿子，但因出生时受的亏损大，反比金英更单细，更像一个小姑娘，但精气神儿是天字一号的。

鄢王镇游击队和群众刚刚隐蔽到金山，日军稻田生三联队就把鄢王镇围了一个水泄不通。稻田生三躲在树林中举起望远镜，只见鄢王镇空街空巷，静悄悄的没有一个人影。他在草丛中匍匐前进了50米后，一跳，跳进水沟。借水沟掩护又向前推进百来米，在一丛荆棘掩护下，爬上水沟。再举望远镜看时，一只红公鸡引着一群母鸡，正在鄢王镇街上觅食。街巷上空一群麻雀飞过，忽然一折，又飞转来，经过他的头顶上，向他身后飞去了。鸟群飞过他的头顶，像丢炸弹似的拉下一爬屎，正好落在他的肩上。由于全神贯注地在侦察，他却浑然不知。他从望远镜中观察鄢王镇的情景，使他想到三国时的"空城计"，也使他想到他在华北经历过的诱他深入的"地道战"。他正犹豫不决时，幽幽传来："太君！太君！别开枪！"这声音像从地下阴曹地府里传来的，他转头看了一圈没看到人。正疑惑时，忽然从他身后又传来："别开枪！太君！我的有情况报告！"

这声音使他身体触电一般地一抖，猛地侧身一看，沟下面冒出三个人，霎时把他吓得三魂悠悠，七魄荡荡，武士道造就的神经质使他本能地唰地一下抽出战刀。下面三个人一同举起双手，连连叫道："别！别！"其中一个像溺水者发现一块救命的木板一样，忽然用日语惊叫道："你的稻田君！你的稻田君！我的老师；我的，你的学生！"稻田生三不由也惊叫道："陈东汉？"陈东汉不无献媚地道："老师！我们的一家人，我的来帮你。"

原来稻田生三现在所立之处，正是陈东汉暗道的出口。陈东汉在陈屹义端他的碉楼时，因一爬早屎而成了漏网之鱼。他跑到日军中要求再给他一个排的伪军，日军官伸出一根指头，像啄木鸟啄枯木一样，在他胸前连指带点地说："天上掉下的馅儿饼好吃是吗？所以你吃了还想吃！给了你一个排，你把它弄没了，没处分你就是好的，你却又跑来要，真是刮不破的厚脸皮！如果真想为皇军效力，你就自己去拉一排人来，我再给你一个排长当当。"陈东汉见要不到现成的伪军，又立即提出当翻译。日军正缺翻译，日军官欣然答应。但是一试，他的日语拙劣得像头猪，当即像赶蚊子一样，挥手叫他快点离开。他只好答应去拉人。拉人，最低要他拉一个排的人，可至今他才拉了两个人。他听说陈屹义掳了一架日机，他觉得为日军效力的机会到了，于是就偷偷潜回家中等待，果然等到了个十五月儿圆。

稻田生三在这里见到陈东汉只感到巧合，并不感到很惊奇，更不感到高兴，因为这个学生不仅太笨，而且常常使他反感。现在箭在弦上，军情紧张，听说帮他，于是问道："你的怎么的帮我？"陈东汉很怕这位老师，在日本留学时他经常骂他猪，今天他要好好表现表现让他看。说："鄂王镇现在是一座空镇，游击队连同街民早躲进山里去了。这山我熟悉，我带你们去找游击队。"

没人参，只好拿草根儿来充数。稻田生三点了点头。

陈东汉引着日军在金山转了三天，仍然没见一个人影。第四天，他引着日军来到十里峡谷；心里怯生生的，生怕稻田生三又骂他。心里不由自责道：难道我真是一个猪，怎么连一个人影也找不到！忽然他猛省：这么大的声势，怎么找得到人？于是提出由他们先去找，找到线索后，再来报告。

十里峡谷到这里一闪，东岸闪出一块坡度很缓的约 10 亩大的坡地。坡地内稀稀疏疏地长着屈指可数的大松树和满坡丛生的青绿茅草，坡地下沿是深沟险壑。险壑壁上林木攀附着密不透风的葛藤，坡地上沿和山岭上密布着刺柏和花栎树。这些树木之间又卧着如牛马一般的青石。这坡地名为南垴。

稻田生三的司令部和直属部队前进到这里等待陈东汉去找游击队。

陈东汉在中途又想，有他这个臭名昭著的人在里面，远在三里外就会把鄢王镇的人熏跑。于是，他把他们三人打扮成农民。由另外两个人走在前面，他走在最后，相隔一里路的距离。发现人后，回来一人向他报告。果然在第二天找着人了。

陈东汉立即去向稻田生三报告："找着了！老师，找着了！"

稻田生三的手枪队长，迎上来问："找着什么了？"

陈东汉十分得意地答："找着人了！"

手枪队长："人？是游击队吗？"

陈东汉的脑子不由一轰，那些人是不是游击队他没问，他怕老师又说他猪，连忙撒谎道："是，是游击队。"

稻田生三说："你们中国不是有一句话叫'擒贼先擒王吗？'光找着游击队还不行，主要的，要找着游击队的头头，头头的！知道吗？"

陈东汉高兴了，也更来劲了，学日本人向稻田生三深深地鞠了一躬，道："知道了，老师！"

陈东汉高兴，一是老师没说他猪；二是老师的指令正合他的意！他就想抓陈屹义报仇！于是连忙赶转来叫他手下的那两个人带着馒头，装着寻找亲人混到那些人中间。难民最大的问题是没吃的，叫他们先用馒头去拉拢人，取得信任后，再和他们聊天，慢慢套出陈屹义躲在哪里。

这办法很奏效，果然找到了陈屹义的藏身之地。

陈东汉获得陈屹义藏身之地的消息后，像叫花子捡到了金元宝，笑得直不起腰。大喊："我们终于要熬出头了！"

陈东汉此举，他手下两个人大惑不解，眼睛得溜溜圆直盯着他。

陈东汉说："咋的？你们这眼神，像看到你们的爹发疯了一样！我告诉你们，我不是你们的爹，我也没疯，我是高兴，我真正觉得我们就要熬出头了。"看他们还是一副不解的样子，就学着他爸教训人的腔调道："你们看啊，皇军要抓陈屹义，他们不知道他藏在哪，我们给他们找到了，这我们不就立了大功！这皇军岂不要大奖我们！这皇军的联队长是我在日本留学的老师，在这种情况下，他能不大大地提拔我！他提拔了我，我能不提拔你们！这是明摆着的吗？啊！"接着吩咐道："你，去继续监视着他们；你，走，我们去向联队长报告去。"

稻田生三听到报告后，派出手枪队，叫他们引着去；唯陈东汉认得陈屹义，可是陈东汉傲大不亲自出马，也学稻田生三的样子，颐指气使地指派他手下那两个人去。

稻田生三的手枪队在那两个人的引导下，很快就抓来了百余名群众。手枪队队长将手枪队散开，将群众围于坡地中心，然后跑步过去报告稻田生三。

稻田生三曾反复琢磨过司令官俊耳令尔的意图，无非就是报复。于是就命令手枪队长将罪魁祸首拉出来杀掉，为俊耳令尔出口恶气后，就收兵回营交差。

手枪队队长得令，于是拔出战刀，高叫："罪魁祸首的，死啦死啦的！"

陈东汉听得明白，立即到100多人中去揪陈屹义，可是其中没有陈屹义。

陈东汉一下抓瞎了，他的脑袋嘣地一下胀大了，顿时晕乎乎地嗡嗡叫；他狠狠地揪了又揪自己的头发，迫使自己镇定下来。问他手下那两个人："陈屹义呢？"

那两人答："不在里面吗？"

"不在呀！你们把他弄哪去啦？"

"吃馍馍的人说他在这里面呀！"

于是他们忙去找吃馍馍的人。吃馍馍的人说："昨天晚上他还在，今天早上就没看到了。"

陈东汉一听，一蹦三丈高，指着他手下的那两个人骂道："你们坏了我的大事！"说着啪啪一人给了一嘴巴。

两人顿时翻脸，同时反问他。一个问："为什么打我们，我们做错什么了？"另一个说："你认识陈屹义，你不出马，你还打我们！"

日军军队里是绝对不允许下级对上级有丝毫的不敬的。日队长见此二人逼向陈东汉，立即上去又一人给了一嘴巴，接着把腰刀一抽，威胁道："再敢的如此，死啦死啦的！"吓得二人直向后退。

陈东汉感激涕零，对日队长又是作揖又是鞠躬；对日军敬畏之心更虔诚，效忠日军的劲头更大了。于是爬上一块大石头向群众大喊："大家听好了！大家快把陈屹义交出来，若是不交——"日队长向他招手，将他叫下来问道："你的干什么的？快把头头拉出来！"

原来日队长并没听懂他们的话，不知道陈屹义已经不在这些人里面了。陈东汉连忙点头哈腰地报告："报告大军，头头，跑了！"

"什么？"

陈东汉连说带比画地又说了一遍。

"你的不是说头头的在这里面吗？怎么跑了？"

"昨天晚上还在，今天早上跑了。"

日队长脸色陡变："你的，还不快快地追查！"

陈东汉忙对那两人道："快把吃馍馍的人拉来！"

那两人把吃馍馍的人拉来后，陈东汉连说带比画地向日队长报告说："就是他说头头'昨天晚上还在，今天早上跑了'！"

日队长一把揪住吃馍馍人的衣领："你的快快地说，早上头头的跑到哪里去了！"

原来，吃馍馍的人告诉给他馍馍的人"陈屹义就在我们这里面"以后，见给他馍馍的那个人不久就鬼鬼祟祟地走了，猛然醒悟，于是就大哭起来，说他闯下了生死大祸。他找着陈屹义，要陈屹义快走。

陈屹义问他为什么，他连连扇自己的嘴巴，说他好吃，说他说走了嘴，泄露了秘密，跪到地上请求陈屹义快走，请求大家都快走！

到底他泄露了什么秘密？在大家反复地逼问下，吃馍馍的人才说出实话。

陈屹义一听，顿时感到一股冷气袭身。

大膀一听，忙说："陈主席！你快走！"

陈屹义说："我走容易，这百十号人怎么办？鄢王镇人民群众怎么办？"

"他们找的是你，你一走就了事。"

"如果我一走就了事，日本鬼子就不叫日本鬼子了，陈东汉也不是陈东汉了！"

小膀说："那还不简单，我们大家一起赶紧走嘛！"

陈屹义说："走不脱了，既然发现我在这里，他们就有人躲在旁边监视；他们的兵，马上就会到，走不脱了！"

说时不及，陈东汉手下的那个人就把日军带来了。大膀、小膀不管三七二十一，一人薅住一个膀子，把陈屹义架着走了；日军一拥而来，将百十号乡亲围住，带走。

日本鬼子押着百十号乡亲顺着山路往下走；陈屹义和大膀、小膀在茂密的树林及巨石的隐蔽下，在旁边跟着走。日本鬼子押着乡亲在坡内停下；陈屹义和大膀、小膀躲在山梁上巨石后面观望。

陈屹义说："你们看到了吗？日本鬼子和陈东汉的急迫劲，像一群饿狼要吃我的肉一样，吃不到我，就要拿群众开刀。"

大膀说："我们就拼几个群众让他杀吧，你可不能死，你是我们的主心骨啊！"

陈屹义说："你好糊涂啊，我们共产党、我们游击队是干什么的？

要是那样的话，要我们共产党、游击队干什么？再说，他们不杀我，他们不甘心、不解恨，你们知道吗？"

小膀忍不住了，他想放声大哭一场，又怕暴露，于是拼死命地捂住自己的嘴，把脸憋得通红。

陈屹义拍着小膀的肩说："好兄弟，人活百年谁不死？我能为大家伙儿消灾而死，能为鄢王镇人民而死，我是多么光荣，多么的值得！再说我也早该死了，土匪抓我，陈池恒三番五次地害我，攻打汪江成碉楼，攻打水也的碉楼，这些都是鬼门关，这些我都做了死的打算而没死。这我还不幸运吗？在鬼门关上逛去逛来，难道不值得自豪吗！啊？"

大膀可算是一位"铁石心肠"的硬汉，此时也被陈屹义的为党为人民视死如归的一颗火热的心所熔化，哭得满脸泪流，牙齿咬得嘣嘣响。

陈屹义扶着大膀不停抽泣抖动的肩说："大膀！你看我们穷人翻身多不容易呀，压迫我们的那些王八蛋，我们还没整治住，他狗日的日本鬼子又打进来了！但不要怕，党说，发动群众，前赴后继，坚持斗争就会胜利！这，你要记住啊！"

说着他脱下他的白衬衣，咬破中指，飞快地写道：

内有同室操戈，

外有倭寇侵略；

在这危亡时刻，

咬钢牙把命豁！

我的弟，

我的哥！

岂能让国破，

人民更要活！

许多志士已赴死，

咱们怎能好退却!

这时日队长一把揪住"吃馍馍"人的衣领:"你的!快快地说,早上头头的跑到哪里去了?"

"太军太军!我的好太军,他一个大活人,跑到哪里去了,我怎么知道!"

"八格牙路!死啦死啦的——"

当日军抽出战刀,高高举起,正要砍下时,陈屹义把大膀小膀往下一按,就势一下跳上岩石,举手大喊:"住手!"

这声音如晴天霹雳,一下炸开万里阴霾。大家仰首看时,陈屹义站在岩石上,如同站在光环耀眼的上天门口。接着他挥舞着血写的遗言,跳下岩石,大步走下来:"放开他!你们不是要找我吗,我来了,放开他!"

陈东汉一看,惊呆了,吞了三回唾沫,才缓过劲来,嘶哑着嗓子忙忙喊道:"就是他!就是他!他就是!他就是端掉皇军三座碉楼,消灭皇军一个中队,俘虏皇军飞机,杀害皇军三个飞行员的罪魁祸首陈屹义!"

日军沸腾了,这里喊"八格牙路!八格牙路!"那里叫"抓住他!抓住他!"

沸腾声中的"抓住他!抓住他!"的叫喊声,终于使陈东汉明白过来他该干什么了;他双手将大腿猛一拍,立即带他那两个人跑步上去将陈屹义抓住,扭送到稻田生三面前。陈东汉道:"报告老师!罪魁祸首陈屹义被我抓到了!"

稻田生三对陈东汉这一笨拙的邀功举动,不无厌恶地斜了他一眼。接着战刀一指陈屹义,向日队长喊道:"死啦死啦的!"意思是叫他的手枪队队长来枪毙陈屹义。

陈东汉立即道:"好!这事不用皇军动手,由我们来办。老师!我保证办得漂漂亮亮的!"接着就不管日军,径自手一挥,一声喊"走!"

就带领他手下两个人将陈屹义拖到坡地中间，死死地绑到一棵树上。然后从腰际抽出匕首，举到陈屹义眼前，对陈屹义说：

"你说一声不该与叔我作对，叔给你弄利索点！"

陈屹义轻蔑地一笑，说："叔？呸！狗屁不如，汉奸！"一口唾沫吐到陈东汉的脸上。

陈东汉这人忒愚钝。凡是忒愚钝的人，也忒残忍。他一把抹掉脸上的唾沫，如疯狗一样暴跳，一刀削下陈屹义的鼻子。

陈东汉接着又道："你只要说一声不该当共产党，老子给你留一只眼睛！"

陈屹义吼道："畜生！老子死都不怕，还怕你剜老子的眼睛？你喊老子三声小爹，老子把两只眼睛都送给你！"

歇斯底里的陈东汉恶狠狠地说："你嘴真硬！"

说着捏开陈屹义的嘴巴，把匕首插进陈屹义嘴里，一边乱搅一边说："我看你嘴还硬！我看你嘴还硬！"把陈屹义的舌头搅成血浆从嘴里流出来。

陈屹义不能动，也不能说了，就以不屈不挠的怒目盯视他！

陈东汉见陈屹义怒目如火，灼得他心直打战，不由自主地向后退，定了定神，又丧心病狂地剜掉了陈屹义的双眼。

接着，陈东汉歇斯底里地向日队长借来了军刀，咒骂一句，砍下一件肢体：

"你小狗日的倒向陈科正与我家作对！"一刀砍下左膀！

"你小杂种胆大包天，竟敢砍死我的爹！"一刀砍下右臂！

"老子看你帮穷人！"一刀砍下右脚！

"老子看你搞革命！"一刀砍下左脚！

"老子看你当共产党！"一刀割下头颅！

割下一件向崖下抛一件！

砍完抛完，他邀功似的对稻田生三说："老师！你的看我干得怎么样？"

稻田生三掏出手枪，说："你的败类，比我们日本狂人还残暴，你有辱师门，我怎么教出你这样残忍的学生！""啪"的一枪将他打死。接着又指向跟随陈东汉的两个人道："你们连祖国都会背叛，还有谁你们不背叛！""啪啪"两枪又将他们毙了。稻田生三吹吹枪口上的青烟，一挥手，就带着他的部队走了。

大膀、小膀见屹义执意扑向敌人，即向山脊那边隐蔽而去。

敌人去了，坡内被抓的人们还呆呆地立在那里，不知所措。

秦氏一家逃得不远，见敌人撤走，所以很快就回到家中。刘氏已经缓过气来，自己舀水洗脸洗头，自己端着水到秦氏房屋里擦身洗脚，打开包袱换衣换鞋。整理停当，出来和秦氏说话。

秦氏拉着刘氏的手说："你一回来就遇到逃难，我们也没心思说说话，你去了这长时间，一定找着大丫了？"

刘氏苦涩地把空洞的眼神抬起望到远方，轻轻地摇了摇头。

秦氏惊奇地问："没有？"

刘氏又无声地点了点头。

秦氏接着又问："那二丫、三丫呢？"

刘氏哇的一声哭出来："姐姐！大丫没找着，二丫、三丫嫁人了，你的光明兄弟——也没了！"

"啊，光明他，他……"

"姐姐呀，妹妹给你说实话呀，我这次去是为了找大丫，更是为了找你的兄弟陈光明呀！事到如今我也不怕丑了呀，我晓得你舍不得孙子，我是想把你光明兄弟找回来我们再生一个儿啊，有了儿就不愁孙了啊，没想到他那个短命的，竟抛下我去了呀，这下我没办法，我是非要我孙孙不可了呀！"

"妹妹，你莫急，你才刚刚回来——"

这时，朱氏走了进来，手一挥，说："你们还不知道呀！你们的屹义……"

屹香一立而起，惊问："屹义怎么啦？"

秦氏："屹，屹义怎么啦？"

刘氏："我的幺怎么啦？"

刘德膀、刘小膀等一干人拥进来，刘德膀拉着刘氏的手说："请伯母节哀！"

朱氏拉着秦氏的手说："妹妹节哀！妹妹节哀！！"

刘小膀也拉着屹香的手说："姐姐节哀！姐姐节哀！"

金展、金英拉着刘德膀的手问："我爸爸怎么啦？节什么哀呀？"

刘德膀将金展、金英一齐抱住说："你们还小，你们莫哭！"

金展、金英："我不小啦，我的爸爸到底怎么啦？"

屹香走过来，抱住金展、金英哭着说："儿呀，你们的爸爸没啦！没啦呀！"

金展、金英终于明白了，一起抱着屹香喊："妈！我要爸爸！我们一直在等爸爸回来，爸爸一直就没回来，我要爸爸回来呀！"

这边两个孩子哭着要爸爸，那边秦氏拍天打地地坐在地上哭得死去活来！刘氏更惨，一听屹义也不在人世，这雪上加霜，惨上加惨的横祸，再也承受不住了，"啊"的一声一下瘫到地上，晕死过去了。刘德膀急忙抱起掐人中，朱氏等慌忙过来扯手、抹胸。

秦氏越哭越凶，竟在地上滚去滚来，大叫："我要见我的屹义，我要我的屹义啊！"

刘氏终于醒过来，惊叫："我的幺！我的幺！他在哪？他在哪？"接着哀哀地拉着刘德膀问："他刘叔叔！我的幺究竟在哪呀？我要我的幺啊！"

刘德膀拉过刘小膀和朱氏商量，刘德膀问："怎么办？她们拼死拼活地要见！"

朱氏："那还怎么办？要见让她们见嘛！"

刘德膀："嫂子耶！你不知道啊，陈主席被陈东汉割得一点点的，都扔到山崖下了啊！"

朱氏："我的妈呀，原来是这样，好毒啊！"

刘德膀："我看只有进山去一点点地找，找到后再一点点地拼凑缝合起来。"

刘小膀："恐怕难啦，野兽啊鸟啊那么多……"

刘德膀："那也要找呀！"接着安排道："朱嫂子在家负责照料安慰她们一家。小膀带一部分人在家维持治安，我带一部分人进山去找。"

一路上，刘德膀不停地对大家说："我们要快一点，越晚越难找啊！"

等大家赶到时，陈屹义缠着白布安详地躺在坡之上，100多名乡民正围着他跪拜哭泣悼念。

原来，敌人撤退后，在算命先生倡导下，在场的乡亲齐动手，在崖上崖下一点点地找，才把英雄的尸骨还原。

大膀将两部人马合一处，初步悼念后，才将屹义遗骸抬下山。血写遗言的衬衣，披在遗骸上。

陈屹义惨死的消息，惊雷闪电般地在金山传送。苍天也像哀悼英雄陈屹义一样，阴霾密布，细雨飘零。全鄢王镇的男男女女，以及金山党组织的领导、金山各赤卫队的代表，全都打着"沉痛悼念抗日英雄陈屹义！"横幅，举着"打倒日本狗强盗！""打倒汉奸卖国贼！""保家卫国！""当汉奸可耻！"的标语牌，冒雨赶来，排着长队，泪流满面，悲愤不已地去见屹义最后一面，去与英雄告别！

非常时期，为防不测，陈屹义的后事，在金山党组织的指示下，大膀、小膀安排得非常紧凑。一口黑漆棺材随着就抬来了，人们立即将陈屹义小心翼翼地安放到棺材内。陈屹义虽遭惨刑，但仍红光满面，面带微笑。

棺材上覆盖着他生前用血与着遗言的白衬衣。

接着朱氏与众多妇女将刘氏、秦氏搀扶而来。刘氏、秦氏一见棺木都一下瘫痪在地。

人们根据大膀的吩咐，抬来四根长长的檩子呈井字形绑在棺木外。

刘氏、秦氏挣扎起来，扒着棺木看棺内的屹义。忽然刘氏对朱氏说："朱姐！这是梦，这不是真的，我的儿好好的，你看！"

朱氏："妹妹呀！我们要坚强。屹义虽然死得惨，但他死得光荣。我们接受这个事实吧！"

秦氏："不不，不！我接受不了！"

人们上来，在棺木上井字形的檩子上绑上抬的杠子；接着又在杠子上加绑杠子，人们加了一根又一根。登时形成前面两组，后面两组，一共四组；每组32个"杠子头"，计128个"杠子头"；一个"杠子头"一个人，陈屹义下葬的棺木，计128个人抬送。并且一边还有一个乐队；乐队由笙、唢呐、鼓、锣手组成。128个人的起和落，由左边乐队的鼓手指挥。鼓手听领队指示。领队极神秘，混合在送葬队列中。

金展抱着灵牌，与姐姐金英，白衣白帽白鞋，作为孝子由戴着白帽的王屹香挽着走在最前面。那位"吃馍馍"的人，姓曾，孩子多，家里特别穷。那天为躲避日本人上山前，就饿着肚子。因饿急而接了那人的馍馍；不经意说了那样的话，暴露了陈屹义，给陈屹义闯下了生死大祸。而陈屹义还以死救了他。陈屹义就是他的再生父母，所以他执意要当孝子，穿白衣白帽白鞋，跟在金展、金英后头。

随着一声喊"起"，鞭炮齐鸣，锣鼓喧天。128人直起腰，抬起灵柩开步走。秦氏扶着棺，掩面痛哭："我的儿啊！"送葬的妇女们也随之嘤嘤啼哭。

已经糊涂的刘氏一见要把她的幺抬走，更急了，对朱氏哭着说："你说我的幺真死了吗？那怎么办？朱姐！你快想办法，你从来就有办法的，快想办法把我的幺挽救回来！"

朱氏哭唱：

> 香江之水怎倒流？
> 荒野白骨怎长肉？
> 泼下的水怎回收？
> 我的妹妹呀，

望乡台上可望乡，
奈河桥上不能留！

群众合唱：

河水倒流，
白骨长肉，
死者复生，
不能够，不能够，不能够！

朱氏抱着刘氏的肩哭着说："妹妹呀！妹妹呀！死的已死矣，活着的，我们活着的，更要活得好好的呀！"

刘氏："我的夫没了，我的儿也没了，叫我怎么能够好好地活呀！"

这时，随着一声大喊"落"，大家停下，棺木落地，举行途中祭奠仪式。当喊到孝子叩头时，鄢王镇的年轻人都拥到灵前叩孝子头，其他所有送葬的鄢王镇人亦都原地磕祭奠头，并情不自禁地发出一片哭泣声。这哭泣声，越来越多，越来越大。在这哭泣的海洋中，算命先生也忍不住唱出了他的心声。他那低沉的声音似乎由远至近，渐渐清晰：

波停唱，
浪回望，
香水泪满眶；
松啼哭，
柏心伤，
金山泪千丈！
两位妈妈请节哀，
屹义妻儿心放开；
屹义驾鹤西天去，

屹义英名，
鄢王镇人民记心怀。

随着"咚"的一声鼓响，笙锣齐鸣。

乐队甲接唱：

中华民族本豪强，
由于内战引进狼。
泱泱中华燃战火，
国破人民遭祸殃。
好悲伤！好悲伤！
倭寇妄想把我亡！

众合：

好悲伤！好悲伤！
倭寇妄想把我亡！

本来鄢王镇就沉浸在悲伤中，加上歌声凄楚，人们更是悲痛不已，哭泣更加悲愤昂昂。刘氏、秦氏在这情势下，更是哭得眼睛滴血，声音嘶哑！

乐队乙急忙唱：

莫悲伤，莫悲伤！
擦干泪，挺胸膛，
拿起枪，上战场！
驱虎豹，保边疆！

随着再一次喊"起"，128人又直起腰，再一次抬起灵柩。全场跪着的人群随之而起，缓缓随行。开始128位抬棺者，由于沉浸在悲痛中，步伐凝重，徐徐而行。现在人们相互感染，群情逐渐高涨，由悲痛转为痛恨，痛恨又化为力量；前面遇着一片荆棘丛，荆棘丛中还有一棵小碗粗的带刺的榨树；大家的怒火没地出，就把这一片荆棘丛，连同那棵榨树当作敌人；128人抬着棺木合力往上一冲，霎时如坦克一般，将荆棘丛碾平，将榨树摧折。跟在后面的送葬的人们，似乎也如义勇军一样，踏着荆棘榨树的残骸大踏步前进。

128位抬棺者，征服了荆棘榨木，似乎平了胸中之忿，心情舒缓多了。尤其是其中一部分经常参与办丧事的人，他们见多识广，经验丰富。为了打破悲痛局面，化解人们心中的悲楚，抚慰受伤家属，在他们的带动下，开始嬉戏起来：当最左边的一人走到水边，右边的人齐力将杠向左边一摆，将他往水中推，当他快要落水时，大家又将杠往回拉一拉，拉也不真拉起来，将他吊在空中，让大家忍俊不禁，不想笑也忍不住笑。

抬棺者沿路不断地搞笑，乐队在行进中的唱词和曲调也由凝重慢慢变得轻松，启发人们化悲痛为力量。

乐队乙唱：

> 山河同哀，
> 举国悲伤；
> 逝者安息，
> 生者坚强。

乐队甲唱：

> 日有出有落，
> 月有圆有缺，

年有春有冬，
人有生有死。

乐队乙唱：

秦始皇帝不想死，
要寻长生不老药。
童男童女三千整，
登舟出海闯东阿。
东阿蓬莱一荒岛，
有草有石没有药。

乐队甲唱：

寻药本是徐福计，
报仇泄恨为荆轲。

乐队乙唱：

中华巍峨何不倒？
就因中华死士多。
中华死士千千万，
第一死士是荆轲。

乐队甲唱：

荆轲本是平常人，
敢杀皇帝开天河。

乐队乙唱：

暴秦侵略太凶恶，

燕国抗秦国力弱。

为求转机燕子丹，①

计杀秦王扼牛角。

田光拔剑先自刎，②

以死相激勇荆轲。

荆轲近秦需重礼，

于期毅然献脑壳。③

荆轲刺秦未得手，

反被刺死在帷幄。④

盖聂因约误参战，

一剑自裁祭荆轲。⑤

----

① 战国时期燕国的太子丹，年已 46 岁还在秦国当人质。他看到秦始皇灭了韩国，又派兵攻赵，下一步就该轮到燕国头上了；燕国既小又弱，抵不住强秦的进攻，于是偷跑回国，决计征募勇士刺杀秦始皇，以挽救燕国。

② 太子丹为征募杀手，首先收容了杀人犯秦舞阳，引来了樊於期；收了樊於期，引起了太子太傅鞠武的质疑；从而推荐了燕国老臣田光。田光又推荐了荆轲。田光怕荆轲对太子不忠，决心拿出自己的老命来激励荆轲去为燕国效忠。于是对荆轲说："太子以国家大事委托我，临行嘱咐我说这是国家大事，不要泄露出去。为了保证不泄露出去，为了叫太子放心，我只有一死。"说完即拔剑自刎。这是四死士的第一位。

③ 樊於期原是秦国的将军，与秦始皇不和。秦始皇杀了他的父母，并用五城换他的脑壳。荆轲对樊於期说："我想杀秦皇，怕是见不了秦皇，我如果提着你的脑壳去见秦始皇，秦始皇一定会见我；到那时，我左手抓住他，右手就可刺杀他。这样一来，将军的仇、燕国的仇、各国诸侯的仇，就可全报了。"樊於期答："好吧，我祝你成功！"说完即拔出剑来一抹脖子就死了，将脑壳献给了荆轲。这是第二位死士。

④ 荆轲的助手盖聂还未到，太子丹心急就派秦舞阳做荆轲的助手，催荆轲行动，荆轲只好勉强行动。行动中，由于荆轲提着樊於期的脑壳，秦始皇欣然接见了荆轲。荆轲左手也抓住了秦王的袖子，但由于秦舞阳的胆怯而没有起到荆轲的助手作用，荆轲反被秦始皇刺死。是为第三位死士。

⑤ 盖聂与高渐离约定一月的时间还未到，就听到荆轲已死，大哭一场，为祭奠荆轲，自刎在床上。是为第四位死士。

乐队甲唱：

四位死士多壮烈，
为我华夏留悲歌。

乐乙队唱：

始皇虽未被刺死，
死字面前谁能脱！
南游会稽问石船，
受斥气死在沙窝。

乐队甲唱：

死有死的不一样，
活有活的不相同。

乐队乙唱：

两位妈妈请节哀，
屹义妻儿心放开，
屹义精神贯长虹，
光照子孙千万代！

128 人抬着陈屹义，鄢王镇凡能行走的人全部出动。青少年在前，中老年在后，加上中共金山党组织代表、金山各赤卫队的代表，组成浩浩荡荡的送葬队伍。走一程，停下祭一阵，哭一阵，唱一阵，整整绕鄢王镇一周；然后安葬在面向香水的金山怀中的一座风景最为亮丽的独立的山包之上。

陈屹义的死、金山人民的祭奠，如风传送，极大地激励推动了鄂豫边、湘鄂西、鄂豫皖革命根据地的抗日运动。

三天后，早已哭成一摊泥的刘氏猛省："他爹死了，我再不会有儿；我唯一的儿死了，再不会有孙。这金展就成了独苗，我一定要把他领走！"

同样，秦氏更清楚地意识到："借来的儿子这一死，就再不会有孙了，金展这孙子是决不能还的了！过去，看金展这孩子聪明可爱舍不得；现在，这孩子不仅是聪明可爱，而且是心，是命，是独种，万万还不得！丢不得！"

刘氏站起来，说："姐姐！我准备走了，这次我要把金展领走了。"

秦氏："妹妹！我说你不要走，你就在这住；就是万一要走，这金展可不能领走！"

"这不是反复说好了的吗！"

"是说好了的，可是你终究没领走啊；你如果早领走了，也就领走了，可这会儿领不走了。"

"为什么？"

"他大了，他不会跟你走的。不信我们可以问问金展：'金展！你这个奶奶，吃没吃的，住没住的，你愿意跟她去吗？他保险——'"

"你不能这样说呀，你应该对他说：'金展！这是你的真正的亲奶奶，早定好了的，你应该跟她走！'"

"他跟你走了，我陈光兆岂不断后了！"

"他不跟我走，陈光明岂不断后了！"

"妹妹！你想想，陈屹义才1岁时我就领过来了，一勺汤一勺饭地喂，一把屎一把尿地养，白天给他洗，夜晚给他缝，千针万线，千难万难地把他抚养成人。接着又给他娶妻安家，生下这金展、金英，我又千辛万苦地把他们抚养这么大！我是为什么？我不就是为了陈光兆有后吗？你这一领走，陈光兆到哪去弄后去呀？我不白白地辛苦了几十年!"

刘氏:"让你说得天花乱坠,屹义是我十月怀胎生的,是我身上掉下的肉,是我亲生子!再说啦,当时我不给,是你一遍八遍地要,没办法朱氏才从中做主,订下'借子还孙'的条约!现在没有别的说的,按当时订的条约办,借子还孙!"

"不管你怎么说,儿子孙子都是我养活大的,我不能给你!"

"红口白牙,不能反悔呀。走!我们去找朱氏说去!"

说着就去拉秦氏秦氏把手一甩,说:"要说,你去说去,反正我的孙子我不能给你!"

"你不讲理!"

"我怎么不讲理,我说了半天不是理?"

"你讲理,我们去找朱氏评理去!"说着上去一把就揪住了秦氏的衣领。

秦氏:"你想动粗是不是?"说着一把揪住刘氏的头发。

刘氏身高力气大,过去满肚子的悔、恨、怨一直忍着没有出。现在见秦氏下狠手抓她头发,她的顾虑、她的忍让,一下一风吹,许多年积下的悔、恨、怨一进而出!她反手过去一把抓住秦氏的头发,猛向下一按,连拖带拉,就像金钱豹拖一只山羊,将秦氏拖出门,一面喘着粗气一面说:"走!走!我们去找朱氏评理去!"

王屹香、金展、金英喊着一齐赶出来。

金展:"奶奶!"

金英:"奶奶!"

王屹香实在看不过,脚在地上猛一跌:"你们争什么?金展是我的儿子!你们争得去吗?"

这时远处传来枪声,接着两匹马驰来;马上的人一弯腰,就把金展、金英一把薅走了。这如苍鹰抓小鸡的令人毛骨悚然之举,一下把大家都惊呆了。

刘氏、秦氏均松开手。

刘氏："什么人?"

秦氏："什么人?"

刘氏："怎么办?"

秦氏："怎么办?"

要知后事如何，请看下回分解。

第十一章　徐振喜参军逢大丫
三寡妇寻孙遇怪事

秦氏、刘氏为争孙子大打出手。

一阵急促的马蹄声传来，大家看时，只见那两人挟着金展、金英驰回来了。他们在场子上打着旋，在马上喊道："日军'大扫荡'马上就要来了，国民党又掀起了反共高潮。为了烈士的后代，为了保存革命火种，我们把金展、金英带走了！我们是中国共产党金山工作委员会的工作人员。我们是奉金山党之命，是为了金展、金英的进步和安全，才把他们带走的，请放心！""我们走了，你们快躲避吧！"

一声"驾！"两骑绝尘而去！

陈屹义的同窗挚友徐振喜，听到陈屹义壮烈牺牲的噩耗后非常悲愤，想写篇诔文来纪念他。正在这时，隔壁的二妈抱着孩子来到家中跟他妈说："叫振喜快跑吧，他们要来抓壮丁了。"

徐振喜跑后，他们果然来了，没抓住徐振喜就抓着他爸；要他爸把他交出来，不然就要拉他爸去送长夫。他爸说："去就去，他一个长腿的我知道他到哪里去了！"他们没吓住他爸，他们也没就此罢手，依然要抓徐振喜。徐振喜白天躲，晚上回来。也没有一个好亲戚可供他躲的，正感烦恼时，邻居有一个在"挺进队"当班长的回来了，对他说："跟我去算了。若是被他们拉去，那试管区的日子难过。"徐振喜也是怕过试管区那一关，就跟着他到"挺进队"当兵去了。

那个"挺进队"不叫部队，他不仅与新四军闹摩擦；还走到哪害到哪，一到村里就抓人家的鸡。刚开始徐振喜最反对了，别人抓，他阻拦、指责、站那不动，甚至骂。但是他这个举动遭到班长的训斥，大伙儿的白眼和讥笑："你怎么站那不动？""想当正人君子？""谁不抓不给谁吃！"后来真夺他的碗，不让他吃饭。这样，徐振喜胳膊拧不过大腿，不得不也去抓了。这正是，你进了染缸还能不变色！

那天他们到了一个村子里就抓鸡，撵得全村鸡飞狗跳。抓到了鸡后，就烧水的烧水，拷毛的拷毛，剁鸡的剁鸡，煮了一大锅。正要吃时，却叫他去站岗。他忍气吞声，说："站岗就站岗！"

徐振喜在站岗时，看到远处一个开阔地里；隔一下，有一两个人从那里跑过去，到一个洼子里不见了。隔一下又是那样跑过去一两个人不见了。徐振喜感到奇怪，但也看不清楚。班长查岗来了，他对班长说："班长！那个地方隔一会儿就有一两个人跑过去，不知是农民还是什么人？"班长说："反正我们马上就走的，不管他！"班长去后，有人来换岗。徐振喜下岗后去吃饭，他们还好，给他留了一碗鸡肉。他正端着鸡肉往嘴里吃时，北边枪响了，并且越响越激烈。班长跑来说，你不要脑壳了，还在那吃！徐振喜没有办法只好放下那碗鸡肉跟他跑。

"缴枪不杀！捉活的！"新四军在后面追，他们拼命地在前面跑。路过三角店时，街上摆的油饼摊，未来得及收，他们就一面跑一面抓摊上的油饼吃。

跑了不知多少路，听不到枪响后才停下来。那时只剩下五六十个人了，连长、排长都没有了，只剩下两个班长和一个司务长。

他们继续往前走，碰到一个老百姓，就向他打听周围情况。那个老百姓说南面有一片房子，房子中间有两个炮楼。大家一听，觉得那是一个好去处，于是就派了两个人去侦察。那两个人去了半天也未见回来，可见他们也趁机开了小差。这时有人说："侦察什么，只管去。"这样他们就去了，果然是一个好去处。那是一片四进到堂的黑瓦屋，中间厅屋和西北角各有一座碉堡。四周有很高的围墙，前面还有半圆圈的护城河，里面没有兵也没有人，于是他们就开了门进去，闭上门，在碉堡上放了岗，司务长就叫逮那屋里的猪杀。杀了猪，吃了饭，在夜里11点时，一个"麻胡子"月亮天，又是徐振喜站岗，只见看不清的黑影向院墙根下跑。这时司务长来了，徐振喜说："司务长，你看那是啥家伙？"司务长说："就是新四军也不怕，这么高的院墙，又有炮楼子，量他们拿我们没办法。"

司务长走后，徐振喜也下了岗，在大约12点半时，忽然枪声大作，打得炮楼子的瓦沙沙地响！这时就听到有人喊话，喊一阵打一阵。最后听出真是新四军。司务长和两个班长感到抵挡不住了，一商量，就决定投降。于是司务长站在炮楼子里就和新四军代表对话。达成协议后，就把枪捆成捆从楼子上吊下去，叫徐振喜去开门。

虽然说投降，新四军还是提防着他们。徐振喜悄悄地走近大门，用膝盖抵紧门，慢慢地把门闩抽开。准备一抽开门闩就往回跑。可是他刚抽开门闩，没等他离开门，新四军就冲进来了。抓住他问"干啥的？"徐振喜忙说："我是开门的！""好，你出去！"这样他就被带到门外一个干洼里。不一会儿他们的人都一个个地被带来了，都徒手坐在干洼中间。隔不久，住在周围的老百姓像从地下冒出来似的，都出来了。他们向新四军诉苦，这个说我的猪被他们杀了，那个说我的被子被他们抱走了……新四军当时立即登记，并一一算账，给老百姓赔钱。因此，老百姓对"挺进队"特别仇恨；对新四军特别亲，视为是自己的人。

当天有人对他说，干事找你。他到干事那里，干事问："你叫徐振喜？"徐振喜说："是的。""你回去吧，回去养活你家老人去，不要在外面混了。""我一个好友为抗日壮烈牺牲了，我没他思想好，一直待在家里没有出来；现在既然出来了就不回去了，回去在家也待不住，说不定又会被国民党抓去。那国民党兵不叫兵，不如在您这干。"干事见他很客气，很会说，笑笑，说："在我们这干很艰苦，纪律又严，没吃没穿的，行军一天一夜要跑百把多里。我们这太苦了！"徐振喜说："您不怕苦，我也不怕苦，您能行，我也能行。"干事见他一口一个"您"，说："你今后不要这样客气，在我们这，大家都是一个样，都叫同志。"这样就叫徐振喜留下了。

第二天天气晴朗，他们五六十人全站在操场上，新四军给回去的人发路费，喊一个就发一个人的钱。发的全是钢洋，明晃晃的钢洋，并说，路上过细点用，多带一点回家养活老小。见到明晃晃的钢洋，徐振喜感到失悔，心想真该答应回去的，如果说回去，那不也可领到明晃晃的钢洋了，他的荷包还没装过钢洋呢！

回去的有三四十人，团首长和连营首长，把他们一直送了一里多路才回来。

徐振喜问干事："你们咋这么好？不像兵，倒像亲兄弟一样！"

干事答："因为我们是人民的子弟兵，是为人民翻身求解放的；军民一家亲嘛，所以就跟亲兄弟一样。"

留下的一二十人，当时就分到各连里去了。到连队后就开始学习。当时学的是"谁养活谁"。讨论时徐振喜还说："是地主养活我们，我们没田没牛，是他们给我们田和牛，我们才种出来粮食，才有了饭吃。"经过学习后他深有感触地说："原来是我们劳动人民养活了地主。也是呀，田自己不会长出庄稼，牛也需劳动人民驾驭才能拉犁呀，过去受地主的蒙蔽，是我们养活他们，还说是他们养活我们！"

鉴于徐振喜有文化，口才也好，从连提到营，从营提到团，最后被调到五师随军学校当教师。他一去就见到金展、金英和大丫。他感到奇怪，大丫和金展、金英却相互不认识。

当初大丫腰间系着一张野羊皮，顺手抄了一根木棒，木棒上又挑上一张野羊皮；装成金山猎户走出家门，来到金山牛侯集小学。小学设在山顶，一个树林密布的山垭上。这小学就是金山工委联络点。在这里大丫找到她卖金钱豹皮时听说的胡老师。胡老师果然是地下共产党员，并且是鄂豫皖革命根据地陈二姐的特使。

陈二姐有一个宏愿，她想学习中原陈大姐，组建一支女兵部队，如能组成一支女兵团为更好。那次陈二姐随首长到金山根据地视察，发现了胡老师，特委托胡老师招募金山香水地区的女中英杰。

胡老师不仅是陈二姐的特使，同时也是鄂豫皖革命根据地金山联络站站长，负责联络香水金山革命志士。她手下掌握着正副排长各一人，正副班长各三人，一个排的建制。凡联络的人数达到一个排，她就集中起来，进行简要的政治军事训练；让大家明确人民军队的性质和首要的军事知识后，即输送到鄂豫皖革命根据地。将男性送到司令部，将女性送到女兵团筹建部。大丫去时恰好一个排的建制满员，可惜的是，女性就只她一人。但胡老师特别看好大丫的英武气质，在学习期间特意为她表演了骑马打枪的十三套动作，并赐名为陈金鸦。

学习结束后，胡老师将这一排人输送到鄂豫皖革命根据地，将陈金鸦亲自交给陈二姐。陈二姐特委陈金鸦为香东特使，随工作团到新区做宣传工作，动员女同胞参加革命，为筹建女兵部队广揽人才。后来十八军建立，将她调到二十八军军部做收发工作，兼任陈二姐特使，继续为筹建女兵部队集聚人才。

陈金鸦参军后，一直以胡老师为榜样，苦练骑马打枪的本领。因此他认识了骑兵营营长杜勇。因为只有在杜勇那里才有马让她骑，才有枪有子弹让她在马上练习百步穿杨。她决心练出一手不亚于男人的本领。鄢王镇陈氏家族的重男轻女的一些行为促使她下了这个决心。到时候，她要足蹬长筒靴，腰挎盒子炮，肩扛上刺刀的大枪，骑高头大马；一马双挎地回鄢王镇，让那些重男轻女的人知道，女儿也和男儿一样强。

初夏的阳光亮得叫人看得清手背上的汗毛。徐振喜到五师烈士子女随军学校报到，恰逢陈金鸦到五师随军学校挑女兵。随军学校的女学员，蓄短发扎腰带和男学员一模一样的装束，整齐地像受检阅似地掺杂在男学员之中。

届时，学校值星员以最标准的动作，以最洪亮的声音，向全体学员发布一系列命令，把学员队伍整理得整整齐齐。然后又在他一声更加高昂的"立正！"命令之下，全体学员挺胸收腹，双手紧贴两侧裤缝，双眼平视前方，精神抖擞地亭亭玉立在操场上。接着值星员一个向左转，向站在场边的戴着五角星八角帽，扎武装带，足蹬黄色马靴，腰挎手枪的女军官跑去。站在场边的徐振喜，不由双眼一亮："这不是陈屹义的大姐大丫吗？"这时只见值星员立正，向陈金鸦敬礼道："报告特使陈金鸦同志！学员队伍已经整理完毕，应到501人，请假2人，实到499人。请指示！"

被改名为陈金鸦的大丫英姿飒爽地步入学员队伍前立正、招手："同学们好！"满场学员如同一个声音一个动作："特使好！"同时哗地一声全体立正。

"请稍息！"陈金鸦发出这一命令后，接着向左一转，一招手，从场外牵来一匹骏马，陈金鸦接过缰绳，双手一扳马鞍，双脚随即跳起，一连向马肚子踢了两脚，马像接到命令似的立即奔驰起来。大丫接着双脚点地一纵，干净利索地一下跳到马鞍上坐定，两边马镫也像有灵性似的自动地套住她的双脚。

马越跑越快，陈金鸦身子一扭，啪啪啪三枪，立在百米外三盏红灯应声而灭。接着她身子一滚，隐蔽到马侧，枪口从马鬃中支出，接着又是三枪，装着水的三个小瓦罐应声而破，水花四溅。接着她将马缰向左一带，身子一侧，骏马一个左旋，带着她一下驰到队列前。她纵身一跳，跳下马。脸不红，气不喘，顺手扯了扯衣服的下摆，正了正武装带，动作优美得像天仙下凡。接着她大步走向大家面前，问道："怎么样？""好！"掌声像六月天的暴雨，一阵又一阵，一阵比一阵更火爆。接着问："谁来试试？"

"我来！"

大丫循声看去，高挑个、水蛇腰，十三四岁的"小女兵"向她走来。他，长得细眉大眼，全身闪着水灵灵的、炯炯有神的光彩，好看的、稚嫩的鹅蛋形脸蛋，白里透红，怎么看怎么像一个天铸地造的小天使。这个"小女孩"似的男孩走来，伸手就要接那马缰绳。

北人策马，南人驾舟。这鄂豫皖地区的人，虽不属南人，却也不属北人，善骑不是这里人的特长；何况这是学校，人都这么小，马又这么高，她万万没有想到会有人敢来试。她这样问，只不过故意说说，调调大家的胃口，提提大家的精神。现在真来人了，她为难了，话出了口，不给他试不好；真要给他试，这马背上的事，可不是闹着玩的。她狠了狠心，说："你这假小子——"

"我不是假小子，我是真小子！"

还没完全去掉童音的金展，越说他是真小子，越使陈金鸦认为他是一个假小子。于是道：

"不管你是假小子还是真小子，你的勇敢精神我算是领教了。我收回我的成命，今天我不叫你们试了，勇敢的小骑士，请你归队吧！"

金展归队时咕哝了一句，大丫没听清也没计较，清了清嗓子，向大家讲道："我今天来，不是来向你们专门作马术表演的，我是来招募女兵的。"

接着她命令道："立正！女学员注意！向前一步——走！"

金英不动。金展推了推金英，金英生气地将金展的手推开，轻声说："你愿意当女兵，你向前一步走！"

女学员和男学员分开后，陈金鸦忽然发现长得一般高，神采相貌一模一样的金展、金英没有动。立即像发现新大陆，喜滋滋地走到他们面前，拉着他们的手说：

"你们是双胞胎是吧？"

金英点点头，金展不理。

"你们为什么不站出来，是不愿意当女兵吗？当女兵可好啦，我们去当女兵好吗？"说着就将他俩往外拉。

金英想充男学员，见被识破，只好随着陈金鸦的手站出来；金展觉得骑马打枪既英武好看又好玩，很想跟陈金鸦去当一个骑马打枪的武士。见陈金鸦拉他出来，就顺势站了出来。接着陈金鸦牵着他们俩的手，将他们引到女学员中，顿时引得全场拍手大笑。

陈金鸦不知笑什么，问值星员，值星员说："他们两个中，有一个是男的。"

大丫惊奇得不仅睁大了眼睛，而且也张大了嘴巴，双眼不停地在他们俩身上打量来打量去，问值星员："哪个是？"

"一个叫金展的是。"

"哪个叫金展？"

"哪个叫金展，我也不知道。"

"那你们平时怎么分？"

"叫名字啊，无论见到哪一个就叫一声金英，答应了，他就是金英，没答应就是金展。"

"呵，是这样。"

金展终于被刷了下来。金展一心想当骑马打枪的武士，他不服，就闯到队列前质问陈金鸦：

"为什么把我刷了下来？"

"因为我们挑的是女兵。"

"那以前又为什么挑上我？"

"因为你像个女兵。"

"我既然像个女兵，你就把我挑上算了，何必又刷掉我呢？"

"因为你毕竟是个男的。"

"我是男的，但你们不能重女轻男啊！再说再说，我们办事不能没有，没有主心骨啊！"

大丫感到好笑，故意问："谁没主心骨啦？"

金展伸出食指向陈金鸦一指："就是你呀！"

"我怎么没主心骨啦？"

"你一会儿问，谁来试试，我去试时，你又不叫我试；你一会儿挑上我，一会儿又刷下我。你这不是翻手为云，覆手为雨，朝令夕改，没有主心骨是什么？"

"金展！你不能这样没礼貌。"徐振喜见金展太放肆了，立即上前制止道："你知道这特使是谁吗？她是你的大姑妈呀！"

徐振喜这一说，金展感到意外；但更意外更惊奇的是陈金鸦。陈金鸦听后，立即问："这位同志，你刚才说什么？"

"呵，特使同志，我来向你介绍。这是你的幺弟陈屹义的儿子陈金展，那一位是陈屹义的女儿陈金英！"

"呀！我弟弟有一对鸳鸯双生，这太好了！这太好了！"陈金鸦激动得忘了自己，"收下收下，我要把他们两个都收下！"接着转身问徐振喜："请问您——"

"我是陈屹义的同窗挚友徐振喜，是从三八一团调来的，刚走到这，还没报到呢。"

朱氏那天上午上街去称盐。她老远见邮差问一位白发老奶奶："金展、金英的奶奶住在哪里？"

白发老奶奶说："金展、金英的奶奶是刘氏，刘氏住在山里，你从这里往山里去。"

另一花发老奶奶说："金展、金英的奶奶怎么是刘氏呢？是秦氏嘛！秦氏就住在这里。"

白发老奶奶说："怎么不是刘氏呢？你难道不知道'借子还孙'吗？金展、金英是陈屹义的双生，陈屹义是刘氏的儿子，是借给秦氏的，借儿子还孙子，现在金展要还给刘氏，所以刘氏是金展的奶奶。"

花发老奶奶说："你只知道'借子还孙'，但实际情况呢？实际情况是：陈屹义是秦氏抚养成人的，金展、金英又一直是秦氏抚养大的！"

白发老奶奶："但血脉呢？而且当初还订有契约，无论讲血脉，还是讲契约，金展、金英的奶奶应该是刘氏。"

花发老奶奶指着秦氏的家说："邮差先生！你莫听她的，金展、金英的奶奶就在那，没有错。"

邮差："你们说了半天，把我说糊涂了，到底谁是金展、金英的奶奶？因为这是挂号信，是亲收信，是要签字的。"

这时朱氏走来了，说："把这信给我吧，我给你签字，这事我比她俩都清楚。"

白发奶奶和花发奶奶同时说："给她吧，给她是一样的!"

邮差："只要签字就行。"

朱氏拿着信，想到刚才两个老奶奶的争执，感到这封信确实不知到底该送给谁为好。刘氏、秦氏曾为争金展两人大打出手，但自金展、金英被骑马人带走后，两人又和好如初。于是想了一个折中的办法，就把信揣到怀中。那天，刘氏来到秦氏家。朱氏装着才收到的那封信，忙给她们送去，并一进门就高高举起那封信，喊道："好消息，鸿雁传书!金展、金英的奶奶收!"

秦氏嘴快腿快："给我给我，是我的信!"一把从朱氏手里抓过那封信。

刘氏坐着未动，说："是你的信，因为你是金英的奶奶；同时也是我的信，因为我是金展的奶奶。"

秦氏："不，我既是金英的奶奶，也是金展的奶奶!"

刘氏："'借子还孙'这是有凭据的：'刘氏借子，秦氏还孙。一言既出，板上钉钉。如有悔改，鬼神必惩。红唇白牙，朱氏做证!'朱姐在这，你还能赖账吗!"

秦氏："是呀，朱姐在这，你叫朱姐说嘛!"

这一下把朱氏架到火尖上了，朱氏感到无论怎么说都要得罪人；为了岔开这一难题，她一把把信从秦氏手里抓过来，说："信在这，你们不看，倒在那瞎争!"说着她把信打开，信的内容是：

金展、金英奶奶暨金展、金英妈妈：你们好!

金展、金英自离开你们以后，越香水，跨州县，很顺利地来到鄂豫皖革命根据地七里屯，加入新四军第五师烈士子女随军学校，列为四年级的学子。他们聪明可爱，睿智超群，很快就入同学之群体中了；军事课、文化课都学得很优秀，望勿挂念，敬请放心。

中国共产党鄂豫皖金山工作委员会敬上

1945 年×月×日草

她想念这封信，但这封信中的"暨"字她不认得，为了岔开摆在她面前的这一尴尬，她不得不念，她看"暨"字后面是金展、金英妈妈，于是她把"暨"字改成"和"，念道：

金展、金英奶奶和金展、金英妈妈：你们好！……

刘氏看出朱氏分明偏向秦氏，等朱氏把信一念完，就愤然离去。

刘氏走后，秦氏嗔怪道："这封信分明是写给我的，你给我就是了，为什么让她也知道？"

朱氏见秦氏不知好歹，非常气愤，立即回击道："你还怪我？你没看出我这是分明昧着良心向着你吗？这信分明应该给刘氏嘛！当初红口白牙，白纸黑字，说得清清楚楚，写得明明白白，'借子还孙'！难道你忘了吗？你说'你千辛万苦地把屹义抚养成人，把金展抚养这么大，把金展领走了，陈光兆就断后了怎么怎么的……'这怪刘氏吗？只怪你命不好！你说'刘氏没把孩子领走'，这也站不住脚，人家聪明，早看出你会赖账，早早就一步打一个桩，每每当着我的面要把孩子领走，是你甘愿代管，是我下断言给她作保证，她才没把金展抱走，这难道不是实？"

秦氏一听双手一拍膝，拉着朱氏的手哭道："是实是实，朱姐！全都是实！可是她没金展，还有大丫、二丫、三丫，可我没金展叫我怎么活呀，朱姐，你可怜可怜我吧！"

朱氏本来想说："你这又不对了，人家没金展有大丫、二丫、三丫，你没金展不是也有金英吗？"但看秦氏双泪涟涟的可怜相，这话到嘴边又吞了回去，扒开秦氏的手，自怨自艾地说道："我想得定定的可以办好这件事，没承想狗日的日本鬼子会打进来糟害了屹义这孩子！早知如此，当初没有虱子咬，何必找个臭虫叮哟！"

秦氏见朱氏的态度有了回旋余地，于是趁机道："朱姐呀！你一直为我着想，你已经让我有了儿子，也让我有了孙子，现在我儿子没了，还望你帮我想想办法，保住我唯一的孙子呀！我这一门还指望他传宗接代，继往开来呀，朱姐！"她哭诉着又拉过朱氏的手说，随着把五个铜角子塞到她手里。

朱氏异常反感地把秦氏拿五个铜角子的手推回去，说："你又来这一套——"

秦氏哭丧着脸："我实在没办法了，我知道这拿不出手！"

朱氏："我是嫌你少吗？我这样为你，是为了你这几个钱吗？你也太小看人了！"

刘氏是个有主张的人，并且城府也不浅。她离开，并不等于放弃。金展在七里屯，七里屯她去过，二丫、三丫都在七里屯。她决心悄悄去七里屯，把来龙去脉向金展一一说清，争取金展认她为奶奶，继承陈光明的血脉。只是苦于没有盘费。她思去想来，最后痛下决心：准备把青苗卖掉，猪子、鸡子都卖掉，田和房也都辞掉，来个破釜沉舟，一去不回头。

刘氏的行动一直很悄密。但在寻找青苗的买主中，买主把刘氏卖青苗的秘密泄露了，并且传到朱氏耳里。朱氏一听，就知道刘氏要去七里屯。她的第一感觉，这是她逼的。她如果主持公道，刘氏不会出此下策，她感到非常对不起刘氏。她在屋里翻了翻，发现屋里还有些银圆，于是倾其所有，全部给刘氏送去。

刘氏一见朱氏，没好气地问："你来干什么？"

朱氏不看刘氏的脸色，径自说："我听说你要到七里屯去看金展，我在家翻了翻，翻出了这些，就都带来了，你拿去用吧；青苗不要卖了，猪还小，也不要卖了，你这样卖，人家会明勒你的。再说正如你说的，这些东西一出手就如泼水一样，再也收不回来。万一到了七里屯还要回来，那岂不没退路了。"说着把兜里的钢洋全掏出来，叮叮当当地放到桌子上。

刘氏对此很感激，但还是没压住因朱氏偏向秦氏而产生的怒火。她挺胸攥拳，双眼瞪着朱氏，愤怒地道："我好好的儿子在你撺掇下，趁我的丈夫参加革命之机，把我的儿子从我手里夺去给秦氏，让我没了儿子！现在有了孙子又想叫我得不到孙子！你良心何在？"刘氏把当初订的契约铺到朱氏面前，用手将契约一拍，指着说："你看！这你一手操办的白纸黑字：'……如有反悔，鬼神必惩……朱氏做证'，你为什么不做证？我们大家一直认为你朱姐公正，很讲仁义道德，你仁义道德到哪去了？我和秦氏相同吗？秦氏丈夫死了，压根儿就没儿子，我是有丈夫有儿子的人，你却活活地叫我断子绝孙，你这是讲仁义道德吗？你整人也不是这个整法！"刘氏越骂越气，气得泪流满面，五官变形！

朱氏被骂得无地自容，羞愧难当，说："朱姐浑啦，朱姐的软心肠让糨糊糊住了定盘心，朱姐对不起你。这样吧，七里屯你去过，这些钱你拿去作盘缠，就按照你的意思你去七里屯找金展去吧！"

刘氏卖青苗，秦氏不仅知道了，而且猜出刘氏此意何为。于是联合屹香也准备去七里屯。但她们不知道路，秦氏的主意，是暗地里盯着刘氏，刘氏往哪走，她们往哪跟。但王屹香心中不像秦氏那样有芥蒂，说那样不好，干脆来明的，约刘氏一路去看望金展金英。于是她们也来到刘氏家。当秦氏说明来意，刘氏觉得她的秘密又遭破灭，她感到这又是朱氏与秦氏合谋算计她。于是把朱氏叫到后面树林里，质问道："我要到七里屯，是你告诉秦氏的是吧？我的打算是你们合谋叫我搞不成是吗？"朱氏委屈地说："天地良心，我没那么贱，我没告诉秦氏；我一听说你卖青苗我就觉得对不起你了，拿着钱就来了。""你没告诉，那她们怎么晓得的？""你现在去鄠王镇听听，你卖青苗的事不晓得震动有多大。我跟你说，前天我当着你的面和稀泥了，没有明确做证，是我的不对，我向你检讨。但你走后我把话给她说清了。"刘氏问："你给她说清了，她怎么说？""她耍赖，她说金展长大了，认谁做奶奶要由金展自己来决定。你去找金展还不是告诉金展真实情况，把金展争取过来。我现在想你告诉金展真实情况不如我告诉。""你是说——""我想跟你一路去，有我协助，你争取金展就更有把握了。""那她们呢?""她们要去，尽她们和我们一同去，当着金展的面趁早点把这事做个了结?"刘氏有些吃不准，朱氏又说："金展是你的亲骨肉，你们血脉相承，你难道就没有一点自信，再说你应该相信我会把一切给金展、金英解释清楚的。"

就这样，四个寡妇相约而行。刘氏把朱氏给的钱还给朱氏，并推朱氏做路上的领头人，掌管资金带领大家一路行进。

当她们走到厉山，方知日本鬼子投降了。虽然没有听到庆祝胜利的锣鼓声，也没看到聚会的人群，但张灯结彩的灯笼红布，以及各种各样的标语，使她们联想到庆祝仪式是何等隆重。

为了赶路，她们在厉山没有停留，当她们爬上那段野岗荒岭，忽然遇到几个国民党伤兵挡住了去路。朱氏上前问道："各位老总！你们这是干什么？我们妇道人家没有钱，请你们让我们过去好吧?""没钱不要紧，我们这身衣服穿腻了，只想和你们换换衣服穿。恰恰好，你们四个我们四个。"朱氏："你这是什么话？你们男子汉是闯荡四方，为国家建功立业，为父母儿女光宗耀祖，说这种话不怕有损你已获得的好名声吗?""我们为国家打日本鬼子献血献身，当然名声不坏，现在日本鬼子被我们打跑了，和你们换换衣服，让你们慰劳慰劳我们，难道也不该吗?"王屹香挺身而出，说："慰劳你们自有国家和你们家人，与我们赶路人有何相干?"其中一个伤兵一见王屹香，双眼不由一亮，大叫："咦！你很年轻漂亮，我就要和你换换衣服!"说着把挂着的拐杖一扔，就去拉王屹香。朱氏、刘氏、秦氏一起去护。那个伤兵又像发布命令似的大叫："兄弟们！一人一个，上!"其余伤兵也把拐杖一扔，跳着蹦着分别去拉朱氏、刘氏、秦氏。搏斗中，忽然啪啪两枪炸响，抓朱氏的和抓屹香的伤兵的脑袋应声开花，另外两个伤兵连滚带爬地逃之夭夭。

　　四寡妇惊魂四顾，不知枪从何来。惶恐中急急忙忙落荒而去。

　　一个时辰以后，她们心惊胆战地走入一片延绵如波涛的丘陵之地。在一山洼中有几间屋的残垣断壁的废墟，废墟旁有一草店，酒饭的幌子高高飘扬。朱氏把大家引进去坐定，先叫了几样菜叫店小二准备；接着又叫来一壶茶，倒给大家喝。

　　刘氏一直觉得这地方似曾来过，但一时又想不起来；即走到店外，走近废墟细瞧，忽然想起来了，这地方就是当日她们娘儿仨夜宿的瓦屋岭。这废墟即是老奶奶的黑瓦屋，门前右手仍有篱笆遗痕的那片荒地，就是当年老奶奶在菜园里弄菜的菜园。想起来后，她立即回到桌边向朱氏等说："这地方不宁静，我们随便吃点东西后，赶紧走。"

　　朱氏问："有什么问题？"

　　刘氏说："我们上次从这路过，这废墟是囵囵正正的三间黑瓦屋，那一片荒地是菜园，我们路过时，一位老奶奶正在菜园里弄菜，我们还向她问过路。"

　　店小二端来一盘菜，道："这位客官说的就是，原来这瓦屋很囵正。"接着面对刘氏说，"您可知那位老奶奶现在怎么样了？"

　　刘氏一听话中有话，忙关怀地问："怎么样了？"

　　店小二："房屋夜晚起火，老奶奶被烧死在屋中。"

　　刘氏一惊，不由惋惜地拍案而起："烧死在屋中？"

　　店小二答："是的，客官。"

　　刘氏坐下，又问："那，她的儿子呢，她有个儿子呀！""她的儿子很浑！""怎么很浑，不是在当红军吗？""其实是在当土匪，他没跟他妈说实话。"朱氏插言："当土匪不一定都是坏人。""这位客官说的也对，当土匪有的是被逼的，有的是误入贼窝的。"

　　说着店小二把菜上齐，把饭也盛了来。她们都很饿，转眼风卷残云，菜光饭尽，朱氏掏钱结账，准备走人。可是朱氏在包中翻来寻去，找不着钱袋子。秦氏也去摸钱，钱却也摸不到。

　　这时一个穿长衫蓄长发的道士，捧着钵进来，嘴里念道："小小钵儿四四方，扶贫济困一桥梁；你有钱时添几个，你有难时我帮忙。"接着，直趋朱氏面前："女施主！请添几个！"朱氏寻钱袋正寻得火气流，于是给了他一个："添什么添！我连饭钱都没得给的了！""呵，没有饭钱了"，道士将方钵一摇，钵内立现 4 块钢洋，"你看这够吗？"朱氏一见惊讶不已，抓起在手中掂了掂，道："还真是钢洋！"道士："'你有钱时添几个，你有难时我帮忙'，贫道不打诳语。"朱氏把钱放回去，道："有道是'无功不受禄'，我们一面不相识，怎么好收你的钱呢！"

店小二走过来问道："二位客官你们在做什么？难道你们不知我这小店的规矩？我这小店是不收钱的哟！"店小二见道士把他那装钱的钵还支在朱氏的面前，就心生厌恶地道："把你的钱收起来！"店小二说着，一把将道士装钱的钵推了回去，无意间店小二的劲使大了一些，冒犯了道士。

道士有些不悦，顺手用手中的钵往店小二胸前一杵，说："我为我的母亲八十大寿许下做 500 件好事的宏愿，我母亲 80 岁的生日眼看就要到了，可 500 件好事还差 5 件。"

店小二更加不快："你 500 件只差 5 件，你知道我为什么开店不要钱吗？"说着就推了道士一掌。

道士火起："我管你为什么，你挡我做好事就不行！"说着一拳打去，把店小二打翻在地。

店小二一个鲤鱼打挺地跳起来，发狠地道："你敢在爷爷店里撒野！"说着就一拳还了过去。

这样你来我往就打将起来。

朱氏等感到万分奇怪，自己该付饭钱，钱不翼而飞；正为难时，一个要帮她付饭钱，一个又不要她付饭钱！怪，这怪事简直成堆了！

他们打斗数十回合后，道士卖了一个破绽，店小二见虚一拳打去，道士趁势来了个顺手牵羊，同时脚下使绊，又将店小二绊倒。

店小二火冒三丈，骂道："你奶奶个七叶子的！"抄起灶门前的火叉又来打。

道士一听"七叶子"，即向后一跳，手一扬，高声喊道："慢！"

店小二："慢了打不着！"说着一火叉劈去。

道士侧身就地一滚，躲过劈来的火叉，又高喊一声："慢！"

店小二："慢了不好看！"接着又一火叉横扫而去．

道士纵身一跳，跳过了横扫而来的火叉，又高喊："请慢！我有话要说！"

店小二："请慢——心不甘！"说着火叉从右后绕起，又来了个劈头盖顶。

道士慌忙用手接住，为了缓冲劈来之力，道士双腿劈叉，身子随力下矮。但那火叉烫手，道士不得不连连换手。

店小二见道士功夫确实了得，住手道："你为何不还手？"

道士拱拱手："同门不打斗。"

店小二："同门？请问仙山何方？"

道士："蒙山一线天。"

"架山金流子？"

"土七木山爷！"

"山爷心病何？"

"小姐不疼幺姐疼。"

"所承何命？"

"为金流子报恩。"

店小二："想起来了，原来你就是散点子——山外的木石二爷？"

道士拱拱手："正是。"

道士接着反问："兄弟所承何命？"

店小二："弃山背主自个独为。"

"所为何事？"

"好端端房屋半夜起火，将母烧死，衙门不管，山主不问，自个开店寻求知情恩人。"

"可得蛛丝马迹？"

"所得毫无相干。最贴近时辰的是黄昏时段有一成年女子和两位年轻姑娘可能从此路过。所见人们都说那三位女子如天女下凡，她们只会施恩不会作恶。"

"说不定她们就是知情的恩人呢！"

"兄弟也是这样想，只是人海茫茫，山道荒荒，难寻恩人啦！兄长请坐下，我去问问这四位女子。"

"她们怎么知道，不必惊扰她们。这是她们的饭钱。"道士说着，从方盒中取出4块钢洋，交给店小二。

店小二回拒道："兄长！真不要你出，你请看。"朱氏等同道士随店小二的手看去，酒幌子旁边挂着一个牌，上写道："半夜起火蹊跷事，母被烧死不知因。为求恩人来相助，免费开店广酬宾。"

"真不收钱，那好那好！"道士收起4块钢洋，店小二端来一壶美酒和四盘下酒的菜即对饮起来。

这挂在酒幌子旁边的招示牌，朱氏她们来时，因为惊慌没有看到；既然是免费，她们只好告辞而去。

一路上四个人都为小店奇遇而百思不得其解。同时还有一个现实问题：钱没了，路还很长，今后怎么走？

她们一边思考这些问题，一边仍在波浪起伏似的丘陵上行走。当她们翻过一条山冈，远远见前面一条山冈上的大路中间摆着一块石头，渐走渐近，又见石头上放着一件东西，等走近了，大家惊奇地发现是朱氏的钱袋。

钱袋怎么会在这？朱氏打开钱袋一数，不仅她起程时所带的钱全在里面，就连秦氏的钱也在里面，而且一路开销的钱，又回到袋中了。她们四人你望望我，我望望你，连连叫奇。

朱氏想了想，叫大家坐下休息，说："这样的奇事，我现在猛然想到，自我们三个从一线天回来后就发生了。每当我要用钱，在家随便翻翻就能找得到钱；以前我还以为是我那老死鬼给我留下的呢，现在丢了的钱袋又在这出现，这使我想到这绝不是老死鬼留下的。这是谁呢？我

想去想来，联想到店小二与道士一段对话中说的：'小姐不疼幺姐疼'
'为金流子报恩'，这小姐与幺姐是我娘家特有的称呼，现在只有我和
我失散的弟弟知道，这幺姐就是我。综合全过程，现在我才悟出：金山
一线天的杜七即是我的弟弟朱兴怀。我家里的钱、这钱袋里的钱，就是
我弟弟安排给的；那木石二爷也是我弟弟安排在暗中保护我们的侠士；
那两个伤兵就是这个假扮道士的木石二爷为了救我们打死的。你们看我
说得对不对？"秦氏、刘氏都感到惊奇，都说对。王屹香说："屹义曾
对我说过，杜七其实不坏，若不是他，他的命也许早就没了。"

刘氏突然说："店小二开店其实就是在找我。"正说着，店小二赶
了来，一膝跪在刘氏面前："娘娘，你见到过我的妈妈是吧？""是。"
"您能把当时的情况告诉我吗？""可以。我们正在说，你不来，我也准
备转去告诉你的。"于是刘氏把她们娘儿仨如何投宿，淫贼如何闯入，
她们如何把他制服，如何吊在床头，她们如何离开，一一说了一遍。店
小二问："那淫贼长什么样？""瘪腮尖下巴，额头右边有颗痣。""知道
了，谢谢娘娘！"

店小二离去，她们继续赶路；刘氏像完成了一项重要任务，一路上
感到格外轻松愉快。

傍晚即赶到七里屯，恰巧碰着徐振喜。金展、金英听说后，当晚即
赶来见奶奶、妈妈。见面是徐振喜带来的，徐振喜应陈金鸦之邀，又被
调到十八军女兵旅筹备部当文化教员。徐振喜告诉她们四位，部队纪律
很严，必须在熄灯前归队，说完即把金展、金英带走了。时间很短暂，
他们俩穿一样的衣服，蓄一样的头发，谁是金展、金英，不要说秦氏、
刘氏没分清，就是他们的妈妈王屹香也没分清。

为争孙子，刘氏、秦氏和朱氏来到七里屯。

要知后事如何，请看下回分解。

第十二章　苦命妇苦救新四军
突围孙突越千里外

秦氏此次兴冲冲地和刘氏争夺孙子的七里屯之行，可以说是百分之百的圆满。她在徐振喜帮助下，单独地找到了金展。金展对她说："奶奶！我爸是你一手抚养成人的，我们也是你一手抚养大的，当然你是我们的奶奶，我们是你的孙孙。奶奶你莫急，等胜利了我就回来。"

秦氏要的就是这句话，秦氏因此兴高采烈，甚至一时露出了得意扬扬的样子。但她立即批判自己：不能这样得意扬扬，更不能看到刘氏苦恼伤心而幸灾乐祸；我们毕竟是妯娌伙的，毕竟是她成全了我与陈光兆这一门后继有人的"伟业"；当前要好好地安慰她，日后如果有了多余的重孙，一定给她一个。让她也后继有人。人，不能没有良心！

当秦氏找金展的时候，刘氏正抱着大丫在痛哭，她终于见到了大丫。

大丫和陈二姐立志要建立的女兵旅即将成立。旅的建制是，下属两个团，隶属于十八军。风传陈二姐为旅长，大丫是九九八团团长。没想到的是，忽然来了一纸命令，女兵旅停建，调大丫到第十八军军部任机要参谋。大丫参军 10 年，一直将全身心扑在建立女兵部队上。经她招募的女兵一共 998 人，女兵团的番号"九九八"就是据此而来的。

现在忽然一风吹了，她想不通，她直接跑到中原军区司令部找司令员。她闯进司令部，恰遇司令员开会结束，陈二姐也在场。

陈二姐道："陈金鸦！你来有事吗？"

司令员一听陈金鸦名字，立即停住，问："陈金鸦？就是叫大丫的改为陈金鸦的陈金鸦？"说着手即向陈金鸦伸去，"久闻大名，未见其人。你即是陈金鸦，陈三姐？"

陈金鸦敬礼，双手紧握司令员的大手："报告司令员！我是陈二姐的部下，我只能叫陈金鸦，没有资格称陈三姐！""部下是部下，姐妹是姐妹，它们不矛盾嘛，再说我听到不少人这么叫嘛！言归正传。"转身对陈二姐说："你们谈！你们谈！"陈金鸦立正敬礼："报告司令员！我要找您！""找我？好。"左右看看，就指着厅内的椅子，亲切地道："来，坐下谈，坐下谈。"他们即在厅内椅子上坐下来，陈金鸦道："我有思想，我有意见。""呵，又有思想又有意见，那你是先谈思想呢，还是先谈意见？""我先谈谈思想。我是陈二姐筹建女兵旅的特使，我们动员来参军的姑娘早可以建一个女兵师了。可是动员来的姑娘叫她们当医生，当护士，当电报员，甚至当老婆去了，就是不叫她们去女兵部队当兵。现在好容易说建女兵旅了，又忽然一风吹！我说这是瞧不起妇女轻视妇女的思想在作怪。这是我的思想，也是我的意见。错了，请司令员批评指正！""陈金鸦同志！你是'功不可没'的好同志，要不然我怎么会知道陈金鸦的大名呢，要不然大家怎么会叫你陈三姐呢！说到这里我先给你打个比方：我是一个木匠，我会用斧头、锯子把木料做成椅子、桌子、柜子的木匠，你若叫他拿锤子、钳子去当铁匠去打铁，你说这能行吗？这叫因材而用吗？这叫发挥特长吗？显然不是。我再报告你一个好消息，我们缴获了敌人的一座野战医院的全部设备，我们军区准备建立一座野战医院，师建立医疗大队，团建立医疗队，营连的卫生人员也准备充实。陈金鸦同志！你说这叫哪些人去好呀？叫粗胳膊粗手指头的男同志去，他们有这个能力吗？他们有女同志的心细吗？他们的手有女同志的手柔巧吗？陈金鸦同志！我们如果把女兵旅建起来，野战医院、医疗大队就要把那些男兵调去当护士，陈金鸦同志你说行吗？显然不行。再说当老婆，陈金鸦同志，我们新四军也需要后继有人啦！"

陈金鸦为了建立女兵部队一直不结婚，后经其恋人杜勇的反复恳求，同志、领导反复做工作，她自己也反复地进行思想斗争，直到去年才勉强结婚，但她的心还一直不安。经司令员高屋建瓴地这么一启发教育，她顿时彻悟，她结婚不安的心理不仅去掉了，为什么不建女兵旅也全明白了。她立起身来向司令员敬礼道："司令员同志！我明白了。""你明白什么了？""我明白部队建设好比盖高楼大厦，沙石、砖瓦、钢筋、水泥要混合用才建得起，才建得牢。光沙和灰堆得再高，也砌不起墙；光砖砌墙，再高的技术，也砌不牢固！""对对对，你这比喻打得好！暂时不建女兵旅你思想通了？""通了！"

大丫那天见过司令员回到单位，徐振喜向她报告，说她妈妈来了。她很早就从徐振喜那里知道了家里的一切，一直思念着可怜的妈妈。忽然听妈妈来了，她兴奋得一夜没合眼，第二天一大早就来找妈妈了。刘氏一见大丫，忘了一切，就抱着大丫痛哭开了。刘氏哭，大丫也哭，母女俩相互拥抱着，哭得难解难分。刘氏经历的伤痛太多太多，一哭就没有止境。为了安慰她，大丫把她引到骑兵营营地她的家去见她的丈夫。刘氏见到魁梧英俊的女婿，高兴得合不拢嘴。直到这时，她压在心头的大丫这块石头，才算是彻底地落地了。

这桩心事刚了结，立即就想到她这次来的本意。正在着急时，随着一声清脆的报告声，进来一位生气勃勃的小战士："奶奶！革命战士陈金展，前来向您老人家报到！"刘氏一时没看清这帅气的小战士是谁，更被这军队的礼节惊呆了，不知该如何是好。大丫忙说："妈！这是你的孙孙金展！""哟！是金展啦，昨天晚上我没分清，更没看清。你就长这么高了，又长得这么有出息，长得我就认不得了！金展！我正急着要找你呢！""奶奶！我知道您要找我，我也知道您的心事，所以我就专门请假来看您老人家来了。"说着他亲热地拉上刘氏的手，"奶奶，我跟你说"，刘氏忙问："孙孙，你跟奶奶说什么？你说。"金展走到刘氏的耳旁，轻轻地说："奶奶！我爸是你的亲生儿子，我是我爸的亲生儿子，当然我是你的亲孙孙，你是我的亲奶奶！"刘氏一听，泪如泉涌，捧着金展的脸，哭道："我的孙哟，你好懂事哟，你的奶奶有你这句话就心满意足了！"金展顺势用自己的额头顶着刘氏的额头，说："奶奶你别伤心，我一定为我爸爸报仇，为您老人家争气！"说着就为奶奶揩眼泪。

刘氏的一切苦难，都是她自己扛着，许多年来从没人为她分忧，更没人像这样抚慰她。这揩眼泪的动作是简而又简的动作，可是对于刘氏来说，这却如同是上苍对她受伤的心灵至深至切地抚慰！在她失去儿子，又没了丈夫的情况下，秦氏还赖着不还她的孙子。她最最迫切的希望，就是有人为她分忧，让孙孙认她奶奶。今天孙孙如同从天上掉下来，不仅认她奶奶，还得到孙孙如此之恩惠，使她受伤的心一下得到了温暖，这真是老天开眼，上苍恩赐！她激动得情不自禁地又一把抱住金展："孙耶！你奶奶好苦啊——"就号啕地痛哭起来。金展一下慌了手脚，连忙抱紧奶奶，一面拍奶奶的背一面说："奶奶，奶奶！一切我都知道。"

金展这话像闸一样，一下止住了刘氏的哭声。刘氏嘶哑着嗓子问："一切你都知道？""一切我都知道，徐叔叔、朱奶奶都给我说了。""他们给你说什么了？""他们不光说我爸爸，说我姑姑，还说我爷爷。说我爷爷老早就参加了革命，为了保护我爸爸，才暂时把我爸爸送给我那个奶奶的。徐叔叔还说我爷爷、我爸爸都是好样的，要我继承他们的遗志，要像愚公一家一样，前赴后继，将革命进行到底！朱奶奶还说我那个奶奶耍赖，不遵守契约。奶奶！您别伤心，一切有我！""好，好！我不伤心，我听我孙孙的。""奶奶！我现在是部队上的人了，纪律严，我要去出操，不能耽误，奶奶，您放心，您多保重，等革命胜利了，我就回到您的身边！"

金展走后，金展的话和金展的英姿让刘氏美美实实地又痛哭了一场，一边哭一边骂自己："我真糊涂呀，我当初如不把我的幺答应给秦氏，怎么会闹出和秦氏争孙子这一场！"于是又想起了她幺的惨死和她无时不思念的丈夫，更是哭得死去活来。刘氏深切地反复地痛哭，使陈金鸦感受到妈妈的苦痛实在是太深，那能铄金断铁的凄切的声音早把她的肺腑搅动，她把杜勇支走，抱着妈妈和妈妈一道美美实实地又大哭了一场。

原来陈屹义的英雄事迹早在鄂豫皖边区传遍，人人都敬奉这位抗日英雄！现在英雄的妻子和母亲来了，个个都想看看英雄的妻子和母亲的芳容。那天边区领导本来安排由陈金鸦和徐振喜引导她们到各军营参观参观，与大家见见面的；大丫怕母亲伤心过度，就请示领导，让徐振喜领秦氏、朱氏、屹香去参观；她领着刘氏去找二丫、三丫散心。

徐振喜领着秦氏、朱氏、屹香到各部队参观。各部队官兵列成方队隆重欢迎。当徐振喜指着秦氏向大家介绍"这一位即是英雄的母亲！"时，军营沸腾了，拳头如森林一般地举起，喊声如山呼海啸："向英雄的母亲学习！""向烈士的母亲致敬！"所在的首长都来向她敬礼，都和她握手，她出尽了风头，她心满意足地回到住处等刘氏回来。

刘氏见到二丫、三丫。她与她的三个女儿团圆，可真让她高兴了好一阵子。可是没过多久，她又想到她们母女三人夜宿瓦屋岭遇贼的事。那次因为自己心慈手软，没把那贼就地了结，造成那贼为了灭口，竟放火焚房烧死了老奶奶！老奶奶是一位多么好的老奶奶呀，在她们娘儿仨路陷荒野，无店可投的情况下，主动接她们到她家住，还给她们炒鸡蛋、炒瓠子……热情得像待客一样，没想到竟遭到那样的下场！她想到这一层，她的心情又陷入不快之境地。另外还让她感到不安的是：二丫、三丫家里都有老人，她到她们家，她总觉得影响了人家，心总像漂在水上的葫芦一样地动荡不安；到大丫家，大丫家又特别窄，大丫总让杜勇为她让房让铺，因此使她心中更觉得不是个味，而且她还只言片语地听到：蒋介石要发动内战……从四面八方扑过来了……而且看行色，大丫、杜勇都是来去匆匆，使她感到要打大仗了，原本想在这住下来，现在她感到在这里不但帮不上忙，还是一个累赘，所以提出要回去。大丫十分不舍地抓着她的手，哽咽着道："妈妈！恕女儿不孝；是要打仗了，女儿心里真舍不得妈妈！""没关系，你们要好好的，妈妈回家等你们！"嘴上说得轻松，心里又沉重起来：她知道打仗意味着什么，明知危险，可是她不得不把他们留下而自己回去！

刘氏回来时，秦氏在刘氏的脸上看不到高兴之色。就断定，这次七里屯之行，她又是彻底地获胜了；孙子十拿九稳是她的了，陈光兆后继有人是不成问题的了。她担心她家的鸡和猪，她觉得该回去了。朱氏完成了她的使命，当然也觉得该回去了。屹香是晚辈，更是兵跟将转草随风，因此回去的问题，四方一拍即合。

回去时，刘氏坚持一定要走原路，一定要去小店看看店小二抓住那贼没有。

当去到那小店，不仅没看到店小二，就连那小店也不复存在了，更不要说探听抓那个贼了。所以一路上，刘氏更是心怀愧疚和不安。这就使秦氏更加验证，刘氏与她争夺金展，她刘氏没争赢。她在高兴之中又对刘氏产生感激怜悯之情，所以一路上对刘氏百依百顺；回到鄢王镇，也一直对刘氏慰藉有加，妯娌之情也维系得尽情尽理。分别后，就心满意足地在家中等革命胜利，等孙孙回来。

1946 年 7 月上旬某日下午，刘氏因山里农活告一段落回到鄢王镇她那茅草屋，晾晒留在那里的被褥衣物。就在这时，鄢王镇像天降神兵一般，忽然满街满巷拥满了新四军。在街头她听了新四军演讲，才知道蒋介石撕毁和平协议，挑起内战，首先以 30 万大军包围中原新四军。出现在鄢王镇上的新四军部队，就是凭着勇猛的拼杀，才突出重围，越过平汉路，转战到雅口。又由雅口冒着飞机的狂轰滥炸渡过香水，才来到鄢王镇的。

这些部队突围千里，已是疲惫不堪，但纪律仍然严明，军事部署仍然井井有条。侦察班出发了，岗哨就位了，伤病员被妥善安排在阴凉地里治疗、休息，后勤人员正在做炊事准备，指挥人员正围着地图研究敌情、部署以后的突围路线。

但战士们被极度的疲劳困扰。他们穿着满是汗渍血迹的灰军装，怀抱着钢枪，或靠在墙边，或靠在树上，转眼就酣酣地睡过去了。就在战士刚入梦乡之时，忽然尖利的叭叭叭三枪骤起，突围部队的指战员们，顿时如惊醒的睡狮一跃而起，抄起钢枪，转眼像风像云一样消失得无影无踪。

接着枪声越来越密，子弹带着尖利的哨音从屋脊上一掠而过。刘氏急忙把门关上，正要插上时，门外有人急叫："开门啦，奶奶！让我们躲一躲，快！"刘氏把门开一条缝隙往外一看，是一男一女两位新四军。男的满脸烟尘，女的满身污泥，脑子里不由一噏，心里叫道："天啦，是新四军！"她急忙把门开开，低而急促地道："快进来！"两位新四军一进屋，那女的就一膝跪到刘氏面前请求掩护。刘氏连忙把门关上插上，将她扶起："快别这样，你们也是为了解放我们穷人。"刘氏将男的藏到床当头与墙之间的空隙中，将女的藏到床与箱子之间的空隙中，外面用乱套烂衣遮严。

敌人进街后，立即开始了大搜查。跑步声、拍门声和鸡飞狗吠声搅成一锅粥。刘氏想想，即干脆把门打开，坐到门槛上补衣服。这时国民党兵提着上着刺刀的步枪走马灯似的一个接一个地跑来喝问："有新四军没有？""藏着新四军没有？"刘氏总是装着没事的样子，一边补衣服一边回答："没有。我这哪藏得住人？不信，你们看！"说着还故意把身子挪挪，让他们看。

那些兵伸头向里一瞧，两间千柱落脚的吹火筒式的茅草屋，用芭茅秆和泥糊成的墙，缝连着缝；用茅草苫盖的屋顶，洞接着洞，一望无遗。果真不是藏人的地方，就一一地走了。

敌人一停止搜捕，两位新四军就要走，刘氏连忙说："你们不要动，我先出去看看再说。"

刘氏锁好门，走上街头。

街头上聚集着一群一群的人，正在议论新四军的突然降临和刚才激烈的战斗。

当时议论的人群中，有好几户和刘氏一样，家里藏着新四军而特意出来探听消息的；但在当时他们互不知道，都装着悠闲无事的样子和大家一起，谈东论西。

这时有个叫王定林的人，提着篮子，拿着纱撮子去街边一块秧田里去捞猪草。街边的田很肥沃，稻秧长的青绿茂盛没过腰际，王定林只好钻进秧稞内去捞。当他捞到田中央，忽然惊恐万状地跑起来，说："秧稞内躺着一个新四军！"接着就有人报告了甲长，甲长报告了保长，保长又报告到乡公所，乡公所来了几个乡丁。

当乡丁把那位新四军从秧稞内抓起来时，那位新四军的腿上、脖子上，凡是裸露的地方都叮满了蚂蟥。看来那位新四军是身染重病，面红耳赤，满身泥水，身体虚弱得歪歪倒，在乡丁的推搡下，有好几次都几乎摔倒。聚集在街头的人群停止了议论，眼巴巴地望着乡丁把那位新四军从他们的身边押解过去。不久街北传来一声枪响。它宣告，中国革命史上又添了一位无名英雄。

对于这位无名英雄，既没有哀乐祭奠，也没有诔文留于人间。随着枪声的泯灭，他的英雄事迹将永远石沉大海，他的喜怒哀乐、音容笑貌，甚至他的籍贯也随同他的身体将在人世间永远沉寂。他留下的，是人们的无名思念和浸透热血的沃土！

须臾，一阵风过，鸭儿照常下水，鸡儿照常觅食。一只觅食的黄色母鸡，在堰堤上，小心翼翼地将头伸进一蓬荆棘丛内，忽然扑腾一下跳起，接着撒开两翅，嘎嘎嘎嘎地大叫着连跑带飞地掠过堰塘水面，向它的家里奔去。

这时人群中有一个好事的聪明人，说："那里必定有个啥。"说着就走上堰堤，拨开荆棘丛，不由一声大叫："真的，这里还有一个！"他的声音充满着新发现的自诩和得意的悠扬。不必说，又招来了乡丁。

这位英雄的新四军是狙击敌人时，腿部受伤，完全不能行走。是乡丁们抬着去行刑的，枪声也显得格外沉闷。

中国革命，由于有叛徒、汉奸而多出了一些格外的曲折和悲壮！也由于有愚蠢之徒而产生了许多难于启齿的可笑和悲哀！

刘氏急忙回家报告两位新四军："不能动，外面有情况！"接着又加强了掩盖，提防敌人再来搜查。

还好，直到天黑，敌人没再来。两位新四军再次提出要走。刘氏说："没有敌人来搜查，不等于没有敌人在暗地里监视。就是没敌人监视，现在天刚黑，正是人往屋里走的时候，你们往外走，万一叫人看见，能不起疑心吗？"说着端来了她早已准备好的饭菜："吃吧，吃完了好好地睡一觉，该走的时候，我来叫你们。"说完就出去放哨去了。直到鸡叫二遍才叫他们上路。

上路时，刘氏给女新四军穿上她回娘家时才舍得穿的青蓝布衫、芝麻粒裤子；给男的穿上了她丈夫的灰布褂和毛蓝裤子。接着又扛来三把锄头，她和他们一人扛一把，装着出去帮亲戚薅草的样子，把他们送走。

刘氏安全地送走了两位新四军，心内很高兴。这是她用胆量和智慧救下的两条人命，活在世上的人又有多少能做到这一步呢！更何况她救的不是一般的人，而是为穷人打天下的新四军。她能不高兴吗！

但是她也知道，这事要是让国民党知道了，可是要掉脑袋的。

担心的事，在第二天果然发生了。

昨天的新四军过鄢王镇，震动了县警察局。今天一早就派来一个分队，由一名中队长率领，暗暗地把鄢王镇包围了。他们问去问来，每一支每一人都有去向，唯有一男一女两个新四军到了西街耙头街就不见了。

他们根据这一线索，就把目标指向了刘氏。中队长说："是不是刘氏放走新四军我不敢说，但抓刘氏不会错我敢说。因为她的丈夫是共产党，她生的儿子也是共产党，无论怎么整她，都是应该的。"

刘氏为了避开不必要的麻烦，一早就锁门上街出去了。不巧正撞着要找她的那个中队长。中队长说："这不是刘氏吗！走，到你的屋里看看去。"刘氏怕鬼偏偏遇上了鬼；真正遇上了鬼，她反而一点也不怕。于是从容地说："好，我家是破草屋，里外都不成看相。如果不嫌弃，就请吧！"刘氏说着就昂首挺胸走在前面，那个腰挎盒子枪的中队长带着一帮背大枪的警察紧紧跟在后面。刘氏心里坦然，新四军早就去了，你们要看就看去吧！老远的刘氏就指着她的两间窝棚式的草屋说："那就是我的屋。"走到后，她打开锁，推开门，说："请！"

"我问你一件事。"那个中队长把头伸到门里看了看，毫无进去的意思，说："你见过一男一女两个新四军没有？"

事，果然发生了。不管怎样都不能承认。刘氏在心里稳了稳自己，说："昨天我从山里回来不久，见到阴凉地里坐着靠着许多新四军，就是没见到女的！"

"你莫扯远了，干脆说吧，你把一男一女两个新四军藏到哪里去了？"那个中队长把背着的盒子枪从腰后拉到腹前，将一只脚踏到门槛上问。

"老总！你这不是说笑话吗？我看都没有看到他们，怎么藏他们呢！"

那个中队长把盒子枪又猛一往背后一扒拉，厉声说："不给你点颜色看，你就不知道马王爷长着三只眼，给我吊起来！"

打手们一拥而上，把刘氏绑了起来，往天坎上吊；天坎太矮，他们又把刘氏拉到十字街，往皂角树上吊。

"说！"那个中队长装腔作势直指刘氏的眼睛，"你把两个新四军到底藏到哪里去了？"

"老总！我确实没有看见，哪能藏他们！"

"给我打！"

"就是打死我，老总！也要让人说实话，没看见就是没看见，没藏就是没藏。"

"你还嘴硬！我看你嘴还硬！"那个中队长说着，从木盒中取出驳壳手枪，把枪口对准刘氏的眼睛说："你看看这里面装的是什么？只要我轻轻一扣，老子就叫你上西天！"

"老总！你莫扣，扣了就糟蹋你一发子弹。你去访一访，只要有一个人说是我藏的，我就一头撞死在这棵树上，不用你费子弹。"

"嘿！你人长得像豆腐，说出的话却像石头！"转身对打手道，"去！给我找两块磨盘来！"

不一会儿，吊着的刘氏，脚上吊上了一块磨盘。中队长问："藏没藏？"

"没——有！"刘氏脸上顿时沁满了如豆一般的汗珠。

"加上！"中队长拳头一挥，从牙缝里挤出两个字。打手们立即把另一块磨盘压到刘氏的背上。刘氏双臂在重压下啪啪直响。

"藏没藏？"

她已经说不出话了，但仍顽强地摇了摇头。气得那个中队长团团转，无计可施。

这时鄂王镇的人民群众被刘氏坚强不屈的精神感动了，一批一批地向皂角树拥来，围观的人墙一圈一圈地增厚。

忽然人墙涌动，秦氏挤了进来，"妹妹"一声叫，连忙跪下抱起吊在脚下那块磨盘："老总！我妹妹是好人啦，你们怎么这么毒啊，快点把她放下来！"

在秦氏的带动下，义愤的声浪，一浪高过一浪。那个中队长正感黔驴技穷，骑虎难下时，朱氏挤了进来。

"老总！这大热的天，你们也不容易，我看这样，我替我妹妹当个家，一石米，把这件事了了！"

中队长："差远了！"

"再加一头大肥猪！"

中队长将巴掌一伸："起码这个数！"

朱氏也将巴掌伸出，说："这个数怎么讲？"

中队长扳着手指说："一头牛、一头猪、一石米、一石小麦、一桌酒席！"

人群中有人骂道："这是什么世道，敲竹杠敲到这种程度！"

朱氏："你能不能少点？"

中队长："这五个一，连把也不能敲掉一点！"

朱氏："好！你给我放人！"说着急忙回去找钱。

当一桌酒席塞满了他们的肚皮，一头猪、一头牛、一石米、一石小麦的钢洋装进他们的腰包，他们才让放刘氏。

朱氏、秦氏与众人将刘氏放下来，揉了揉腰、揉了揉腿，搓了搓手、搓了搓臂。刘氏缓过气后，才就近将她搀到秦氏家。刘氏坐下后，反而痛哭起来。人们问她哪里疼，刘氏指指胸前窝。刘氏指胸前窝，秦氏以为刘氏担心"五个一"的账难得还，正准备说"朱姐替你出了"时，朱氏却首先对她说："她心里疼，快，冲碗糖水来。"秦氏急忙起身，刘氏一把将秦氏拉住，说："我是担心金展、金英他们啦！"秦氏："他们不是好好的吗！""他们不也是新四军嘛！"

秦氏恍然大悟："是呀是呀！我的孙孙也是新四军了，他们现在怎么样了？"接着双手一拍，说："我们也是昏啦，那会儿去七里屯怎么就没想办法把他们弄回来呢！"

刘氏忍着疼痛说："那哪成呢，你没听说'穷人要翻身，人民要解放，就要一辈接一辈地干下去'吗？他爷爷闹革命，他爸爸打日本，没胜利，他怎么能回来呢！"

朱氏也说："他们现在年轻，正是建功立业的时候，到功成名就的时候他们自然会回来！"

她们哪里知道，她们的孙孙金展、金英早已在这之前就从香城突围过去了。

蒋介石挑起内战，调动 30 万大军包围中原解放区，在她们到七里屯之前，这一阴谋活动就在秘密地进行。她们离开七里屯不久，这一阴谋就公开化了。包围圈越缩越小，经济封锁越来越严重。为了突破重围，我中原军区部队不得不作精简调整。大丫因怀孕而被遣散回杜勇老家，金展、金英也被下放到江汉军区干部团跟随团部炊事班行动。

那天，炊事班班长良思道，带着金展、金英正在街上买菜，忽然江汉军区参谋部参谋骑着马，在街上一边跑一边喊："所有我们部队上的人，请假的，办事的，一律马上回部队！"良思道带着金展、金英赶回部队，部队已经开拔。于是他们立即追赶。在椅子岗撵上部队，在锅上湾过夜。第二天，五六点钟，就向傍江沟开拔，中午时分即在傍江沟过了香水。

他们江汉军区部队过香水时，正下着淋淋大泡的暴雨，没有遇到敌人，只听说玉河街上驻着国民党一个区中队、一个保安队。这样他们就未到玉河街，而在牛房湾驻了一夜搭半天，等衣服晒干后才又出发。

他们到香城县城时，天已快黑，敌人已经跑了，他们驻扎在四官殿。那里有美国救济的冬衣、条子布，他们拿出来分给群众，群众不敢接受。第二天他们走时，将这些衣物扔到操场上，让群众去捡。路过鄂王镇时，正值夜晚，没有敌人阻击，只有几声狗吠。

当他们打下了东崆、南仓，后面来了追兵，前面又有了堵敌。为了摆脱敌人的围追堵截，他们爬陡岩，穿密林，甩开大路，专拣高山峻岭、深沟险壑走。重机枪和大炮本来是骡马驮着的，为了爬陡岩，穿密林，那些重武器不得不卸下来由战士扛着抬着走。马爬不上陡岩，也得由人在前面拉，后面推，中间扛着马的肚子往上举。军马也真有灵性，和人配合得很好。

走至新山县境，金展口渴，在高山密林深处遇到一农舍，就走进去要水喝。那家大娘看到一位戴一顶红五星八角帽，既年轻又漂亮的精精神神的小战士进得家来，高兴得合不拢嘴。就给他舀来一碗袱子酒，颜色白得如米汤；金展尝了一下，又甜又凉快，真是好喝，就一口气将它喝下去了。喝完后，大娘问他还要不要，他说还要。这样老大娘又舀来一碗给他喝了。喝完后，老大娘问他有多大酒量，他说我根本不沾酒。大娘讲，那就糟了，你可能要醉；喝这两碗，没有二三两的酒量是挡不住的。说时不急金展就感到晕晕乎乎的，上路后更是歪歪扭扭地走不稳。班长良思道问他怎么了，他说他打摆子。班长一听慌了，金英说，班长！你莫急，我弟有我管着呢！

金展在金英搀扶下，跟着部队走。走了不多时，遇到一条河。这河藏在峡谷底，水流很急，沟深达数百尺。这河上本有一座铁索桥，但铺在上面的木板被敌人拆走，只剩下五根铁索悬在河的上空。后面的追兵渐渐逼近，要生存只得从这铁索上过。这五根铁索，下面三根是铺木板的，上面两根分在两边，是用来当扶手的。没了木板，要过这铁索，只有从两边过。下面一根脚踏，上面一根手攀，上下两根相隔不远，用铁丝连着，为的是让这两根不要分离得太远。就是这样，铁索仍然摆动很大，摔下了八九个战友……旅、师的重机枪和大炮以及骡马在这里再也带不过去了；重机枪与大炮全部扔进了河里，马、骡也全部杀掉了。许多干部战士因此失声痛哭，特别是一些机枪手和一些马夫更是哭得昏天黑地。

金英见重机枪和大炮被扔进了河里，以及一匹一匹的溜光水滑的活蹦乱跳的高头大马被枪毙杀掉，也和大伙儿一样号啕痛哭。晕晕乎乎的金展没有哭，但被这场面激得面红耳赤。当他看到战友像下饺子似的往下掉，部队各级首长痛心疾首，无可奈何的样子时，他趁着酒兴，上去扒开人群，说："让我来试试。"前沿指挥官一把把他拉回来，向后又猛一推："过去过去，不要在这添乱！"

金展不服气地说："上面有抓的，下面有踏的，我就不信过不去！"

指挥官不理他，径自去安排他的事去了。其他人也是半推半劝地叫他走开，并不无讽刺地说："你真是初生牛犊不怕虎！"

面对这难以逾越的天险，班长良思道想的是如何把金展、金英安全地渡过去。他把炊事员拉到上面树林中问：

"金展、金英怎么办？"

炊事员说："我可没办法，就是我自个过，我也难保自己不摔下去喂鳖！"

"你摔下去不摔下去，我说不好；但金展、金英是上级党组织交给我们的任务!"

"是我们的任务我知道,已经摔下去那么多战友你没看到?"

"我们摔死了那是另一说,但是我们只要还有一口气,就要保证金展、金英不出问题!"

他们正争论时,岸边人声鼎沸起来。其中有人喊:

"看金展!"

"金展转来!"

"快转来!"

"转来!!"

他俩跑去看时,金展手抓上铁索,脚踏下铁索,晃荡晃荡地已经走出去好远了。等他走到中央忽然一阵劲风袭来,只一摆,随着战友们"啊"的一声大叫,风把金展的双脚摆脱了铁索。战友们就是这样掉下去的。金展没有掉,像秤砣一般吊在上铁索上!观看的战友们以为金展完了,要掉下去了,所以都不由发出一声"啊"的大叫!但金展双手紧抓上铁索,用双脚去探下铁索,探了几探探不着,就干脆不探了。一只手抓住铁索,抽出另一只手向前再抓住铁索,像长臂猴一样,在铁索上向前攀缘。那攀缘,真叫惊心动魄:一只手抓着铁索,在空中左摇右摆,晃去晃来,三四百尺下面,只见四五十米宽的河面泛起的白沫,在上面看只呈一条白线,而河水的响声,却像闷雷震撼人心!那高空,那气势,那已经掉下去八九位战友的经历,不要说,想想,就叫人头脑发麻,心里发紧!而他金展竟然就如履平地,很快地就过去了!

当金展登上彼岸的一霎,对岸的战友同时爆发出一阵欢呼:"好!""好样的!""真了不起!"

这一壮举不仅鼓舞了金英,也鼓舞了所有领导和战友。大家消除了恐惧,加之又增加了几条保护措施,这条天险很快就跨过去了。

过了这一天险,大家都对金展刮目相看,但团长靳川对良思道敲警钟:"过铁索是因为他的身体轻,手劲好,胆子大。这些并不表明他们就长大成熟了,你们仍要好好照顾!"

　　过了这道天险，他们就走出新山，北上保康、房县越过武当，踏上郧西境地，准备进陕西去延安。途中被国民党军截住了去路，这样就回马武当，在那里打游击。

　　开始是每到一个地方，值日排长就问谁执勤。谁执勤就将米推成面，第二天就将面打成糊糊，里面丢上一把盐，放上一把辣椒，这样就是他们每天的饭菜。后来米没了，就弄来一些黄豆炒，一个人装一袋子，背着钻山沟穿密林，与敌人捉迷藏。饿了就吃豆子，渴了就喝山泉。那时头发长得几寸长，衣服被撕成条条，把胸怀一打开，腋下的虮子成疙瘩，成吊吊。后来团长靳川把大家集合起来说："现在在一起目标太大，决定分散活动。你回家也可，无论走到哪，只要你不忘记党，对党忠诚，保守党的机密就行。"

　　大家一听，都哭开了，向团长要求说："就是死我们也死在一起。"但团长仍坚持说："在一起只有死路一条，分散后也许还有活路，这事就这样决定了。"后来大家一人炒了一点黄豆，背上就分散开了。

　　金展、金英和炊事班长、炊事员他们四人，在一起活动。后来住进一家人家。那里仍是大山大森林，他们在那住了两天，谁知住的是一个坏甲长家。后来甲长通风报信，忽然开来了一排的敌人。要知金展、金英命运如何，且等以后交代。

第十三章　王屹香寻儿独探监
陈金鸦突围遇双生

　　王屹香对于秦氏与刘氏争她的金展当孙孙，把她完全置之局外，使她非常气愤。那天她赌气独自来到香城县城打听她的女儿金英、儿子金展的消息。当她走到香城后，她感到好笑，笑自己太盲目。自己如此两眼一抹黑，却跑来打听自己儿女的消息！但是没想到歪打正着，在街上正好碰着国民党兵把徐振喜往监狱里送。

　　王屹香大惊："徐振喜也落到国民党手里了，那我的金展、金英呢？金展、金英一直是跟着他的呀！"她心里突突地跳。她在后面悄悄地跟着。摸清了徐振喜的关押地点后，就把她带在身上的卖猪的准备扯布做衣裳的钢洋，拿去探监。她没想到她第一次用钱是用来行贿探监，她更没想到钱是那样地能起作用，国民党里的人是那样爱钱。因为她使了钱，很快就找到了徐振喜，而且让她探监没有时间限制。

　　她一见到徐振喜二话没说，就直问金展、金英。徐振喜说："我不知道，后来我调到部队里了，和金展、金英就没联系了。"屹香很失望，谈话无法往下继续。良久，徐振喜说："真对不起，让你白花钱白跑了一趟。"这客气的话使局面更加尴尬，徐振喜想：这样僵着也不是一回事，谈谈自己的经历，缓和缓和气氛吧；屹香想，人家遭这么大的乱，只关心自己的儿女，不问问人家的遭遇，也太不近人情了，他毕竟是自己丈夫最要好的同学嘛！于是就先发问："你是怎么落到他们手里的？我们在七里屯的时候，局势不是还很好吗，怎么我们走后——"

"是的——"王屹香问的正是徐振喜准备要说的，话匣子从这里就打开了：

"你们走后，开始还马马虎虎，后来经济封锁越来越严重，蒋介石断绝了我们的经济来源，我们的粮食发生恐慌。我们不得不上山打柴买粮食、向老百姓借粮食、到野外捡地藓皮代替粮食。后来董老来巡视，解决了一车皮白面，可是反动派往里面放了毒，吃了都拉稀。后来没有办法，部队实行疏散，有的到铁路西，有的到沔阳湖。五六月又动员老弱病残复员，准备突围。我们大部队在平汉铁路东，敌人以为我们往东突围，将30万兵中的11万摆在东面；同时也在平汉铁路沿线用碉堡、战壕、装甲车、飞机构筑了一条所谓的'钢铁封锁线'，妄图阻止我军向西突围。他们先用围困和经济封锁来削弱我们的力量，然后秘密决定7月1日发动总围攻。我们于6月28、29日开始突围。先着一小部队佯装大部队向东突围，而我们的主力却是向西突围。向西突围又分好多路。

"我们团突围，是过了端午节后，从仙门山往平庄山突围的。突围时正下着大雨。突围到曹屋街受阻。仗打得十分惨烈，营长下命令非拿下曹屋街不可。叫我们通讯班把这一命令传达给李连长。第一个、第二个送信的通讯员都牺牲在半路上，第三个只有我去了。我在途中刚转过一个屋角，一发子弹打到我的锁骨上，将我仰面朝天地打倒了。我以为把我打死了，但发现自己还看得到天，才知道自己还没死，但是想动弹却动弹不了。挣扎着动了动又昏迷过去了。这时李连长派赵班长向营部送信，正好也走那条路。他发现自己的一个同志躺在路上，用脚踢一踢，听到哼，才知还活着。仔细一看认出是我，就将我背到营部包扎抢救。后来又将我送到团部卫生队一边医治一边跟着部队突围。一路上先是同志们用担架抬着我，后来让我骑团首长的马，最后我觉得好了许多，就自己坚持走。从云山经过绥县到香城雅口过香水。江汉部队过香水后，敌人就加强了香水沿岸的防守。当我们南路突围部队第一纵队以及第二纵队第十五旅抵达香城雅口时，敌人已将江中船只荡劫一空。经再三寻找，也只找到七只小木船。后面的追兵汹汹而来，前面宽达十里的香水白浪滔天，光靠七只小木船摆渡要渡到何月何日！这时雅口街上的商民拆店铺、卸门板，争先恐后地送到河边；渔民们把自己睡觉的床铺板，做饭用的案板也纷纷送到河边；在短短的时间内就扎成了既有帆又有舵的数十只木排。接着一些水性好，技术精的渔民又主动跳上去帮助掌舵驾排；一时江面上桅杆林立，白帆如云。中国革命，上靠共产党领导，下靠人民大众参与，这两条是一条也不能少的。特别感人的是渔民郑品常一家。郑品常不仅把自己隐藏的渔船主动地献给了子弟兵，而且还冒着敌机的狂轰滥炸和机枪的扫射带着妻子郑何氏和儿子郑世义为我们摆渡。他们从凌晨开始，摆了一趟又一趟。当摆到下午，轮到载我们过渡时，敌机俯冲而来；一颗炸弹正落在船舷上，机枪亦'哒哒哒'地扫了来；他的儿子郑世义不幸中弹，肚皮被炸破，肠子流了出来，他的妻子的腿亦被炸断。母子俩忍着剧烈的疼痛，在血泊中坚持掌舵撑船。特别是他的儿子把流出的肠子塞进肚内，用衣服在外面一包，接着又撑。直到把我们送到岸边才撒手倒下壮烈牺牲。

"他们的精神，是继你丈夫之后对我又一次震撼。这两次震撼使我也豪气满怀，什么也不怕了！这次被他们捉住，就是死，我也不会向他们低头。将来如果能出去，我一定像他们一样，为我们穷人翻身不惜流血牺牲！"

徐振喜出自肺腑的话，使王屹香很感动，不由连连点头。

徐振喜接着说："更严重的是参谋长龙泉所乘的那条船被敌机炸沉，参谋长和全船指战员全被炸死、淹死。活生生的人忽然变成漂流物与船的碎片在血红的河水上随波而去。屹香！惨啦，只有那时我才知道革命是咋回事！我们的船因郑世义牺牲，船被炸坏，未到岸，人就往水里跳，我的伤口因浸水而更加严重。

"过河后，走到梅家湾刚到学校坐下，战斗又打响了。我们伤病员又随部队往黄龙沟口前进。两三个小时后到潘河，连夜从潘河过银河开到李冲。在李冲休整了几天。李冲附近到处都是我们的人，我们在那里作补充，灌粮食，杀猪改善生活。我们团驻李冲团山村，在那里杀了一头猪；当时没有钱给，就打了欠条。

在李冲休整后，就开到报信坡。在那打了一仗以后，开到一个山沟里，司令员给我们讲话，说我们要向武当山进发。我们在大山中走，山中空无人烟，吃饭没地方，就用自己的茶缸子装上一点米用溪水煮一点饭吃。我们还打了石花街。我们走小路，敌人坐车走公路，跑到前面拦截我们。我的伤口一天比一天严重。那天我迷迷糊糊的，同志们用担架将我抬了几座山，到一个老百姓家里；不知是谁在我身边说了一些'以后来找你'一类的话，但我没有完全听清楚，醒来时只剩下我一个人。一个人啦，屹香！离开群体，像孤雁，好寂寞，好空虚！"

徐振喜说得泪流满面，王屹香听得泪水涟涟。

"那家老百姓很好，把我藏在一个山洞里，成天给我送饭送药。我在那里住了二十多天，伤痛得到了很大的好转。在这二十多天里国民党夜护队天天来搜查。那家老乡怕时间长走漏风声，叫我到木阳清岩洞他哥哥家里躲避。我一听说有个洞字，觉得还好，就答应了。走时他叫我装哑巴，因为我的口音不一样，一说话就容易暴露。五六十里路，赶走到，天就黑了。吃完了饭，听到他们兄弟俩背着我吵架；主要是他哥哥说不该把我送到他的家里去，这样会连累他。他的哥哥把我赶出门；给了我两个苞谷面馍馍，叫我往谷城大山里走。我一个人在黑夜里上了路，在一个山洞里过了一夜。第二天，吃了一点馍，到山沟里去捧水喝。我正喝水时，两把刺刀在我后面一左一右地对着我，敌人把我捉住了。他们一搜，发现有伤，而且还没好，认定我是新四军伤员。把我押到六里坪孙六乡公所审问，我只好说我是新四军开小差的。如果说部队把我安置在群众家，那群众就必然要受到连累。在孙六乡押了几天后，又送我到匀县监狱。在匀县监狱关了一个多月后，由匀县坐木船到匡化。在匡化坐了一个多月的牢后，又把我押到这里来了。"

徐振喜用手擦了一把脸。这一擦，即擦去了挂在脸上的苦痛，让自己回到现实来。他勉强笑了笑说："我知道你最关心金展、金英的平安，真遗憾，我不知道他们的消息。尽说了些没用的东西。"

王屹香说："振喜！你的经历不平凡，而且现在仍在囹圄中。你的经历不平凡，我的心历就平凡吗？你人在囹圄中，我的心在囹圄中：我的丈夫被碎尸而死，我的儿女又离我远去，我好受吗？有人知道吗？再说我的儿女，你就这样了，他们茅草尖才出土，能比你好！"说着就掩面痛哭起来！

那天早饭后，炊事班长和炊事员慌里慌张从外面跑进来。他们为什么这么慌张？在外面玩的金展抬头一看，一队国民党兵正往这里开来。金展见躲是来不及了，反而以先发制人的豪气发出警告："站住！"金展把手一扬，突然发出威慑无比的声调，一下把他们惊呆了。他们一看，却是一个近似小女孩的战士，赤手空拳如同铜柱子挺立在他们的面前。他们先犹豫了片刻，接着不由又笑起来了。就在这一霎，金英一声吼："不许动！"一下从侧面跳出。敌兵一看，又是一个女孩子式的新四军战士，左手拉着导火线，右手高高举着手榴弹。不由一下愣在了那里。

炊事班长良思道和炊事员在两个初生牛犊不怕虎的英雄行为鼓舞下，班长举着揭盖的手榴弹，炊事员拿着扁担，悄悄出后门走到敌后。炊事员用扁担突然顶着一个敌人的腰际，大喊："缴枪不杀！"

顶住的那个敌人倒是乖乖地举起了手，可是旁边的敌人用眼一瞟，见他拿的家伙却是扁担，顺过卡宾枪就是一梭子，当即把他打死了。其他敌人趁枪响之机，哗啦一声摘下肩上的枪。在这千钧一发之际，良思道和金英相继将手榴弹扔进敌群中。两声爆炸，敌人悉数倒在血泊中。

金展只听过他父亲死的惨状，并没有见过人死。现在看到一片敌人在他眼前倒下，殷红的血汩汩而流，他傻眼了。敌人中走在队尾的身负重伤的副排长，这时挣扎着翻过身，掏出手枪，悄悄向金展开了枪。卧倒在地的良思道一跃而起，挡住了射向金展的子弹。"良班长!"金展一声呼叫，扑上去一看，良班长壮烈牺牲，敌人也气绝身亡。

打扫战场时，金英说："敌人一共25人、2支手枪、6支卡宾枪、17支步枪。"

"这些枪怎么处理?"金展一边试着手枪一边问。

"你忘了，在二姑妈那里，三姑妈讲我们爷爷的故事吗? 把枪栓卸下来……"

"不管怎么样，2支手枪和6支卡宾枪一定要带走。"

"那怎么带得动!"

"要是有一个活俘虏就好了。"

正在这时，尸群中发出了哼哼声。

"还有一个活的!"金展大叫着，忙把枪顺过去对准哼哼叫的敌人。

"不要开枪!"金英说着，也把手中的卡宾枪指向那个伤兵。

"好好检查，看还有别的活着的没有!"

"我们要赶快离开这里。"

"对。"

那个伤兵大腿受伤，主要是因爆炸震昏了头。现在清醒过来，正好为他们所用。4支无弹匣的卡宾枪和17支步枪枪栓全拷到伤兵的脖子上；金展、金英各带1支卡宾枪、1支手枪另加2支卡宾枪的子弹袋；金展在前，金英在后押着伤兵就往深山老林中钻。

爬过一架山，越过一条沟，在爬另一座山中，已到黄昏时分。透过山林，只见西边山脊顶上的树林染上的透明透亮的胭脂红，在渐渐消褪。而那些紫色的雾霭，像从深沟大壑的顶端冒出的一般，在渐渐生成，渐渐加浓，渐渐扩展，并缓缓而下。随之而来的是凉风丝丝，阴气沉沉，一股令人压抑的暮景暮气渐渐袭上心头。

那个伤兵似乎看出两个年纪小小的新四军心中的不安。他觉得机会渐来渐去，他伤口的血虽然仍在殷殷地流，但敌不过他对2支手枪、6

支卡宾枪和 17 支步枪垂涎三尺的欲望：有了这些家伙，他可以拉一支队伍！于是他趁走在一面陡崖边之机，冷不防，一把将金英推到悬崖之下，又一把死死掐住金展的脖子。金展顿时气堵心竭，眼冒金花。但金展忍住，忍住……他那右手手指慢慢地慢慢地……猛然一下插进敌兵大腿伤口之内，又使劲猛一剜，又猛一撕扯，这痛中之痛——良班长传授的一招，真管用。不仅使敌伤兵无力地松开了手，也使他晕厥倒地。金展就势唰地摘下肩上卡宾枪就要向他开枪；金英在岩坎边叫道："不能响枪，枪一响我们就暴露了！"

金英并没有掉到岩下，她在岩上打了几个翻滚，就卡到岩石缝里了，虽然肩腿受了些撞碰，却无大碍。金展问："怎么办？"

"以其人之道，还治其人之身——将他推到悬崖下！不摔死，也让他流血流死！"

刘氏静静地坐在门口打瞌睡，忽听到有孩子叫外婆，这使她一惊；一算日子，可不是，她大丫快到月子里去了，她将有外孙了。这金展是孙，这外孙不也是孙吗？我儿陈屹义是好样的，我女儿陈金鸦不也是好样的吗！世上母亲牵挂多，这位意志如钢，心细如麻的刘氏牵挂就更多，她现在又牵挂起她的大丫来了：她生了吗？她母子平安吗？她们现在在哪？

大丫为新四军的发展建设，为妇女的解放呕心沥血十数载，本来是要当团长的而当了机要参谋。中原突围，她本因怀孕而被精简要回丈夫杜勇家的，因她丈夫家太远，她的身子太重而丈夫又不能送她回家，于是就近住到妹妹二丫家。后来又因电报密码事，又要她立即回部队。回部队，她乔装待产村妇，由二丫、三丫护送。等到部队处理完电报密码事，部队突围就开始了。二丫、三丫在根据地里也是民兵，亦受过军事训练；经旅长夫人提议，二丫、三丫参军，护送大丫突围。二丫、三丫都有小孩在家，但为了大姐的安危，就都同意了。

她们突围，是趁夜幕掩盖，从敌人碉堡之间悄悄突围。穿过铁路后，敌人才发现用机枪扫射。二丫、三丫架着大丫跟随部队拼命地跑，敌人的机枪跟着后面打，子弹击起的泥土扑扑飞，明显地越来越近。后来子弹就像落在脚跟后面，击起的泥土扑扑地溅到她们的身上；如果她们稍微慢一点，或者敌人的枪口再稍稍地抬起一点，她们就加入烈士行列了。也是命不该绝，前面遇到田坎，她们不顾命地就是往下一栽，幸亏下面是耕过的田，土垡湿润柔软，她们栽下去，却没受伤；但半个头栽进土垡里了，鼻嘴眼全塞进了土。姊妹仨，都担心大丫肚里的娃，还好，肚里娃也安然无恙。

突围"钢铁封锁线"后的日日夜夜，就是不停地跑。为的是摆脱后面的追兵，抢时间，在敌人未到达之前突破香水天险，到鄂西北，到陕甘宁根据地去，去与那里的八路军会合。就在过香水时，敌人的飞机封锁了香水江面，抢渡的勇士们的鲜血染红了整个江水，抢渡的烈士们的尸体，像麦捆子成片成片地在波浪上翻滚。旅长夫人亦不幸中炸弹牺牲。大丫在这里，虽又逃过一劫，但到保康后遭遇到一场生不如死的大劫乱。

那天他们的部队突然遭敌三面合围，二丫、三丫搀着大丫在后面跟着部队突围。部队穿过山垭顺一条横路跑进一条大山沟，半路上又抛开横路，折向山下。由于她们跑得慢，不知部队已折向山下了，一直顺着横路，穿过沟，越过那边的山垭、山梁向前跑。敌人跟着后面追，越追越近。她们越过山梁，斜刺里爬上那边的山岭。山岭对面是更高的大山，大山垂下来的一道道山梁，远远看去，像牛肋巴骨一般。敌人抓活的喊声和脚步声清晰可辨。这边岭上的树，对面牛肋巴骨上的森林已被深秋的风情雨露涂上了黄红色，这里的风景太好了，正是枫叶红于二月花的季节。大丫觉得顺着山岭再往前跑，已经不必了，敌人追上来了；她不想让敌人抓住，她看看山岭下面，不由"呀"的一声哑叫！山岭下面是深沟险壑，万丈陡石崖。深壑里的密密麻麻的树木梢上的树叶有黄有红，像厚实的红地毯。她认定那是她与她腹中儿、与她的两个妹妹的好去处。岭边凌空有一块岩石，那是苍鹰俯瞰深沟险壑觅食的地方。

她牵着她的两个妹妹，踏上那块岩石，没有商量，没有犹豫，从那鹰子岩上一声喊"跳！"她与两个妹妹就义无反顾、腾云驾雾地下去了。

敌人追上来，一看是三个女新四军，并且已跳了崖，他们感到受骗上当，立即退回去，重新去寻路追击新四军部队。

乱云在苍天翻卷，树木在风中摇曳，苍鹰在高空游弋，生命在梦中挣扎！

"这是什么声音？我在哪？我在哪？这是什么声音？"大丫仰躺在刺棚子上，吊着的头似在枕头上摇去摇来地说着呓语。

三丫全身伤痛地睡在枯枝黄叶上，一惊地坐起身来，看到一头红毛野猪嘴里咬着一坨红色的肉，正在往后拖；红肉连着一根红绳，红绳挂在树枝上，红绳那一头连着婴儿；婴儿的个头比巴掌稍大，四肢舞动，嘴巴张开得老大，在哇哇地啼哭！三丫终于清醒了，看清了，那不是红肉是胎盘，那不是红绳子是胎盘连着婴儿的脐带。于是拼命地大叫：

"天啦！二姐！"又忙去赶那野猪："去！去！"

谷底所积的枯枝败叶没过膝盖，她像在雪窝里爬行一样拼命地去赶那野猪。野猪嗷嗷叫着跑了，她又去摇躺在另一边腐叶上的二丫。二丫双手蒙着脑壳直喊头疼。三丫仍不停地摇着喊着："二姐！二姐！大姐生啦！"

二丫毫无意识地随着三丫的问话反问："生啦，什么生啦？"接着一个激灵挺起身来："大姐生啦？"

三丫："二姐，你看！"

二丫一看，婴儿挂在树上。她大惊："怎么会这样！"连忙脱下衣服捧在手里去接婴儿。

在三丫帮助下，二丫将婴儿从树枝上取下来，咬断脐带，将婴儿包好。问："大姐呢？"

三丫这时才连忙四处看，发现大丫高高挂在刺棚子上！脸上身上划出一道道的血口子，衣服被挂乱，全身被血染红，仍迷迷糊糊地挣扎着说胡话。三丫喊了几声大姐没喊醒，二丫放下婴儿，爬上去把大丫连抱带拖地从刺棚子上弄下来。

得亏这刺棚子，这刺棚子像弹簧产床，不仅救了她的命，还助她这个三十七八岁的大龄产妇在这万劫不复的劫难中成功产下这孩子。

二丫整理着大丫的衣服，三丫不停地在她胸口上赶动。

大丫终于睁开双眼，愣瞪半天后，忽然问："我们还活着?"

二丫抱过婴儿，说："我们不仅活着，我们还添丁进口呢，你看!"

"什么? 我生了? 我后继有人啦?" 大丫在三丫帮助下挣扎着坐起来抱着她的孩子不停地亲吻。

大丫说："你们不问问我现在的心情是什么感受?"

二丫说："身上疼，心里高兴嘛。"

大丫说："当你把孩子递到我手里，我一下感到我的生命得到无限的延续，我更不怕死了，我死了还有我的娃!"

二丫说："你不看看你生了一个啥?"

"我不看，只要是我的娃，男的女的都一样。" 说着把孩子紧紧地抱在怀里。

婴儿是拖累，婴儿也是保护神。她们姊妹仨带着婴儿辗转在武当山孤村野户里，敌人一听婴儿啼哭，一见抱着婴儿喂奶的农村妇女，就只好无功而返了。加之有二丫、三丫轮流放哨，因而她们躲过了敌人一次次的搜查。只是她们有很多机会可以消灭敌人，但因没有武器眼睁睁地看着敌人走掉而感到遗憾!

金展制服敌伤兵以后，问金英："怎么办?"

金英说："以其人之道，还治其人之身——将他推到悬崖下! 不摔死他，也让他流血流死!"

金展一声"好"，就一把将伤兵推到悬崖下了，接着大叫："哎呀，糟糕!"

金英一惊，以为出了什么大事，忙问："怎么啦?"

金展说："他身上带的 4 支卡宾枪和 17 支步枪枪栓也随他一下推下

去了。"

"你看你多笨!"

"不行,我要去把那 4 支卡宾枪拿上来。"金展说着连跳带蹦地往山下跑去。

金展跑下去一看,那顽敌仍没有死,正在自己包扎伤口,金展毫不犹豫地就"突突"地给了他一梭子。

等金展把 4 支卡宾枪背上来,天已擦黑了。

金英:"不叫你开枪,你怎么又开枪了?"

金展:"那家伙命真长,我下去时,他正在自己包扎伤口,所以我不得不给他一梭子!"

"原来是这样!得亏你下去了,不然后果就难于设想了。"

"姐!我肚子饿得慌,我们该怎么办?这枪响也许真会招来敌人?"

"你叫我什么?金展!你终于叫我姐姐啦,这太阳咋打西边出来啦?"

"金展?真是金英、金展吗?"从山冈上突然意想不到地传来他们熟悉的声音。

"谁?"金展、金英尽管感到耳熟,但在这千里之外的深山老林,怎么会有这么熟悉的声音?因为太意外,都警惕地端起了枪。

"两个鸭货,没听出是我吗?"

"二姑妈!真是二姑妈!"两人同时惊叫。

金展一见亲人马上双泪横流,扑上去抱住二丫就哭开了:"二姑妈!我们好险啦!团长把部队解散了,我们遇到一个排的敌人!"

"二姑妈!我弟真是好样的——"

"得亏炊事班班长,不然我就没命了!"

"刚才也十分危险,那个伤兵,真顽强!"

"不叫顽强,叫顽固!"

"叫顽固也不够好,叫顽敌!"

"好啦好啦,别咬文嚼字啦!"

"二姑妈！我肚子好饿啊！"

"走，跟我走！"

"二姑妈！你怎么在这？"

"是你们的枪声把我招到这来的。"

原来大丫姊妹仨带着孩子就躲在岭南冷水河畔一户姓余的家里。三丫在岭上放哨时听到山里阵阵的卡宾枪声，回去向大丫、二丫报告，大丫听到报告后，即叫二丫到岭上查看。查看了大半天，也没看出一个名堂来，见天快黑了，就下山往回走，没想到又听到枪响，立即又回到岭上查看，听到金英叫金展，才发现了他们俩。

大丫、二丫、三丫与带着2支手枪、6支卡宾枪的金展、金英相会，喜得她们姊妹仨合不拢嘴，忙前忙后为他们弄吃的，直夸他们是好样的。金展、金英与三个姑妈相会，立即就像小时候回到家里见到大人一样，无忧无虑地感到有了依靠，一会要喝的，一会要吃的。

吃完饭后，由大丫做主，他们5人一人配1支卡宾枪，多余的1支卡宾枪由二丫带着，多余的子弹袋由三丫背着，2支手枪分别由大丫和金展带着。

刚刚安排好，忽然放哨的金英从后面山嘴上跑回来，喊道："快，快，敌人来了！"

大丫把孩子往背上一背，边系带子边命令道："准备战斗！"接着就抄起卡宾枪带着大家冲了出去。一看，不由大惊：平时与外界相通的三个方向都被封锁了，只剩下靠冷水河河边的时断时续的羊肠小道，因敌人不知道，成了他们唯一的通道。

"大姐！冲吧，我们有5支卡宾枪，还怕冲不出去吗！"二丫叫道。

"不行，我们人少，不能做无谓的牺牲。"接着命令道："跟我来！二丫断后！"

大丫背着孩子一马当先，领着两个妹妹和侄男侄女就向冷水河小道冲下去。

这冷水河，上端是绝路，两面是高耸的岩壁。仰头向上看，只见蓝天像一片兰草叶；原始森林覆盖着溪水，终年得不到阳光的照射，水冷刺骨。那水边的小道既窄又陡，往往站不住脚，不得不抓住树藤一步一挪地侧身而过。更可恶的是，走着走着，忽然路跳到河那边去了，要前进只有蹚水过河。大丫把裤管一卷，正要踏进水中，二丫"等等"一声喊，就跑上前拉住大丫说："这水，冰冷刺骨，你还未满月，怎么能下，我背！"于是不容分说把背着孩子的大丫往背上一背，就下了河。这羊肠小道一会儿河东一会儿河西，来回绕了20多次，二丫一身背俩人就背了20多次。

他们终于摆脱了敌人，甩开了河道爬上了千架山。谁知后面刚甩掉了狼，前面又遇到了虎。没走多久忽然又发现前面来了一二十人的搜山队！敌人虽在半里外，但明显敌人已经发现他们了，躲可能更糟糕，不躲又怎么办？大丫想了想，于是果断地道："不要惊慌，沉着应战。"接着叫三丫跟她这样……金展、金英跟着二丫那样……作了一番紧急安排。于是大丫抱着孩子和三丫来到山梁拐弯处装着休息给孩子喂奶。搜山队从山梁那边拐过来猛然发现他们，立即喝问：

"干什么的？"

大丫从容回答："我们是回娘家走亲戚的。"

"那些人是干什么的？"

"老总！我们不知道。"

那搜山队头头大喊："前面是什么人？站住！"

二丫、金展、金英听到喊，拔腿就跑。

搜山队头头："追！"

搜山队一边大喊"站住！"一边追了过去。大丫立即把婴儿放到岩石夹缝里，和三丫端起卡宾枪就向敌人猛扫。当敌人转过身来，二丫、金英、金展立即折转来对敌人又是一阵猛扫！5支卡宾枪前后夹击。没有10分钟就将敌人全部消灭了。

这又一胜利不仅震慑了敌人，也引来了自己的同志，被打散的王定烈团副团长率70余人来投大丫。加上其他掉队的同志，人数一下增加到七八十人，因王副团长受伤，王副团长推举大丫做临时指挥。

不久国民党五十一师范石生闻讯，令一个加强连赶来"追剿"。大丫所率的七八十人牵着这个100多人的连，就像引着一大群狼在山里转。从牛头镇转到寺坪，从寺坪转到青峰岭，从青峰岭转到陡口，从陡口转到梅花山，又从梅花山转到陡口。这样转来转去，总甩不掉敌人。大丫于是就召开全体会议，一面通报情况，一面发动大家献计献策。好半天，只听天空中盘旋的雄鹰鸣叫，树上的麻雀叽叽喳喳，但会场无一人发言。

大丫说："我们这么多人，就拿不出一条好计策？"

"好计策有，就是没有人敢去实施！"

"什么好计策？你说说看？"

那人走近大丫，低声说道。

大丫听后问王副团长的人，这献计者是谁，有人答："为我军带路的一个大刀会会员。"

大刀会，大丫知道，是我党掌握的群众组织，于是就和王副团长商量，批准了他所献的计策。

陡口，是一个山村小镇。水深流急的马拦河从镇旁流过，两岸山峰耸立，地势险要。由于马拦河的阻挡，精疲力竭的敌加强连，只好坐下休息，等待船只过河。正在这时，一个身材单细，年龄十六七岁，头缠黄巾，手提大刀的小子，大摇大摆地朝他们走来。

此人单枪匹马踏入由钢枪、冲锋枪、机关枪武装的敌人中间，不亚于绵羊落入狼群之中。可是那个连长胆小如鼠，一见那小子提着大刀，就感到自己的脖子发紧，慌忙掏枪发问：

"你是什么人？"

那小子从容答道："看把你吓的，我纵然是敌人也只是我一个，值得你大惊小怪吗？"那个小子把他的手枪按下去自我介绍道："我是大刀会的联络员！"

"就你？"

"瞧不起？"

"你们的人呢？"

"都在梅花山扎寨！"

"别给老子瞎扯！为什么红军从那里经过没见你们打呀？"

"好你个老总呀，我们人少又没枪，怎么敢打呀！"

匪军官见来人年幼，又对答如流，于是消除了怀疑，改变了问话的口气：

"你一个人来干什么？"

"我不是联络员嘛！专门来和你们联络的嘛！"

"好，你把人马带来和我们一块追击敌人。"

不一会儿，六七十个"大刀会"会员，手拿大刀长矛来到这支国民党加强连当中。开拔时，"大刀会"会员主动提出为他们扛武器，背行李。疲惫不堪的加强连士兵早就想减轻负担，于是他们的轻重武器都交给了"大刀会"会员替他们扛着。当这个加强连准备上船时，忽然"叭叭"两声枪响，两面山上传来了"冲啊""杀啊"的喊声；那些化装成"大刀会"会员的新四军，马上占据了有利地形，枪口都对准了国民党加强连官兵，齐声喊道："缴枪不杀！"弄得敌人丈二和尚摸不着头脑。当他们习惯地去摸自己身上的枪时，才如梦方醒，知道上当了，队伍顿时大乱，转眼敌人尸横遍野，大丫所部大获全胜。

那个拖大刀的小子即是奉大丫之命的金展。

当金展把那个国民党连长押过来时，那个献计者对那匪连长说："你说我们到底谁死在谁的前头？"

那匪连长说："大哥，真的还是你行，小弟不得不服。"说着掏出一封信说："我这封遗书请你捎给我的妻儿。我们毕竟兄弟一场，你不会不成全我这临死之人的一个小小要求吧？"

献计者："人到死时其言亦善，鸟到临终其鸣亦哀。我怎么不答应呢？拿来吧，我保证带到。"

献计者说着就接过他的遗书，展开一看却是张白纸，正诧异时，一把匕首已插入他的胸膛了。匪连长说："我们看到底谁死在谁的前头？"原来他们是一对仇人。

匪连长趁乱爬起来就跑，金展端起卡宾枪正要"突突"，见枪口方向来往着许多人，怕误伤人而没敢开枪。大丫见了，唰地从腰间抽出手枪，一甩手，那匪连长就应声栽倒在地上，两腿蹬了两蹬，就再也不动了。

这一仗后，王定烈团长率部到来，王副团长所带的70余人归还建制，大丫临时指挥自动取消。大丫等亦加入王定烈团。

干部团团长靳川解散部队以后，带着通讯员和马夫蹲山沟，钻山林，藏东躲西，成天跋山涉水，不停地走啊走。后来通讯员的脚冻烂了，行走不方便，他又将通讯员安排在老百姓家，将马夫招赘于山民，而他就给一个姓李的农民帮工。那位农民忠厚老实，在短短时间内就与他结成了友谊。后来被当地的保长发现，要他去给他当长工。他不去，那个姓李的农民劝他说："你是一个能干的人，我也舍不得你走；但是你应该去，他是保长，手段向来狠毒，你不去反而不好。"他没有办法只好去了。

那个保长的狠毒劲，真是名不虚传。你给他做活，他既不给工钱，也不给衣穿，仅仅给你糊一个口。那时靳川的裤子和鞋全烂了，那保长就叫他光着腿，穿着草鞋，在冰天雪地里给他砍种木耳的木料。晚上扔给他一床破被子烂席子，让他勉强度个命。白天他还好一点，一到晚上，他想到他的那么多战友都一个个地牺牲了，现在只剩下他一个在这受窝囊气，他就哭。他的手枪藏在牛栏里，有时夜里拿出来擦一擦。每当想到这一节，他就想一枪将那保长崩了！但又一想这样划不来，只好忍气吞声。

中原突围最利索的是向西的李先念、王震以及向东的皮定均所部。突围打得最苦、牺牲最大的就是让李先念、王震所部先走的由王树声率领的南路突围部队。

南路突围部队打得也有好的。打得最出色的是张才千、李人林所部。他们时分时合，声东击西，纵横驰骋。曾打到长江南，与鄂西最大的地头蛇碰过杯。然后又巧妙地甩掉他们，从长江南打回长江北，飞越香水，横跨湖北，直插安徽进入苏北苏区。

王定烈团也是南路打得好的一个团。

那天王定烈率部与陈金鸦会合以后，就行走在麦舱路线上。

麦舱路线挂在林家山半山腰上。右边和对面都是刀削般的陡峭山崖，山崖之下是令人目眩头晕的奔腾咆哮的河水；左边是令猿猴也难穿行的布满荆棘藤葛的陡坡；这麦舱路线山回路转，走着走着，道路为一个岩石夹缝所阻。

陈金鸦自不做指挥后，就背着孩子主动做起尖兵班班长，带领两个妹妹和侄子、侄女与向导走在队伍的最前列。当她看到前面遇到岩石夹缝，于是警惕地令尖刀班停下，她背着孩子前去查看。猛然"啪"的一声枪响，一颗罪恶的子弹不仅穿透了大丫的胸膛，也连带了孩子。

这夹缝就是一夫当关万夫莫开的"麦舱口"。守"麦舱口"的是区区敌县保安大队。真是虎落平川被犬欺，我尖兵班班长、中原女兵旅的著名筹建特使、十八军军部机要参谋、著名的百发百中的神枪手陈金鸦陈三姐与她的孩子中冷枪壮烈牺牲！

团长王定烈见良将陨落，可惜万状，失悔万状，痛恨万状，本想挥军过去，把那些草痞粪蝇一锅煮，但看到地形于我不利，强攻必然会带来更大的牺牲。于是忍痛召回尖刀班，掩埋陈金鸦母子，百般抚慰二丫、三丫、金展、金英，令部队从左翼攀登林家山。然后兵分两路：一路从万家院子攻击敌严家山主峰阵地，直指兴山城；另一路经仙女庙占领凉风垭，从侧背威胁严家山之敌。经激烈战斗，守严家山之敌败逃，王定烈团跟踪追击，14日晨占领兴山县城。

15日，敌一九九旅由保康南下，企图切断王定烈团退路。团长王定烈当即决定撤离兴山，向北转移；借夜幕经界牌垭、教场坝、红石寨，绕到敌后，准备在运动中给敌一次追尾突袭。

16日拂晓，当前卫抵达红石寨时，发现敌人由歇马河、官斗坪南来，已达万福山、石佛寺一线，占据了天险，易守难攻。这里所能运动的只是山梁上的一条独路，兵力无法展开。王定烈于是趁敌尚未发觉，迅速从右翼绕离敌人，经桃花坪、博道梁、斗星坡、蔡家店奔袭歇马河之敌后。

在麦舱口打死大丫母子、阻挡王团前进的罪魁，就是干部团团长靳川所帮工的那个保长。因为他反共有功，被提拔为乡队副。这个家伙曾在一天之内杀害我们六名同志。他采取的办法特别恶毒，把我们的同志的颈项和腿捆在一条大长凳上，先用皮鞭毒打，然后把大木杠子插在腰下，向上猛撬，硬把脑袋从身上拔掉。这次麦舱口阻挡王团成功，他又被提为县保安大队大队长。

这家伙提了大队长以后，便更加猖狂。

刺林新村山民陈玉莲的家，是我党进出武当山根据地的第一道联络点。凡是进根据地的人，必须通过她才能找到地下党组织负责人；凡是出根据地的人，亦须通过她才能找到下山的安全通道。因此，来往人员多在她家食住，她掩护过许多革命同志。王团撤走以后，这个杀人魔鬼就把陈玉莲抓去，严刑拷打，要她交代她和共产党活动的情况。其实他并不清楚陈玉莲是地下党员，更不了解她的地下活动的情况；只是看中了陈玉莲如花似玉的女儿而妄加的罪名。

杀人魔鬼百般折磨陈玉莲。陈玉莲的女儿去探望时，杀人魔鬼正在严刑拷打陈玉莲。女儿不忍母亲受这么大的苦，即前去求情。

杀人魔鬼抓了陈玉莲，百般折磨陈玉莲，并把折磨陈玉莲的情况放风出去，正是想把陈玉莲的女儿吸引来谈条件。杀人魔鬼一见陈玉莲的女儿如愿以偿地来求情了，当即答应。并把早已准备好的媒婆找来帮他说情。

那媒婆也是一把杀人的软刀子，一语即击中陈玉莲女儿的要害："你个女儿家迟早要走这一步的，现在走既可救母亲，又可得荣华富贵。别的不说，你母亲遭一辈子孽，好不容易把你养大成人，你不救她谁救她；人以孝为先，你不救她你将以何面目见人！"

为了配合媒婆的软刀子，杀人魔鬼拿出他杀人的绝招：将她母亲放在长板凳上，用绳将双腿紧绑在板凳的左端，用绳将颈项紧绑在板凳的右端，腰间插上撬杠，一边使劲撬，一边问陈玉莲的女儿答应不答应。

陈玉莲的女儿在这种情况下，含泪向杀人魔鬼直接提出三个条件：一、保证让我母亲今后过好日子；二、今后要保证行善不再杀人；三、要明媒正娶。杀人魔鬼一听，笑笑，连连点头答应，心里却说：莫说三条，就是三百条三千条我也答应，只要你到了我的手，日后我一条也不执行，你又能把我怎么样！

杀人魔鬼"既升官，又要强娶小姐做八姨太"的消息传开，人们愤愤不平，议论纷纷。这样干部团团长靳川也知道了原委。为了救陈玉莲母女，更为了严惩这个杀人魔鬼，这个团长再也坐不住了；他装着帮这个杀人魔鬼贩木耳，怀揣手枪，起神早，离开杀人魔鬼家，去寻找王定烈。

靳川颇费周折，找到了王团长。王定烈一听靳川要借兵，心里说你不也是团长吗？你的兵呢？但想想，这样说太伤人，于是改口说："没问题，你先等等。"就去忙他的去了。

杀害大丫的杀人魔鬼的行径，早已传到王团。王团官兵知道阻挡他们前进的，竟是一个县保安大队；杀害大丫的，竟是一个连连杀害我党我军的杀人魔鬼！全军上下嗷嗷叫，要为惨死的同志报仇，要为大丫母女报仇！但是王团有战略任务，参谋长提出此事宜智取，发动全团想办法。二丫、三丫和金展、金英经过讨论，想出了一套办法后就到团部请战，要求承担惩治杀人魔鬼的任务。经参谋长审查修改后，批准了他们的办法。于是他们身藏4支卡宾枪、2支手枪就出发了。

根据王团侦察连提供的情报，他们很快找到了陈玉莲家。陈家到底是革命之家，二丫一道出原委，陈家既感谢又积极配合。

二丫装作陈玉莲女儿的堂姐，根据当地风俗，就主办起此件喜事来。雇轿子、轿夫，请喇叭和锣鼓手，协助陈玉莲安排一切。在这场喜事中那媒婆是关键。三丫即担负起专门控制媒婆之责。陈玉莲的女儿是这场戏中的主角，则由金英来扮演。金展不同意，说："这样太危险，应该由我来扮演。"金英说："你一个男的怎么有我扮得像，半路上让杀人魔鬼发现了岂不更危险！"大家说金英说的有道理，就仍让金英扮演新娘，让陈玉莲的女儿早早作了回避。

一切按部就班准备，一切都进行得很顺利。但临到起轿时，轿夫忽然大叫："这轿子怎么这么重？像里面有两个人！"一面喊着，一面即将轿子放下。

他这一喊惊动了所有送亲的人。幸好接亲的人走在前面，闹哄哄地没直接听到。二丫掀开轿帘，将头伸进去一望，可不是两个人，金展不知什么时候钻进去了。这可是好进不好出，一出必露马脚的糟糕事。一下把二丫吓得浑身冒冷汗，正不知如何是好时，金英顶着盖头走出来，也把嗓子亮得高高地对那轿夫嚷道："你鬼哭狼嚎地喊什么喊？我这轿子是重了一点，里面是放了一点我心爱的陪嫁，怎么，你不叫我放？"金英说着身子靠着那个叫喊的轿夫，藏在袖管里的手枪即杵到他的腰际。那轿夫如触电一般身子一颤，即明白顶住他的是什么，更意识到这是共产党新四军来了。其实他叫喊是他痛恨杀人魔鬼，是他对杀人魔鬼的一种反抗。现在既然共产党来了，肯定是来惩治杀人魔鬼的，他高兴了。但金英不知他内心的活动，为了镇住当时的局面，她更加拔高声音，加大火力道："你想破坏我的好事是不是？告诉你们！谁想破坏我的好事，我就叫谁个不得好死！"

这话在那个轿夫听来是：谁破坏谁就要挨她的枪子；在其他人听来是：谁破坏谁就小心她的丈夫撬掉他的脑袋！那个轿夫为了给他闯下的乱子收场，立即向金英赔不是："我不晓得是小姐放了一点陪嫁，我嘴臭，我该打！"说着就连连地抽自己的嘴巴。

这时媒婆在三丫"陪伴"下走过来道："该打是该打，但老打也不该。算啦算啦！我告诉大家伙儿：'大家都好好的，好好的，嗬！'"

这时杀人魔鬼，一个肥头大耳、络腮胡子剃得精光的戴着红花的五十来岁的男人摇摇摆摆地走过来。媒婆迎上去，说："那乘轿子是新做的轿子，抬的杠有点硌肩，新人坐新拵，新轿抬新人，只要新，硌点肩怕啥，无非多要几个，到了给他就是！你说呢，大队长！"

"刚才吵吵就为这？"

"可不就是嘛！"

杀人魔鬼接过话茬，甩开破嗓子喊道：

"我告诉你们！都给我好好的！好好的，啊！上坡下坎要轻着点，不要颠着了我的人，啊！"杀人魔鬼在这吼叫了一番后，就回到前面那乘新郎轿子里去了。

二丫一声喊"起轿！"鞭炮锣鼓一起响起，送亲迎亲队伍开始行动起来，直到日落西山才到达杀人魔鬼的家。

按照金展、金英他们姐弟俩在轿内商量的，到达后，金英被牵进新房后，要尽快设法把她穿的新娘衣裳和盖头送到轿子内，金展再装扮成新娘进新房。可是金英进新房后一直人不断，所以新娘的新衣一直脱不下来，送不出来。金展藏在轿子内一动不敢动，憋得难受，饥渴得难受，这还是次要的；要命的是，如有谁多事，掀开轿帘看一看，或者把轿子抬一抬，挪一挪都会让计划功亏一篑！

也得亏那个最初发出叫嚣的轿夫。他一直守在那里。有谁来他就说："里面有新娘的陪嫁还未拿走，吩咐过了的，谁也别来动。"就这样，直到华灯初上，大宴摆开，人们都去坐席了，新娘衣才送入轿中，金展才换上新娘衣顶着盖头装着到轿内取陪嫁又返回新房的样子进到洞房内。

金展进新房，其本意是把新娘装仍让金英穿上，他躲在新房之内，协助金英杀杀人魔鬼。

事有不巧。金展装作新娘刚进新房，恰遇新郎来揭盖头，引新娘去向客人敬酒。这又是一件要命的事！怎么办？金展不得不装作新娘，随杀人魔鬼去向客人敬酒。

　　论形象，这一点金展早作了准备，敌人看不破，且有夜幕和昏暗的灯光掩护。但那声音怎么办？男人粗粗的嗓子，一出声就会露馅！金展没有别的招，只有装害羞，任凭杀人魔鬼怎么摆布，就是不吭声。可是酒敬到中间，遇到杀人魔鬼的把兄弟老大的无休止的纠缠："你唱个歌！""唱个歌我们听听！""唱一个好不好？唱一个！""这么热闹的喜事，怎么不唱一个呢，唱一个！""你不唱歌，也该说一句话吧！""你不说话，也该叫我一声大哥吧！"说着就拉过金展的手抚摩起来，"好漂亮的小妞，我兄弟真有福气，叫我一声大哥好吧！"接着又说："哟！我这妹子的手好粗糙呵，像一双男人的手，不过没关系，你喊我一声大哥，我给你买一盒胡壳油抹抹就好了！"

　　到这时，眼看就要露馅，金展这愣头青真没辙了，手已伸进衣内，抓住了枪柄，正要孤注一掷撒野时，三丫引着媒婆来了，媒婆把她手中手绢在那大哥眼前一挥："哟！我看你们这些汉子真是粗心不识相呀，人家新娘子为了在轿子里不出丑，前三天就禁吃禁喝，到现在已经是整整四天了，你们还在这无休止地叫人家这呀那呀的，莫说四天，就是叫你们爷儿们一天不拉撒，你们受得住吗？我说这样，叫她跟我回去，方便方便，喝点水什么的再来。"说着就把金展拉走了。

　　再上场时，还是从那大哥开始，不过不是金展而是金英。金英道："大哥！刚才多有得罪，那时我……真不好说出口，又渴又饿，说不出一句话，更不想说话，现在好了。"金英说着将一杯酒送到他眼前，"大哥！请干这一杯酒！"

　　那大哥接过酒，站起来道："你们听听这声音多好听啦，喝喜酒没有女人的声音怎么会有劲呢，喝，大家都尽情地喝！"

　　金英敬完酒，回到新房，一直等到鸡子叫，杀人魔鬼才醉醺醺地回到新房。金展熬不住，竟也迷迷糊糊地睡过去了，色眯眯的杀人魔鬼伸手一摸，不由大叫："你是什么人？"躲在床空的金英站起一棒砸在魔鬼头上。力量不及，魔鬼虽然摇摇晃晃，但没有倒，并一把把金英薅住了。金展从睡梦中惊醒，情急之下只好开枪，将杀人魔鬼击毙。

枪声顿使杀人魔鬼院内大乱。询问声喊叫声此起彼伏。二丫、三丫听到枪声立即冲进新房，看见杀人魔鬼翻着白眼躺在血泊之中。三丫说："不是不叫开枪吗，怎么开枪啦？"二丫当即命令道："掏家伙，准备战斗！"这时那个轿夫跑来道："他们来了，快跟我走！"

二丫把事先准备好的告示，往杀人魔鬼身上一贴，说："走！"就要跟着轿夫走。

三丫站着不动，低声问："他是什么人？"

二丫一把拉着三丫，推着金展、金英："来不及了，先跟着走！"

要知二丫、三丫和金展、金英命运如何，且等以后交代。

第十四章　两姑妈挥泪别老母
小姐弟返乡闹革命

靳川在住处等了两天，没见王定烈给他派兵，于是又去找王定烈。王定烈说："借给你的兵早去了，你回去看结果去吧！"说完，即根据上级"暗出武当，明走金山，向南挺进，向北回旋"的新指示，即挥军向深山老林中钻去了。

靳川未等人回到他做长工的地方，就见沿路的人们眉飞色舞地传颂着杀人魔鬼被正法的故事。靳川听后想，杀人魔鬼既握着一定的兵力又掌握着"红帮"，能把他杀掉，没两个连也需一个连。王定烈也真还不错，一下借我这么多的兵，到时候我真得好好地酬谢他。这些兵现在在哪，要是能找着他们就好了，于是就装着收木耳的，到处寻找起来。

陈屹义牺牲后，陈屹义的岳父多次来接王屹香回去住。王屹香坚辞不就，她的丈夫没有死，她的丈夫还活在她的心中，她要定时去墓地看望她的丈夫，她要守望着她的"丈夫"，等她的儿女回来。

秦氏对王屹香的这份坚贞万分感激。她一如既往，田里的活请短工去做，家里的活她一人承揽起来，轻重不要王屹香插手。王屹香为打发她的时日，成天仍沉浸在书、字、画中。今天她看完书又在写字：

> 同是人，类不齐，流俗众，仁者稀。
>
> 果仁者，人多畏，言不讳，色不媚。

她要她的儿女懂得人情世故，懂得怎么做人。甚至日常生活的一点一滴的细节都想让他们知道该怎么去做。

子曰："学而时习之，不亦说乎！""学而不思则罔，思而不学则殆。""多闻阙疑，慎言其余，则寡尤。多见阙殆，慎行其余，则寡悔。言寡尤，行寡悔，禄在其中矣。"

正写得投入时，秦氏引进一个人，屹香一见大喜，原来是她经常想到的徐振喜。秦氏烧了一盆洗澡水，屹香找来屹义生前的衣服。

徐振喜洗完澡后，王屹香十分抱歉地说："那天离别你后，我早想再到香城去看望你却没有去，请你原谅。"

徐振喜说："你就是去了，也看不到我。"

"怎么回事，又出现什么问题了吗？哦，对，你究竟是怎么出来的？"徐振喜说："你走后，我在香城监狱里没住多久，他们又将我押到重强。重强街上贴了许多镇压我们的标语，我们见了都觉得那是我们的招魂牌，再不逃走，就是死路一条，于是就筹划起逃跑的事来。在重强关了一个多月后，把我们往京山送。由重强押往京山是走陆路，走陆路比走水路好跑得多。走到孙桥休息，押我们的人吃饭去了，我们正准备跑，却开来了一队国民党兵。这国民党兵不准他们把我们押往京山，说那边还在和我们的突围部队打仗；强迫我们去为他们担东西，由他们的担架队监管。

"我们担着东西随这支部队过香河到金门三里街，接着又到牛侯集。在牛侯集住的一段时间里，我就和国民党兵混熟了，他们经常叫我跟他们上街买米买菜打酱油。接着国民党兵换房，我们随国民党兵又开往金门。走到十里牌时，我们被关在一间屋里，我把铺铺在门口。隔壁是一个茶馆，那天夜晚，茶馆里正在唱'十八摸'。看守我们的兵很爱听，一会儿到茶馆里听听，一会儿转回来看看；我趁他再次到茶馆里去听时就跑了。那天夜晚黑得伸手不见巴掌，我跑到一个只有两户人家的小营子里，敲门喊大妈。天下的母亲多半是好心人，所以我敲门喊大妈。我的运气真好，这家真有大妈，并且一喊就答应了。这家大妈的儿子把门开开，没想到这人是甲长。那个甲长问我是谁，干什么的，我说我是国民党兵开小差的；他硬说我是新四军，并把隔壁子的一个男人喊起来，要把我往乡公所送。于是我就喊着向大妈求情，我说我是国民党逃兵，我想我母亲，想回家去看望她老人家。那位大妈的大儿子也被拉壮丁拉出去了，她对我产生同情。她对当甲长的儿子说：'我不准你送，如果你哥哥在外遇难走到一家人家，你说该怎么办？我们要为你哥哥积点德！'这样，那位甲长就没有把我送走。"

"那位大妈真好，她把我引进厨屋，叫我到灶门口坐，给我炒鸡蛋饭，让我饱餐了一顿。又让我在柴窝里美美地睡了一觉。"

"第二天天亮，大妈问我怎么办。为预防不测，我没敢说到鄢王镇；就对大妈说，我有一个叔在牛侯集街上做生意，先到牛侯集再作商量。这样大妈给我换了一件长衫，又给了我一副挑炭的架子和扁担，让我装成卖炭的样子。于是我就挑着挑炭的架子，告别了那位好心的大妈上路了。那天，我走到仙集天黑，在稻草堆里蹲了一夜。第二天绕过牛侯集，就来到这里了。"

"好险啦，得亏那位大妈。"王屹香感叹不已。接着就想向他介绍一些情况。又问："你看到鄢王镇的变化了吗？"

"是呀，怎么这里变化这么大，街道口竟把上兵来了？"

"不光我们这，县城变化还大。据说县长就换了两道，还轰轰烈烈地搞了一次国大代表选举。各乡都换上了新乡长，建立了乡中队。我们这原来的'硬社'自陈屹义牺牲后就慢慢衰落下来，后来陈科正一死，'硬社'就干脆散伙了；一些不显眼的势力，在这几年里如梅雨季节的毒菌一样，噌噌地长起来了。尤其是曾万元，在陈池恒当团防局长时就是一个大地主。那时他敛迹潜踪，绕开镇里的一切是是非非，雇长工请短工，悄悄地置田买地。日本投降后，随着国民党的发展，转眼成了暴发户，号称"曾百万"；长工家丁百十号人，在镇里媚上欺下，作威作福不可一世。而且我们这里也成立了乡，叫栎元乡，乡长是原在银龚乡当乡长的江京梧。"

"江京梧？不就是陈东汉的舅舅吗？"

"就是他。"

秦氏在厨房里喊："屹香！捡桌子准备吃饭。"

捡桌子时徐振喜说："屹香！你刚才说的这些变化，是我们眼前的还没变化到底的一种变化。我在沿路感觉将有的一种变化，是一种完全不同的变化——金展、金英要打回来了，我们离胜利不远了。"秦氏拿着筷子端着菜进来，接着笑眯眯地道："是吗？那太好了！"徐振喜道："大婶！你精气神还是老样，就是头发见白了。""你不知道啊，我是想我的孙呀！""儿行千里母担忧，孙行千里奶奶更担忧！大婶！别担忧，他们在革命大家庭里，可好啦。""是吗，请坐，没菜，啊！"

靳川在寻找惩治杀人魔鬼的部队中有两个发现：

一是他在收木耳中，从包木耳的报纸上看到一个标题叫"刘邓窜过黄河"，窜过黄河不就是打过黄河吗？看到这则消息，使他无比振奋，于是就顺藤摸瓜，寻找报纸，搜集情报，终于获得一则特大新闻：

中原突围部队像一簇钢花四溅，分散到各个地方，牵制和调动了国民党大量军队，从战略上有力地配合了各解放区兄弟部队胜利作战。在各个解放区取得一系列胜利之后，于1947年6月30日，刘伯承、邓小平率领晋冀鲁豫野战军主力12万人，在山东临濮集至张秋镇150公里的地段上一举突破黄河天险，挺进鲁西南，歼敌6万余人。8月7日又从鲁西南，兵分三路，以锐不可当之势，千里跃进大别山。

8月22日晚，由陈赓、谢富治率领晋冀鲁豫野战军太岳集团8万人，在晋南豫北交界处渡过黄河，挺进豫西。

9 月，陈毅、粟裕率华东野战军主力 8 个纵队，分 5 路越过陇海路南下，进入豫皖苏平原。

刘邓、陈谢、陈粟三路大军以"品"字形阵势逐鹿中原，拉开解放战争战略大反攻的序幕。

1947 年 12 月 6 日，赵基梅、刘建勋、张才千率十二纵队与中原独立旅合并组成江汉军区。军区直辖一个独立旅和警卫团，下面暂设一分区、二分区、三分区，共三个分区。开辟洪山、鄂中、香南。另派警卫团团长黄德魁率领警卫团三营跃过香水挺进香西，开辟金山根据地。

这则新闻，使他猛然感到云开雾散，光明即在眼前，他思谋着如何回部队。

二是他发现王定烈部队的行进路线。他觉得要回部队只有走这条路线。于是他放弃寻找惩治杀人魔鬼的部队，顺着这个路线边摸索边迂回前进。

一天，他在深山里正饿得饥肠辘辘时，遇到一截有台阶的路。他顺那一截台阶走下去，向左一看，山半腰出现一户人家。正要发问时更大的一个惊喜扑面而来：烈士子女随军学校安排到他团作为干部培养的两个小战士，站在台阶上的门口。他对这两个战士的印象深，是因为他们在兴山过那百丈深涧"铁索"时，表现得忒突出，帮了他的大忙。因为他们的年纪小，他们一过去，对全团上上下下都是一个激励和鞭策，使全团很快就闯过了这道天险！

靳川："金展、金英！你们不认识你们的团长了吗？"

"是靳团长，是靳团长！"金英说着飞快地跑下去迎接团长。

二丫、三丫一听是他们的团长，大惊。

三丫对站着未动的金展说："你对我说过，你对你们的团长解散部队有意见。但这是领导上的事。领导上的事，我们不了解内情，不应该对他有意见。"说着又推了推金展，"快去迎接！"

金展下去敬了一个礼后，调皮地说："团长你这头发胡子也不剪剪，这让部下怎么认得出来是你呀！"

靳川："你们怎么在这?"

金展："这是我们的家呀!"

金英向团长介绍："这是我奶奶,这是我二姑妈,这是我三姑妈!"接着将他搀扶到屋内。

原来,二丫她们惩罚了那个杀人魔鬼以后,在轿夫的引导下很快脱离了险境。她们告别了那个轿夫,就根据她们离开王团时的约定,顺着路标就去撵王团。走了五六天后,二丫、三丫忽然感到身边的山、脚下的路,逐渐熟悉起来。后来竟发现了自己的田,自己常走的石板路,自己的家,自己的母亲站在高高的台阶上的门口!她们惊呆了,跳起来了,一下扑上去抱住她们的妈妈、奶奶!

刘氏并不惊奇,刘氏平静地说:"我站在这里等你们,已经等了三天了,你们怎么才来?王团长和参谋长从这路过,在我们家住了一宿,知道是你们的家后,走时参谋长留下这张字条。"

二丫接过一看,字条上写道:

若三日内未能到达此地,到达后,即设法与当地党组织联系,参加当地革命。参谋长某月某日。

二丫她们到时,三日已过,而且又是自己的家,她们只好停下。没想到又遇到了金展、金英的团长。

就在与靳团长相聚的那天晚上,谈家常时,二丫、三丫谈到她们的孩子还小,因护送姐姐突然离家,现在不知家和孩子怎么样了。靳川听到这话,就让她们回去看看。

金展说:"一听说你们走,我的心就悬悬地不是滋味!"金展说着,白了靳川一眼,意思是你又要我们姑侄散伙!接着就挽着二丫、三丫的手臂,撒娇似的说,"二姑妈!三姑妈!我舍不得你们走!你们莫走!在惩罚杀人魔鬼中,三姑妈!由于你机智地操纵媒婆,使我化险为夷;二姑妈!在惩罚杀人魔鬼这一战中,你指挥得多么好!我们得手后,由于你的坚定沉着,才又把我们安然地带出那虎穴狼窝。你们不仅为大姑妈报了仇，也为人民除了一大害，你们有功，你们不要走!"

靳川："惩罚杀人魔鬼原来就是你们?"

金展："是呀! 两个领导、两个兵、一共四个人，怎么样?"

靳川："了不起，我还以为是一支部队呢! 这样说来，你们真别走了，我要给你们庆功。"

二丫、三丫说："庆功就不必了，不忘我们就算万幸!"

说走就走，第二天脱下军装，穿上妈妈的衣裳的二丫、三丫向靳川敬了一个礼，亲了亲金展、金英，抱着妈妈哭了一场，又到弟弟屹义的坟上痛哭了一场，就跨过香水往七里屯去了。

二丫、三丫别母去，一步一回头，步步泪洒路，好凄楚!

往前想，小儿在家泪汪汪；回头看，老母哭得气呛呛!

一心两头扯，在撕裂，在滴血!

二丫、三丫走后，刘氏忍不住，随后撵去，一直撵到香水边，看着离岸远去的渡船就一直坐在岸边哭。一直哭到天黑，还舍不得走。作为母亲的刘氏又经历了一场离别的痛:

> 骨肉刚相聚，
> 转眼又折柳;①
> 欢喜过后愁更愁，
> 儿女自有儿女志
> 为母心疼不强留!
>
> 女儿跨江去，
> 孤母岸上哭着望水流;
> 从北流来添愁，
> 向南流去添忧。
> 忧愁陪着泪水流。

----

① 古代有折柳赠别，此为离别意。

朱氏、秦氏知道后，急忙赶来，又劝又拉，才把她拉回来。

二丫、三丫走后，靳川即拿着王参谋长给二丫、三丫、金展、金英留下的字条，带着金展、金英去寻找黄德魁。

黄德魁率警卫团三营于1948年1月4日零点从重北"剿匪"司令马星起的防区跳过香水，接着跨过香沙公路，直插金山腹地段家集。

5日，黄德魁根据军区首长关于"首先打击土顽土匪，迅速发动群众，巩固扩大金山根据地"的指示，在金山党组织的配合下，以迅雷不及掩耳之势，向西北接连横扫了曾家集、李冲、黄家集、刘家集、安家集和报信坡一线的国民党乡、保反动势力。

8日拂晓，黄德魁猛然挥师向南，长途奔袭90公里，出敌不意，于当日夜晚围住金北盐池庙。一举全歼集中在那里的牛侯集、仙集、盐池庙3个乡公所主力。活捉牛侯集、仙集、盐池庙三乡的乡长等200余人。

消息传开，人民群众纷纷拥向盐池庙街头，庆祝盐池庙解放，欢呼解放军的胜利。黄德魁马上在街道上召开群众大会。向群众宣讲："我们共产党是为人民求解放的党，我们解放军是人民的子弟兵。我们共产党、解放军的宗旨是'全心全意为人民服务'！我党我军的纪律是'三大纪律、八项注意！'我们这次进军香西就是为了消灭反动派，解放香西穷苦人民！"顿时，群情激奋，"打倒国民党反动派""打倒土豪劣绅""穷人要解放、要翻身、要当家做主"的口号声轰动了山镇。最后，黄德魁宣布盐池庙、仙集、牛侯集三乡的乡长和乡队副共6人的罪行，问挤满街头的乡亲："这些人该不该杀？"千百双手同时举起，千百张嘴同时喊道："该杀！该杀！该杀！"于是当即就将恶贯满盈的6人镇压在街旁。

盐池庙一战，威震金山。人民群众欣欣鼓舞，反动派残余势力慌忙逃窜；侥幸未死的栎元乡乡长江京梧率领他的乡公所人员逃出金山，流亡到顾家集；土匪杜七匪帮也在思量他的生存，想趁早向解放军归顺。

金山到处堆着干柴，到处隐藏着火种，经黄德魁转战驰骋的雄风一鼓，顿时燃起熊熊大火。渴望翻身的金山人民群众纷纷起来支援革命，参加革命；隐藏在金山之中的中原突围人员，告别乡亲，走出深山，归队参战。革命席卷金山，金山烈火蔓延，黄德魁的队伍在短短的数日内迅速扩展。

靳川、金展、金英发现黄德魁在盐池庙街头召开群众大会，就立即投奔而去。金展、金英所缴获的卡宾枪和美式手枪，根据"一切缴获要归公"的纪律，在靳川的指示下，作了投奔黄德魁的见面礼。

10日，黄德魁所部在孙家店成立金山地委和金山军分区（江汉军区四分区）。黄德魁任书记兼支队司令，接着地委和军分区划县、分兵，为消灭土顽解放金山铺开摊子。

首先成立金重、金当、南远和金重香县委和县指挥部。蒙玉珊任金重香县县委书记兼县长，靳川任金重香县军事指挥部指挥长，明确规定了各县的任务。其中金重香县委、县军事指挥部的战斗任务就是在金山蓄积力量，然后解放香城县。金展、金英被安排在金重香县军事指挥部独立营当战士。

24日，蒙玉珊、靳川率领金重香县干部和指挥部独立营，兵分四路，铲顽除奸，打击反动保甲长，镇压刁钻专横敢于顽抗的恶霸及其走狗。没收了常、汪、刘、曾，号称金山四"百万"的四户大地主的土地和财产。分别在白云山、曾家集、张家集、鄂王镇召开群众大会，将四大地主的土地和财产分给贫苦农民。

这次行动热闹非常，盛况空前。各个会场周围的墙上、树上、竖起的板凳上、铲光的坡坡上，都贴满了写着我党我军的宗旨和纪律的红绿标语；稻场上、山坡上、平地上、门前场子里，到处都堆着常家四地主的财产。这一天，正好是正月十五，阳光明媚，春风和煦。快活的山雀在山野密林间嘻叫；喧天的锣鼓声在晴朗的高空缭绕。精彩的旱船、逗趣的高跷和气势雄浑的龙灯，伴着悠扬的歌声，踏着锣鼓的节拍，在狭窄的空地上、在一堆堆的胜利果实之间逶迤扭动，交叉穿行。千百年受欺压受剥削的穷苦人民，今日翻身得解放，加之又适逢元宵佳节，个个扬眉吐气，喜气洋洋，迈着轻松的步伐拥向会场。有的观看节目，有的感叹大地主的"百万"财产，更多的则是跟着那些细读细研、指指点点的文墨不丰的乡土秀才，体味红绿标语的蕴含。接着县委领导同志在各个会场上带头扭起了令人耳目一新的秧歌。先是县委领导同志出场扭，接着指挥部指战员参加扭。扭着扭着，一些青年学生、大方的妇女，后来连一些老爷爷、老奶奶也自觉不自觉地加入了秧歌队的行列。不一会儿，各处的秧歌队形成了见首不见尾的、左弯右拐的盘旋在"百万"大地主一堆堆的财产之间的蟠龙阵。在一片扭秧歌声中，人民群众看到共产党解放军和蔼可亲、官兵一致、人人平等，无形中把共产党、解放军当成自己最可敬可亲的人。

栎元乡鄢王镇大皂角树下场子宽阔，曾百万的东西也特别多，扭秧歌的阵势也特别大。在这庞大的扭秧歌的队伍中金展、金英尽展风采，他们那均称苗条的身材，柔美多姿的身段，把缠在腰间的红绫子舞上了天！鄢王镇的穷苦百姓见是本乡的娃娃回来带领大家扭秧歌，大家尤感亲切自豪，跳得尤为起劲。朱氏拉着秦氏也在中间扭。秦氏问朱氏："这是不是就算胜利了？"朱氏："好像快了。""胜利了，我孙就该回来了，我要赶快给我孙孙说个姑娘子！""他们年龄还小！""不小啦，我急着抱重孙呢！"由于高兴，步伐扭得大了，再加上脚小，下面一绊，向前一蹿，和朱氏一起摔了一跤。两人哈哈地笑得半天没直起腰。

徐振喜也参加了扭秧歌，并趁机将他写的关于他要求归队和他受伤掉队被捕的情况报告，交给金展转给金重香县委。

会议一结束，金展、金英就随着部队唱着《三大纪律、八项注意》的歌开走了。王屹香说："两个小东西，到了家门口就不晓得回到家里看看。"徐振喜说："革命军人，有革命军人的革命纪律，不要怪他们。"不久徐振喜收到县委回信，委任他作为牛侯集的粮行老板，为金重香县工委筹粮，兼任牛侯集联络员，粮行设于残疾老人家隔壁。

接着蒙玉珊、靳川又分兵划区、确定各区战斗任务。其中以鄢王镇为中心成立东山区，调大膀为书记，小膀为中队长兼指导员，金英由独立营调来为区中队某班副班长，金展调为独立营通信员。金展此时差不多已成五尺高的汉子，他的姐姐也许比他稍矮，却比他壮实。姐弟俩都穿着黄色军装，金英又往往将剪短的头发塞在帽子内，谁是金展、金英，至今人们仍然很难分清。其姐姐所在的区和中队的主要任务是消灭江京梧一伙残余势力，解放栎元乡。

一天半夜里，有群众来报，说江京梧一伙夜宿汤泉。指导员小膀当夜率东山区中队出发。当他们走到汤泉对面山冈上，小膀拨开树枝一看，晨雾中隐隐约约看到江京梧一伙人的枪棚在稻场上，5匹马拴在稻场边，岗哨放在稻场南北两头，江京梧和他们的士兵们正在稻场上围着菜盆划拳、喝酒、吃肉。当即小膀将3挺机枪架到密林中，枪口对着稻场。接着派出4人分两组去摸岗哨。

岗哨一除掉，指导员小膀手一挥，全体指战员从林中悄悄地溜下山坡，蹚过小河沟，越过田垄，隐蔽到稻场坎下。一声喊"打"，手榴弹和机步枪子弹一齐倾向菜盆酒碗之间，当即数十名敌人毙命。江京梧离马近，枪一响就翻身上马，带着几个人跑。陈班长和金英一马当先，穷追不舍。陈班长首先一枪打伤了一个大个子敌人，接着高喊"缴枪不杀！"敌人早吓破了胆，听到喊声，把枪往地下一扔，接着又跑。陈班长一连缴了4支步枪。金英一心想擒江京梧。江京梧是杀害她父亲的汉奸陈东汉的舅舅。憨愚的陈东汉之所以变得那样残忍疯狂，全为江京梧的怂恿。她一心想擒江京梧为她父亲报仇。江京梧虽然骑着马，她仍穷追不舍。她坚信在这山林沟壑之上骑马，不是跑得快，而是自我找死。正如金英所料，一口堰埂挡住了江京梧去路。就在这即将就擒之际，狡猾的江京梧对金英连连大叫："我缴枪！我缴枪！"说着将手枪扔到右边草丛里。金英知道这是笨拙的金蝉脱壳之计。但那小手枪确实太迷人了，同时见有堰埂挡住了他的去路，就是拾了手枪照样也能把江京梧擒住。于是就急忙跑去拾那手枪。谁知节外生枝，这时后面追来一名战士，为了抢那小手枪猛扑而来，将金英撞翻了几个跟头，小手枪没拾到，自己手中的小马枪也甩出了数丈，江京梧趁机逃脱。

江京梧遭受打击，跑回胡家集搬来了国民党正规军。同时出重金收买了一个奸细，设下一条毒计。

这时，香阳战役打响。为了支援香阳战役，牵制敌人有生力量，金山军分区司令黄德魁把金山武装正规军和非正规军五千来人，全部集中在黑鱼冲受训，准备直接与盘踞在香沙公路边的敌正规军开战。主攻目标就是敌五四八团。

黑鱼冲在金山北麓腹中。那条冲，大冲套许多小冲，既隐蔽，又宽广；既可分散训练，又可集中开会。那天，东山区中队正在黑鱼冲干沟训练新兵，指挥部来人叫区中队开到山外去接见报告情况的一个老头。

东山区中队来到山外，那老头说他的牛被江京梧杀了，东西也被江京梧抢光了，江京梧现在正在他们村子里烧火做饭吃。说着，就蹲到树脚下痛哭起来。于是指导员小膀就带着区中队跟着那个老头去捉江京梧。为防不测，小膀命令陈班长和金英率领他们班充当尖刀班，在前面跟随老头前进。当走到一条山冲的转弯处时，忽然那老头不知去向。接着两边山上的机枪如同放爆竹一般骤然响开了，小钢炮也像打炸雷似的在他们身前身后爆炸。

东山区中队上当了，陷进了乐乡关五四八团的包围圈。走在后面的区中队主力安全撤离了，唯有走在前面的尖刀班左冲右突，怎么也冲不出去。陈班长只好指挥大家撤到河边一个沟里暂避。大家刚隐蔽好，陈班长不幸中弹牺牲。这时有几个新兵惊慌起来。为了稳定大家的情绪，金英说："大家不要惊慌，注意隐蔽！陈班长是为了掩护我们而牺牲的，我们要向陈班长学习，为陈班长报仇！就是死，我们也不能当孬种！"待大家情绪稳定后，金英说："你们看那山顶上有一挺机枪正在扫射，我们上去把它消灭掉，就从那里突围！"战士们一听，脸都黑了，他们怕的就是机枪，还往那突围！为了消除新战士的余悸，统一思想，鼓舞全班斗志，金英进一步地开口道："你们不要怕，相信我，这样的事我在突围中遇见得多。现在拿步枪的敌人都朝前跑去了，有机枪的地方，反而敌人少。再说机枪虽然厉害，但它是要换梭子的，我们从这边山坳里摸上去，靠近后趁它换梭子时，我们分两组放排子枪。放排子枪，怎么放，你们知道吗？我们12个人，6支枪为一组，这组放完了上子弹，另一组接着放。我们没机枪，这样连着放排子枪就跟机枪一样，保险能把敌人的机枪手消灭！"

金英说完，就带领大家跃出沟槽，从山坳悄悄爬了上去。等他们靠近时，正遇机枪手换梭子。金英和战友们从侧面两排子枪一放，敌人以为解放军端着机枪冲上来了，慌忙扔下机枪逃窜。金英冲上去拿过他们的机枪安上梭子趴下就打，当即将敌人正副机枪手打死。这时金英将机枪交给身边战士，大喊："撤！"于是全班战士跟着她迅速翻过那座高山往下撤。有一战友被树桩插进了他的裤腿里了，慌忙间怎么取也取不出来，金英叫："快，把裤腿撕开！"有一个战士的帽子被挂掉了，他要去捡，金英叫："不要捡了，快跑！"这样，她带领全班，除了班长，一个也不少地冲出了敌人的重围。

这次东山区中队虽然上了敌人的当，但更打出了威风。战斗结束后，金英班扛着机枪回到黑鱼冲，顿时轰动了整个训练场。

黄德魁为了鼓舞全体指战员的士气，趁机召开庆功大会。大会非常隆重：搭舞台，扎彩门，挂红花，锣鼓喧天，歌咏声声。

大会第一项，宣布金英班立集体一等功。全班战士在锣鼓声中上台披戴大红花；大会第二项，宣布金英立特等功为特等英雄，提升为班长。金英上台披戴双红花时全场雷动，锣鼓喧天，欢呼声、鞭炮声响彻云霄。到第三项，自由讲话时，年轻的战士们纷纷上台表决心，发誓言，要向金英学习。

金展上台发言时，更是轰动全场。一是作为鸳鸯双生的弟弟长得太像他的姐姐，人们在台上见了更觉好奇；二是他说的话既有意思，又有煽动性："各位首长，各位战友！我的决心就是：我要像我爷爷那样为穷人翻身解放闹革命！我要像我爸爸那样不怕粉身碎骨而战斗！我要像我姐姐一样，为打出山去解放香城拿大奖！不！不！我姐姐是女子汉，我是男子汉，我要超过她！超过她！她戴大红花，我要戴大大红花！她拿大奖，我要拿大大奖!!!"他语音铿锵，气宇轩昂；他耸动着身子，挥舞着拳头。那气势像冲天的雄鹰，像下山的虎豹！他上台下台不过几分钟，却给人们留下了"所向披靡""热血腾腾"的印象。他已走下舞台，可是掌声欢呼声仍在场上震响，山间回荡！大会结束后人们的目光和手指仍不停地跟着他转。

　　但同时，人们的议论也像山间回风一样灌入他的耳中："这娃子的话也讲得好，劲也足，只看他怎么实现。""当个吹鼓手没，还指望他实现呀！""不，他在突围中的表现，比他姐姐还行些。""此一时，彼一时。男子汉女子汉，他说他超过他姐姐，他能跟上他姐姐就不错了！"这些话就像一群追人的马蜂一样，无论他走到哪，总在他头上不停地嗡嗡叫！这嗡嗡的叫声就像策励骏马的响鞭，激得他睡觉不安，吃饭不香。金展真能拿得到大大奖吗？且等下回分解。

第十五章　掏虎心金展巧借兵
反扫荡军民一条心

　　金山国民党乡保反动残余势力，以屯集在乐乡关的国民党军五四八团为靠山，在金山革命根据地内为害乡里，作恶多端，黄德魁司令员决心消灭五四八团。

　　此时香西部队经过训练和动员后，大多秘密开进了出发地。只有独立营为迷惑敌人，仍在原地训练。金展在送信的归途中，发现国民党军驻乐乡关的五四八团正在附近各乡、保征收鸡子。然后将征收的鸡子成挑成挑地叫老百姓往他们的团部送。见到这一情况，他不由骂道："国民党真他妈的叫刮民党。"

　　他正骂着，过来一支足有三四十人的送鸡子的队伍。其中一副挑子上，有一只乱蹦乱跳的瓷花公鸡好眼熟。定睛一看，可不就是他家那只瓷花公鸡！再一看，走在前面挑鸡子的，正是算命先生爷爷。这支送鸡子的队伍，原来正是他们鄢王镇送鸡子的队伍。

　　这时他心中咯噔地一下，一条"饿虎掏心"之计跃上心头。但转眼一想，不由双手一摊，顿时变成一个泄气的皮球。自言自语地道："手上没有兵啊，这时哪怕有一个班的兵也行啊！"提起一个班，他心里"咦！"地又一叫，忽然想起他姐姐手上有一个班的兵力。他脑子里如刮旋风一般地转着，终于想出了一个"酒"主意。为什么说是一个"酒"主意呢？因为它比馊主意更进一步。饭变味，首先变馊，更进一步就发酵变酒了，所以说叫"酒"主意。根据这条"酒"主意，他首先跑上去亲亲热热地喊道："算命先生爷爷好！各位伯伯爷爷好！"并恭恭敬敬地敬了两个礼。然后拉算命先生到一边，极其机密地说："爷爷！我现在是独立营的侦察兵，在执行一项特殊的任务，请爷爷务必帮个忙。"

算命先生说："就当侦察兵了！你和你爷爷、爸爸一样有出息。要爷爷帮什么忙，你尽管说。""这支队伍是你带的是吧？""是的，孩子。""这些鸡子是送到刮民党五四八团团部是吧？""是，孩子。""听说国民党这个团部，里里外外一连设了七层岗，每个哨兵腰插一把手枪，手持一把鬼头刀，警卫十分森严。你们怎么进得去？""我们有介绍信。"说着拿出介绍信，"你看，这上面某某乡，某某保，应交多少鸡，实交多少鸡，写得清清楚楚。凭这介绍信就可进。""爷爷！把这送鸡的队伍和这介绍信交给我，我带领他们送了去。"算命先生不明其意，话哽住了。金展立即说："我要用这送鸡的队伍和这介绍信做掩护，去打五四八团。"说着就从算命先生手中拿过介绍信。算命先生问："就你一个？""当然不是。还有一事要请爷爷帮忙。""你说。""我的姐姐想了解一下家里情况，你在这等我姐姐。我姐姐来了后，你就把我家的情况、我们鄢王镇的情况给她介绍介绍。"算命先生不知如何是好：不答应吧，他又是解放军，并且是侦察兵，而且是他看着长大的烈士的孩子，他要利用这支送鸡的队伍去打刮民党，这是多好的事！从这方面说，不管怎么样，都应该支持！可是，这能行吗？

金展没管算命先生怎么想，说完即转去把挑鸡子的老乡们带到一片山林中隐蔽起来。接着就跑去找他的姐姐金英。金英班练罢进攻，正在山坡上休息，金展打手势把金英招拢来。金展对金英说："我想当当班长。"金英感到好笑，说："我荷包里也没有装着班长，如果我荷包里有，我给你掏一个！"金展没笑，仍然说："我只代替你当半天班长。"

"代替我当半天班长？"金英惊讶得几乎岔了气。"我只是代替，而且只是半天也不行吗？""没有这个搞式的，这可不是小时候啊！"金展恳求道："姐姐！就让我练习练习吧！"金英感到最甜蜜的就是金展叫她姐姐，一听金展叫她姐姐，她浑身就感到热腾腾的、暖乎乎的，心也就软了。说："你怎么练习？""练习喊立正、稍息、向左转、向右转、齐步走、跑步走。""那好吧，你去吧。""我去他们不听我的指挥怎么办？""你去吧，他们认不出来的。""万一认出来怎么办？再说我不愿干那不光明磊落的事。""你不是班长要当班长，本来就不光明磊落嘛！"金英这样一说，金展就生气了，甚至气得要哭，金英连忙让步，说："好好，你说叫我怎么办？""虽然不是当真，你要跟当真的一样，站到大家前面跟大家说：'根据上级指示，你们暂时归金展指挥！'""好好好！就照你说的办。"金英说完，即带着金展来到大家面前，对大家喊道："起立，立正！稍息！根据上级指示，你们暂时归金展指挥！"金英说完即退后让开，金展上去小声对金英说："哦，对了，算命先生爷爷来了。算命先生爷爷要向你介绍介绍镇里的情况和家里的情况。"金英走了以后，金展即对金英班喊道："立正，向右转，跟着我，跑步走！"把金英班一下带到那片山林中，向金英班严肃地宣布道："根据上级的命令，我们要去执行一项艰巨而又光荣的任务！"他双目闪烁着灼人的光芒问大家："大家有信心没有？""有！""有决心没有？""有！""这项任务很特殊，我们12人必须融入老百姓送鸡子的队伍中去完成。"接着对老百姓说，"伯伯爷爷们不要怕，一切有我。"于是在他指挥下，送鸡子队伍中的12名老、弱的老百姓被战士（包括他）替换下来，并互换了服装。他手中没有兵的问题，就这样解决了。

但是，另一个难题又摆到他的面前：他们12人，除他带的是20响驳壳枪外，其他带的都是长枪，并且还有一挺机枪，这么大的家伙可怎么隐蔽？金展急得直挠头，乡亲们也为金展捏一把汗。忽然，金展右拳猛一击到左掌中，叫道："有办法了！"大家看时，只见金展指着挑鸡子的挑子说："这不有好多鸡子装在布袋里吗？请大家把布袋腾出来，把枪放在布袋内，再砍一些比枪长些的木棒也放到布袋内用葛藤捆好，外面密密挂上鸡子不就行了！"乡亲们见自己看着长大的孩子办事一点也不含糊，心内由衷地高兴，一切都听他的指挥。有的腾鸡子，有的砍葛藤木棒，一切装扮好后，大家就跟着他向五四八团团部出发。

金英与算命先生谈完，就去找她的班。发现她的班在树林里坐着，心里就责怪金展：训练部队怎么能这样训练呢！走近一看，战士们都蔫蔫的、没精打采，而且都没有了枪，不由大吃一惊："枪都哪去了?"再仔细一看，这些人虽然穿着军装，却都是胡子拉碴的老弱者，都不是她的战士，这就更觉得奇怪了。一问，才知道她的战士换上老百姓的衣服，去执行"特殊任务"去了，不由脑子一炸，大觉不好，忙去报告指挥长靳川。谁知靳川不惊不奇，不紧不慢，只是说："这愣头青！走，我们去看看。"

金展带领大家来到敌五四八团团部的山脚下，举目向上一看，这个团部设在香沙路和龟背岭之间的一个山嘴上。周围设有七道铁丝网，七道双人岗，每个哨兵腰插一把手枪，手持一把鬼头刀。面对警卫十分森严的阵势，不少人不由倒吸一口冷气。金展立即对大家低声而有力地说道："大家不要怕，我们手中有介绍信，肩上挑的有他们见了就流口水的鸡子。再说，越强越有骄气；他们仗着他们有七道岗，有鬼头刀，必然对给他们送鸡子的老百姓不那么警惕——我们就是利用这个机会，采用饿虎掏心的战术打他们！大家都要胆大心细，沉着应战，互相掩护互相配合。"说完就领着大家往里进。敌哨兵迎了拢来，金展掏出介绍信。那哨兵看看介绍信又看看金展，说："你怪年轻啦。""我们年轻有什么用，你们年轻可以升官，我们再年轻也是打牛后半头。"忽然，哨兵猛然问："你是谁?"金展丝毫也未打忍："我是保长的儿子。""保长为什么不来?""他病啦，拉肚子。"金展怎么说，乡亲们跟着怎么说，哨兵找不出破绽，只好摆头放行。当大家刚松一口气，那哨兵又突然喊："这里面是枪!"并抓住一个挑子扒开看，吓得大家都出了一身冷汗。幸好大家都有防备，把不是枪的那一头对着哨兵，才没露馅。金展转来问："你刚才说什么？说给我们发枪？"哨兵："没什么。我是说你们的挑子怎么这么长？""老总！你们要鸡子，要得又多，又要活的，不这样怎么能保证是活的呢！"哨兵："走吧走吧，快走。"头一道岗哨一过，其他岗哨就趟走趟行，一直送到团部旁。

山嘴上的敌团部，是一栋独立的平房，四面很敞亮，前后都挨着道路。金展于是压低声音对大家说："大家沉住气，不要慌，他们正在开会，我们这样办……"

大家于是跟着他取出枪，取出备用的鸡子，弯着腰，迈着猫步，悄悄地跃进至两边的窗下、门旁。金展一挥手，大家一同先将手中的鸡子扔进会场，甚至扔到会议桌上；鸡子在会议桌上、会议室内咯咯乱叫乱扑腾，首先讲话的团长不由一愣，停止了讲话，接着与会者不由都顺手去抓蹦到面前的鸡子，会议室不由乱作一团。金展趁势一声喊打，驳壳枪、机枪、步枪和手榴弹一起往里倾泻，顿时与会的团长、参谋长和各营营长全都躺在血泊中。这里面一打响，外围龟背岭上嘀嘀嗒嗒响起了冲锋号，金山部队发起了总攻！

怎么这么巧？金展这"饿虎掏心"之举，真像总司令统筹安排一样！

原来，敌五四八团团部设在这个山嘴上，主要是为方便，离公路近，离他的部队近，实际上它与龟背岭还隔着一条冲。龟背岭不仅高，还成弧形耸立在山嘴外。靳川爬上龟背岭一看，只见金展带着送鸡子的队伍已通过了五四八团的岗哨，正在往敌团部前进。立即报告总指挥黄德魁。黄德魁一听靳川的报告，立即举起望远镜观察，刚刚调好镜头，就听到枪声大作，判定金展"饿虎掏心"得手，立即就势命令已经隐蔽在龟背岭山脊外侧准备攻打五四八团的军民发起总攻。一连三发信号炮冲天一响，万竿红旗在东、南、西龟背岭上好似从天而降；军号声、"冲呀！""杀呀！"的呐喊声和机枪大炮声，伴随着成千的精锐的解放军和上万名拿着铁锹、镢头的人民群众，如排山倒海，如万马奔腾，向敌人冲去。敌人由于首脑瘫痪，信息不通，指挥失灵，敌五四八团的各营各连在这犹如天塌地陷的阵势面前，顿时蒙头转向，只好如堤溃水泻一般，向香沙公路奔去，企图夺路而逃。从而如黑压压的蝌蚪一般落入香西部队预先布好的网中，一举被歼。

此战一结束，黄总指挥立即召开总结大会。会场仍设在黑鱼冲老会场。

随着"到黑鱼冲开总结大会"的通知，另一条小道消息，在各个部队中几乎传翻了天：金展真要受大大奖了！

战前动员，战后总结，这是黄德魁的风格。由于两次会议间隔时间短，各单位各部队仍按原址各就各位。可是金重香县独立营的位置却一直空着。金重香县独立营哪里去了，为什么不入会场？好不容易金重香县独立营开来了，但金英班所在的大膀小膀连仍未入场。好不容易大膀小膀连进了会场，但金英班照样未入场。这种不寻常的气氛，使大家产生了一种异样的感觉。直到金英带领她的班上台，金展带领鄂王镇送鸡子的老百姓上台，大家才松了一口气，会场上的气氛也活跃起来了。有一个战士指着台上说："就是他们打入五四八团内部，一举捣毁了五四八团团部。"另一个战士对鸳鸯双生感兴趣，问旁边的战友："你说哪一个是金英？""站在前面的是金英，金英是班长，当然与她的战士站在一起。""站在前面的是金展，你想啊，金展借兵呀，金英虽然是班长，她的战士被金展借兵借去了……""开会了，莫说话。"

这时分区参谋长上台，他以自信简朴的话语对这次战斗总结道："同志们！你们说，这一仗打得怎么样？"

会场上："打得好！打得非常好！"

参谋长："对！这是一次非常非常好的漂亮仗！只历时三小时，就全歼敌正规军五四八团。之所以取得如此漂亮的大胜利，是由于我们的勇士巧妙地打入敌人内部，采用'饿虎掏心'之术，首先消灭了他的团部，使他们的指挥失灵；紧接着我们又不失时机地以泰山压顶之势发动了总攻，一举夺取了胜利！同志们啦！这一胜利非同小可，不仅消灭了五四八团，而且阻击了北援康泽的国民党军，有力地支援了香阳战役。香阳战役活捉了康泽，活捉康泽这个大家伙，我们也有功啊！"

顿了顿，参谋长又讲道："同志们！任何一场夺取胜利的战斗都会有英雄涌现，特别是我们这次夺取了非凡胜利的战斗，必然更有一批英雄涌现。这一次的英雄是谁？大家请看！"参谋长转身对台上两排人喊立正稍息，把这两排人摆到台中央站好。然后向金英、金展发布命令："金英、金展注意，立正，向后转，向前两步走，向后转！"参谋长把他们俩调到后面。接着就给金英班战士和鄢王镇送鸡子的老百姓——地上戴了大红花。这时会场上一阵嘈杂："戴红花没有金展？""也没有金英！"

领奖的战士和老百姓下去后，参谋长异常严肃地站到台中央说："这一次的胜利，虽然是一次大胜利，但是！是一次非常偶然的凑巧的胜利，胜利得非常非常之危险！因此，必须处分两个人，以儆效尤！"顿了顿，大声道："现在！我宣布两个处分决定：

一个是，关于金英脱离部队、丢失战士的处分决定：班长金英在大战前夕，不坚守岗位，脱离部队，造成所领导的战斗班丢失7小时。其性质非常严重，鉴于发现较早，并主动承认错误，同时也未造成损失，特给予口头警告，免于行政处分。

另一个是：关于金展擅自动用部队，严重违反纪律的处分决定：金展在大战前夕，擅自动用部队，严重地违反了纪律，应给予大大地处分……"

金展发誓要夺大大的奖，大家也以为金展真的要得大大的奖；谁知却要给他大大的处分，这太意外了。不由全场发出一片"咦？""啊！"的声音。这时黄德魁走上台："大家注意！革命军人个个要牢记——唱！"他领着大家唱完《三大纪律、八项注意》歌，接着又振臂高呼："纪律是部队的生命线！纪律是部队战无不胜的保证！牢记三大纪律！永不违反！"喊完口号，接着对大家说："敌人可能要来报复，大家赶快隐蔽！散会！"

　　散会后，黄德魁在前，参谋长、靳川、警卫员、通信员紧随其后，正走着，前面气鼓鼓地挡着一个人！警卫员怕出意外，立即上前干预，被黄德魁拦住。那人道："黄司令！我是金展。""我知道你是金展。""我有看法。""你有多少看法？""多……""再多，只准你说两句话。""简单地说，也就是两句话：我知道纪律很重要，但有两条也不能忘。""哪两条？""一是：齐人有言：'虽有智谋，不如乘势！'""另一条呢？""另一条是：为了抓住战机，'将在外军命有所不受'。""你这是从哪学来的？""是从书本上，不，是从我爸爸、妈妈那学来的。""说完了？""说完了。""说完了，我给你说：你给我好好地干，好好地干！听到了吗？啊！"说完，一挥手，就带领大家走了。

　　正如黄德魁司令所料，敌人来了。这敌人有一师多人，是程潜专为解康泽之危而来的。因康泽曾为他竞选副总统卖过力。当初康泽帮程潜竞选副总统，虽出过力，但程潜还是没竞选上；这次程潜解康泽之危也成了雨后送伞。他派的部队还未过香河，五四八团就被歼灭了，康泽在香阳也被我军活捉了，半途之中只好把"伞"收回去了。程潜、康泽的交易，是出奇的公平。

　　但是，蒋介石一怕我军过长江，二怕我军进四川。香水、香阳、金山一线，既可过长江，又可入四川，是蒋介石的生命线。蒋介石立即责令白崇禧派整编第十师、十一师、八十五师、二十师和五十八师、十五师、九师之一部向鄂西北之香水、香阳反扑。我军为保存有生力量，主动撤出香阳。

　　五四八团的人被消灭，但番号仍在，经过重组，借尸还魂，重到乐乡关盘踞；各乡土顽随之复活，连刚刚反正的杜七匪帮也蠢蠢欲动，策划反水。他们沆瀣一气，向金山革命根据地"扫荡"而来。

　　在这种情况下，金山解放区军民上下团结一致，密切配合，共同对敌。区委率领区中队就地坚持斗争，县委率警卫班与敌绕小圈子，军事指挥部率独立营与敌绕大圈子，黄德魁率金山支队跳到外线，寻机打击敌人。采取内线坚持与外线作战相配合，分散隐蔽与集中打击相配合，灵活机动地袭击敌人的弱点与空虚的后方。由于有人民群众的支援和解放军的英勇善战，敌人铁桶般的合围，梳篦般地搜查，不仅没有摧毁金山革命根据地，反而使金山军民越战越强。

9月下旬的一天，金重香县县委、县政府机关率警卫班绕到仙居寺，正在附近村里办公，忽然有一位农民气喘吁吁地跑来，对着县委书记蒙玉珊，说："国民党军从前面扫荡来了，人不少，你们赶快从后面上山！"霎时，机关全体工作人员迅速转移到深山密林之中，敌人扑了一个空。

数日后，一个月色朦胧的夜晚。蒙玉珊率领机关干部与"扫荡"之敌"绕圈子"，正从一条山冲往下走，恰巧新增加的"扫荡"之敌从那条山冲往上搜索。一场遭遇战眼看就要发生。突然，一位扛着千担①的农民，从山坡上跑下来问道："你们是蒙县长的人吧？快上山，敌人从冲下上来了！"机关人员立即分两路闪入两边山林之中，但蒙玉珊骑的马却不停地打着响鼻，踏动着四蹄。要是牵着马隐蔽，必然会招惹大祸。蒙玉珊正不知如何是好时，那位农民说："把马给我，你快去隐蔽。"那位农民说着就从蒙玉珊手中牵过马往冲上跑去了。蒙玉珊刚隐蔽好，敌人来了，真不少，整整从他们旁边过了半个小时。

由于金山人民群众的积极支援，使金重香县县委、县政府机关屡屡化险为夷。作为指挥长的靳川感到如不将这股嚣张的敌人消灭就对不起人民群众！

一天靳川见金展闷闷不乐，因他很看重金展，一是为解金展闷闷不乐的情绪，二是希望金展真能拿出好主意，于是当众对金展说："借尸还魂的五四八团，对我们的扫荡屡屡遭到失败，今后势必更加疯狂地对我们进行报复，我们必须尽快地把他们消灭，以绝后患！金展你有什么

---

① 千担：农民挑东西的器具。千担两端尖，专为挑稻谷用的。成熟的稻谷收割后捆成捆，用千担插进捆子里挑到稻场脱粒。

好主意?"

　　金展:"指挥长!快别开我的玩笑了,我一个通信兵——"

　　"别闹情绪,拿出好主意来,打了胜仗,我给你记功!"

　　"快别说记功了,不给我处分就是好的!"

　　"谁给你处分了?"

　　"难道你忘了,那一次,我决心拿一个大大奖,却给我一个大大的处分——"

　　"那一次给你什么大大的处分啦?你怪聪明的,难道你没看出来黄司令员对你特别欣赏吗?"

　　靳川拍了拍金展:"别闹情绪,啊,也别骄傲。"转而对大家说:"哦,大家也都考虑考虑,到时我们要开军事民主会的,如何消灭五四八团,大家都来献献计。"

　　要知消灭新生的五四八团采用什么计谋,且听下回分解。

第十六章　除匪帮机枪换手枪
埋匪首刘氏邀秦氏

金山军民众志成城，正全力开展反新生的五四八团"扫荡"时，新生的五四八团忽然逃之夭夭。这一仗没有打，就取得了完胜。劲鼓得足足的靳川未免有些遗憾。遗憾之余他想到了金展，决定把他酝酿许久的计划付诸实践。于是提笔写道：《请破格提拔英才书》。

正要往下写时，军分区王昌瑞副司令员带着他的警卫排来到独立营。坐下后，靳川说："二老总这架势，莫非为杜七匪帮而来？"王副司令员道："这真是心有灵犀一点通。是呀，放下一切，咱们共同挖掉这一毒瘤！"

五四八团一逃，金山根据地内，最迫切需要解决的问题，就是收编不久的杜七匪帮。这伙匪帮，在收编之时就心存异心，收编后由于为匪成性，过不惯解放军的艰苦生活，受不了解放军的纪律约束，常常打着解放军的旗号，背着解放军，继续拉票喊款，奸淫掳掠。这不仅危害了人民群众，而且破坏了解放军的声誉。国民党这次"扫荡"开始后，这伙土匪以为天要变回去了，明的仍说听共产党指挥，暗地里更是为所欲为。为了解除人民群众的心头之恨，纯洁人民解放军，中共金山地委指示军分区尽快消灭这一匪帮。

为打有把握之仗，金山军分区王昌瑞副司令员亲率军分区警卫排来金重香县独立营指挥作战。更为了迷惑杜七，王副司令员声称这次行动是集中全力打国民党乡公所，叫杜七把人马全部集中起来随他一道活动。当时杜七是洪帮么爷，为了进一步麻痹他，王副司令员就假称自己曾是洪帮大爷，与杜七称兄道弟，接受杜七宴请，并让杜七打先锋，还答应打下安家集后给他换机枪。经过打银家河、龚家湾乡公所和江京梧流亡势力后，王昌瑞率部，依照既定计划，又打下了安家集，部队开到向家台子秦家湾休息。

秦家湾村大、房多，三面环山，前面有一宽阔的稻场。当天晚上，王昌瑞传下命令：部队早点休息，明日起早打吴镇。就在这天晚上，王昌瑞布下了捕捉杜七匪帮的罗网。其实这时金山根据地内的乡保反动势力大部已被消灭，未被消灭的，已经逃往天外，吴镇也不例外，只不过已被封锁消息的杜七匪帮不知道这一切。说打吴镇，更是为了迷惑他们。

翌日，天还未亮，整个部队按时起了床。杜七接王副司令员通知，到指挥部开会。他一进指挥部，王副司令员指着桌子上放着的机枪说："君子协定，打下安家集给你换机枪。"杜七一见两挺崭新的机枪就高兴得合不拢嘴。他屈尊受编，在很大程度上就是想到解放军内捞上两挺机枪，现在终于如愿以偿。他感到他这只虎已经长上了翅膀，马上可以飞了，就立即把自己身上带的两支"20响"依照原来的协议，摘下来拱手交给王副司令员，提着两挺机枪就走。就在这时，埋伏在室内的警卫排战士一拥而上，将杜七生擒。

杜七到指挥部"开会"以后，指挥部值班人员以"吴大队长不在"为由，直接指挥杜七的人马到稻场上集合，"传达作战命令"。这时上着刺刀的独立营指战员跑步开进稻场，在杜七的人马前面一字摆开。杜七的人马见解放军的枪上，上着刺刀，顿起疑心。四下一看，岗上、冲里都布满了荷枪实弹的岗，立即交头接耳骚动起来。未等敌人发作，独立营指战员向后一转，一阵"缴枪不杀"的呐喊，刺刀直指他们的胸膛。二当家等 3 个铁杆土匪拔出手枪企图顽抗。当场被击毙。其余在解放军一片震心裂胆"不准动"的喊声中纷纷缴械投降。战斗到 8 点结束，当天将这伙土匪押到仙居。

13 日，在牛侯集召开群众大会将杜七处决！知情人都知道，杜七本人实际不坏，但人在江湖，身不由己，许多事是以他的名义干的，不杀不平民愤，不杀对匪帮威慑不力。

这是金山地区最后一堆垃圾，这一堆垃圾一清除，金山地区就彻底清静了，金山各地无不欢欣鼓舞，鄢王镇也不例外。秦氏在欢欣鼓舞的人群中猛省：这不是胜利了吗？金展说了的，胜利了就回来，金展真要回来了，想到这里心里像揣了一只喜鹊，笑嘻嘻地往回走，一下与正在寻找她的刘氏撞了一个满怀。秦氏一见是刘氏："嘻嘻，妹子，是你呀！"刘氏，"我正在急着找你！""找我？有事吗？""我们去看看朱姐。""她好好的，看她做什么？我正要去给我孙孙谋对象去呢！""她弟弟被镇压了，她能不伤心吗，我们姊妹一场，能不去安慰一下吗！""呵！你看我这人，你看我这人，快走！"

朱氏门开着，朱氏很平静。她坐在堂屋内，双手抱在胸前，没有任何伤心的样子，当然也没有大家那样的喜庆。见到她们进来，平静地说："两位妹妹来啦，坐。"接着指指桌子上的钱袋子说："这些钱该怎么处理？"秦氏："这些钱不是说你弟弟杜七给的吗？留着用，这有啥说的，不用白不用！"刘氏："人在江湖身不由己，我听说他在土匪中是被架空的，这话我看十有八九是实，我们到一线天时，你看那个二当家的那个凶样，就知道你弟弟在那的处境。何况屺义对他有不算坏的评价呢，这钱，就算他打长工挣的工钱吧，你是他姐姐，是他给你的，你留着用是当然的。"朱氏沉重地点了点头，说："好，我留着。我是姐姐，我得为他做最后一件事，这件事，我一个实在做不下来，要请两位妹妹帮忙。"刘氏毫不犹豫地说："没说的，姐，我们帮！"秦氏恍然大悟，是收尸，心里不由一咯噔，刘氏那样干脆，也不得不答应，跟着说："帮，姐！"听说帮，朱氏立即起身准备工具，秦氏说："不是很远嘛，到那去借。"刘氏说："这样的事，找谁借谁都不会愿意的，还是自己带好些！"于是秦氏扛着镢头、锹，刘氏挑着筐，朱氏扛着杠子和绳子就上路了。

走到牛侯集荒山野岗的行刑现场，却怎么也找不着杜七的尸首。朱氏着急，刘氏到处寻找，秦氏见找不着，反而松了一口气，就悠闲地看风景。当她在野岗上闲逛时，见到一只似乎是受伤了的跑不动的野兔，就一把将它抓住了。这时刘氏从下面林子里走上来，朱氏从左面岗上走下来，刘氏说："怎么找不到呢？"朱氏说："找不到就算了，心我们已尽到了。""我抓到了一只兔子。"秦氏喜滋滋的，"走，回去加餐！"秦氏正高兴时，兔子猛一蹦，脱手而去，秦氏不由一惊，到手的兔子跑了，你说多心疼！所以秦氏不顾命地追。当她穿过一片树林，一具四仰八叉的尸首，不期而遇地呈现在她的眼前，不由吓得连连大叫。

找着杜七的尸首后，她们就在树林旁，选了一块空地挖了一个坑，准备用绳子绑着往坑里抬。谁知时间隔得长了，尸首已经僵硬，不需要用绳子绑了，刘氏建议直接抬。可是，不仅秦氏畏惧不前，朱氏也不敢下手。刘氏说："两位姐姐耶！大白天，这算什么呀！当初在我开荒的堰里，那淫贼来调戏我，被我大丫误杀，他们都是孩子，晚上，又是荒山野岭，事遇到头上了，怎么办？我们还不是把他埋了！姐姐们！人死如灯灭，活人可怕，死人怕什么？来，我抬这头你们俩抬那头。"于是刘氏抬着头，她们俩一人抬一条腿抬到那坑里。下面垫了一些树枝树叶，上面又盖了一些树枝树叶。刘氏说："朱姐！只能这样了。"朱氏说："一个土匪，还能怎样！这就不错了，盖土！"

晚上刘氏、秦氏留下陪朱氏过夜，和朱氏挤在一张床上。秦氏害怕，选择床里边睡；朱氏是丧亲，是陪夜者的保护对象，刘氏让她睡在中间，她睡在最外面。睡下后，她们天南海北地谈着，谈到最后刘氏问："以后你见过你弟弟吗？"朱氏答："没有。""那就是说他没来过这里。""我想他肯定来过，给我的这些钱，肯定是他来放的。""有可能，土匪嘛，总是夜晚行动，越黑越是他们的天下。我看就是夜晚趁你熟睡的时候，他来看你时，把钱给你带来的。""我想也是这样。""越是土匪越空虚，越是杀人心里越害怕；越空虚害怕，越是恋他最亲的人；他没别的亲人，就是你一个，他不对你亲对谁亲！""你说他今晚会来吗？""我说要是人死后有魂存在他肯定会来，我们三个睡在这里，他分不清，可能还会摸，还会掐，为什么掐呢？就是看你的反应，他好分辨是不是他的姐姐。"

秦氏信佛，坚信有魂有鬼。刘氏的这些话让她头皮发麻骨头酥，心里突突跳。渐渐朱氏没了声音，刘氏发出了细微的鼾声，屋里静下来，那些窸窣而微小的声音都冒出来了。在秦氏听来，就像是朱姐的弟弟杜七来了一样。这些声音无休无止，一会儿这里一会儿那里，令秦氏烦躁不安。更有甚者，这时灯盏里如豆的灯火渐渐地小了，忽然又大了；要灭要灭，忽然又亮了！那如豆的灯火，本来在深夜里就像鬼火一样，如此忽小忽大，忽灭忽亮，更像鬼在操纵。而且屋后树上的猫头鹰，歇斯底里地发出似笑非笑、似哭非哭、似要摄人魂魄的叫声，叫秦氏直感到群魔恶鬼都围上来了，都向她伸出了魔爪！逼得她直往被窝里缩！她的老公爹死，她的丈夫死，她的义儿死，她都要经历一场精神折磨。今日的这场精神折磨，在刘氏讲的那些话的铺垫下，屋里忽明忽灭的灯火和那猫头鹰拼命的叫声的夹攻下，使她更遭受了一场精神大洗劫！刘氏心中有疼有爱没有鬼，这一夜她睡梦如常。

要知后事如何，且听下章分解。

第十七章　出山后腐败酿大祸
遇暴乱英才遭涅槃

　　朱氏找弟弟，想弟弟，一生的弟弟情结，竟以埋弟弟而告终。以此想人生，不由多了几分惋惜。金山人民的匪患也随其弟弟的灭亡而结束，从这一方面讲，人们对朱氏对弟弟的痴情感到惋惜的同时，却是欢庆。幸亏这一对姐弟之谜，直到其弟死时才揭开。要是早揭开，人们不知怎么对待朱氏；急公好义的朱氏也不知该怎么活着。

　　金山军民消灭杜七匪帮之时，中国人民的解放事业已发展到决战决胜之阶段。继辽沈战役胜利结束之后，于 11 月 6 日发起了淮海战役，11 月 29 日又发动了平津战役。

　　为配合淮海大战，桐柏军区再次发起香阳战役。金重香县动员大批民兵民夫和物资，在独立营带领下，前往支援香阳战役。

　　刘氏挽着一篮熟鸡蛋，朱氏扛着一袋米，秦氏提着一壶油，兴冲冲地也去参战。途中，忽然传来消息，说香阳已经解放。原因是驻守香阳的国民党军王凌云部弃城南逃，宋希濂增援香阳的二军、十五军、七十九军以及一二四军相继撤至乐香关、金门、沙市、宜昌一线。原因是淮海大战胜利结束，国民党军闻风丧胆，未战而土崩瓦解。

　　秦氏说："莫看我们脚小，我们一出马，就把敌人吓跑了。"

朱氏说："我们像树叶一样小，像风一样轻，中屁的用，还不是全为我们的军队。"

刘氏说："你莫看这树叶是多么藐小，但就是有这众多的树叶，才使树郁郁葱葱，强壮有力；你莫看这风是多么柔弱，就是因为有了这柔弱的风，才会使火越烧越旺。"

朱氏："刘妹子说得很像。刘妹子行啦！"

秦氏："刘妹子当然行，她识字多嘛！"这时《三大纪律、八项注意》的歌声起，她们说着笑着随同浩浩荡荡的队伍，高高兴兴地唱着歌回家。

1949年我党发表元旦献词，宣告中国人民解放军将渡江南进，把解放战争进行到底。

自此，局势飞速发展，一切始料不及。

1月18日，国民党香城县，接任县长不到半月的吕正藩，以及副总队长雷亮声随国民党七十九军驻香城的部队逃之夭夭。县大队在大队长吴季统率领下逃至西山麻铺焚衣、埋枪、自动解散。入夜，参议会、县政府、县党部亦作鸟兽散，各自逃离县城潜伏农村。香城不攻自破。

19日，江汉军区司令员张才千，为消灭香西之敌，给南下大军扫清道路，率独立一、二旅渡过香河，于快活铺全歼国民党铁杆旅。战斗结束后，蔡少华连奉命挺进香城，宣告香城解放，并通知金重香县前去接管国民党香城县。

肩负解放香城重任的金重香县县委、县政府、县军事指挥部正在根据地内厉兵秣马，准备出山解放香城。得到这一通知后，又惊又喜，慌忙出山去接管香城县。

县委书记匡占益（蒙玉珊调走）、军事指挥长兼县长靳川进城后，将县委、县政府暂设在国民党县政府旧址内。急速建立银龚、城厢、玉河、肖河等区政府。因人员缺乏，各区仅配两三名工作人员。

2月，为防止敌机轰炸，县委、县政府和军事指挥部机关以及独立营由县城迁到50里以外的龚家湾，接着又迁至七坊牌。安顿好后，靳川将刚调到指挥部的徐振喜叫来，让他看他写的信件。这信件是《请破格提拔金展书》：

> 金展者，陈姓也。其祖光明，大革命时期的佼佼者，战死于团长的岗位上。其父屹义，参加于土地革命，牺牲于抗日烽火之中，是一位真正的抗日民族英雄。金展继承其祖其父遗志，少小参加革命，中原突围崭露头角，回乡革命累建奇功。其事其迹，一件件如晨星昭著。

> 八岁其父被汉奸尸解，含愤之时入烈士子女随军学校。因品学兼优，资质睿敏，作为金苗，选入我团将才班深造。不期内战爆发，将才辍学。我团突围，兵临深壑，望而胆寒，我团受阻。就在一筹莫展之时，金展手攀铁索而过。柔弱总角之年，百丈危渊之上不胆怯。将士受到激励，全军得到鼓舞，绝境转瞬成通途；分散隐蔽之中，信念不易，对党忠贞，大敌当前心不惊。一声断喝敌兵止，姊弟联手歼敌一排，夺枪三十；与姑会合后，为粉碎合围，打先锋当尖兵，闯过层层围堵；为救山民，潜入洞房，手刃恶魔，武当深山全相庆；回乡后，一计灭敌团，再计退敌兵。凿凿其迹，有目可见。川行武半生，身经百战，深知"千军易得，一将难求"。吾虽文浅武薄，但也知"不以一眚，掩大德"应以"赦小过，举贤才"的先人之训。对于金展，鄙人认为，其功可以不记，其才不能不用。

> 川践火踏血，久慕鸿才，时时渴想，期盼切切！

> 原干部团团长靳川 1949 年于雾月血日子夜

徐振喜看罢道："指挥长重视人才，爱惜金展，令人钦佩。"

靳川："别说这些。你只说怎么样？"

徐振喜："好，很好。"

"那你把它交给——交给黄德魁为最好，可是黄德魁现在不知在哪里。"

"交给匡书记，匡占益。"

"交给他？"靳川资格老，他根本看不起匡占益，想了想说："你先复写两份再说。"

3月上旬，中原局发出了《关于全力支援南下大军，建立支前组织》和《紧急动员起来全力完成艰巨的支前任务》的命令。强调"大军过境，最重要的是食、住、行三大保证"。根据上述指示精神，地委强调县设支前司令部，区设支前指挥部，乡设物资征收站。同时地委还强调：南下，不仅是军队的南下，而且是干部的南下；南下，不仅是北方的军队、干部的南下，而且是各个解放区的军队、干部的南下。因此刚出山接管国民党香城县的中国共产党金重香县既要支援南下，而且军队、干部也在南下之列。

中共金重香县县委根据地委的指示精神，在龚家湾召开全县扩大干部会议，宣布县独立营、区中队、乡分队的精锐，抽出晋升为正规军，组成十三团南下。其中徐振喜、大膀调入十三团一营，分别任指导员、连长。县委书记匡占益（南下，暂时留用）、副书记、副县长、宣传部部长、组织部部长等县委、县政府主要领导人南下，由北方南下而来的新干部接任。

调整后的领导班子在会上宣讲大好形势，领导与会人员学习《将革命进行到底》元旦献词，传达四野大军南下将过香城的消息。整个会场洋溢着"打过长江去，解放全中国"的热烈气氛。会议在学习的基础上，部署了支援大军南下的工作，调配了区、乡干部，建立支前机构。

在这形势瞬息万变、人员大调整之际，徐振喜唯恐耽误金展的进步，尽管新任指导员工作很忙，也急忙将他复写好的关于提拔金展的信件送到指挥部交给靳川。靳川正忙着带建制不全的独立营到县外训练而没有接，反而叫他保管。这令他很纳闷。

他既纳闷叫他复写的信件靳川不接，更纳闷靳川既是军事指挥长兼县长，在这刚刚出山接管革命政权的关键时期，县里的工作千头万绪，他为什么要把部队拉到县外去训练？同时也看到他的情绪很糟，想问又觉得不好问。到十三团后，一次与参谋长闲谈时才知道靳川已经找过了黄司令员。参谋长说，他那次找黄司令员没有提金展的事，他只向黄司令员提了他个人的要求。

参谋长说，靳川的资格很老，原是徐向前的副官，在一次残酷的战斗中，护卫徐向前立过大功。立了大功本应更加谦虚谨慎，他却产生了骄傲情绪，反而影响了他的进步。再说在中原突围中，他解散部队本来不算错。但这个不算错的行为的结果，让他没有处分，没有功劳，没有提拔。现在大家纷纷南下却又没有他的份。黄司令员对他提的个人要求的回答是："对于你这个老资格我没有任何权力，但我知道你的工作没有变化，你就安心工作吧。"

听到参谋长一席话，徐振喜既知靳川叫他复写的信件又为什么不接；也知道靳川为什么把独立营拉到县外搞训练。

金重香县龚家湾扩大干部会议后，支前工作任务更加繁重、时间更加紧迫，金重香县委本应集中党政军全力去抓，但县委领导力量南下的已经南下，该补充的还未补充上。尤其是靳川闹情绪，把独立营拉出县外，使军事力量尤为显得薄弱。同时也由于在这南下大军即将到来的大好形势之下，一种"敌人彻底完蛋了，天下是我们的了"的麻痹轻敌思想滋生，忽视了国民党香城县反动势力依然存在和自己进至新区立足未稳的客观实际，放弃了深入发动群众，肃匪清敌，牢固建立自己的基层政权等关系生死存亡的工作，而单一地去完成筹集物资支援大军南下的任务。

由于人民群众没有发动起来，很少有人参军参干，各区乡人手本来就不足，支援大军南下的任务下达后，人手更感奇缺。为解决这一问题，各区、乡吸收人员不论条件，谁愿参加就吸收谁。于是隐蔽在乡村的国民党香城县的党、政、军、警人员和土匪趁机而入，大量打入革命阵营内部。仅银龚区 13 名干部中就有 9 名是国民党、政、军、警人员。

朱集乡竟利用参加进来的土匪保卫乡公所和粮食仓库。对于农村村、组政权，更是全盘利用国民党保甲原班人马。一部分反动成性的保甲人员明里接受共产党领导，暗地里却受隐蔽着的国民党香城县、乡反动派指使。对人民群众实行欺骗、威吓、镇压；挑拨离间，破坏共产党和人民群众的关系。国民党反动势力从来就是通过保甲组织欺压剥削人民群众，人民群众直接仇恨的就是保甲长。当时金重香县不加鉴别地全盘利用保甲长，这样就在共产党与人民群众之间筑造了一堵墙，使金重香县共产党完全脱离了人民群众。

混入金重香县区、乡政权内的国民党人员与乡村里的保甲人员上下沆瀣一气，把国民党的腐败作风完全带入共产党金重香县的机制内：贪污腐化，用公款大吃大喝；拉关系，走后门，行贿受贿；千方百计以权谋私；为自己捞官捞权，捞物捞钱。

县级人员中，虽然掺杂国民党反动派人员不多，但县级领导者，由于产生了麻痹轻敌、骄傲自满情绪，忘却了《三大纪律、八项注意》的纪律、全心全意为人民服务的宗旨，丧失深入细致地调查研究的工作作风，为求得提拔和褒扬，把眼睛只盯在完成任务和超额完成任务上。向区、乡下达征粮任务时，任意加码。

善于揣情摩意的已掺杂进来的国民党反动党政军警人员不顾人民的死活，跟风而上，更是层层加码。人民群众完不成，他们就用惯用的方式进行催粮逼粮。其中吊打、硬抢、拆房就是他们的拿手戏。催逼出来的多余粮食，一部分贿赂上级，大部分贪污。这些与共产党解放军相悖的行动，致使人民群众对金重香县出山以后的党、政、军不信任、不支持；使金重香县党组织和解放军处于耳目不灵、消息闭塞、孤立无援的境地。老祖宗早就板着面孔告诫执政者们："宁可饿死，也不能失信于民！"金重香县出山后，自觉不自觉地就违反了这条铁律！

金重香县出山以后，金英被分到城厢区，金展和小膀被分到银龚区银河乡。一次，银龚区区、乡干部和战士集中在银河乡开会分配过年物资。区、乡领导干部分肉分鱼分米，一般干部分鱼分米，战士分米。这些鱼肉都是米换来的，这米却是支前上交多余的米，这多余的米是血泪米，是捆绑吊打而来的米！金展联想到他爸爸当十四乡委员长时，妈妈曾写了一段话给他，那段话他还记得：

　　自古明王圣主虽因人设教，宽猛随时，而大要以节俭于身，恩加于人二者是务。故其下爱之如父母，仰之如日月，敬之如神明，畏之如雷霆。此其所以人祚遐长而祸难不作也。

对照"节俭于身，恩加于人"，更联想到他爸爸自己关自己的禁闭，于是闯进分配现场，当众指着当时的主持人，说："你们太不像我爸爸那时的共产党了。我爸爸那时，在过年时，乡里给我家送了三斤腊肉过年，我奶奶收下了；我爸爸要我奶奶原样退回去不说，还判我奶奶关三天禁闭；他说他对家庭教育不严，又判自己关三天禁闭；奶奶年高不能关禁闭，由他代替，为此我爸一共关了六天禁闭。如果我爸爸在，你们好多人就会被我爸爸拿去枪毙！"

主持人一看是个毛头小子，把桌子一拍，手一指："哪来的狂徒，给我拿下！"众人应声一拥而上。小膀忙上前对主持人说："他是金山有名的抗日烈士的儿子，他年轻——"主持人一听是烈士的儿子，觉得无后顾之忧，更是声震屋宇："拿下拿下，给我拿下，关他的禁闭！"于是扭着胳膊，按着脖子，将金展关进了黑屋子。第二天主持人终不敢再关下去，但也不想便宜他，为了卸包袱，把他调到汪家岗征粮点去征粮。

3月初，包括十三团在内的江汉军区主力向南推进。金重香县独立营虽然补充了部分人员，但是由于领导人存在着麻痹轻敌思想，将补充后的人员也送到县外大石桥交给靳川训练。香城城关和香城县河西大片地区的区、乡里就只有抽走了精华的各区区中队、乡分队和区、乡干部。他们不仅数量少，而且素质也极差，多是趁机混入的国民党、政、军、警人员。其武装力量实为空虚。

　　上述一切情况，恰被躲在沙市的对金重香县正鹰盯虎视的江京梧获悉。

　　这个杀害金展爸爸的陈东汉的舅舅江京梧，原名江整军，外号"江驼子""太平洋喇叭"。1911 年生于香城东街耙头街，1925 年投入冯玉祥部队当勤务兵，1927 年 7 月入西北军干部学校学习。在校学习期间，他根据"整军经武"之成语将自己改名整军，取号京梧（意为经武）。军校毕业后被石友三拉到手下任职。在石友三的影响下，学会了吹拍钻营，由排长一直爬到少将副师长之位。中原大战之后，几经辗转，其师番号被撤销，江京梧飞黄腾达之梦灰飞烟灭，一落千丈，失意回乡。回乡后他一直想扶持他的外甥陈东汉干；见他的外甥陈东汉是一摊扶不起的稀泥，就决定自己亲自出马。先出任国民党香城县龚家湾乡乡长、东乡乡长，后相继任香城县在乡军官会会长和警察局局长。他在担任这些职务期间，结交了香城地盘上的土匪、洪帮、地主恶霸、兵痞流氓、青年军反动骨干和国民党、政、军人员，为他自己广揽人才。1947 年香城县竞选国大代表，他为了提高自己的身价参加了竞选。没承想在竞选中竟被人控告为"养匪放枪"而银铛入狱。1948 年，香阳解放，国民党香城县政府溃逃时，将监狱里的犯人往远安县押解。江京梧在押解途中，买活负责解押的中队长而成功脱逃。在宜昌假扮渔民，雇渔舟一叶，逃至武汉。因亲友知其喜吹好拍之底细，都将他拒之门外。最后他找到香城同乡、国民党省党部常委郜西昌。求郜西昌帮他找希化明。希化明是国民党国防部预备干部局驻鄂督导处秘书。郜西昌将他带到黄鹤楼驻鄂督导处。

　　希化明一见郜西昌带来一个赤脚短裤、面目黧黑、形容枯槁、蓬头垢面、样子十分狼狈的中年男子，甚为狐疑。不知郜西昌将这一讨饭的叫花子带来干什么！愣怔好长时间才猛然认出，是他姐夫的堂兄、绰号叫"太平洋喇叭"的江京梧。希化明惊愕之余，笑着问道："夫子为何狼狈至此？"江京梧见问，一肚子沦落街头的辛酸随着眼泪一涌而出。江京梧道罢原委后，要求希化明借一枝暂栖。希化明看他姐夫江京棋面上，为他安排了食宿，更换了衣装，并在他的单位内虚报办事员一额，让他有薪可拿，以解他的生活之忧。就这样，江京梧就在黄鹤楼希化明处安顿下来。他为图谋升迁，曾两次上书华中"剿总"白崇禧，希冀白崇禧接见他。

白崇禧当时正忙于"倒蒋"，哪有闲工夫去理一个失魂落魄的人！还是希化明的建议，江京梧才又去找白崇禧的参谋长徐祖贻。徐祖贻叫他去找戡建总队长白如初。白如初与香西游击指挥部少将指挥官雷鸣震商议，给了他一个少将参议头衔，命他前往鄂西北发动反革命暴乱。江京梧知道这是一个有冕无权的职务，充当炮灰的差事，但他如丧家犬般的境遇和永不枯竭的野心使他欣然应允。他见自己光杆一人，就喊上逃往武汉的两个亲戚作为护兵随从，并找上3套军服换上，前往沙市打听鄂西北动态。

当他通过商人、香城逃亡者和书信得知香城河西的情况后，他认为是天赐良机。就立即脱下军服换上商人行装，于3月17日不显山不露水地独自一人离开沙市；途行8日，悄悄潜回香城龚家湾，住到大地主龚三堂家。

就在这一天，中共金重香县县委书记，调走留用的匡占益和民运部长焦持秋从县委所在地七坊碑来到龚家湾，检查银龚区的支前工作。走到区政府正问区委书记章明钦时，章明钦大步从外走进来，向他们报告说："江京梧从沙市回来了，住在他的干亲家龚三堂家。是不是把他扣起来盘问盘问？"焦持秋说："不要扣他，现在党的政策是号召他们都回来。你去跟他讲一讲，只要愿意'将功折罪'就'既往不咎'。"这样章明钦按照焦持秋的指示，在龚三堂店铺里找到江京梧，隔着柜台将共产党的政策向江京梧宣传了一番。

章明钦走后，江京梧沉吟半晌，见自己已经暴露，又听说县委书记来到龚家湾，就干脆脱下商人装束，换上长衫，戴上礼帽，大摇大摆地来到区政府，直接去见县委书记匡占益和民运部长焦持秋。寒暄一阵之后，江京梧装得彬彬有礼地道："匡书记！焦部长！江某我不敢说和共产党是一条心，但我敢说我是真心拥护共产党。冯玉祥将军是你们的朋友也是我的亲密上司；你们主张抗日，我曾带兵上抗日前线；你们打老蒋，我曾三次举兵倒蒋。蒋介石恨你们也恨我，把我视为眼中钉，三番五次地排挤我，陷害我。1933 年 3 月说我通共，将我扣押于武汉感化院；1945 年撤销我们那个师的番号，将我赶回家乡；我回家后又说我通共，将我打入大牢，并准备枪毙我。国民党是我的敌人，共产党才是我的亲人。不是解放军大兵压境，他们不会把我从香城监狱里往远安押解，我也不会得救。实际上共产党、解放军不仅仅是我的亲人，更确切地说是我的救命恩人，是我的再生父母。"停了一会儿，他进一步装得十分神秘地说："你们不是外人，我实话对你们说，我是你们党的特邀代表，我这次是应贵党的邀请，上北京参加政治协商会议的，顺便回家乡看一看。原准备明日去探望诸位首脑，没想到今天你们来了，真叫我高兴。刚才张书记说将功折罪，我虽然无罪可折，但功我是要立的，等我从北京回来后，我一定全力报效贵党，多为人民立功。"

由于这个外号叫太平洋喇叭的江京梧，背景特殊、手腕狡猾，县委领导虽然没有全信他的话，但当时对他的来由未严加盘查，以后对他的去向也未加以追踪，从而酿成大祸！

江京梧明修栈道，暗度陈仓。于 3 月 25 日闯过龚家湾那一关后，就像猛兽钻出樊笼，洪水穿过堤坝，使事件从无到有，从小到大，愈演愈烈，越来越不可收拾。

当晚江京梧就在龚家湾街上进行阴谋活动，秘密召国民党乡长龚先策、李合鑫，中队长陈典如，县参议董茂章，司管区连长蔡绍义，土匪马成昌、马成堂等人开会。在这个会上，这个"太平洋喇叭"，大言不惭地胡吹："诸位！我先自我介绍介绍。这次白崇禧将军封了我一个'香西剿共少将指挥官'的头衔，给我拨两个团的兵力，另加 1000 支枪，这些都存在沙市。"接着他装得十分激动的样子，"各位！我江京梧受命于危难之际，撑大厦欲将倾，纵然肝脑涂地也要为党国效力！今日只身回乡，与各位共图大业。大家起来干，不要怕，有第十四兵团司令宋希濂给我们作后盾！"江京梧吹到这里还觉得劲不足，干脆造谣道："美国要派 500 架飞机支援蒋介石蒋委员长！"至此，江京梧吹走了嘴，直接道出了蒋介石的名讳，为弥补这一过失，急忙挺胸两脚后跟"啪"地一碰，听者猝不及防，是站是坐，一时不知所措！江京梧不管这些，继续造谣："第三次世界大战马上就要爆发，国军就要打回来了，形势很快就要好转。共军大军南下是假，香城就是那么几个兵，空虚得很，沙市、宜昌的国军才多呢！不要怕，大家起来干！"他巧舌如簧，造谣欺骗，煽动反革命暴乱。

3月26日，江京梧窜往红土坡，又纠集国民党乡长董群、李合鑫和县参议董茂章等人进一步进行阴谋策划，并指定李合鑫、董茂章为龚家湾暴乱头目。

3月27日，江京梧窜回老家铁架湖进行串联发动。继而又潜往黄宪集、王旗营、石灰窑、舒家嘴、大冲、泉水头，采用请春客的形式，先后笼络张谦戊、胡培德、熊永安、姜振兴、丁千善、舒守贵、范金舟、金光福、杨亦樾、杨习芝等频频进行策划活动。

3月29日，江京梧在杨习芝的陪同下，窜往香阳县王树岗勾结王甡。同时派范纪周给南仓县吴镇胡天福送信，并以香西游击指挥部少将指挥官的名义封胡天福为第五团团长，王甡为第六团团长，负责南仓、香阳方向的暴乱。密令范小三窜往重强县转斗湾联络国民党乡长胡国璋，封胡为第七团团长，负责重强方面的暴乱。指使杨亦樾进杨家大山去寻找土匪头子邹玉清，要邹隐蔽地把手下的土匪集中起来等候命令。同时还策划混入玉河、城厢区人民政府内部的原国民党乡队副石德厚、班长鲁四祥等叛变。

这个红脸驼背人回香城后，夜以继日上蹿下跳，所到之处除造谣诬蔑、煽风点火、封官许愿以外，就是威逼恐吓。说什么"你纵然不干，共产党也要杀你的头；国军回来了你也不好交代"。江京梧经过紧张的活动，不仅将香城的早已蠢蠢欲动的国民党反动人员和土匪串联起来，而且将南仓、香阳和重强县的一些反动势力拉拢和掌握。

3月30日，江京梧将王玉清、舒守成等股匪调入口泉，指使心腹邓松林雕刻"香西游击纵队剿匪指挥部印"，并在死灰窑王南家召集杨亦樾、舒守儒、王祖英等匪首开会，具体密谋暴乱事宜。封杨亦樾为参谋长，封舒守儒为第四团团长。至此，江京梧认为发动暴乱的时机成熟，便下令各路暴匪向大冲集中，准备在4月8日暴乱。同时派匪卒传令重强匪首胡国璋，香阳匪首王甡，南仓匪首胡天福于4月8日统一行动。

香城地区各路土匪接到江京梧"四八"暴乱的命令后，像蛆虫竞食，慌忙翻滚乱窜，各自准备。不料这一群乌合之众，到4月4日晚上，许多暴匪跑来与江京梧争吵。有的说"夜长梦多，'四八'行动太晚"，有的说"秘密已经泄露，再不动手就会遭殃"，有的说"暴乱的部队就要出发，赶快提前行动"。来来往往乱纷纷，七嘴八舌一团糟，一直吵到4月5日天亮。只吵得江京梧晕头转向，六神无主。最后只好顺水推舟决定"马上干"。将暴乱的时间改为4月6日，将先集中后暴乱改为先暴乱后集中，暗记定为左臂缠白布带。江京梧作出这一决定后，就命令匪卒百里之内星夜通知。

香城一场罪恶的反革命暴乱，就这样在吵吵嚷嚷中提前了。

3月29日，公安局忽然获得情报，说舒家嘴乡死灰窑、口泉、王旗营一带有土匪，就立即派排长郭连升带公安分队一个班前去清剿。可是郭连升班在死灰窑、口泉、王旗营一带一连寻找了5天却没有发现土匪。4月3日县委一位领导去死灰窑、口泉、王旗营一带检查郭连升剿匪情况，仍然没有发现土匪。县委那位领导人和郭连升所去之地，正是暴匪密谋策划暴乱的巢穴，所去之日正是暴匪密谋策划的猖獗之时。由于没有群众基础，他们有眼看不见，有耳听不见。暴乱就要发生，还认为死灰窑、口泉、王旗营一带是"莺歌燕舞""一派和平景象""没有土匪""天下是我们的"。那位领导检查完后，和通信员坐着小船顺着银河逶迤而下，安然悠闲地经银家河、龚家湾回到七坊牌。

3月底，香城城厢区区委书记朱亮，率班长金英到铁架湖催粮。沿途在铁架湖乡村、城关街上都看到群众三人一伙，五人一群聚在一起。远看好像在议论什么，等他们走近时又各自散去。接着西街又来了唱小戏的，每天晚上戏场上的人很多，说的是看戏，却不往台上看；东一堆，西一坨，好像在神秘地协商什么，等他们走近时，却又是谈天说地的哈哈大笑。香城城关每到夜晚枪声四起，狗吠竟夜。朱亮只觉现象奇怪，却又查不出任何原因。

4月3日，县政府民政科一位干部探家回来向县政府一位领导汇报"大冲有不少人开秘密会议"。那位领导说："南下大军就要来了，几条小泥鳅翻不起大浪，不要怕！"

4月4日，银龚区区长李奇和通信员周施典到汪家岗检查征粮战士在那一带的征粮情况。途中听说大冲有土匪，后来又在汪家岗险落虎口，才意识到问题的严重性，急忙回区向区委汇报。区委书记章明钦由于受部分县委成员麻痹轻敌的影响，认为李奇所言证据不足，既未在本区内采取防御措施，也未向县委汇报。

就这样，江京梧经过5天的串联和5天的部署就把一场反革命暴乱发动起来了。

4月5日上午，江京梧决定"马上干"以后，就匆匆地吃了一点午饭，到裴家营召开头目会议，发布暴乱命令：

"周建山！银河乡六保汪家岗，有几个催粮的解放军，你去叫保长任平玺找几个'老百姓'先夺他们的枪，然后去攻打银家河乡政府！"接着他眼里喷着凶光，嘴里打着哈哈，叫舒守儒攻打舒家嘴；叫丁千善、王玉清攻打砖庙、小河，叫李合鑫、蔡教一攻打龚家湾；叫金光福、舒守贵、舒守成和他一道攻打香城县城。于是，各路暴匪依照江京梧的命令，分头行动。

4月6日零点，暴匪金光福、舒守贵、舒守成率26名暴匪、16支步枪出发，首先抢了黄宪集粮站、杀害守库的两名解放军战士，夺走他们的枪，接着奔袭香城。

当时香城西街设有江汉军区修械所，所内存放着大批修理好的枪支，只有一名排长看守。修械所领头的修理工，已被暴匪收买。香城东街有金重香县和桐柏军区开设的商店。桐柏军区商店里面存放着布匹、食盐、鸦片、中州票和银圆一类的钱物，保卫商店的解放军战士解款回桐柏军区去了，仅剩3人留守，而且无戒备。

香城北街天主堂——城厢区政府的驻所，是暴匪的主攻目标，只有金英、鲁士祥两个班的兵力。其中驻在天主堂外的鲁士祥班已经叛变，区中队所放的岗哨也被鲁士祥带走。这一切区政府一无所知。

4月5日下午，桐柏军区两位排长到城厢区政府公干。他们携带的两支小马枪吸引住了小班长金英和战士小麻雀张文。小班长金英好奇地拿过一支观看，接着拉开枪栓，看弹仓里没有子弹，就放心地将枪栓向上一推，扳机一扣。谁知这枪弹仓里没有子弹，但枪膛内有子弹，因抓子钩失灵，枪膛内的子弹未抓出，"啪"的一声响，枪走了火。这楼房是木制楼房，子弹透过楼板打到楼上，将政委朱亮脊背上棉袄里的花絮打得绽出一长趟，却未伤及朱亮的毫毛。看了叫人惊心，想起令人后怕，这险而又险的事故，因为是抓子钩的问题，政委没有批评金英。但自尊心很强的金英感到羞愧难堪，整个夜晚都感到心里不自在，浑身难受。大家都睡了，她还在天主堂两层楼上跑上跑下，一直安定不下来。后来她想到也许洗个澡会好些，于是一个女儿家就在自己的房间里慌忙洗澡。4点半左右，暴匪金光福、舒守贵、舒守成率26名暴匪，携带18条步枪，气势汹汹地来到香城西岗上。

接着金光福、胡培德首先暗暗潜进城内与躲在城内的范同舟、邓松林、鲁士祥联络，并在东门、北门布岗。

此时，街道寂静，夜色苍茫，大多数市民还在沉睡；党政军机关工作人员亦在梦乡中，唯小班长金英在洗澡。

5点许，晨曦初露。金光福、舒守贵、舒守成率众匪闯进西街；为给自己壮胆，进街就放了一枪。继而跑过西街、十字街，窜进北街，穿过菜市场，躲到天主堂南边院墙脚下，准备偷袭区政府。

西街响枪，睡在区政府天主堂楼上的政委朱亮以为是修械所试枪，翻了个身，又入了梦乡。

小班长金英因为在慌忙洗澡，也没有听到响枪。她洗完澡，见窗透晨光，已到天亮，就穿好衣服，带上武器出去查岗。偷袭的暴匪正要翻越院墙，见小班长走出门，就一排子枪向小班长打来。苍天有情，子弹长眼，只毫发之差没有打着金英，金英立即闪到门旁还击。

枪声就是命令，全班战士一跃而起，操枪抵抗。暴匪胆怯逃跑，金英率全班战士追击。为保卫天主堂周围储存的支前物资，政委朱亮命令停止追击，退回坚守。

金光福等暴匪，退到西岗上，恰好遇到从七里岗绕道而来的江京梧以及他的随从。

江京梧见金光福偷袭失败，立即给金光福等人打气，让其组织第二次进攻。金光福组织起了第二次进攻，依然准备走第一次老路，首先攻打天主堂。

江京梧说："何不学学共产党？"金光福不明白："学共产党？""共产党之所以胜利，他就是依靠群众，发动群众。现在群众在我们手里，何不学学共产党？""怎么学？""来，来！"江京梧向金光福招手，金光福上去，江京梧对着金光福的耳朵，如此如此说了一通。

金光福依计行事，调整部署。首先进攻西街修械所，打死看守仓库的解放军排长，砸开武器弹药仓库。将库内的武器、弹药全搬到大街上。这时范同舟带着躲在城内的、驻在城边的暴匪一齐拥来，一人抄一支枪就去攻打金重香商店和桐柏军区商店。

顽匪在前面攻打，保长在后面催人。南街保长手提铜锣在大街小巷里边敲边叫："国军打回来了，大家要踊跃参战，一家去一个，不去就杀头！"致使许多不明真相的群众也拥上街头，抄起家伙参加暴乱。

暴匪占领金重香县商店和桐柏军区商店后，一部分登上这两个高大的商店，向天主堂开火。而范同舟、金光福、舒守贵、舒守成则率领暴匪，"冲呀！杀呀！捉活的呀！"叫嚣着从十字街、北街向天主堂冲去。

有的从北街街道上漫过屋顶向天主堂扔手榴弹；有的冲进大门、侧门向天主堂射击。国民党兵痞黄玉岗，原本不是暴匪所联络的成员，这时也操起机枪登上桐柏商店楼顶向天主堂射击。接着又抱着机枪跑下桐柏商店，冲过菜市场，趴到天主堂南面院墙上向天主堂射击。暴匪们成群结伙，机枪、步枪、手榴弹一齐打向天主堂！

面对暴匪猖狂进攻，区中队金英班、区政府干部和出差到城厢区的桐柏军区的两位排长，在区委书记兼区中队政委朱亮的率领下，占据天主堂楼上，凭借窗户奋勇抵抗。特别是两位排长，他们虽然是出差到此，但仍把抗击暴匪作为己任，总是把自己的生死置之度外，不顾敌人的密集枪弹，冲到窗前痛击敌人。一位当场牺牲，一位身负重伤。两位排长的精神激励了全班战士，他们同仇敌忾，愈战愈勇。

江京梧见一时攻打不下，就在西岗上召集范同舟、金光福等头目开会，进一步调整部署：把机枪、步枪分别架到北街西侧草房的屋脊上和北边学校的窗台上，配合南边的黄玉岗，从南、西、北三面一齐向天主堂猛打。

由于守卫人员少，而且只有步枪，根本压不住敌人的火力。加上天主堂楼上尽是用木板装成的隔墙，挡不住敌人的子弹。顿时，天主堂楼上硝烟弥漫，子弹尖叫，木板翻飞，椽檩断裂。

在这种情况下，政委朱亮只好决定突围。他组织火力狠狠地揍了一顿敌人后，就率领大家从天主堂东侧绕到后面翻院墙向外突围。政委朱亮、副班长张龙翻院墙成功，其余的被敌人的火力压回。班长金英和战士唐福来、段志贤等躲进炊事员住的低矮的草房里。他们关上门，放下床上的蚊帐，贴着墙躲在蚊帐的后面。这间屋很黑，蚊帐也很黑，暴匪攻进天主堂后，曾三次到这屋内搜索都没有发现他们。

暴匪占据天主堂后，就大肆进行抢劫。囤积在天主堂街对面的支前粮食，储备在天主堂周围的支前香油、食盐、布鞋，以及桐柏商店、县贸易商店里的银圆、中州票、鸦片、布匹、骡马等转眼荡然无存。

抢光支前物资后，满街的暴匪如潮水一般纷纷向西岗上撤去。天主堂大院的一批暴匪，也如黄蟮泥鳅纷纷随水溜去；藏在草房里的金英与其战友的厄运，也似乎要随乌云散去而散去。

但天主堂里的神甫，虽然是外国人，但他骨子里流的是和暴匪一样的血，也是一匹痛恨中国人民的解放事业的吃人的狼。他忽然从屋内跑出来，呀呀地边叫边指；这批刚出门的暴匪又如马蜂嗡地一下折回天主堂，把炊事员住的两间低矮的草房围了起来。并立即爬上屋顶，扒开苦草。靠在床后蚊帐和墙之间的金英、唐福来、段志贤就一下暴露在光天化日之下了。随着"不准动！""举起手来！"一阵叫嚣，向金英等伸去了刺刀。有的说绑，有的说杀。最后，他们没绑没杀，端着明晃晃的刺刀，顶着金英等的脊梁，押着他们去找江京梧领大赏。

金英和她的战友一被押到，江京梧就站到用许多张方桌拼成的舞台上，向暴匪和围观的群众宣布杀害金英等被俘的解放军战士。

江京梧的话音一落，早有准备的刽子手一拥而上，架着金英等解放军战士的膀子就往大土匪刘发贵的坟地里拖。这时金英想，刘发贵的坟地就在岗下面，离这里就只 50 步的距离，走完这 50 步，我就要辞别人世，到那冥冥的阴曹地府里去了。我埋在心里的还未向世人宣告的誓言就这样折杀于腹中吗？我才 17 岁，我真不甘心！她左右环顾，仍然想跑。她扭动身子试了试，两边刽子手的手仍像老虎钳一般钳着她的两臂。看来是跑不脱了，她将死在眼前！

4 月 6 日早饭后，县政府干部罗化风陪同当阳军分区一位科长及一名警卫员乘坐一辆卡车从七坊牌出发，为南下大军检查金重香县香沙公路的修补和桥梁架设情况。上午 10 点左右车行驶到香城西岗上，正遇暴匪架着金英、唐福来和段志贤等战士去行刑。汤习芝等暴匪开枪拦截汽车，当场打死司机、科长和警卫员，捉住罗化风。众暴匪见是一辆货车，以为有利可图，如马蜂炸营一般，蜂拥而去抢东西。架着金英等的刽子手们唯恐错过发财的机会，也跑去抢东西。混乱中金英等几名战士趁机逃跑，罗化风也就势溜掉。

唐福来、段志贤等人往南跑，仍在敌人的视线之内，又被敌人抓回。只有经过战阵磨炼，才能始终处在清醒状态，看清了方向的小班长金英一人往北跑。她跑到山岗边，一头从田埂子上栽到下面蚕豆地里，弯着腰，贴着地面，顺着犁沟，在蚕豆棵内连爬带跑，一直跑过两块蚕豆田，才站起身来，顺着高埂子边继续跑，翻过一道土梁子，才逃脱敌人的魔掌。

遇到这场混乱后，江京梧不敢在香城久留，骑上从桐柏商店抢来的黑骡子，急忙催促暴匪撤离香城，向舒家嘴前进。行至龙门桥，江京梧指使刽子手利用剖腹剜心和砍头等残忍手段将唐福来、段志贤等三名战士杀害。行至舒家嘴高嶙又将另外 5 名战士杀害。

4 月 5 日下午，周建山接受江京梧的命令后，就急急忙忙赶到汪家岗，急令找保长任平玺。任平玺到后，周建山劈头就说："任平玺！任务分配定了，你赶快去喊几个老百姓把征粮的解放军的枪夺了，否则就杀你的头！"任平玺听到后不敢怠慢，立即去找甲长任平元策划。

汪家岗，是一个拥有 500 来户人家的大村庄，为当时国民党香城县银家河乡的第六保。此保与太公山仅隔银河，交通不便，地域偏僻，常是土匪出没的地方。为支援大军南下，银龚区在这里设了一个征粮点，由区中队分队长周为民带一个班的战士到这里征粮。

这里的保长任平玺虽被人民政府委为村长，但反动本性不改，一心与共产党为敌。4 月 4 日银龚区区长李奇与其通信员到汪家岗检查征粮工作，就险些被他暗算。

周为民等一到汪家岗，任平玺就利用村长之便腹藏杀机，大耍手腕。不仅他自己和周队长膀子靠膀子地有说有笑故作亲密之态，而且叫他手下的流痞混混们和解放军战士在一起疯狂，打打闹闹，样子做得亲密无间。他们这样做的险恶用心，一是麻痹征粮战士；二是叫征粮战士不接近人民群众；三是叫人民群众看解放军，解放军仍然和他保长亲，仍然是他们的人。

任平玺找着任平元后，就和任平元谋划了一条毒计。

　　任平元首先到征粮战士的住户对分队长周为民哭诉道："队长！你要为我撑腰啊！为一个墙脚的事，保长和我发生争吵，说我的墙脚占了他的地脚，硬要拆我的房子。队长，拆了我的房子叫我到哪里去住啊！"周为民不知是计，就很干脆地答道："这事好说，你回去召集一个群众会，我们当着群众的面给你解决。"

　　日落时，营子里就响起了铜锣。敲锣者在营子里一面敲一面喊："都去开会呀！周队长讲话，会场在任平元门口！"他们敲锣虽然是召集群众开会，但更主要的是通知暴乱分子到任平元门前集中。

　　天擦黑时，随着铜锣的响声，不仅本村的人，而且郭家洲、辛常营、皮家营参加暴乱的暴乱分子也充当汪家岗村民前来参加会议。

　　待人集中后，分队长周为民带领班长郜中友、战士金展和小战士张一贵来到保长任平元门前稻场上开会。会议开了个把小时就把甲长任平元提的问题解决了，任平元"请"周队长等4位战士到他家里吃晚饭。周为民等刚坐到桌旁，任平玺即进来请示："队长！就你在这儿吃饭的机会开一个小组会，把征粮的事再好好商量商量。"周为民犹豫片刻后还是答应了。刚端起碗吃的时候，"开小组会"的人一个个地来了。来的都是经常和战士们在一起疯狂、说说笑笑的年轻力壮的流痞混混们。他们一进来就和往常一样装得十分亲热的样子，坐到战士的身边，劝战士们吃菜。

　　这时天空乌云密布，房内漆黑，饭桌上如豆的灯火，飘飘欲灭，外面的狗一直叫个不停。金展是遭处罚后，调到这个班的，心中不满，情绪低落。但这时陡然产生一种异感，说："队长！情况有些不妙！"周为民说："没事！把门开大些，把枪拿好！"这时任平玺走到门口向外张望，见外面的人已经准备好，就回身向屋内连吐三声。这信号一发，坐在战士身边的暴匪，三个抱一个，把分队长周为民、班长郜中友、战士金展死死地抱住了。分队长周为民跳起一脚将桌子踢翻，金展挣扎着朝天放了一枪。这时躲在外面的大批暴匪拥了进来，先将周为民、郜中友、金展三人打昏，然后五花大绑起来。

张一贵年小，是刚参军的本地人，又没有配枪，所以暴匪当时未向他动手。混乱中，张一贵从人缝中溜出大门。大门外一片黑压压的人，有的拿着刀，有的拿着杠子。他怯生生地顺着墙根向屋后溜去。刚到墙角转弯处，有一暴匪喊："他要去报信!"接着一皮带环子打去，顿时张一贵头上血流如注。接着杠子、拳头和脚一齐上，将张一贵打得半死后，也将他五花大绑起来。

任平玺绑住了这4位战士，急忙又带着暴匪赶到村北头征粮战士的住户王家去抓副班长安泽庆和战士李元忠、杨大海等另外4人。

村南头的事，没有人给他们报信。这么大的村庄，那么多人，竟没有一个人给他们报信，这是多么屈，多么悲哀！也真怪，金展拼命放的那一枪，他们竟然也没有听到，因而全无戒备。任平玺以关心战士的生活为名把门叫开，首先他一人进去提枪，紧接着众匪一拥而进，又将这4名战士一一捆绑。就这样，金展与他的分队长、班长、副班长和战友共计8人7条枪就非常窝囊地落入敌手！

周建山获得这7条步枪后，就立即着手组织暴匪去攻打银河乡政府。任平玺问周建山如何处理8名解放军战士。周建山说交给江京梧，若找不着江京梧就由你们自己处理。一听说可以由他们自己处理，这个一心与共产党、解放军为敌的反动保长任平玺的心中就立即蹦出"活埋"二字。经过一番谋划，任平玺决定派一些暴匪去郭家洲找江京梧，要求将8名战士留给他们自己处理；同时派王奎、张善等暴匪将8名战士押向旷野"獾子洞"；并鸣锣全村，每户去一人挖坑、助威，为活埋战士做准备。

"獾子洞"地处赵家洲的腹心。赵家洲是银河流经这里遇到太公山向东打了一个盘旋而留下的一片千亩洲土。这片洲土上虽然农民种有庄稼，但一半被地主剥夺走了，一半被獾子拖进了洞。汪家岗人说，这里历来是白天穷人对天长叹、夜晚屈死的鬼魂掩面哭诉的地方。

汪家岗村里有一个农民叫任光贞，他是那位小战士张一贵的至亲表兄。他虽然穷，但论辈数是保长任平玺的爷。他因为回家吃宵夜，提前离开了会场。听到鸣锣叫去獾子洞挖坑感到蹊跷，就端着饭碗出来打听。邻居任平寿说："你还不知道呀！把他们都逮起来了，你的表弟和他们这次恐怕都危险呀！"任光贞一听大惊失色，把端着的碗筷一甩，就去找任平玺。任平玺叫他去找任行漠，他就急忙跑去找任行漠。任行漠叫他去找王奎、张善。王奎、张善已把8名战士押到獾子洞去了。他又急忙撵到獾子洞。

"獾子洞"，昏昏的月色下，人群簇拥，血腥冲天。地边蜷曲着血肉模糊的8名战士，地中两个已经挖好的坑张着黑乎乎的大口。任光贞一见，不寒而栗，急忙抖擞精神对王奎说："我已经和任平玺、任行漠说了，我的老表还小，不懂事，才参加几个月。"说着不管答应不答应，就去给他的老表解绑。张善说："放人也没这么简单！要放，你到郭家洲去跟江京梧说去。"坚定、老实的任光贞没有退缩，嘴里答应着去郭家洲找江京梧说，却是带着张一贵去找江京梧说。他搀着他的老表向郭家洲走了一截，就把张一贵带回家了。张一贵就这样获救了。

任光贞刚刚领走张玉贵，任平玺就带着任元、任全、任行漠慌忙来到"獾子洞"。任明玺向王奎、张善小声嘀咕一阵后，留下任元、任行漠、任全就匆匆回汪家岗跟随周建山去攻打银河乡政府去了。

任平玺一走，暴匪一拥而上，先加撬杠将7名战士的两臂撬得骨弯筋扭，然后拉向坑边！

分队长周为民视死如归，不等暴匪推就往坑中一跳，一盘脚打坐在坑中；班长郜中友、副班长安泽庆和战士杨大海奋起反抗，被暴匪打得奄奄一息，然后拖入坑中；金展一直没说一句话。他觉得虎落平川，雄鹰断翅，夕阳西下，大江东去，一切的一切，已无可逆转。但他想到他两个奶奶"借子还孙"的苦苦之争和母亲等他回去的殷殷之情，他想求刽子手们捎回一句话，刚开口，就被暴匪一杠子打倒栽入坑中。接着沙石泥土俱下，将7名战士活活埋住！

年轻的生命，本可杀更多的敌人；如果不死，再过些年，也许是元帅将军！可惜！被糟蹋的年轻的生命，被埋没的英才！怪何人？何人该怪？本不该发生的事情，却如此窝囊地发生了，不怪才怪！

临走时听到土中还有哼声，灭绝人性的暴匪唯恐他们不死，又拿起梭镖往里戳，直戳到听不到声音方才罢休。

残暴的匪徒一声喊走，霎时一哄而散。闹哄哄的獾子洞人去地空，只有夜风在地面轻轻地吹，只有烈士的血在土中汩汩地流！星凄凄，月惨惨，太公山默默叹惜，银河低低哭诉！

周建山、任平玺带着16名暴匪7条步枪以及大刀一类的武器，踏着昏昏的月光，从汪家岗出发，张牙舞爪地向银家河乡人民政府奔去。

银家河乡人民政府，设在银家河西街的临街朝北两层楼里面。乡政府里虽然人不多，但围墙高耸，铁皮门紧闭。周建山等见难于得手，就退到附近的泰山庙里观察动静，等待时机。

4月5日下午，被提为乡分队长的已经长成棒小伙子的小膀从乡政府里出来，碰着原国民党银河乡乡长陈厚庵粮行里一位姓夏的职员对他说："队长！听说汪家岗有情况！"小膀本是个细心人，但也似乎被胜利冲昏了头脑，变得大大咧咧的了。一听姓夏的职员说有情况，就不以为然地高声大嗓地道："他妈的！有什么情况？我们在那里有一个班，有情况难道不回来报告！"那位姓夏的职员是冒着生命危险来报信的，没想到小膀不但不相信，还高声大嗓地喊，顿时吓得他冒出了一身冷汗。连忙生气地说："我是悄悄地来向你报信的，我还没说完你就咋咋呼呼的，我不给你说了。"说着就回身走了。小膀受到一顿抢白后，转身回乡政府。一路上边走边想，觉得不对头，应该把情况问清楚。想到这里，于是就急忙转身去找姓夏的。可是他一直撵到银河边也没撵上，远远地只见那位姓夏的顺银河而下钻进了柳树林。从姓夏的急忙离开银家河之举，他感到汪家岗可能真有情况，立即回乡政府向乡长邓通南汇报。邓通南正在楼上计算征收粮食的账目。一听小膀说汪家岗有情况，就半笑半嗔地批评道："小膀！你这个家伙是怎么搞的？怎么也跟着大惊小怪地瞎吵吵？大家都说你在西山打仗有种，我看你是一个孬种！"

邓通南不听小膀的话，小膀窝了一肚子气，跑下楼就掂过枪到后院里练刺杀。他把心中的气全发泄在练刺刀上，舞得刺刀呜呜起风，吼声如雷。练着、练着，他觉得分队好长时间未擦枪了，不管有没有情况都应该擦一擦，于是他收起刺刀，组织分队战士擦枪。

小膀生气，引起邓通南的深思。他觉得近来是有许多不祥之兆，说汪家岗有情况不妨派人去侦察侦察。晚饭后邓通南就与小膀商量，决定派家在银河街上的胡某和王某前去做徒手侦察。

胡某、王某本是国民党县大队的兵，他们过了银河随便转了转就回来了。通过泰山庙时，周建山一见，喜出望外，真的等到一个闰六月。来者与他原来是一伙的，一问，胡某就作了全部交代，并答应带他们去打乡政府。

胡、王二人出去侦察后，大家都睡去了，唯有小膀抱着枪，和衣靠在床头上。

漆黑的夜晚死一般的寂静，身边战友的鼾声、野外夜莺的啼鸣，更增加了这黑夜的深沉。毫无睡意的小膀，到这时也迷迷糊糊地睡过去了。

他走进一片荒冢，忽然迷失了路途，正茫然四顾时，只见金展提着一颗血淋淋的人头向他走来。他大吃一惊，醒了过来，原来是一场梦。他觉得头很疼，再也不想睡了，就摸着把胸前子弹袋里的子弹取出来，用刚擦过枪的油布一一地擦了擦，把好子弹换到胸前顺手可取的袋子里，把刺刀也上到枪上。这时就听到胡某在外面喊开门。

小膀在屋内问了问侦察情况，听说没发现问题，就叫胡某回家去睡觉。胡说："我现在困得很，想马上睡觉，懒得回去！"小膀："老胡！晚上不能开门，你们回去睡。""队长！你平时总爱说银家河人风流，夜晚不让我们回去，现在半夜三更地又叫我们回去！""请包涵，非常时期，你们回去！"

这时睡在靠东边墙边的战士陈开元说："小膀！你太不讲良心，人家半夜三更的侦察回来你不让人家进来！"说着从床上一弹而起，就跑去开门。门一开，外面手电一亮，接着就"叭叭"几枪打了进来，当即就把开门的陈开元打死了。外面枪一响，早有准备的小膀顺过枪来一连还了5枪。但周建山等仍然夺门而入，攻进了乡政府，并且噼里啪啦地乱放枪。小膀翻身下床，跳进里间小屋，压上一排子弹，又一连打了5枪。这楼下的房屋本来就很黑，暴匪猛然进来更觉得漆黑一团。而小膀隐蔽在暗处，迎着开门后的光亮，一连击中了几个暴匪。周建山、任平玺等慌忙扔下死尸，拖着受伤的匪徒逃之夭夭。

　　舒家嘴暴匪头子舒守儒，接到江京梧命令他4月6日攻打舒家嘴的命令后，即忧心忡忡。他深知舒家嘴乡乡长马席珍和乡分队厉害，而自己却连一杆吹火筒也没有。他苦思冥想，绞尽了脑汁，最后来到望昌华家。

　　望昌华，1949年前是国民党的连长，1949年后人民政府利用他当了舒家嘴菜园村的村长。这两个暴匪头子经过一阵商量，也定出了一条毒计。

　　4月5日，天刚擦黑，望昌华以村长的名义向乡长马席珍报告，说纸坊头、邓家湾一带有土匪。于是由望昌华带路，马席珍领着乡分队从这条营子搜查到那个村子，从河里搜查到山里，整整转了一夜，没搜出一个土匪，却把乡长马席珍和全分队战士拖得疲惫不堪。

　　天亮后马席珍和乡分队战士回到舒家嘴，简单地吃了一点饭就去睡觉。战士们睡在朱家的楼上，乡长马席珍睡在熊家柜台里面。他们仗着是白天，一未放哨，二未插门，就都呼呼地入睡了。

　　4月6日上午，大约8点钟的时候，暴乱分子陈某、朱某二人奉舒守儒之命来到朱家。他们装着帮朱家背棉花的样子，一人背了一包棉花上楼，先把枪搂走；接着一个手势，其他暴匪蹑手蹑脚地悄悄地上去，趁战士们熟睡，两个对一个，一一捆绑起来。与此同时，暴匪方某、李某溜进熊家，未等马席珍醒来，绳索已经勒住了他的脖子。紧接着匪首舒守儒把马席珍和全分队战士押到舒家嘴街北头、香南公路边全部杀害。

同一天，打入玉岛区政府内任干事的原国民党乡队副师德厚奉江京梧之命，策动玉岛区中队部分战士叛变，并勾结重强暴匪胡虢璋抢余旗营粮站支前粮食，拦截香水上的船只，杀害村农会主席，在银河下游也制造了血案！

4月7日，各路暴匪到舒家嘴集中。

4月8日凌晨，杨亦樾手提二八盒子，引着暴匪直指银河上游的吴镇。

吴镇，依山傍水，银河与南宜公路从这里经过，是金重香县西南之重镇，是与鄂西各县物资交会的集散地，也是鱼龙混杂之邦。江京梧一到舒家嘴就派范义周给吴镇地头蛇、洪帮头子胡天福送信。胡天福接到江京梧的信后，立即召集已混入吴镇派出所的儿子胡玉洲、亲信邵老么、莫兰廷、刘春德、张元善、杨玉清和已混入新兵连的惯匪叶发玉密商暴乱。

原来，早在4月2日，江京梧就派人到吴镇将他原部下张元善找到王旗营，令其敦促胡天福加紧活动。4月4日，张元善回到吴镇当即向胡天福传达了江京梧之意。胡天福立即将同伙召集起来分工：刘春德、杨玉清负责串联吴镇商民；叶发玉、莫兰廷、张元善串联九元观土匪；谭国道串联杨集同伙。胡天福本人到区公所、派出所和新兵连活动。

4月6日，江京梧打完香城，按计划率香城暴匪到舒家嘴与银家河、舒家嘴的暴匪会合攻打吴镇，张元善早已等在那里。当他听到吴镇已经准备好了的报告后，就向张元善传达了香城、舒家嘴的暴乱经验，确定了一套"四八"黎明分四路围攻吴镇的计划。暗记定为夜晚缠白布带，白天袒露右臂。当夜，张元善带着江京梧的计划，赶回吴镇备战，江京梧按兵舒家嘴等候出击。

香城发生暴乱和吴镇暴匪频频活动，震惊了吴镇的人民群众。这里的人民群众曾受到解放军八五团的宣传发动，对共产党解放军怀着深厚的感情，纷纷向区委报告。但区委主要领导人刘建，由于严重地存在着麻痹轻敌思想，不派人侦察，也不相信群众反映的情况。主观臆断"不会有土匪"，"说有土匪那是造谣"。有一位名叫张长青的群众，见刘建怎么也不相信群众的话，就跪到地上向他保证大家反映的情况是真的。那位领导人不但不为张长青苦谏所动，反而更加厌烦地拂袖而去。并于4月7日在河滩上召开群众大会公开辟"谣"，批评张长青等群众是信谣、传谣、扰乱民心，弄得群众再也不反映情况了。胡天福趁机施放烟幕弹：当天傍晚，邀请区中队赛篮球；晚上又设宴招待那个区委领导和派出所所长等人。夜深后，则根据江京梧的阴谋计划和传授的经验，出动小股土匪在吴镇附近骚扰，引解放军新兵连、区中队和公安分队出击。经过一夜奔波，疲惫不堪的干部战士一回营房就很快地入睡了。江京梧率香城千余名暴匪从东，彭有德率安集暴匪从南，金德贵率丁集、九集暴匪从北悄悄向吴镇围来，胡天福率新兵连内的叛变分子作内应。一声枪响，四路土匪同时进攻，一场血洗吴镇的暴乱，于4月8日黎明就这样开始了。

听到枪响，区委书记刘建方知有土匪是真，立即率领全区干部突围。但前门后门都被暴匪堵截，刘建后悔莫及。

在这危急关头，刘建的爱人王淑贞却十分沉着。她首先将床铺草抱到后门内院子里点燃，后门外的暴匪见火心慌，王淑贞趁着烟雾击毙了两个敌人。掩护丈夫和全体干部从后门冲了出去。

区干部冲出去后，区长郭有志率两名战士与敌周旋，一直坚持在吴镇。他对两位战士说："没有上级的命令，我们死也不离开吴镇，我们不能丢下群众和支前物资不管！"

公安分队两个班听到枪响后，以公安战士特有的机敏立即投入战斗。他们临危不惧，勇猛顽强，忽隐忽现，忽东忽西，频频在北关、西关、北山、大北门出击，掩护撤退的群众，解救被围困的干部。

工商事务所主任高超峰，贸易商店经理谢超率这两个单位的5名干部战士，誓与支前的物资同存亡，凭借房屋坚守储备支前物资的"源昌恒"商号。江京梧到后，见守护人员不多却又久攻不下，于是调一股匪徒从大门往里射击，进行强攻，吸引火力；另外调两股土匪分路迂回，一股爬上屋顶向天井院内扔手榴弹，一股绕到侧面窗子下向室内投弹。事务所主任高超峰等6人相继牺牲。经理谢超见身边的战友全部壮烈牺牲，怒不可遏，只身冲出室外与敌拼搏，当即击毙两名敌人，自己也中弹身亡。

新兵连通信员钟道祥，负伤未愈，行动不便；在新兵连大部分叛变的情况下，主动要求留下掩护首长和同志们撤退；弹尽被俘，宁死不屈，惨遭杀害。

突围中被大批土匪围困于河滩的新兵连的6名战士，临死不惧，高呼"共产党万岁！"与敌人拼搏到最后一息。

江京梧血洗吴镇后，命令匪徒胁迫群众到张公祠听他训话，当众又杀害财粮科科员刘德信。

11点，江京梧、胡天福率香城、吴镇暴匪窜至香城县舒家坡、郑家畈与肖河区中队接上火，攻下肖河，洗劫完支前物资，傍晚退出肖河撤到谭家湾过夜。10日上午攻打香阳九元观，11日撤回舒家嘴，随即汇集各路暴匪，拉过银河。躲进大冲。

江京梧自4月6日发动暴乱以来，仅仅5天时间，颠覆香河西岸香城、南仓、重强和香阳4个县的7个区12个乡政权，杀害干部战士173名，抢劫武器1848支（门、挺）、大米120万公斤。

江京梧对其暴乱的队伍，随收随编，许诺封任，信口雌黄。发展至此，虚虚实实，已成一定序列：上设香西"剿共"指挥部，下设八大处、八个团（其中四个虚设，四个人员不足）、两个独立营、一个特务连、一个搜索连。他自称总司令，总人数达3000人。江京梧利用大冲三面环山、一面临水的有利地形，四面设岗，八面把守，准备在此经过一番整顿后，再北取香阳，南进金沙，妄图独撑已倾大厦，扭转蒋军败局，以显示他整军之威风，经武之才华。

要知后事如何，且听下回分解。

第十八章 问金展四妇人同行
爱孙死两奶奶同亡

　　4月6日下午，匡占益与其他干部，趁工作之余，正悠闲地站在门前堰塘旁观看捉鱼。忽然有一位年轻女子，头发蓬乱，满身污泥，汗水淋淋地跑到匡占益面前，指着北边上气不接下气地说："厢城发，发生暴乱！"一时力气不济，一下瘫倒在地。接着又撑起来接着说："暴匪数千，正在蔓延——"匡占益一看，叫道："这是金英！快扶起来！快拿水来！"

　　直到此时，金重香县县委才知道香城地区发生了反革命暴乱。县委报告地委，地委通知军分区，军分区命令南下的十三团立即返回。十三团接到命令后，星夜兼程；到达香城舒家嘴后，立即兵分三路：一路跨过银河抢占太公山，控制制高点；一路顺银河东岸直下，从死灰窑渡过银河，直插暴匪司令部口泉；一路从西翻过宋家垭，直捣匪首江京梧在许家窝子的老巢。

　　当江京梧设在太公山上的瞭望哨发现解放军分三路向大冲扑了过来，舌头僵了，腿脚直了，喊不出，跑不动，更不敢鸣枪抵抗，把枪一扔连滚带爬地向山下跑。

　　驻在口泉司令部的暴匪们正在吃饭，忽见同伙和老百姓从舒家嘴方向惊慌跑来，正吃惊时，忽有人喊："解放军上了太公山！"紧接着东边吹起了冲锋号，西边响起了机关枪。这时暴匪们把碗一摔，像马蜂炸营一样，东奔西突，你撞我碰，官找不着兵，兵摸不着枪，混乱一团。

解放军发现了暴匪，勇气倍增，机枪向敌群猛扫，小钢炮炮弹在敌群中爆炸。谁知嚣张一时的暴匪经不起打，一触即溃。江京梧骑着抢来的黑骡子在前面跑，数以千计的暴匪跟在后面纷纷向杨家大山乱窜。解放军战士紧追不舍，当场生俘暴匪数百人，其余暴匪借山深夜黑各自逃散。

大冲一战之后，解放军十三团一部北上至肖河、香阳，一部南下龚家湾、转斗湾寻歼王牲、胡国璋等暴匪。这些大股暴匪被歼之后，十三团回师香城，分驻香城城关和龚家湾、银家河；化整为零配合金重香县地方武装清剿散匪，收缴枪支弹药，协助地委工作组到金重香县整党建政。

整党建政中，南下大军路过香城。各级干部大充实大调整，小膀提为乡长被调到东山区东集乡。

暴乱平息后，香城才算获得真正的解放。一股胜利的喜悦不仅在县城荡漾，而且弥漫全金重香县。金重香县山区革命根据地内的鄂王镇的喜悦，更是人人心花怒放，个个笑口大开。秦氏坐在门口等孙子，大膀的老爸牵着8岁的孙子悠然自得地在前面的大路上徜徉。孙子喜滋滋地一面蹦跳一面说："爷爷！我问你一个问题。""你问什么？""你说世上有鬼吗？""我没见到过。""你说是共产党好，还是国民党好？""当然是共产党好。""为什么？""你看。"大膀的老爸扳着指头说："共产党来了后，第一，穷人有田有地了，有吃有穿了，不受欺侮压迫了；第二，土匪没了，强盗小偷也没了；第三，明妓暗娼等乱七八糟的事没有了，就连干疮、臭虫、跳蚤这两年也没有了。真正达到了路不拾遗、夜不闭户啊，孙！"

秦氏听后猛省，对王屹香说："是呀，你看我们这里现在多好呀！这不是胜利了吗？怎么还不见金展回来？莫不是刘氏把金展弄到她那里去了，我得去刘氏那里瞧瞧去！"说去，就挂了一根拐棍出门了。王屹香怎么拦也拦不住，就去告诉朱氏。朱氏立即将秦氏拦到她家。恰刘氏也在朱氏家。刘氏问："你去找我干什么？"秦氏答："我去，我实际不是去找你，我是怕你把我的孙骗到你那里去了，我是去找我的孙。"刘氏立即质问："谁是你的孙？"秦氏："金展啦，那还用问！"刘氏："不是你说的吗？让金展自己做主！""是呀，是我说的，让金展自己做主。你还不知道吧，在七里屯金展亲口对我说：'我爸是你抚养成人的，我们也是你一手抚养大的，当然我是你的孙孙。'你看金展说得清清楚楚，明明白白。"刘氏："你猜金展对我怎么说？"秦氏问："金展对你怎么说？"刘氏一字一板地说："金展啦，这孩子很懂事，他呀！对我说：'奶奶！我爸爸是你亲生的儿子，我是我爸爸亲生的儿子，我当然是你的亲孙孙。'你听明白了没有？他说他是我的亲孙孙！"秦氏惊诧得像喉咙哽塞了一个热汤圆，半天说不出话来，最后她猛地吞下一口唾沫问道："他真是这么说的？"刘氏理直气壮："不信我们去问，现在金展离我们也不远，就在山外龚家湾。"秦氏咬牙切齿地道："这个昧良心的畜生！走，我们去问！"屹香说："你们就别争了，金展意思不是很明白吗？既是您的孙孙，也是您的孙孙。"秦氏如今更固执了，脖子一梗，头一点，发狠地说："不对！金展是我的亲孙孙，是我一个人的亲孙孙！"刘氏："你说的不算！"秦氏："不算？走走走！我们找金展说去，看我说的算不算！"秦氏说着拉着刘氏就走。屹香、朱氏拦也拦不住，也只好跟着走。

于是秦氏、刘氏、朱氏以及屹香四人又同时同路同行，当晚来到银龚区政府所在地龚家湾。

四个妇人来到区政府问陈金展。这一下可把区政府的办事员难住了，他不知对四个妇人怎么说，于是就想到去请示领导。但是去请示谁呢？原区委书记章明钦已经南下了，新书记、新区长还未到任，从山东南下来的副区长才刚刚到，还未安顿好。最后想到来的是四个妇女，就去找妇女主任。

妇女主任的丈夫在余旗营为捍卫支前粮食也被暴匪打死了，她刚刚从悲痛中走出来。妇女主任说："老当家的南下走了，新当家的还没到，来了一位副区长还未安顿好。我们商量商量，你看怎么说好？"办事员沉吟半天，道："我觉得，事已至此，只有实话实说，你看呢？""我也是这么想。""现在没有别的领导，只有你出马了。""山中没有王，猴子来顶上。没办法，我去好了。"

妇女主任先是招待她们的食宿。待她们吃完饭洗完澡在招待所住定后，才对她们说："我说一个不准确的坏消息，说得不好，你们可要多加原谅，还要多多保重。你们知道陈东汉，陈东汉有个舅舅叫江京梧，他在香城发动了一场暴乱，杀死了我们许多人，我的丈夫也被打死了，刚刚办完丧事。据说金展在这场暴乱中也被害了！"朱氏忙说："主任！你说什么？我们没听清，请你再说一遍！"妇女主任重复道："我是说香城发生了一场暴乱，金展在这场暴乱中被害，牺牲了！"屹香首先大惊："什么？金展牺牲了！"秦氏："不可能！我的孙年纪轻轻的怎么会牺牲！"同时，刘氏急了："我不相信！我不相信！我要我的金展，我要我的金展啦！"说着就大哭起来。屹香、秦氏也跟着大哭起来。屹香拍胸顿足，刘氏泣极撞墙，秦氏坐在床上乱拍乱打！妇女主任也泪水涟涟，安抚了这一个，又去安抚那一个。为了缓解一下大家的情绪，她提高嗓门说："这场暴乱发生得很突然，我听说金展是牺牲了，但我也是妇道人家，只是听说，并没有实见，我打听打听后再告诉你们一个实信。你们先忍痛节哀，等我把消息弄准了再来告诉你们。"刘氏："不管怎么说呀！这是剜我的心呀！这是要我的命啦！主任啦！我本来有丈夫，有儿有女又有孙！到如今，我却没了丈夫，没了儿，难道还让我没了孙嘛！我不相信呀！我死也不相信呀！"妇女主任拉着刘氏的手说："请保重啊，请保重！我再去打听！"秦氏从床上掀到地上扯长声音哭诉道："我的命好苦啊！我床左床右，黑夜白天，苦苦与鬼神争，三年没把丈夫拉回门！丈夫死时拉着我的手，说他还没后啊！我充汉子，当傻子，借儿子，养孙子，我拍天打地问一声，没奶的儿子几难养？没劳力的庄稼几难种？没男人的家几难撑？到如今，儿没儿，孙没孙，传宗接代成泡影！"见主任走，扑上去将主任的腿一把抱住，"主任！我没了夫，没了儿，不能没有孙呀！"妇女主任在这样的场面下不忍待下去，为了缓解，再次说道："请你们节哀，我这消息不太准确，你等一等，我再去核实一下！"

妇女主任走后，屹香哭得更厉害，秦氏对屹香说："屹香！你莫哭，妇女主任说她是妇道人家，她把话听错了——"屹香就是希望错了，去问朱氏："朱妈你说她是把话听错了，是吧？"朱氏："孩子，我说我们都要挺住，这话是听得错的吗，人家也是政府里的主任！我看金展是一定不在了！"这话不说便罢，这话一说，刘氏、秦氏如天塌地陷，再也承受不住了！首先刘氏说："我的天啦！我这弄得好啊，我一大家人只剩下我一个人，我还活着干什么呀！我去死，我去和我的孙孙一路去死！"说着手舞足蹈起来，朱氏正要去安抚刘氏，秦氏也跑到她面前："你说金展是一定不在了，他上哪去了，金展是我的孙，我们要靠他传宗接代，他有陈光兆保佑，他有好多好多人保佑，他怎么会死！朱姐我们去瞧瞧！"朱氏见刘氏、秦氏如此之态，一股凉气冷飕飕地袭上身来，她把秦氏按到床上坐下，又把刘氏拉起来，就连忙在门口大喊妇女主任。妇女主任见状立即找来医生，给她们输了安定药液，当夜才勉强安定下来。

第二天新调来的副区长要带着一个分队去王家岗取尸，妇女主任过来对她们说："我们都是妇女，我们都有许多悲痛，我们挺得住，我们一定要挺住！我核实了一下，还是不太准确，听说金展与他的战友被暴乱分子活埋在王家岗，究竟是不是，我们的一位区长带着乡分队要去汪家岗取尸，到时一看就知道了。"刘氏、秦氏和王屹香一听"活埋"，更是哭得死去活来。见区长带着乡分队走，她们也要去。副区长本不想带她们去，但劝阻不住，只得让她们去。

到了汪家岗怎么也找不到活埋地点，后来总算找着了；活埋时是空田，现在高粱苗已经拃把高了，挖出来的尸首，都肿胀得面目全非。刘氏、秦氏和王屹香每挖出一个，都不顾腐烂奇臭，都要扑上去，抱着痛哭一场。一会儿说这个是金展，一会儿又说那个是金展，究竟哪一个是金展，都似像非像，她们的精神都快要崩溃了，都抢着去抱着哭，哭了这个又哭那个。最后区长说："现在天气热了，时间长了，尸首发了，认尸认不出了，你们仔细看看衣物，看能不能从衣物穿着上认出来。

这一提醒，在一具尸首上，刘氏认出了她做的鞋，秦氏认出了她挂在颈项上的佛像，一下把金展的尸首认出来了，金展，真死了！在苦水里泡了一辈子的刘氏，丈夫在大革命中战死，儿子在抗日中被凌迟，今天孙子又被活埋，她，再也承受不住了，"我的孙!"一声长号，直挺挺地"嘭"地一声倒地！无独有偶，一生苦苦与命运相争的秦氏："我的天!"一声叫，也一下掀到地上了。两人都口吐白沫，人事不醒；掐人中，捏合谷，都缓不过来；找医生，旷野之上哪有医生！不久，两人都相继撒手人寰，驾鹤西去了！她俩都把金展当心头肉，当精神支柱，分分合合，争争吵吵，一直争了半辈子；争到现在，争到支柱倾倒，殿堂坍塌！连自己也……呜呼！哀哉！

这事只苦了王屹香，丧子之痛正烈，又亡了两个婆母，这犹如在伤口上撒了一把盐，在碎裂的心上搠进一把刀。得亏徐振喜带着他的连队赶来了，才挽救了王屹香。王屹香一见徐振喜，就一下扑到徐振喜怀里晕过去了，幸有卫生员扎针，王屹香才苏醒过来。后来金英从追捕匪首的前线也赶了来，才使王屹香得到安慰！

金英是大悲无声。面临兄弟的惨死、两位奶奶的双亡，她这时没有权利释放自己的悲痛；她的首要任务是安慰母亲，协助政府协助母亲安排两位奶奶的后事！

而朱氏，除了悲痛外，还特感愧疚！她不管对不对，她用杜七给她的钱，在金展的坟墓前立了一通碑，碑文是：刘氏秦氏之孙金展之墓；在刘氏、秦氏的墓前也各立了一通碑，碑文是：金展之奶奶刘氏之墓、金展之奶奶秦氏之墓。这三座碑都是高一丈二，宽六尺，厚三尺，可谓是大碑也！

第十九章　平暴乱金英捕顽敌
治怪病朱亮解谜底

　　香城县经过"四六"这场炼狱般的洗礼之后，金重香县党、政、军各级领导反省自己出山以后，在大好形势之下，产生了骄傲自满、麻痹轻敌情绪，放松了警惕，让革命队伍内混进了不纯分子，产生出了严重的腐败问题，违背了全心全意为人民服务的宗旨，忘却了《三大纪律、八项注意》这一基本的但丝毫不可违背的铁的纪律，从而脱离了人民群众，给敌人以可趁之机，酿成空前大祸。

　　同时他们还认识到要想真正解放香城县，必须除恶务尽，清剿散匪，消灭国民党自忠县一切反动势力。要彻底清剿散匪，消灭香城县反动势力，也必须依靠人民群众。鉴于这个认识，在清剿散匪的过程中，金重香县县委在十三团党委的配合下，要求县、区、乡党、政、军干部战士把工作重点放在发动群众上，组织干部战士深入乡村，一面帮助群众生产，一面宣传共产党的政策和大好形势，发动群众检举揭发隐藏的暴乱分子，号召参加暴乱的人员投案自首。

　　通过深入发动以后，香城人民在平息暴乱中看清了共产党是为人民求解放的党，解放军是真正的人民子弟兵；从而积极起来检举揭发，支援子弟兵清剿散匪，追查散枪，使被打散的暴乱分子很快陷入人民战争的汪洋大海之中。一些被卷入暴乱的家庭，妻子带着丈夫，父亲领着儿子纷纷向人民政府投案自首、交枪交炮。同时县大队、区中队、乡分队在十三团配合下，重拳出击，抓捕拒不投降的暴匪骨干。

4月10日的一天傍晚，四条路保保长匆匆跑来向班长金英报告："我的姨父，暴匪营长范同舟逃到我家里来了。我的老婆不准我来举报，她在大门口支了一个铺，一来为她的妹夫放哨，二来堵在门口不准我出门。我这是等她睡着后才偷偷地从铺空里爬出跑来的，我不能耽误，得马上赶回去。"说完他就急急忙忙地走了。

保长走后，刚从悲痛中走出来的金英想：范同舟是江京梧发动暴乱的干将，攻打香城的急先锋，一定要抓住他为弟弟报仇。但这家伙凶悍异常，在战场上她亲眼见过，心内就不由紧张起来了。接着她马上想到新调来的中队长张先安。

张先安是从正规军下来的，很有战斗经验，不用说，抓暴匪也一定很有绝招，想到这里她放心多了。

中队长张先安听了她的汇报后当即就挎上驳壳手枪，背上手电筒，说："走，咱俩去抓。"

中队长这种痛快的身先士卒的精神使金英立即在心中翘起了大拇指："看！到底是正规军下来的干部。"

"不过，"中队长接着说，"我晚上看不清，这事全靠你了。"

金英一听，见心中踢出去的皮球又被踢了回来，不由心一沉，顿时觉得肩上的担子千斤重。这个暴匪营长身上带着两样武器十分厉害，一是"撸子"小手枪，一是东洋刀。如果被他发觉了，他拿着"撸子"或者东洋刀躲在黑暗的角落里等我们，那我们就糟了。金英想到这里，心不由又紧缩起来。这时金英感到奇怪，无论在天主堂战斗，还是被暴匪抓住要拉她去开腔剖腹，她都没有怕过，为什么这次感到这样怕呢？她觉得这不是好兆头，看来是必死无疑了。"拼了！"她在心里大喊"死就死，为了一条小命难道还去当逃兵、当尿包不成！"她一面想着一面就跟着张先安踏着昏暗的月色上路了。

走到半路，张先安忽然说："不能惊动狗子！"金英一听心里更加一惊："是呀！那个湾子里少说也有五六条狗子。狗子一叫，岂不更糟！"想到这里金英说："那个湾子里狗子很多，怎么办？"

"打赤脚！"

"打赤脚？如果那家伙跑了我们怎么追？"

"不能让他跑！"

这话的意思金英明白，就是千万要小心谨慎，不能发出一点响声，不能惊动狗子，不能惊动敌人，不等他跑我们就要把他抓住。这时金英心中又翘起了大拇指，觉得中队长不愧是中国人民解放军下来的干部，处事坚定果断。于是他俩把鞋脱下来别到腰间，金英穿着袜子，张先安打着赤脚，屏住呼吸，踏着昏昏的月光，悄悄地走进村庄，轻轻地穿过稻场，神不知鬼不觉地来到保长的房前。

大门开着，那铺确实支在大门口。保长的老婆仍在呼呼地酣睡。金英站到门边，隔着床铺往里看，里面黑幽幽的犹如狼窟蛇洞。保长哪里去了？暴匪营长发觉了没有？金英正琢磨时，张先安做了一个手势，叫金英先从床空里爬进去。金英想：冲锋陷阵，赴汤蹈火，这是战士的责任，里面就是老虎张着大嘴我也要去喂它一口！

金英轻轻地，左手提着上好刺刀的步枪，右肘着地，侧身卧下，和着铺上的鼾声，慢慢地从铺空里爬了进去。原来保长就站在里面门边，见金英爬了进来，就向里面厢屋指了指。金英见到保长心安了一些，这时才注意到厢屋里有拉风箱般的鼾声。那粗野的节拍和大门口的细微匀称的呼噜声，正一高一低地呼应着。金英向张先安招了招手，张先安也爬了进去。突然，屋内"砰咚！哗啦！"发出一连串的响声，金英脑子一炸，立即举枪下蹲，睁大眼睛，扫视黑暗中突发的声响。接着"喵喵"地传来了猫的叫声。里面的鼾声没有停，外面的翻了个身后，呼噜依旧。金英揉了揉胸口，稳了稳神，和张先安一同蹑手蹑脚地向厢房靠近。张先安一手拿着二八盒子，一手拿着三节手电，枪对着门，手电对着门，那姿势一耸一耸地，既滑稽又威严。金英等张先安准备好后，猛一脚踹开门，同时张先安捏亮手电，金英顺着手电光一个箭步冲了进去。暴匪范同舟惊醒，正要去摸他的"撸子"枪，金英大喝一声："不准动！"刺刀尖已对准了他的鼻梁。当金英弯腰去缴他的"撸子"枪时，暴匪营长又去摸他的东洋刀，金英一脚踏到他的手腕上，又把东洋刀缴了过来。"撸子"、东洋刀到手，嚣张一时的暴匪营长范同舟乖乖地举起了手。这时保长的老婆"啊"的一声叫，接着扑过来。金英脚一踩，道："放老实点！"保长老婆一屁股坐到地上，拍着巴掌哭道："我该死呀——"

保长撤去大门口上的铺，张先安、金英从腰间取下鞋穿上。押着暴匪营长范同舟走出保长的家门。穿过稻场，走上出村的大路，忽然一条狗吠，接着七八条狗争相拥来大叫。此时东方发白，晨曦渐露。悠扬的雄鸡大合唱盖过了嘈杂的狗吠，一轮红日冉冉升起。金英和她的队长押着暴匪营长范同舟迎着朝阳凯旋。

也许是神经的连续紧张，也许是连续紧张后的猛然轻松。金英抓住范同舟后，再也承受不住了，她的神经错乱了。不管是白天还是黑夜，她睡得好好的，忽然一骨碌爬起来，长枪一背，短枪一别，嘴里大喊"来了！""打！""冲啊！"说冲就冲，头上的短发一飘一飘，什么人也挡不住。一跑就是几十里，跑到哪就在哪吃，吃了就打个条。战友跟着保护，司务长跟着付钱。什么医生都请过，连迷信也信过。政委朱亮太心疼她了，怎么能治好就叫怎么治。

就在金英抓住范同舟后两日，从山东南下来的银龚区区长李奇亲率区中队两个班和郑集乡分队，在十三团二营五连的配合下将暴匪营长金光福、舒守儒带领的42名残匪一举抓获。同时，小膀在山里也将周建三、任平玺逮捕。

这时暴匪骨干大多相继落网，但罪魁祸首江京梧的下落仍不明。

刚刚平静下来的金英又烦躁不安，神经病又发作。

一天，由政委朱亮亲自跟着，金英腰挎着手枪，肩扛着步枪，一路"冲啊！""抓住他！"跑步来到县委驻地七坊牌。

政委朱亮是一位爱兵如子的领导，他担心金英的病闹长了会成为不治之症，所以他要亲自照顾亲自跟着。今天他亲自跟着金英就发现金英今天喊的和先前喊的有变化：先前喊的是"来了！""打！""冲啊！"今天喊的是"冲啊！""抓住他！"

这变化是任意的，还是有原因的？这使他很费思量。当他跟着金英来到七坊牌，听说县委正在研究如何抓捕暴乱头子江京梧的问题。使他猛省金英喊声的变化不是任意的，是有原因的，"冲啊！""抓住他！"不就是抓暴乱头子江京梧吗？同时也使他想起三天前金英交给他一张字条，字条似乎也与抓江京梧有关。他立即去口袋里摸，竟然摸到了这张字条，展开一看，可不与抓江京梧有关！

上面写着：

> 我祖死鄂皖，
> 我父死奸汉，
> 我姑死带侄，
> 我弟死更惨！
> 不为弟报仇，
> 我心怎会安！

是呀！当前金重香县该有多少人死在江京梧发动的暴乱之中！不抓住这个暴乱头子人们的心怎么会安！金英就是这些人中的典型代表；由此朱亮对金英的病也看清了：前期神经错乱，是她抓范同舟太过于紧张，一个女孩子，去抓武装到牙齿的野莽凶汉，那该承受多大的压力！后来她看到暴匪骨干一个个被抓住，她高兴，神经放松，渐渐好起来，就想抓捕到江京梧为弟报仇，从而写下了这个条子。可是这条子到了他手里后，一直没有给她回话，大病还未痊愈的神经本来就十分脆弱，又遇到这样的刺激，所以神经病又复发了。

神经病发生与复发的原因找着了，治愈的方法似乎也有了眉目：他觉得治愈金英的病看来不是什么药，而是"高兴"！前期由于过于紧张而得了这个病，后来由于暴乱骨干分子个个被抓住，她高兴，所以病有所好转。现在什么能使金英高兴呢？从她写的条子看来，很可能让她去抓捕江京梧她会高兴，这是估计，万一不是，怎么办？究竟什么准能让她高兴呢？朱亮思去想来，猛然想到批准金英入党，金英准会高兴！为人民翻身求解放的党，谁个不渴望加入！而金英要求尤为迫切，他的秘密档案袋里就装着金英好多份要求入党的申请书，从靳川手里转来的申请书就有两次，一次还是和她弟弟金展共同写的。虽然是秘密的，但领导们曾多次议论，准备批准他们入党，只是因为太忙而一拖再拖，今天，是再也不能拖了！县委正在开会，他觉得是个机会，他就走进去向县委一五一十地作了汇报。委员们异口同声：那好那好，金英的表现我们都知道，批准她入党；抓捕小组正缺人手，叫她参加！

当天晚上政委朱亮和组织部部长作金英的介绍人，县委在小会议室专为金英举办了入党仪式，金英就这样神圣地加入了中国共产党。

金英入党和参加抓捕小组后，抓捕小组又开了几次会，将抓捕小组的名称改为拘凶特警队。拘凶特警队的主要任务就是抓捕江京梧。为完成这一任务分两步走：第一步是跟踪追击，先找着江京梧他这个人的下落；第二步，再视情况组织力量抓捕。金英在这些实际活动中，很快痊愈，并正式任命她为特警队的妇女委员。

根据侦察，江京梧于大冲一战的当日夜晚，在顽匪顾培德的陪同下，借夜幕掩护溜下杨家大山，在黄宪集谭志林家隐蔽数日。找着黄玉岗等顽匪后，又转移到他的老家铁匣湖一个姓戴的地主家里隐蔽，准备在那里重新聚集众匪再次发动暴乱。因发现肖河区中队要去搜查，才又慌忙分散逃跑。

江京梧见在香城停留不住，又潜逃到香城边界常家庄召集旧部，准备带一支土匪队伍到沙市去邀功请赏。谁知这支小小的土匪队伍不为他争气，行至香水下游芝麻滩，再也不跟他走了。他无可奈何，只好装成算命先生，独带邓宗林逃至宜昌。

到宜昌后，他大吹大擂，逢人就讲他"18 条枪起家，一鼓而下香城县""动员鄂北民众 6 万人，收复 30 多个县、区、乡""击毙共匪4000 人""现在还有 3 个团在鄂北打游击"。

恰好宋希濂因他的七十五军军长方靖、二十八军军长顾心恒先后在荆门、应城当了俘虏，全军士气低沉，军心涣散；现在忽然跳出了这么一个反共"英雄"，为了给他的士卒打气，于是就不管真伪，请江京梧到他的部队搞演讲、作报告，并为江京梧举行记者招待会；指使报纸、电台连篇累牍地登载、广播江京梧的"丰功伟绩"，把"太平洋喇叭"江京梧吹上了天。江京梧趁机找宋希濂要部队番号、要官职。宋希濂为了给他的部队做个样子，当即给了江京梧一个暂编第一师的番号和师长的头衔；并派湘鄂绥靖公署干部学校教育长李锡磺任副师长，帮助他改编队伍。李锡磺上任后一了解，不要说 3 个团，就连 3 个连、3 个排的部队也没有；一切都是江京梧这个"太平洋喇叭"信口开河吹的。宋希濂无奈，只好收回暂编第一师的番号和师长的头衔，给了他一个无粮、无饷、无兵、无卒，不伦不类的职务——鄂北挺进司令。江京梧当上挺进司令后，苦于就只邓宗林一个兵，后虽然费了九牛二虎之力在沙市、宜昌搜寻了一些从香城逃去的暴匪、地主，但合计也只 40 来人。事有凑巧，人民解放军解放当阳时，国民党当阳县大队长朱国荃带当阳县大队残部 140 余人逃到宜昌，被宋希濂部队挡在城门外，不准进城。这个朱国荃原在香城干过大队长，与江京梧原是旧交。于是江京梧趁机向宋希濂报告，谎称他在鄂北打游击的部队开来了，这样才由他把这支部队接进宜昌城。江京梧总算有了一支部队，人数不到 200 人。

有了人，又苦于无薪水。找宋希濂要，宋希濂坚持有了"行动"后才能拨"活动"经费。于是，江京梧以向香城派回谍报员 7 个组共20 多人为筹码，找宋希濂要了 500 块银圆，算是有了一点临时糊口的食水费。

7 月中旬，宜昌解放，江京梧率部逃至兴山。8 月 6 日兴山解放，江京梧率部又仓皇逃至竹溪长城坝。至 9 月上旬，因无吃无穿，士兵逃散大半。中旬，解放军发起川陕鄂边军事围剿，江京梧部被打得落花流水；其残部流落至川、陕、鄂3省交界之地鸡心岭时，江京梧见自己的部队所剩不多，且又衣食无着，人心各异，就觉得带着他们还不如自己当个光杆司令利索，于是命令部队解散，各自逃命。

鸡心岭散伙之后，江京梧重操算命旧业，更名改姓转换在医疗、教育行业之间，企图掩人耳目，以求长期活命。谁知法网恢恢，疏而不漏，未几就被四川省巫溪县人民政府公安局侦破逮捕。

9月中旬，拘凶特警队特派郭昭、金英进川，将其押解回香城。

9月25日，香城县人民法院应全县人民强烈要求，依照宪法，经高级人民法院批准，将其处决于香城"四六"烈士墓前。

处决那一天，烈士墓前人山人海，热闹非凡。是为元凶得到了应有的惩罚，更为欢庆香城获得真正的解放。

屹香作为烈士的母亲被邀参加了这次公判大会。想到陈家死了那么多人，不由心痛如绞，泪水涟涟。散会时，金英到会场见母亲。屹香猛一见金英，心内顿生一个大疑问，于是拉着金英问："你究竟是金英还是金展？""妈！你气糊涂啦，我是金英！"这时金英见妈妈提出这样的疑问非常生气，即嗔道："妈！怎么至今连你也分不清？"接着金英为了让妈妈高兴，挨着屹香的耳朵说：

"妈，我加入了中国共产党！"

"什么？你加入了中国共产党！"

"这是秘密！"